Christian Laborie se passionne pour l'histoire et les habitants de sa province d'adoption : les Cévennes. Ses romans sonnent comme autant d'hommages humbles et sincères. Le succès de la saga L'appel des drailles et Les Drailles oubliées l'a hissé au rang des auteurs incontournables de la littérature de terroir.

Le Chemin
des larmes

Du même auteur

Aux éditions De Borée

L'appel des drailles
L'Arbre à pain
L'arbre à palabres
L'Arbre d'or
Le Brouillard de l'aube
Le Saut du Loup
Le Secret des Terres Blanches
Les Bonheurs de Céline
Les Drailles oubliées
Les Hauts de Bellecoste
Les Sarments de la colère
Terres noires

Autres éditeurs

Dans les yeux d'Ana
L'Enfant rebelle
L'héritier du secret
La Promesse à Élise
Le Goût du soleil
Les Enfants de Val Fleuri
Les Rives blanches
Les Rochefort

En application de la loi du 11 mars 1957,
il est interdit de reproduire intégralement ou partiellement
le présent ouvrage sans autorisation de l'éditeur ou du Centre français
d'exploitation du droit de copie, 20, rue des Grands-Augustins, 75006 Paris.

© De Borée, 2007

© Centre France Livres SAS, 2021
TERRE DE POCHE
45, rue du Clos-Four – 63056 Clermont-Ferrand cedex 2

CHRISTIAN LABORIE

LE CHEMIN DES LARMES

TERRE DE POCHE

« *C'est un Cévenol, il a les défauts et les qualités de la race. Il est têtu, il est volontaire, il n'est peut-être pas toujours commode, mais enfin c'est quand même un homme intègre, un homme juste, un homme de bon sens.* »

Jean-Noël Pelen
L'Autrefois des Cévenols, 1987.

Toute ressemblance avec des personnes existantes ou ayant existé ne serait que pure coïncidence. Toutefois, certains personnages ont réellement vécu à l'époque où se déroule l'histoire de ce roman. Les événements et dates qui marquent la construction de la ligne ferroviaire Alès-Brioude respectent la réalité historique malgré quelques libertés que l'auteur a prises pour les besoins de son récit.

N.D.L.A.

Prologue

1914.

Assis sur son rocher, surplombant la voie, Ruben regardait les rails fuir vers l'horizon. Le ballast s'étendait à l'infini, telle une saignée à travers la plaine. Son esprit se noyait dans un étrange mélange de souvenirs lointains et de sentiments amers.

Inconsciemment, il se mettait souvent à compter les traverses, comme par souci d'égrener le temps et de revenir peu à peu vers la première qu'il avait jadis posée en des lieux où il se sentait maintenant presque étranger.

Ses yeux finissaient par se brouiller à force de trop fixer ce qu'il cherchait, malgré lui, à percevoir. Mais c'étaient les larmes qui l'empêchaient de regarder vers sa jeunesse passée.

Bien des années s'étaient écoulées depuis. Ses cheveux avaient pris la couleur du temps. Son dos s'était voûté et lui rappelait chaque matin combien il l'avait malmené pour parvenir à réaliser le rêve de ses vingt ans. Un demi-siècle le séparait de ce jour où il avait pris la décision de quitter les siens et son mas familial, pour tenter l'aventure, pour vivre sa vie en allégeant celle de sa famille. Le chemin de fer n'avait été qu'un prétexte pour se justifier, l'eldorado qui attirait à l'époque la plupart des déshérités du monde entier.

Un mythe, le chemin de fer ? Maintenant qu'il lui avait sacrifié toute son existence, il regrettait presque d'y avoir succombé. Ces terres expropriées, ces grands espaces conquis à la force du poignet, à la sueur de son front, mais aussi au prix des larmes et du sang de ceux qui y avaient perdu la vie, valaient-ils la peine d'y avoir consacré toutes ses forces ?

À y regarder de plus près, Ruben se sentait maintenant comme enfermé dans une prison dont les barreaux n'étaient que les traverses des grands espaces conquis.

Parti pour faire fortune – comme tant d'autres –, au crépuscule de sa vie, il était toujours aussi pauvre qu'au jour de son départ. Pourtant il avait travaillé dur et gagné de l'argent. Mais il avait aussi beaucoup perdu en se fourvoyant sur des chemins détournés, en dépensant sans compter, en oubliant qu'un jour viendrait où il souhaiterait poser son sac et rentrer au pays.

Alors que ses forces l'avaient abandonné, il revenait souvent s'asseoir sur son rocher contempler la voie qui filait vers les lointains. Quand le soleil se levait, il s'attendait toujours à découvrir la terre de ses ancêtres sortir du brouillard de l'aube, comme par enchantement. Malgré tout ce qu'il avait vécu, il ne pouvait oublier d'où il venait.

Prologue

Dans son pays, ses compagnons d'infortune le nommaient « *lou raïol* »[1], car il sortait de sa montagne et semblait découvrir brutalement le monde moderne. D'autres l'appelaient, non sans une pointe d'ironie, le « *parpaillot* »[2], car il invoquait toujours la Bible quand les difficultés le décourageaient. Il aimait ce surnom qui signifiait « le papillon », par allusion aux huguenots qui allaient au bûcher dans la joie comme les papillons de nuit vont se brûler les ailes aux flammes des chandelles.

Lui-même ne s'était-il pas brûlé les siennes à vouloir toujours atteindre l'inaccessible ? L'aventure, qu'il avait appelée de ses vœux, n'avait été qu'une échappatoire à la vie de miséreux qu'il menait dans ses Cévennes austères. Très tôt, il s'était juré de réussir là où son père et son grand-père avant lui avaient échoué. Il ne voulait pas subir comme eux le sort des petites gens besogneuses et résignées, rivées à leur terre comme des galériens à leurs rames. À ses yeux, la vie était un don trop précieux pour la gaspiller à ne rien en attendre de plus que les larmes amères de la souffrance. À douze ans déjà, quand il fut en âge de travailler comme un homme et de comprendre ce que serait sa longue existence au Fournel, le mas de ses ancêtres, il avait imaginé qu'un jour viendrait où il aurait le courage de renoncer à ses attaches et de larguer les amarres pour atteindre d'autres horizons.

Quand il s'engagea dans les chemins de fer au soir de ses vingt ans, rempli d'inaccessibles rêves

---

1. *Le montagnard.*
2. *Nom donné aux protestants.*

et d'une ambition sans pareille, il lui sembla que le monde s'offrait à lui, qu'il tournait définitivement le dos au passé pour embrasser avec allégresse un avenir qui ne pouvait être que prometteur. Tout était à faire dans un pays encore en friche, tout était possible, même pour ceux qui, comme lui, y débarquaient comme des va-nu-pieds, pas plus fortunés que Job, mais dotés d'une immense espérance. L'histoire industrielle portait en elle les germes d'un avenir plein de promesses, pour ceux qui en seraient les premiers acteurs.

— Si tu te montres aussi courageux que là d'où tu viens, lui avait déclaré son ami Étienne Lecœur, tu verras du pays et tu connaîtras la grande fraternité. Et quand tu rentreras chez toi, on t'acclamera comme un héros. Tu seras l'image même de la réussite et on t'appellera « Monsieur ».

Ruben avait cru aux belles paroles du compagnon. Et il l'avait suivi dans ce monde de cocagne, sans l'ombre d'une hésitation, réalisant ainsi l'aboutissement de son rêve.

Très vite, il s'était retrouvé sur d'autres chantiers et avait repris sa vie d'errance et le rythme infernal d'un travail harassant. La communauté d'hommes, avec laquelle il partageait dès lors sa nouvelle existence, n'était guère différente de celle qu'il avait connue dans les Cévennes. Seule la nationalité des ouvriers était différente : avec lui, travaillaient beaucoup d'Irlandais, d'Allemands, de Polonais, de Russes. Mais les mêmes rapports virils, les mêmes tensions, les mêmes liens de fraternité unissaient tous ces hommes qui n'avaient qu'une même idée

Prologue

en tête : amasser suffisamment d'argent pour pouvoir rentrer au pays la tête haute.

Combien furent ceux qui parvinrent à le faire ? Beaucoup, malgré eux, restèrent toute leur vie des exilés.

À son âge, Ruben n'espérait plus retrouver un jour la terre qui l'avait vu naître. Trop de temps s'était écoulé, et l'argent qu'il pensait amasser lui avait toujours filé entre les doigts. En avait-il seulement le désir ? Après une si longue absence, qui se souviendrait encore de lui au fin fond de sa Vallée Longue[1], où ses aïeux avaient édifié leur mas de pierre sur les flancs d'un *serre*[2] escarpé, comme pour mieux se protéger des envahisseurs ? Son frère, dont il n'avait aucune nouvelle depuis des lustres, était-il encore de ce monde ? Et le Fournel n'était-il pas devenu la proie des ronces et des clématites ? Dans quel état retrouverait-il ses *faïsses*[3] cultivées et ses châtaigneraies, ses *bolettières*[4] et ses *espères*[5] ?

Et Marie, sa femme, qui avait tout abandonné pour le suivre de chantier en chantier, après avoir tant souhaité s'enraciner dans le pays cévenol, que pensait-elle de la vie qu'il lui avait imposée ?

La vieillesse rapproche l'homme de son enfance. Les souvenirs deviennent alors plus vivaces. Ruben

---

1. L'une des trois vallées de la Cévenne schisteuse.

2. Partie haute de la montagne, crête.

3. Terrasses cultivées soutenues par des murs en pierre sèche.

4. Endroits où sortent les ceps ou bolets.

5. Abri d'où l'on chasse en embuscade.

en faisait la troublante et amère expérience. Lui qui, pendant plus de cinquante ans, n'avait vécu que d'espoirs et de projets toujours inassouvis, misant sans cesse sur l'avenir sans jamais éprouver le moindre regret pour ce qu'il avait laissé derrière lui, maintenant qu'il sentait la boucle se refermer, maintenant que sa vieillesse avait presque atteint son terme, il n'avait de regards que vers son passé et d'images dans son esprit que de ce qu'il avait jadis abandonné.

« Peut-être, pensait-il avec mélancolie, le jour où l'Éternel m'accordera le repos, referai-je à l'envers la boucle de ma vie et reprendrai-je ma place auprès des miens. »

Première partie

HORIZONS LOINTAINS

I

Au-delà des crêtes

Dans les Cévennes, 1856.

RIEN N'AURAIT DÛ TROUBLER l'existence du jeune Ruben. Enraciné comme tous les siens dans sa terre natale et dans les vieilles pierres mordorées de son mas, il savait que ses rêves d'enfant avaient peu de chance de se réaliser un jour. Et c'est avec résignation qu'il acceptait son sort de petit paysan besogneux.

— Dieu nous a faits d'une poignée de terre, lui répétait souvent son père Zacharie. Nous retournerons à la terre, tel est notre destin. Mais entretemps, nous devons Lui rendre hommage en mettant en valeur celle qu'Il nous a confiée dans sa grande bonté, pour pouvoir vivre et Le glorifier.

Personne sous le toit du Fournel n'osait contredire ce que Zacharie Lapierre affirmait sur un ton de prédicant, en prenant souvent la Bible à témoin. Son propre père, le vieil Abraham, avait élevé ses nombreux enfants dans la stricte tradition huguenote et dans le souvenir toujours ranimé de la lutte acharnée des protestants cévenols pour leur liberté.

Du reste, la présence d'Abraham auprès de son fils et de sa famille semblait être la garantie que l'ordre établi par le Divin ne serait jamais remis en cause. Le papé exerçait toujours sur les siens une autorité incontestée. Et ce n'est pas Zacharie ni ses autres enfants qui lui auraient tenu tête en cas de désaccord.

Les Lapierre étaient une famille respectée à Falguière. Leur mas, situé à l'écart du village, ne traduisait guère le luxe, mais il était bien tenu et rien ne s'y trouvait à l'abandon. Il se constituait d'un grand corps de bâtiment que les ajouts successifs avaient prolongé d'une faïsse à l'autre, de sorte que les toits cascadaient au gré du relief. Couvert de ces tuiles de schiste qu'on appelle *lauzes*, il se reflétait de loin dans la lumière changeante des saisons. Ses murs épais, traversés par d'étroites ouvertures, gardaient pendant l'été toute la fraîcheur, mais maintenaient durant l'hiver une humidité persistante que l'âtre à lui seul ne parvenait pas à dissiper.

Le logis était d'une grande rusticité : une pièce commune, éclairée par une unique fenêtre ; au sol, des dalles sombres ; au plafond, des poutres de châtaignier noircies par la fumée ; plaquée contre un mur, la cheminée, munie de sa crémaillère et son trépied recuits par les flammes ; au centre, la longue table flanquée de bancs, endroit où la famille se retrouvait chaque soir. Lui faisant face, la pendule n'avait rien d'un objet décoratif : tout en hauteur dans sa caisse étroite taillée à la hache, elle égrenait le temps sans jamais grignoter une seconde. Dans le prolongement, trois petites pièces servaient de chambres, tandis que les dépendances, tel le second bras d'une équerre, faisaient angle à l'extrémité supérieure. La *clède*[1] était la construction la plus précieuse du mas. Située à l'écart elle était l'objet de soins attentifs, car le feu qu'on y faisait à l'automne ne devait pas l'endommager. Elle était l'assurance qu'on mangerait à sa faim tout au long de l'année.

Si les terres ne donnaient leurs fruits qu'au prix d'un dur labeur, elles permettaient à la famille de vivre sans se priver.

Abraham se complaisait à répéter à son fils, pourtant averti :

— Ne tarde pas trop à châtaignier. Il vaut mieux nourrir les cochons que les sangliers.

La châtaigneraie demeurait leur plus grande richesse. Elle ne montrait aucun signe de négligence et, par bonheur, aucun arbre n'était touché par la maladie. Après la récolte, les bogues étaient râtelées, le bois sec ramassé et entassé près du mas – car rien ne se perdait –, les branches mortes ou stériles systématiquement élaguées et aussitôt débitées. Les *traversiers*[2], dont les terres étaient ensemencées de céréales ou plantées de vigne, s'étendaient fièrement sur la pente de la montagne, retenus par d'épais murs de pierre sèche sans cesse redressés au moindre éboulement. Nulle ronce, nulle mauvaise herbe n'y encombraient le sol.

Zacharie, après son père, avait éduqué ses deux fils et sa fille dans le respect du travail accompli avant eux par les aïeux. Et ce n'est pas sans une pointe d'orgueil, qu'en dépit de son âge – il allait

---

1. *Séchoir à châtaignes.*
2. *Terrasses cultivées, voir aussi faïsse ou bancèl.*

sur ses quarante ans –, il transportait encore à dos d'homme la terre arrachée par les pluies, après un violent orage, jusqu'aux plus hautes faïsses.

Samuel, le frère aîné de Ruben, montrait beaucoup d'ardeur au travail. À quatorze ans, de forte constitution, il accomplissait déjà la tâche d'un homme. Aussi son père lui confiait-il toujours les travaux de confiance, ceux qui nécessitaient force et savoir-faire : la taille de la vigne, les labours et les semailles, la préparation de la clède pour le séchage des châtaignes.

Ruben, lui, moins robuste, se voyait cantonné dans des tâches plus délicates mais qui ne nécessitaient ni dextérité ni force physique. On lui confiait la garde des chèvres et des brebis sur les crêtes, la surveillance des quelques cochons engraissés grâce aux châtaignes et aux restes de nourriture, le ramassage des légumes dans le potager. Il participait aussi aux travaux collectifs qui rassemblaient, selon la saison, tous les membres de la famille.

Sa mère, Félicie, avait la charge de la maison, de la bergerie et de l'écurie. Elle enseignait à sa fille comment fabriquer les fromages de chèvre, ces *pélardons* qu'elle allait vendre sur le marché du village une fois par mois pour assurer la seule rentrée d'argent du foyer.

Les temps étaient durs en ce milieu de siècle et, malgré les progrès réalisés dans tous les domaines, dans les montagnes cévenoles la vie n'avait guère changé depuis des générations et ne semblait pas devoir changer encore pendant longtemps.

Toutefois, malgré l'isolement dans lequel vivaient la plupart des habitants des vallées, les nouvelles circulaient vite et remontaient jusqu'aux mas les plus reculés. Dans la Vallée Longue, comme dans les vallées parallèles, la Vallée Française et la Vallée Borgne, pas un village, pas un hameau n'ignorait que le monde était en ébullition. Depuis deux décennies, dans le bas pays, tout un peuple de travailleurs des temps modernes sortait le charbon des entrailles de la terre, creusait des canaux, construisait des routes nouvelles et des voies ferrées, édifiait des usines qui crachaient au-dessus des villes leurs fumées noires et pestilentielles.

Les Cévennes, elles aussi, étaient touchées par cette fièvre industrielle qui, en d'autres régions, avait déjà bouleversé les paysages, déplacé des populations entières et établi des fortunes colossales.

— Je me demande bien où tout cela va nous mener, ronchonnait Abraham, assis dans le *cantou*[1] à réchauffer ses vieux os aux flammes de la cheminée.

— Ne t'inquiète pas, Père, les machines ne sont pas prêtes encore à nous ôter le pain de la bouche, ni à nous déposséder de nos terres. Les routes, les voies ferrées, les mines, c'est pour les gens d'en bas, pas pour les raïols. Nos faïsses ont traversé les siècles, elles sont encore solides comme la montagne qui les porte.

Abraham tenait ses informations par le journal. Il s'abîmait les yeux, le soir venu, à déchiffrer sa gazette à la lueur de l'âtre. Comme tout bon

---

1. *Littéralement « le coin », coin situé près de la cheminée où l'on se retrouve pour la veillée.*

huguenot, il avait appris à lire dans la Bible et avait mis un point d'honneur à éduquer ses fils et ses petits-fils par les Saintes Écritures. Lire représentait toujours, pour lui, un acte de résistance, comme au temps où les parpaillots se rassemblaient au Désert[1] et sortaient secrètement leur Bible dissimulée dans les caches les plus extravagantes, défiant ainsi, dans l'arrogance, l'autorité d'un souverain qui leur refusait le simple droit d'exister. Lire était un signe de vie, et transmettre son savoir à sa descendance un devoir de mémoire et de survie.

Républicain dans l'âme, il ne se privait pas de critiquer les monarchistes et autres bonapartistes de tous bords, et n'approuvait rien de ce que l'Empereur, qu'il affectionnait de qualifier de « Napoléon le petit », entreprenait.

— Il finira par mettre la Nation sur la paille avec ses idées de grandeur, se plaignait-il à qui voulait l'entendre.

Zacharie se montrait moins intransigeant.

— Il faut reconnaître qu'il veut faire de notre pays un État moderne et qu'il s'est entouré de ministres compétents.

Le papé, qui avait mal vécu le retour des rois à la Restauration, se souvenait trop des brimades que les protestants avaient de nouveau subies au temps de sa jeunesse. Dans son esprit encore troublé par ce retour aux luttes religieuses, tant que la République n'aurait pas triomphé définitivement et proclamé de manière officielle la liberté de conscience, tout

---

1. *Lieu secret où les protestants tenaient leurs assemblées pendant le règne de Louis XIV.*

ce qui pouvait venir d'un régime monarchique demeurait nocif et potentiellement dangereux pour la minorité protestante.

— Je ne mourrai tranquille que lorsque la laïcité sera devenue le principe fondamental de notre société civile, proférait-il.

— En attendant, Père, tu devrais taire tes convictions devant les visiteurs. Tu n'ignores pas que les mouchards de la police de l'Empereur sont partout.

— Quand je te disais que nous passons toujours pour des gens suspects et qu'on se méfie de nous !

Le père et le fils alimentaient les veillées de leurs propos animés, tandis que Félicie occupait les enfants à de menus travaux. Les garçons décortiquaient à la main les châtaignes pour le *bajanat*[1] du lendemain, Sarah apprenait à repriser les vieux vêtements ou à filer ses premières pelotes de laine sous l'œil attentif de sa mère. Pour économiser la chandelle, tous se rapprochaient de la cheminée qui dispensait la seule lumière pendant les longues soirées d'hiver.

Ruben était le plus attentif à ce que se disaient, en aparté, son père et son grand-père. Tout l'intéressait : les faits divers du village comme la politique du gouvernement. Et il se pinçait les lèvres pour ne pas oser une question quand sa curiosité lui taquinait l'esprit. Car, s'ils avaient le droit d'écouter les adultes, les enfants ne devaient en aucun cas les interrompre ni prendre part à leur conversation.

Dès qu'il sut lire couramment, il profita de l'absence de son grand-père pour lui emprunter

---

1. *Soupe de châtaignes cuites dans du lait de chèvre.*

sa gazette. Réfugié dans la soupente de l'escalier du grenier, il se délectait à en parcourir les pages dans la faible clarté de la pièce. Ainsi, petit à petit, se prit-il de passion pour les grandes inventions et pour les innovations techniques de son époque dont tous les journaux se faisaient l'écho. Il pouvait citer le nom des grandes compagnies de chemin de fer du pays ; les grands inventeurs, les Seguin, Stephenson, Crampton n'avaient plus de secret pour lui ; il connaissait toutes les tentatives d'envol des montgolfières et rêvait déjà de voyager au-delà des crêtes des montagnes cévenoles, qui constituaient son seul et unique horizon.

— Cesse de rêvasser ! devait souvent lui dire son père. Ce n'est pas ainsi que tu deviendras un bon berger.

— Mais je ne veux pas devenir berger ! répliquait l'enfant.

— Ah, je croyais ! Comme je te vois toujours au petit soin pour les brebis, je m'étais mis dans l'idée que tu voulais *faire ladraille*[1] dès que tu pourrais t'engager comme *traspastre*[2].

— Je n'en ai guère envie, Père.

— Alors, tu seras paysan comme moi et comme ton frère.

— Sans doute. C'est comme ça dans la famille. On n'y peut rien !

---

1. *Partir en transhumance.*
2. *Apprenti berger.*

— Tu me parais bien résigné, *pitchoun*[1] ! Qu'est-ce qui te chagrine ?

— Oh, rien de particulier !

— La vie que nous menons n'est pas très facile, j'en conviens. Mais nous avons la chance d'avoir une terre bien à nous et un toit solide sur des murs épais. Il ne faut pas envier ce que l'on n'a pas.

— Je ne suis pas envieux. Je pense seulement qu'il y a des choses merveilleuses dans le monde et que nous ne les verrons sans doute jamais.

— Qui t'a mis ces idées dans la tête ? Tu sais, la vie, c'est d'abord le travail, et donner la vie. Quand on a fait cela, on a accompli son destin. Je ne crois pas que l'Éternel exige davantage de nous, surtout si nous le faisons dans le respect que nous Lui devons.

— Bien sûr, Père, bien sûr. Je ne pensais pas autrement.

À douze ans, Ruben avait déjà acquis la sagesse d'un adulte. Toutefois ses rêves l'empêchaient d'admettre totalement ce que, devant son père, il feignait d'accepter.

L'enfant aimait s'isoler. Au milieu de ses brebis et de ses chèvres, qu'il gardait sur les pentes de son serre, jamais très loin du mas, il laissait volontiers vagabonder son imagination au-delà des crêtes. Il n'avait jamais vu la mer ni même la grande ville. Il n'avait aucune idée de la réalité du monde qui l'entourait et qui s'agitait comme une ruche. Son père ne l'avait jamais emmené plus loin que les villages avoisinants, Saint-Germain ou

---

1. *Petit.*

Saint-Étienne, accessibles seulement au prix d'une marche longue et fastidieuse à travers la montagne.

Lorsque ses yeux se portaient sur l'horizon et que le mont Lozère se découpait sur le ciel à l'encre de Chine, il se disait que l'océan ne devait pas être très loin. Il croyait qu'il suffisait de franchir ce massif montagneux, dont il n'avait jamais appréhendé les plus hauts sommets que du regard, pour accéder aux limites au-delà desquelles commençait le Nouveau Monde.

Grâce à ses lectures dérobées et toujours furtives, il avait acquis des connaissances géographiques que bien des écoliers des villes auraient pu lui envier. Il n'osait cependant questionner son père ou son grand-père pour en savoir plus, malgré l'envie qui lui brûlait les lèvres, de crainte de devoir avouer qu'il lisait le journal en cachette. Aussi gardait-il dans son esprit des idées fausses et croyait-il que le monde qu'il rêvait de découvrir un jour était plus proche et beaucoup plus idyllique qu'il ne l'était en réalité.

II

La surprise

MALGRÉ LES MODESTES RESSOURCES dont ils disposaient, jamais Zacharie et Félicie n'oubliaient de fêter convenablement l'anniversaire de leurs enfants. Ceux-ci étaient la plus grande source de leur bonheur et, en honorant le jour de leur naissance, c'était aussi pour eux l'occasion d'honorer Dieu.

À cette occasion, Félicie préparait un repas plus copieux que de coutume et mitonnait un gâteau à la farine de châtaigne dont elle gardait jalousement la recette. Le papé avait toujours quelques menus cadeaux en bois à offrir à ses petits-enfants. Il les confectionnait dans le secret de son appentis les jours de pluie. Les enfants savaient qu'il ne fallait pas le déranger dans ces moments-là, afin de ne pas l'obliger à mentir ou à se trahir. De même, lorsque leur mère s'isolait dans la *patouille*[1], ils se doutaient que le lendemain elle leur ferait la surprise de ce qu'elle mijotait sur son fourneau.

— Peut-être une daube de sanglier !
— À moins que ce ne soit un bon civet !

---

1. *Pièce extérieure à l'habitation principale, où l'on faisait la lessive ou la cuisson des conserves.*

Ces jours de fête exceptionnels, avec celui de Noël, étaient bien les seuls où le plat de viande était digne de la table d'un prince. Zacharie, qui chassait avec des amis, ramenait parfois quelques belles prises. C'était pour lui le plus beau cadeau qu'il pouvait offrir aux siens.

La veille de ses douze ans, Ruben ne sentit rien venir : aucune odeur dans la patouille, aucune agitation autour de l'âtre.

— Ils ont peut-être oublié mon anniversaire, s'inquiéta-t-il auprès de sa jeune sœur.

— Ça m'étonnerait, j'ai vu papé avec ses ciseaux à bois dans les mains. Il doit fignoler ton cadeau.

Sarah aimait fureter dans les recoins de la maison. Quand un événement se préparait, sa curiosité la poussait toujours à la limite de l'interdit.

— Papa n'est pas allé à la chasse ces temps-ci. Il n'y aura pas de gibier en tout cas !

— C'est sans doute parce que tu n'as pas été assez sage ! ajouta ironiquement la petite fille du haut de ses neuf ans.

— Tu n'es qu'une petite sotte ! Tu ne dis que des bêtises.

Ruben voulut attraper sa sœur par sa tresse. Mais celle-ci, plus agile que lui et plus preste, s'échappa d'un bond et courut vers l'écurie des chèvres où elle cajolait un cabri qui venait de naître.

— Tu ne m'attraperas pas ! dit-elle, moqueuse. Je cours plus vite que toi.

Ruben se lança à toutes jambes à la poursuite de sa sœur, mais n'insista pas quand il aperçut dans l'écurie sa mère en train de traire les chèvres.

La surprise

Les deux enfants jouaient souvent ensemble et se chamaillaient fréquemment sans méchanceté. Ruben était encore à la frontière de l'enfance et préférait la compagnie de Sarah à celle de son frère aîné. Ce dernier, Samuel, faisait déjà partie des adultes et n'avait plus les mêmes préoccupations insouciantes que ses cadets. Et si tous travaillaient déjà, en dépit de leur âge, Zacharie laissait davantage la bride sur le cou aux deux plus petits.

Le soir, lorsque tous furent rassemblés autour de la table, avant que Zacharie n'eût servi la soupe au lard dans les assiettes, Abraham s'approcha de Ruben et lui tendit une boîte dissimulée dans un morceau de tissu.

— Je te donne ton cadeau ce soir, pitchoun, parce que demain matin je ne te verrai pas. Quand je me lèverai, tu seras sans doute déjà parti.

Intrigué, Ruben embrassa son grand-père et prit l'objet qu'il lui tendait.

— Tu as douze ans, maintenant. Tu n'es plus tout à fait un enfant. Aussi, cette année, je ne t'ai pas fabriqué un jouet. C'est un cadeau utile, que tu pourras utiliser dès demain.

Ruben n'osait ôter le tissu qui enveloppait l'objet mystérieux.

— Quant à moi, poursuivit Félicie, je te préparerai un bon repas pour ton retour, demain soir, même s'il est tard. Et Sarah m'aidera à faire le gâteau que tu préfères. Ce sera son cadeau à elle.

Samuel s'approcha à son tour de son frère.

— Tiens ! lui dit-il, c'est pour toi. C'est moi qui l'ai fait. Je n'ai pas l'habileté de grand-père. Mais j'ai réussi à le sculpter sans son aide.

Samuel tenait fièrement dans ses mains un bâton de berger.

— Ça te sera utile quand tu garderas le troupeau. Et aussi quand tu marcheras sur les mauvais chemins. C'est du micocoulier ! Demain, tu pourras déjà l'emporter.

— Demain ? s'étonna Ruben, ému par tant de marques d'affection.

— Oui demain, ajouta Zacharie, qui n'avait encore rien dit. Je voulais t'en faire la surprise, mais ils ont déjà tous dévoilé à moitié mon secret.

— Pourquoi donc fêtez-vous dès aujourd'hui mon anniversaire ? C'est seulement demain que j'aurai douze ans !

— Demain, nous n'aurons pas le temps. À l'aube, je t'emmène à Alais[1].

— À Alais ! s'étonna Ruben.

— Et tu pourras porter aux pieds ce que je t'ai offert, ajouta Abraham. Comme ça, tu auras fière allure !

— Et ton bâton de berger t'aidera à gravir la montagne, interrompit Samuel.

Ruben découvrit enfin le cadeau de son grand-père.

— Une paire de galoches ! s'exclama-t-il. Des vraies, avec du cuir et des clous dorés !

— Tu les aimes ? s'enquit le papé, dont les yeux brillaient d'émotion.

— Si je les aime, Grand-père ! C'est le plus beau cadeau que tu ne m'aies jamais offert.

---

1. *Ancienne orthographe pour Alès.*

La surprise

— Tu ne voulais quand même pas aller en ville avec de vulgaires sabots de bois !

Revenant de sa surprise, Ruben ajouta :

— En ville ! Alors, c'est vrai Père, tu m'emmènes à Alais demain ? Mais c'est loin ! Nous ne serons pas rentrés pour la nuit.

— Nous verrons bien.

Ruben trépignait d'impatience.

Zacharie poursuivit :

— Nous descendrons à La Grand-Combe à pied par la montagne. Il nous faudra environ trois bonnes heures ; il n'y a guère plus de trois lieues. Puis nous prendrons le train jusqu'à Alais.

— Le train ! Le chemin de fer, avec la locomotive à vapeur ?

— Ben oui, tu as déjà vu un train sans locomotive à vapeur ? Un train, tu sais ce que c'est : une locomotive et des wagons qui roulent sur des rails ! Ne fais pas l'étonné, toi qui en connais plus que tout le monde en ce domaine. Personne n'ignore que tu dévores la gazette de ton grand-père et que tout ce que tu sais, tu le puises dedans !

Ruben rougit de confusion.

— Y a pas de mal à s'instruire, ajouta Abraham en passant sa main dans les cheveux de son petit-fils.

Celui-ci ajouta :

— Oh Père ! Je n'en crois pas mes oreilles. Nous allons prendre le train !

— C'est la première fois que tu iras en ville ! Alors, voilà… c'est mon cadeau d'anniversaire.

— Papa, tu ne peux pas savoir comme je suis heureux !

— Je me doute, petit, je me doute.

— Et quand vous reviendrez, tard demain soir, un bon repas vous attendra, coupa Félicie.

Samuel sortit de table et courut dans la patouille. Il en revint en tenant par les oreilles un lièvre magnifique.

— Regarde, petit frère. Il s'est pris dans un de mes collets, pas plus tard que cet après-midi ; ça tombe bien !

— Allez ! Il est temps de manger à présent. La soupe refroidit, reprit Zacharie d'un ton faussement autoritaire.

Il se leva, prit la tourte de pain et découpa de larges tranches qu'il distribua à chacun.

— Avancez vos assiettes, que je vous serve, poursuivit-il. Ruben, dès que tu auras fini de manger, tu monteras te coucher. Demain une longue route nous attend, et nous partirons à l'aurore.

— Oui Père, ne te fais pas de souci pour moi.

III

Premier voyage

Dès POTRON-MINET, le père et le fils se levèrent sans réveiller la maisonnée et se mirent en chemin, tout habillés de propre.

Fier de porter de sa vie une paire de vraies galoches pour la première fois, Ruben suivait Zacharie sans se laisser distancer, ivre à l'avance de ce qu'il allait découvrir. Il tenait le bâton de berger de son frère sur l'épaule, à la manière d'un chemineau.

— Sers-toi donc de ton bâton comme d'une canne, lui dit son père en se retournant. Tu te fatigueras moins dans les montées.

— Je ne veux pas l'abîmer ! Pour l'instant, je n'en ai pas besoin.

Zacharie connaissait bien les chemins qui serpentaient sur les flancs de la montagne du Mortissou. Chaque année, en décembre, il se rendait chez un cousin de Lamelouze, de l'autre côté de la crête, afin de l'aider à tuer le cochon. Il y restait deux ou trois jours, le temps de préparer avec lui et Adrienne, son épouse, les jambons, saucisses et autres salaisons qui fournissaient la viande pour l'année.

Toutefois, il n'avait poussé jusqu'à Alais que quatre fois dans sa vie.

— La première fois que j'y suis descendu, expliqua-t-il à Ruben tout en marchant, je n'étais pas très fier. C'était pour la conscription.

— La conscription ?

— Oui, pour aller à l'armée. J'avais tiré un mauvais numéro. Et à l'époque, il n'y avait pas le chemin de fer ! La ligne Nîmes-Alais n'a été ouverte qu'en 1840.

— Tu as donc fait tout le trajet à pied ?

— À pied jusqu'à Alais, puis j'ai pris la patache pour Nîmes, où l'on m'attendait à la caserne.

— Alors, tu connais bien le monde des villes ?

— Oh non ! Je ne suis retourné à Alais que trois fois depuis cette époque ; pour aller à la grande foire du mois d'août. Pour te dire la vérité, je me suis fait violence en te proposant de t'y amener. Car je n'aime pas du tout cet univers qui grouille de monde.

— Merci, Père, j'apprécie d'autant plus ton cadeau.

— Je dois t'avouer que, moi aussi, j'avais grande envie de prendre le train. Mais cela, garde-le pour toi ! Ne le dis pas à ta mère, elle se moquerait de moi.

— Promis, Père. Motus et bouche cousue ! Dis, tu n'as donc jamais pris le train ?

— Jamais. La dernière fois que je suis allé à la foire d'Alais – c'était... voyons... il y a huit ou neuf ans –, je n'ai pas osé. Quand je me suis approché de La Grand-Combe, rien que d'entendre

Premier voyage

le vacarme des locomotives, j'ai pris peur et j'ai poursuivi mon chemin à pied.

L'enfant questionnait son père sans discontinuer. Sa curiosité n'avait pas de bornes. Il voulait tout savoir : combien de temps mettrait le train pour rejoindre Alais, combien il y aurait de gares intermédiaires, s'il y aurait des tunnels, comment ils voyageraient...

— Comment veux-tu que je sache tout cela, puisque je n'ai jamais pris le train ? avait beau lui expliquer Zacharie.

Le ciel commençait à peine à s'illuminer quand, du haut d'une crête, ils aperçurent en contrebas les premières maisons de la ville. Au-dessus des toits flottait une nappe grisâtre inconsistante à travers laquelle, tels des étendards, de hautes cheminées de briques laissaient s'échapper des panaches de fumée noire.

Ruben s'étonna.

— Est-ce la ville d'Alais ?

— Non, pas encore. C'est La Grand-Combe, d'où nous prendrons le train.

L'enfant paraissait déçu.

— C'est sale ! Pourquoi y a-t-il autant de fumée ?

— Ce sont les usines et les mines de charbon.

Au fur et à mesure qu'ils s'approchèrent de la cité minière, la surprise de Ruben alla grandissante.

— Qu'est-ce que c'est ces tours bizarres, là-bas près de la rivière ?

— La rivière, c'est le Gardon. Et ces drôles de tours, ce sont des chevalements. En dessous de chacun, il y a un puits par où descendent les mineurs.

— Ceux qui extraient le charbon ?

— Parfaitement.

— Et ces montagnes pointues ? Il n'y en a pas comme ça chez nous !

— Ce ne sont pas des montagnes mais des crassiers.

— Des quoi ?

— Des terrils si tu préfères. Ce sont les résidus qu'on obtient après le nettoyage du charbon.

— Qu'est-ce qu'on en fait ?

— Rien. On les empile sur place.

— En tout cas, la rivière, elle, est bien jolie !

— Il ne faut pas t'y fier. Le Gardon peut être très dangereux. Ses crues sont dévastatrices à l'automne.

— Ça sent bizarre. Ça me pique la gorge.

— Ce sont les fumées.

Ruben ne semblait pas ravi par ce qu'il venait à peine de découvrir.

— Si c'est ça la ville, je préfère rester dans nos montagnes avec nos brebis et nos chèvres !

— Je croyais que tu rêvais d'aventures et que tu voulais parcourir le monde ! Rassure-toi, toutes les villes ne sont pas couvertes de fumée. Si j'ai bon souvenir, Nîmes est une cité resplendissante.

— Je sais, c'est une ville romaine. Il y a des monuments antiques.

— Tu en sais des choses ! Ah oui, j'oubliais, tu lis le journal de ton grand-père quand il a le dos tourné !

Ruben piqua du nez et ne dit mot.

— Je plaisantais, rectifia Zacharie. Allons, dépêchons-nous ! Nous allons nous mettre en retard.

Premier voyage

À l'entrée de la petite ville, l'animation battait déjà son plein en dépit de l'heure matinale. Une foule bigarrée circulait dans les artères principales. Des coups de sirène stridents appelaient les travailleurs sur leur lieu de travail : ouvriers en veste et pantalons bleu nuit, casquette de ferrailleur sur la tête ; mineurs aux visages de charbonniers, la casquette encore enfoncée jusqu'aux oreilles, auxquels se mêlaient marchands ambulants et colporteurs de toutes sortes.

— Tu vois, fit remarquer Zacharie, ces hommes de la mine rentrent chez eux tandis que d'autres partent les remplacer.

— Ils ont travaillé toute la nuit ?

— Tu sais, là où ils travaillent, qu'il fasse jour ou nuit… !

Ne sachant où se trouvait la gare, Zacharie se renseigna chez un boulanger qui, le visage encore tout enfariné, semblait jouer au « Monsieur Loyal » dans un cirque d'ombres chinoises.

— La gare ! Il faut vous rendre dans le quartier de La Pise. Mais si c'est pour prendre le train d'Alais, dépêchez-vous : ils ne délivrent plus de billets un quart d'heure avant le départ, et ils ferment les portes dix minutes avant que le train ne parte. Ne traînez pas !

Zacharie prit le pain que lui tendait le boulanger, jeta une piécette sur le comptoir et, sans attendre sa monnaie, tira Ruben par la main.

— Viens vite ! Merci, monsieur.

Ils parvinrent juste à temps pour acheter leurs billets.

Le guichetier, un homme au port soigné dans son bel uniforme et sa casquette blanche vissée sur la tête, leur demanda d'un air dédaigneux :

— C'est pour quoi ?

— Prendre le train, pardi ! soupira Zacharie, à bout de souffle.

— Il est grand temps ! Si vous voulez *emprunter* le train de 8 heures, ne traînez pas dans la gare, allez vite sur le quai. Combien de billets désirez-vous ? Quelle classe et pour où ?

Zacharie semblait perdu. Il regarda autour de lui, fixa l'horloge qui marquait 7 h 40. « Encore une minute ! » pensa-t-il.

— Alors, monsieur, décidez-vous !

— Euh... Deux billets pour Alais, s'il vous plaît.

L'homme du service de l'Exploitation toisa son dernier client pour le train de 8 heures. Il sourit sans se cacher en constatant qu'il avait affaire à un homme de la montagne. « Encore un *gavot*[1] qui se rend en ville ! » se dit-il.

— Je suppose que vous voyagerez en wagon debout.

— Euh... pourquoi ? demanda Zacharie.

— C'est 0,25 franc. Assis, c'est 0,75 franc et dans les berlines c'est 1 franc.

— Alors ce sera debout !

L'employé de la Compagnie détacha méticuleusement deux billets et les glissa sous la vitre de son guichet.

— Ça fait 0,50 franc.

— Donnez-moi l'aller-retour.

---

1. Sobriquet pour les gens du haut pays lozérien.

Premier voyage

— Alors, ça fait 1 franc.

Ruben trépignait d'impatience.

— Ils vont fermer les portes. Dépêche-toi !

Dehors, massée sur l'embarcadère, la foule des voyageurs commençait à se bousculer. Zacharie, craignant de perdre son fils dans la cohue, le tenait fermement par la main. De sa voix tonitruante, un autre employé de la gare invita « Mesdames et messieurs les voyageurs » à monter sans tarder dans les voitures. En tête du convoi, le chef de gare surveillait les abords du ballast, la main sur le pommeau de son bâton blanc.

Ruben s'étonna :

— Pourquoi le chef de gare porte-t-il un gourdin ?

— Ce n'est pas un gourdin, mais un simple bâton qui remplace le sabre qu'il portait il y a encore quelques années.

— Un sabre ! Pour quoi faire ?

— C'était sans doute une marque de supériorité. C'est lui le chef ici, comme un général à la tête de son armée.

À vrai dire, Zacharie n'en savait pas plus que son fils. Lui aussi ouvrait grand les yeux, tant le spectacle le surprenait.

Il trouva sans difficulté les wagons où se pressaient les voyageurs les moins fortunés. Devant, en tête du convoi, les voitures plus luxueuses et les wagons dotés de bancs étaient moins nombreux.

— Nous n'avons pas le temps d'aller voir la locomotive, expliqua Zacharie, mais quand nous serons arrivés à Alais, je te promets que nous le prendrons. Je suppose que c'est surtout ça qui t'intéresse !

L'enfant, subjugué par l'univers surréaliste dans lequel il se trouvait soudain plongé, ne répondit pas. Il s'était accoudé au bastingage et n'attendait qu'une chose : que le train démarre enfin !

À 8 heures précises, le chef de gare donna le signal du départ d'un grand coup de sifflet. Dans un bruit d'enfer, le convoi s'ébranla de toute sa masse métallique, secouant les voyageurs, les poussant les uns contre les autres. La locomotive laissa échapper de puissants jets de vapeur qui enveloppèrent tout l'embarcadère. Les bielles et les pistons s'actionnèrent lentement, faisant crisser les larges roues sur les rails de fer. Les tampons cognèrent, le bruit saccadé des essieux à la jonction des rails commença à cadencer l'allure. Petit à petit, le train prit de la vitesse, laissant derrière lui la foule des retardataires.

L'air cinglait le visage de Ruben, qui se penchait au dehors pour mieux voir avancer la chenille dans laquelle il s'était embarqué. Dans la première courbe, il aperçut, dans toute sa splendeur, le monstre de fer qui vomissait ses relents de charbon.

— Attention de ne pas prendre une escarbille dans l'œil, lui dit Zacharie. À cette vitesse, ça pourrait te rendre aveugle.

— À combien roulons-nous ?

— *Boudiou*[1] ! Je n'en sais fichtre rien !

— Sur certains tronçons, le train peut atteindre plus de quarante kilomètres à l'heure, répondit un voyageur placé derrière Ruben. D'autant que dans ce sens, la voie est en légère déclivité.

---

1. Bon Dieu !

Premier voyage

Le voyage devait durer environ une heure. Pour Ruben, c'était une éternité et Alais le bout du monde.

Sitôt passé La Grand-Combe, le train s'engouffra dans un premier tunnel. L'enfant, surpris par l'obscurité et le vacarme dû à la proximité de la paroi rocheuse, fit un bond en arrière et heurta son voisin. Le bruit l'empêcha d'appeler son père qui était tout aussi inquiet que lui. La fumée rendait l'air irrespirable et les escarbilles voltigeaient partout. La traversée, heureusement, fut de courte durée.

Une fois revenus à l'air libre, les passagers, à moitié asphyxiés, s'époussetèrent sans tarder.

— C'était le tunnel du Fesc, expliqua l'inconnu. Il mesure 180 mètres en courbe. Ce n'est pas le plus long ; peu avant Alais, le tunnel du Pèlerin tire ses 210 mètres.

— Vous connaissez bien la ligne ! s'étonna Zacharie.

— Pour sûr que je la connais ! J'ai travaillé à sa construction à la fin des années trente. Et ce n'était pas une partie de plaisir ! Il a fallu tailler dans le roc, construire des viaducs. Les travaux étaient sans cesse retardés par les crues du Gardon. On en a essuyé dix-huit pendant toute la durée du chantier.

Puis, s'adressant de nouveau à Ruben, l'homme poursuivit :

— Tu vois, petit, le chemin de fer, c'est la grande aventure du siècle, l'événement le plus important depuis la Révolution. Et, retiens bien ce que je vais te dire : c'est lui qui révolutionnera le monde et permettra de découvrir de nouveaux horizons.

Le convoi poursuivait allègrement sa course. La voie longeait la rive gauche du Gardon dont elle épousait les sinuosités. Par endroits, elle s'en approchait de si près que les voyageurs, de leur voiture ouverte, pouvaient apostropher les pêcheurs qui flânaient au bord de l'eau.

Ruben n'avait jamais vu un si large cours d'eau. Sur le flanc de son serre, il ne connaissait que les ruisseaux qui se transformaient soudain en torrents impétueux après l'orage.

— Toutes les eaux qui coulent dans nos montagnes finissent par rejoindre ce Gardon, lui expliqua Zacharie. Tu comprends pourquoi il est si large. Quand il est en crue, il tient tout son lit, il déborde même bien au-delà de ses rives. C'est un vrai lac en furie.

Ruben ne perdait aucun détail du spectacle vivant qui défilait sous ses yeux. Cela allait très vite, trop vite pour son esprit avide de tout voir et de tout comprendre. Et chaque fois que le train ralentissait au passage d'une route, il craignait que le voyage ne fût déjà terminé.

— C'est qui, ces gens au bord de la voie ?

— Ceux du service d'entretien, lui souffla son voisin face à l'embarras de son père. Sans eux, il y aurait des accidents. Ils veillent à ce que le ballast ne soit ni encombré ni détérioré.

— Comment les trains font-ils pour se croiser ? demanda l'enfant, poussé par la curiosité.

— Laisse monsieur tranquille ! lui rétorqua Zacharie. Tu vois bien que tu l'ennuies avec toutes tes questions.

— Laissez-le donc, monsieur ! Votre fils ne m'ennuie pas du tout. C'est la première fois qu'il voyage en train, n'est-ce pas ? C'est normal.

Premier voyage

Se retournant de nouveau vers Ruben :

— Tu as remarqué qu'il n'y a qu'une seule voie. La double voie s'arrête à Alais. Sur ce tronçon, les trains s'attendent donc pour prendre la ligne. Mais plus loin, Alais-Nîmes est à double voie.

Le convoi ralentit. Le martèlement des roues sur les joints des rails se fit plus distant. La machine lâcha de la vapeur et siffla plusieurs fois. La fumée envahit les wagons. Les voyageurs, bousculés par les coups de raquette répercutés d'une voiture à l'autre, se cramponnèrent à tout ce qu'ils pouvaient trouver.

— On arrive à La Vabreille, déclara quelqu'un. On est à mi-chemin.

Peu à peu les montagnes s'écartèrent. La vallée s'élargit. Le train ralentit de nouveau aux abords des forges de Tamaris. Des wagons de marchandises et de charbon étaient en attente sur des tronçons de voies annexes. Des ouvriers s'affairaient à décharger les lourds matériaux au milieu des grues et des palans : poutrelles d'acier, tôles, barres métalliques encombraient le sol et formaient un épandage hétéroclite.

— Ici, on fabrique les rails qui servent à l'implantation des nouvelles voies. Et le charbon vient directement des mines de La Grand-Combe et d'Alais.

Ruben ne perdait rien des explications de son voisin. Le spectacle le sidérait. La découverte brutale de cet univers de fer, de brique, de houille et de fumée lui tournait la tête.

— Tu m'as l'air tout *destimbourlé*[1], pitchoun, lui dit son père en le prenant par les épaules.

Puis, baissant la voix :

— Dis, en fait, quand on sera à Alais, il faudra éviter de parler patois. En ville, il faut parler français, hein, n'oublie pas ! Sinon, on passera pour des gavots !

— T'inquiète pas, Père, je saurai me tenir.

Le train entamait sa dernière section. Il s'engouffra dans le tunnel du Pèlerin et déboucha bientôt sur le triage de la gare d'Alais.

— On arrive, prévint Zacharie, il est pile 9 heures !

— Ah, vous savez, pour les trains, l'heure c'est l'heure ! fit l'inconnu qui ne s'était toujours pas présenté. En fait, je m'appelle Paulin Talabot, précisa-t-il. Je suis ingénieur à la Compagnie des chemins de fer Lyon-Méditerranée. J'aime voyager avec la foule dans les wagons ouverts. Je suis ravi d'avoir fait ta connaissance, petit.

Puis, s'adressant à Zacharie :

— Votre fils m'a l'air très intéressé par les chemins de fer. Laissez-le à ses rêves !

Zacharie ne comprit pas sur-le-champ l'allusion de son interlocuteur. Il était trop intrigué par le nom de ce dernier pour chercher à comprendre ce qu'il avait voulu lui signifier.

Une fois à quai, le train se vida rapidement. Les passagers pour Nîmes devaient changer de gare et rejoindre à pied un autre embarcadère.

---

1. *Troublé.*

Premier voyage

Dans le mouvement de foule, Zacharie perdit son fils de vue. L'enfant, heureusement, ne s'était pas éloigné du wagon duquel il venait de descendre et écoutait encore les ultimes explications de l'ingénieur des chemins de fer, resté à ses côtés.

— Ton père te cherche, petit ! Va vite le rejoindre.
Ruben sembla hésiter. Puis il se retourna et courut vers Zacharie en se faufilant prestement entre les voyageurs.

— Sais-tu qui est ce monsieur qui nous a fait la conversation ? lui demanda Zacharie dès qu'il eut retrouvé son fils. Je viens de m'en souvenir. J'ai lu son nom dans le journal. C'est lui qui a dirigé la construction de la ligne Nîmes-La Grand-Combe. C'est quelqu'un de très haut placé, un homme très important !

— Ah oui ! fit l'enfant, à peine étonné. Pourtant, il a l'air si simple !

— Il ne faut pas se fier aux apparences.

— Dis, Père, tu m'avais promis qu'on irait voir de près la locomotive.

— Exact, fils. Chose promise, chose due. Je n'oublie pas que c'est ton anniversaire aujourd'hui.

Tous deux remontèrent le quai en direction de la tête du train. La foule s'était dissipée. Un atteleur vérifiait que les wagons étaient bien accrochés et passait sous les tampons pour s'assurer que tout était en ordre.

— Ça, c'est un sacré métier ! fit remarquer le chef de train en s'apercevant de l'intérêt que portait l'enfant à tout ce qui l'entourait. Tu sais, ces hommes risquent leur vie à tout instant.

— Pourquoi donc ? demanda Ruben.

— Ils peuvent se faire coincer entre deux wagons au moment où ils les arriment.

— Il n'y a rien qui puisse les ralentir ?

— Si, avec son sabot de métal qu'il glisse sur le rail, le saboteur freine les wagons quand ceux-ci descendent de la butte de triage. Mais c'est très dangereux. Veux-tu que je t'emmène tout près de la locomotive ?

Ruben jeta en direction de son père un regard qui en disait long sur son envie.

— Je crois qu'aujourd'hui c'est ton jour de chance, fit celui-ci. Tu ne fais que de bonnes rencontres !

Tout en longeant les voitures, l'homme de la Compagnie invitait les nouveaux voyageurs à prendre place.

— Voilà la *Rubican* de Stephenson. N'est-elle pas belle comme une princesse ?

Ruben resta muet de stupéfaction, pétri d'un mélange d'admiration et de crainte. La machine lui paraissait gigantesque avec ses roues motrices plus hautes que lui, ses bielles puissantes, ses pistons en action et son énorme chaudière qui semblait fuir de partout, tant elle crachait par ses nombreuses soupapes la vapeur brûlante sous pression.

Le chef de train poursuivit ses explications, fier de montrer à l'enfant et à son père l'un des fleurons du rail :

— Elle a été mise en service en 1839 et développe cinquante-cinq chevaux pour un poids total de quatorze tonnes. Tu vois les deux hommes qui se trouvent à l'arrière ? Ils la bichonnent comme si c'était une femme !

Premier voyage

Ruben remarqua que l'un des deux personnages, au visage noir de fumée, paraissait trop bien vêtu pour la tâche qu'il accomplissait.

— Lui, c'est le *Seigneur* ! lui expliqua le chef de train, autrement dit le mécanicien. C'est lui qui conduit la machine, qui la contrôle, la répare et graisse les mécanismes.

— Pourquoi vous l'appelez le *Seigneur* ?

— En raison de son rang. Chez les *gueules noires*, ceux du rail, il a la place la plus enviée. C'est le seigneur du rail !

— C'est pour ça qu'il porte un chapeau haut-de-forme ?

— Ah, le gibus et la jaquette ! C'est une question de prestige. Dès qu'il a quitté la gare, il porte la casquette comme tout le monde et un foulard autour du cou. Vois-tu, les *Seigneurs* sont des gens fiers. Ils aiment qu'on les appelle *Monsieur*, comme les ingénieurs.

— Et l'autre homme à côté de lui, c'est qui ?

— C'est le chauffeur. Il chauffe la machine. Il veille à ce qu'il y ait toujours du charbon dans la chaudière pour maintenir la pression.

Ruben semblait subjugué autant par les hommes que par la machine. Ce qu'il venait de découvrir le jour de ses douze ans dépassait ce qu'il avait pu imaginer au travers de ses lectures.

— Si nous voulons visiter la ville, interrompit Zacharie, il est temps de nous mettre en route, fiston. Ce soir, tu auras encore l'occasion de t'extasier devant ces belles machines.

Ils traînèrent quelques minutes de plus sur le quai, le temps de voir partir le train en sens inverse, après que la locomotive fut détachée et qu'une autre vint s'arrimer à l'autre extrémité. Puis, d'un pas guilleret, ils prirent la direction de la ville.

Ils traversèrent le quartier de la gare. Celui-ci s'étendait jusqu'au dépôt, dans une zone d'anciens terrains vagues. Les gens du rail y occupaient des habitations modestes, sorte de casernes trop vite sorties de terre. Des enfants faméliques jouaient sur les chaussées de terre battue où l'eau stagnait en flaques glauques. Se retournant sur leur passage, ils leur jetèrent des regards inquisiteurs ; le quartier leur appartenait et, à leurs yeux de pauvres bougres, les voyageurs étaient des étrangers.

Dans le centre-ville, le spectacle était d'une tout autre nature. La foule grouillait dans les rues étroites de la cité cévenole, autour de la cathédrale, près de l'évêché, sur la place des Halles ceinte de ses arcades ombragées. Le Fort Vauban dominait les toits rouges des maisons médiévales comme un colosse inexpugnable. Bâti tout près du Gardon, les pieds presque dans l'eau, il semblait narguer la montagne et ses habitants, et témoignait encore du passé tragique que connurent, cent cinquante ans plus tôt, les rebelles camisards des Cévennes.

— Sais-tu que Richelieu est venu dans cette ville pour faire la paix avec les protestants ? Il aurait même séjourné à l'auberge du Coq Hardi, non loin de la place des Halles.

— Je l'ignorais, reconnut Ruben. C'était quand ?

— Sous Louis XIII. Il est venu signer la paix d'Alais en 1629. Mais plus tard, Louis XIV a tout remis en question.

— Tu en sais des choses, Père !

Premier voyage

— Un bon protestant se doit de connaître les grandes dates qui ont marqué le destin tragique de ses ancêtres. L'avenir des chemins de fer, c'est important. Mais il ne faut pas oublier le passé !

Ensemble, ils déambulèrent toute la journée dans la ville, passant d'une venelle à l'autre, de Rochebelle au faubourg du Soleil, de l'autre côté du Gardon. Quand, enfin fourbus, ils s'arrêtèrent, l'après-midi touchait à sa fin.

— Il est temps de regagner la gare, dit Zacharie. Le train part à 17 heures, nous n'avons qu'une demi-heure devant nous.

Ruben retrouva son allant. L'idée de remonter dans le train pour le voyage de retour lui décupla son courage.

— En attendant, nous allons manger un morceau, car nous n'arriverons pas au Fournel avant 10 heures.

Lorsque Félicie les aperçut sur le sentier, par-derrière la vitre de la fenêtre d'où elle les guettait depuis plus de deux bonnes heures, elle fut aussitôt soulagée. Elle s'empressa de demander à Samuel d'allumer les bougies et de se taire. Le papé sommeillait déjà, assis dans le cantou, sa petite-fille sur ses genoux. La maison était plongée dans le silence.

— On dirait qu'ils sont allés se coucher, remarqua Ruben. On n'entend rien.

— Il est tard. Ils ne nous ont peut-être pas attendus.

L'enfant parut déçu. Il n'avait pas oublié ce que sa mère lui avait promis la veille. Mais quand, par la fenêtre, il perçut le scintillement des bougies, son visage s'illumina, ses yeux pétillèrent de joie à l'idée de ce qui l'attendait. Il lâcha la main de son père et, guidé par les lucioles dans la nuit, il courut sans attendre vers la porte d'entrée.

— Joyeux anniversaire ! s'exclamèrent tous ensemble sa mère, son grand-père, son frère et sa petite sœur.

Dix heures sonnèrent alors à la pendule.

— Quelle exactitude ! s'étonna Félicie.

— Avec les trains, l'heure c'est l'heure ! répondit joyeusement Ruben.

IV

Une visite

À Falguière, la plupart des terres appartenaient à deux familles rivales : l'une catholique, les Montardier, issue d'une longue lignée de nobles reconvertis dans les affaires ; l'autre protestante, les Jalabert, descendant d'un riche bourgeois nîmois qui avait fait fortune dans le négoce de la soie.

Leurs propriétés, toutes plantées de vieux mûriers, occupaient les plus belles terres et permettaient aux paysans de la commune de gagner un complément de revenus appréciable. L'*arbre d'or*[1], en effet, fournissait la nourriture indispensable à l'élevage des vers à soie, activité pratiquée dans de nombreux mas.

Dès que se terminait la saison d'éducation[2], commençait la filature. Chaque famille paysanne apportait alors sa provision de cocons issue de sa propre magnanerie. Les enfants trouvaient souvent de l'embauche pour un travail momentané, le temps du dévidage et du filage. La matière première était ensuite acheminée vers les centres de tissage du bas

---

1. *Dans les Cévennes, nom donné au mûrier.*
2. *Terme désignant l'élevage des vers à soie.*

pays par l'intermédiaire des rouliers et voituriers, dont les charrettes se croisaient le long des routes empierrées de toute la région.

Comme nombre de filateurs, les Montardier et les Jalabert travaillaient pour le compte de marchands nîmois qui monopolisaient le négoce de la soie dans les vallées cévenoles.

Chaque année, il n'était donc pas rare de voir arriver à Falguière, comme partout où se trouvaient des ateliers de filature, des chemineaux en quête d'un travail saisonnier. Les habitants se méfiaient de ces gens qu'ils assimilaient à des *caraques*[1], des vagabonds, et veillaient à ne rien laisser traîner autour de leur mas. Ils leur attribuaient toutes les disparitions : objets, animaux, et même femmes et enfants. À entendre certains, ces *étrangers*[2] n'étaient que des voleurs d'enfants et des ravisseurs de femmes volages. Aussi les tenait-on loin de chez soi et fermait-on sa porte bien vite lorsque l'un d'entre eux pointait son baluchon au détour d'un sentier.

— Nous n'avons rien à vous donner, passez donc votre chemin !

Les malheureux ne demandaient rien d'autre que le gîte et le couvert, moyennant un coup de main dans l'étable ou dans la porcherie. Certains proposaient parfois de payer leur dû avec ce qu'ils toucheraient à la filature. Mais, pour cela, il leur fallait d'abord gagner la confiance, ce qui n'était pas assuré d'avance.

---
1. *Terme péjoratif souvent attribué aux gens du voyage.*
2. *En général : non-Cévenols.*

Une visite

Avec le développement industriel du bassin alaisien, leur nombre allait croissant depuis plusieurs années. Hauts-Lozériens, Ardéchois, bas-Languedociens, tous catholiques et reconnus plus dociles que les Cévenols des vallées, protestants, républicains et réputés contestataires, sillonnaient les chemins quand ils ne trouvaient pas d'embauche dans les usines des cités industrielles. Mais la crise du ver à soie, depuis une dizaine d'années, ne leur était pas favorable, les filatures étant tombées dans un profond marasme. Alors ils se rabattaient vers les mas agricoles où on ne leur faisait pas souvent grand accueil.

La fin de l'année approchait. Dans tout le village, on ne pensait qu'à la fête de Noël que personne, riche ou pauvre, n'aurait voulu sacrifier. Les temps étaient durs chez les humbles, mais la Nativité donnait toujours lieu à de belles réjouissances.

Le curé de la paroisse avait rassemblé toutes ses ouailles pour que, une fois de plus, l'église pût tenir la dragée haute au temple qui, en raison de sa simplicité et de son dénuement, avait bien du mal à rivaliser. Des portes grandes ouvertes, les curieux pouvaient voir s'agiter bedeau et enfants de chœur autour de l'autel et des petites chapelles du transept. Pour ce jour sacré, jamais les cierges n'étaient aussi nombreux, prêts pour le grand gaspillage, tandis que dans les chaumières les plus modestes l'on se serrait encore autour de l'âtre pour profiter de sa clarté et économiser les bougies. Lors du grand jour, crucifix, enluminures et statues de la Vierge ruisselleraient d'or et de lumière, tandis que les orgues déverseraient sur les fidèles leurs flots de mélopées religieuses.

Dans le temple, la ferveur n'était pas moins grande. La Vallée Longue était l'un des fiefs du protestantisme cévenol, et les huguenots y étaient majoritaires. C'était ce qui faisait leur force et expliquait leur calme apparent vis-à-vis de leurs rivaux qu'ils regardaient s'agiter dans une certaine indifférence.

Abraham Lapierre passait pour l'un des plus intransigeants. Pendant toute sa vie, il s'était toujours gardé d'entretenir de véritables relations avec les familles catholiques avoisinantes, les « papistes », comme il affectait de les appeler. Et pour rien au monde, il n'aurait bu ni mangé à leur table. Lorsqu'il apprenait la célébration d'un *bigarrat*, un mariage mixte, il n'avait pas de mots assez durs pour condamner l'époux huguenot à qui il reprochait de trahir la mémoire de ses ancêtres martyrs.

— Jamais, dans ma famille, je n'aurais accepté un tel mariage ! disait-il alors.

Ses enfants n'auraient pas osé le contrarier. D'ailleurs, ni Zacharie ni ses frères et sœurs n'avaient éprouvé d'attirance pour ceux de l'Église ennemie. Ils avaient tous épousé de bons huguenots, à leur image, qu'ils fréquentaient depuis leur tendre enfance, depuis le premier jour où leurs parents les avaient emmenés sur les bancs du temple.

Le pasteur n'était pas homme de compromis. Il savait trop combien était fragile la communauté de ses fidèles face au prosélytisme de l'Église catholique. Et s'il se sentait protégé par l'édit de Tolérance et par la reconnaissance officielle de la liberté de conscience, en chaire, il ne cessait de répéter aux siens que tout rapprochement avec les catholiques romains finirait par une assimilation à leur détriment.

Le temps de l'œcuménisme était loin d'être accompli !

Retranchés dans leurs *valats*[1] ou accrochés aux serres affûtés de leurs montagnes, les Cévenols protestants étaient donc un peuple méfiant ; leur passé, encore très présent, leur servait toujours de leçon.

Pourtant Abraham Lapierre était un homme de cœur. Il n'aurait pas abandonné à la misère quiconque aurait frappé à sa porte pour lui demander l'aumône. Et il avait su transmettre cette qualité d'âme à chacun de ses enfants.

— Nous sommes tous des créatures de l'Éternel, avouait-il pour tempérer ses propos parfois très durs. Nous devons agir avec notre prochain comme Il a agi avec tous les hommes par son fils Jésus-Christ-Notre-Seigneur. Nous devons pratiquer la charité.

C'était sa façon d'implorer Dieu pour le pardon de son intransigeance.

La veille de Noël, le ciel se mit en deuil. Des nuages menaçants, poussés par le marin, s'amoncelaient sur les crêtes, annonçant la neige. Celle-ci se mit à tomber de bon matin, en flocons légers et épars d'abord, puis lourde et collante.

— Faudra pas sortir les bêtes aujourd'hui, dit Abraham. Je crois que nous aurons un Noël blanc. Et avec le froid de ces derniers jours, la neige tiendra au moins une semaine. Le sol est gelé.

---

1. *Petit ruisseau ; par extension : petite vallée transversale.*

— Nous prendrons sur la réserve de foin, Père. En espérant que l'hiver nous épargne de mauvaises surprises !

L'herbe était ce qui manquait le plus au Fournel. Les faïsses étaient bien trop précieuses pour les laisser en prairie. Aussi les brebis étaient-elles envoyées chaque année à l'estive sur le mont Lozère, dès qu'arrivaient les beaux jours. Les chèvres les accompagnaient, sauf deux ou trois qu'on gardait pour le lait quotidien. En hiver, elles trouvaient toujours quelques buissons à grignoter, tandis que les brebis étaient conduites sur les chaumes ou les rares carrés d'herbe qu'on leur réservait et qui avaient été fauchés en leur absence.

— Demain, c'est Noël, ajouta Félicie. Cette neige tombe à pic. Tout le monde restera au mas et pourra m'aider à préparer la fête.

Zacharie décida aussitôt d'aller couper la longue bûche qu'il convenait de brûler dans la cheminée, le *calendal*, qui devait durer jusqu'au jour de l'an. Samuel se proposa de *faire du petit bois* en quantité suffisante pour l'alimenter. Sarah, quant à elle, se mit au service de sa maman pour la cuisine.

— Et toi Ruben ? demanda Abraham. Tu ne fais rien !

Le jeune garçon ne se décidait pas.

— Tu es encore dans les nuages ! fit Zacharie. J'aimerais que tu redescendes sur terre.

— Oui, Père. Je vais nettoyer l'écurie des chèvres pendant que vous vous affairez tous dans la maison.

Abraham s'absenta dans son appentis afin de bricoler quelques derniers objets qu'il voulait offrir à ses petits-enfants : un berceau en bois pour la

Une visite

poupée de chiffon de Sarah, un couteau dont il avait récupéré et affûté la lame et sculpté le manche dans un morceau d'olivier, pour Samuel. Pour Ruben, il n'avait rien confectionné, mais il lui réservait une surprise qui, il en était certain, lui ferait grand plaisir : sa collection de journaux qu'il gardait depuis plus de cinq ans, depuis qu'il s'était abonné par l'intermédiaire d'un colporteur.

Ruben fut le premier, ce matin-là, à mettre le nez dehors. La neige avait déjà recouvert les pierres du chemin et les terres cultivées n'étaient plus que d'immenses draperies qui tombaient en cascades d'un mur de faïsse à l'autre. Ses sabots s'enfonçaient entièrement dans le tapis immaculé et laissaient derrière lui des traces profondes. Il prit une pelle pour dégager la courette qui séparait le logis des dépendances et se mit à l'ouvrage sans tarder.

Quand il faisait froid dehors, quand le mas se trouvait prisonnier dans la neige, il aimait se réfugier auprès de ses chèvres et de ses moutons. La chaleur de l'étable, l'odeur forte des bêtes mélangée à celle de la paille humide et piétinée, la présence des agneaux et des cabris auprès de leur mère le réconfortaient et lui faisaient oublier les difficultés de son existence.

— N'en fais pas trop ! lui cria Félicie par l'entrebâillement de la porte. Tu vas transpirer et prendre froid.

— J'ai bientôt fini.

Ruben dégageait son dernier carré de neige quand son regard se porta machinalement sur le chemin de bordure. Une femme, emmitouflée dans un châle de laine sombre, s'approchait à petits pas, tirant derrière elle une enfant accoutrée de la même manière. Toutes deux peinaient dans la neige et se dirigeaient vers le Fournel.

« Que viennent-elles faire ici par un temps pareil ? » se demanda le jeune garçon.

Il se cacha contre le mur de la bergerie et les observa, intrigué, tenant sa pelle des deux mains comme pour mieux se protéger d'un éventuel danger. Les deux inconnues ne l'avaient pas aperçu. Elles passèrent devant lui sans s'arrêter. La femme se tapa les pieds fortement sur le sol dégagé, découvrant des bottines misérables, secoua ses vêtements ainsi que ceux de la petite fille qui l'accompagnait, et s'avança vers la porte d'entrée.

Ruben l'entendit parler à voix basse :

— Tu m'as bien comprise. Tu ne dis rien, hein ! Tu me laisses parler.

La petite acquiesça de la tête et se blottit dans les jupes de sa mère.

Ruben n'osa les apostropher et les laissa parvenir jusqu'à la porte sans intervenir. La jeune femme frappa et attendit qu'on vienne ouvrir, tenant toujours sa petite par la main.

À l'intérieur, Félicie était déjà à l'ouvrage. Avant de se mettre à la cuisine, elle avait entrepris un ménage de fond en comble de la maison, « pour faire honneur au petit Jésus qu'on mettra ce soir dans la crèche », avait-elle expliqué à Sarah.

Surprise d'entendre frapper à la porte, elle s'écria sans se retourner :

— Eh bien, rentre, grand nigaud ! Tu fais des manières à présent ! Pourquoi frappes-tu à la porte ?

Une visite

L'inconnue comprit que ces paroles ne lui étaient pas adressées. Elle attendit un court instant et frappa de nouveau.

— Ruben, ce n'est pas drôle ! Je n'ai pas que ça à faire. Si tu as envie de rester dehors par ce froid, fais comme il te plaira !

Sur ces entrefaites, Zacharie s'en revint du bois avec Samuel, une énorme bûche sur l'épaule. Quand il passa devant Ruben, il ne put s'empêcher de lui demander :

— C'est qui ?

— Je l'ignore. Elles sont arrivées par le chemin du village.

Zacharie, méfiant, vit les deux inconnues pénétrer dans la maison. La jeune femme, comprenant qu'il fallait forcer la porte pour attirer sur elle l'attention, n'attendit pas qu'on l'invitât à entrer. Surprise, Félicie s'arrêta net dans son ouvrage.

— Qui êtes-vous ? demanda-t-elle. Et que faites-vous ici ?

— J'ai frappé deux fois, mais j'ai compris que vous pensiez qu'il s'agissait de votre fils.

Zacharie arriva à ce moment-là. Il posa son fardeau sur les dalles, puis, sans hésiter, dit :

— Si c'est pour du travail, nous n'en avons pas. Nous sommes déjà assez nombreux sous ce toit. Nous n'avons pas besoin de servante ni de journalier.

— Laisse donc parler cette petite dame ! intervint Félicie, qui avait remarqué le regard plein de tristesse de la fillette. Finissez d'entrer et avancez-vous près de la cheminée, vous vous réchaufferez.

Sans lâcher la main de son enfant, l'inconnue s'approcha de l'âtre flamboyant et ôta son châle. Son visage amaigri était d'une pâleur qui trahissait une profonde fatigue. Ses yeux reflétaient toute la misère du monde, ses mains aux longs doigts effilés étaient toutes creusées d'engelures.

— *Moun Diou*, ne put s'empêcher de s'exclamer Félicie, comme vous êtes *trasse*[1] ! Vous n'avez pas dû manger depuis longtemps.

— Depuis deux jours. C'est que nous avons beaucoup marché.

Derrière elle, Zacharie ne disait mot, se demandant quelles étaient les intentions de sa femme.

— Alors, que voulez-vous ? reprit cette dernière.

— Je crois que je n'ai pas frappé à la bonne porte. Votre mari a déjà répondu à la question que j'allais vous poser.

— Vous cherchez donc du travail. Ma pauvre petite, ce serait de bon cœur, mais nous n'en avons pas pour embaucher. Mon mari a dit vrai. Nous n'avons pas de quoi nous payer de la main-d'œuvre. Nous vivons chichement. Mais d'où venez-vous avec votre *péquélette*[2] ?

— Nous venons de Lyon. Là-bas, j'étais ouvrière dans une usine textile. Je travaillais sur un métier à tisser. C'était dur, mais j'avais assez pour payer le loyer de ma chambre et Marie ne manquait de rien. Elle m'accompagnait à l'usine. Elle s'y rendait utile en nettoyant les abords des machines ou en

---

1. *En piteux état.*
2. *Petite fille.*

Une visite

poussant les chariots. Au moins, elle ne traînait pas dehors et, l'hiver, elle était au chaud.

La petite Marie, obéissant à sa mère, gardait le silence.

— Tu n'as pas l'air très loquace, pitchounette ! coupa Félicie en s'adressant à elle. Tu as perdu ta langue ?

— Elle est très timide, madame. Et, elle aussi, elle est très fatiguée.

— Approche-toi donc et assieds-toi dans le fauteuil du papé. Il ne te dira rien. D'ailleurs, il est occupé je ne sais où. Zacharie, veux-tu servir quelque chose de réconfortant à cette malheureuse ? Et toi, petite, tu veux un verre de lait bien chaud ?

La fillette regarda sa mère d'un air interrogateur. La présence de Sarah dans la pièce la perturbait.

— Elle adore le lait, répondit sa mère à sa place.

— Et que vous est-il arrivé ? poursuivit Félicie, tandis que Zacharie sortait sa bouteille de *cartagène*[1].

— J'ai été mise dehors par le jeune patron, quand il a remplacé son père qui m'avait embauchée. Il n'appréciait pas que j'amène Marie à l'atelier. Je ne pouvais quand même pas la laisser seule toute la journée dans cette cave humide qui nous servait de chambre !

— Et votre mari, ne pouvait-il pas...

Félicie comprit aussitôt qu'elle venait de commettre un impair.

---

1. *Vin doux fabriqué avec de l'eau-de-vie et du moût de raisin.*

La jeune femme se tut, baissant les yeux comme pour demander pardon. Confuse, elle balbutia :

— Euh... je n'ai pas de mari... et ma fille ne connaît pas son père.

— Ma pauvre petite ! Je comprends.

Puis s'adressant à Zacharie :

— Nous ne pouvons pas laisser repartir cette malheureuse. Avec cette neige, la petite prendra mal. Qu'en dis-tu ?

Zacharie tendit un verre rempli de cartagène à la jeune maman et un bol de lait chaud à la petite fille. Il reconnut :

— Certes, nous ne pouvons les laisser dehors un jour de Noël. Dieu ne nous le pardonnerait pas. Je vais vous aménager un coin dans la grange pour quelques nuits, le temps que vous avisiez. Vous y serez au chaud.

L'inconnue avala lentement son verre sans sourciller.

— C'est doux. C'est bon.

— C'est Zacharie qui la fait lui-même chaque année, avec du moût et de l'eau-de-vie. Mais ne lui demandez pas sa recette, il ne vous la donnera pas ! Et toi, petite, tu ne bois pas ton bol de lait ! N'attends pas qu'il refroidisse. Je l'ai sucré avec un peu de miel. Nous avons quelques ruches derrière le mas, c'est bien utile !

Marie trempa ses lèvres dans le bol fumant. À la première gorgée, elle ne put retenir une grimace qui la pétrit de confusion.

— Tu n'aimes pas ? demanda Sarah, sortant enfin de sa réserve.

— Il a un drôle de goût.

Une visite

— C'est du lait de chèvre, expliqua Félicie. Ici nous n'avons que ça.

— Bois sans faire d'histoire ! ordonna la jeune femme. Ça te fera du bien.

Sarah souriait dans son coin. « Quelle petite gourgandine ! pensa-t-elle. Faire la grimace alors qu'on lui offre du bon lait au miel ! »

— Je ne voudrais pas abuser de votre hospitalité.

— Il ne sera pas dit qu'un Lapierre laisse à la porte quelqu'un dans le besoin. N'est-ce pas, Zacharie ?

Celui-ci opina du chef. Mais il crut bon d'insister :

— Vous trouverez à vous embaucher dans les filatures Montardier ou Jalabert. Surtout si vous leur dites que vous avez déjà travaillé dans une usine à Lyon. Ils vous trouveront aussi un logement.

Zacharie n'ignorait pas que les filatures de la commune avaient restreint leur personnel en raison de la crise qui sévissait. Chaque année, la pébrine anéantissait une grande partie de la récolte de cocons et l'activité de la soie déclinait.

La jeune femme ne répondit pas.

— Comment vous appelez-vous ? demanda Félicie.

— Charlotte. Charlotte Pain.

— Voilà un joli nom de famille !

— C'est celui qu'on m'a donné à l'Assistance publique. Quand les sœurs m'ont recueillie, je serrais dans la main un morceau de pain. Je n'avais pas encore deux ans... Je n'ai jamais connu mes parents. Je suis une enfant trouvée.

Félicie et Zacharie se regardèrent. D'un coup, ils prirent conscience de la misère dans laquelle leur hôte vivait depuis sa tendre enfance. Cette misère la poursuivait et la même fatalité semblait s'acharner sur les épaules de la petite Marie qui, à son tour, avait été abandonnée par son père.

— Allez ! Aujourd'hui, nous préparons la veillée de Noël. Il ne faut pas être triste, n'est-ce pas ? Ce soir, vous serez des nôtres, et Marie aura de nouveaux amis pour s'amuser. Sarah, occupe-toi de Marie s'il te plaît. Emmène-la dans ta chambre.

Sarah s'approcha de Marie sans enthousiasme :
— Viens, c'est par-là.

V

Cadeau de Noël

Zacharie n'avait pas demandé l'avis de son père pour accueillir Charlotte et Marie sous son toit. Tout avait été si vite qu'au moment où le papé rentra de son appentis vers le milieu de la matinée, poussé par la faim, il fallut le mettre devant le fait accompli.

Levé dès l'aube, il avait l'habitude de prendre un en-cas avant le repas de midi, toujours vers 10 heures. Il n'avait pas besoin de consulter l'horloge, son ventre lui indiquait avec précision qu'il était temps d'aller se restaurer. En guise d'en-cas, Abraham se taillait deux larges tranches de pain bis qu'il tartinait de saindoux et qu'il avalait avec une tranche de lard ou un *pélardon*[1]. Une bonne rasade de piquette lui facilitait la digestion des graisses – du moins, c'est lui qui l'affirmait. Malgré son âge, il gardait bon appétit et, à midi, il ne donnait pas sa part au chat, ni au chien d'ailleurs. Zacharie, qui avait pris la même habitude dès l'adolescence, reconnaissait que son père ferait bien de se restreindre s'il voulait éviter une crise de goutte ou une attaque cérébrale. Il avait beau lui expliquer que, se

---

1. *Petit fromage de chèvre.*

dépensant moins qu'avant, il n'avait pas besoin de tant manger, le papé ne voulait pas entendre raison.

— Ce n'est pas à mon âge qu'on change ses habitudes ! ronchonnait-il.

Quand 10 heures sonnèrent, il rentra dans la cuisine avec la précision d'un horloger. Surpris de trouver une inconnue assise dans son fauteuil, il s'adressa directement à sa bru d'un air réprobateur :

— Qui donc accueilles-tu de si bon matin ?

— Père, ne vous fâchez pas. Je vais vous expliquer.

Charlotte, comprenant à quel point sa présence perturbait le vieil homme, se leva aussitôt, prête à lui faire mille excuses et à disparaître.

— Je crois qu'il vaut mieux que nous nous en allions.

— Qui es-tu, petite ? demanda Abraham en la tutoyant. Je ne t'ai jamais aperçue au village. Mais, à ce que je vois, ma bru t'a fait bon accueil !

— Je vous laisse votre fauteuil, monsieur. D'ailleurs, j'allais m'en aller.

— Il n'en est pas question, reprit Félicie. N'est-ce pas, Zacharie ? Charlotte et Marie sont nos hôtes pour quelques jours. Elles resteront ici le temps qu'elles se retournent.

Félicie craignait son beau-père, comme la plupart des épouses qui vivent sous le toit de leur belle-famille. Elles y sont toujours des pièces rapportées, même si leur présence se révèle plus qu'indispensable quand disparaît la mamée. Mais elle le respectait, car son éducation lui avait appris l'obéissance et le devoir. Les personnes âgées incarnaient à ses yeux de protestante confirmée l'autorité ancestrale sans laquelle les liens familiaux seraient, tôt ou tard, vite rompus. Elle était très consciente que la vieillesse conférait aux anciens l'apanage des expériences du passé, et qu'entre huguenots il fallait suivre la tradition, sans remettre en question la primauté du patriarche. Zacharie, à quarante ans, n'agissait pas autrement avec son propre père.

Toutefois Félicie savait s'affirmer devant celui-ci, et quand la nécessité s'imposait d'elle-même, elle n'attendait pas la bénédiction de son beau-père pour agir.

— Charlotte cherche du travail. Nous lui avons expliqué que, de ce point de vue, nous ne pouvions malheureusement rien pour elle, mais que nous pouvions l'héberger quelques jours. La grange fera l'affaire.

Abraham se retourna vers son fils :

— C'est toi qui as décidé cela ?

— Nous avons pris la décision ensemble, Père. Deux bouches de plus à nourrir, nous n'en mourrons pas !

— Sais-tu seulement d'où elles viennent ? ajouta le papé en patois, afin que Charlotte ne le comprît pas.

— *Amaï ! Quau va detràs lo sèrre, sep pas de que va quèrre !* Qui va derrière la montagne ne sait pas ce qu'il va trouver ! Cette femme ignore qui nous sommes, mais elle nous fait confiance. Faisons-lui confiance aussi.

De l'autre côté de la cloison fusaient des rires innocents. Sarah et Marie, plus vite que les adultes, avaient rompu la glace qui les avait un moment retenues.

— Soit, finit par admettre Abraham. Si c'est pour quelques jours...

Félicie s'étonna que son invitée n'eût aucun bagage avec elle.

« Venant de si loin, avec une enfant, elle devrait être lourdement chargée ! » pensa-t-elle.

Tout au long de la journée, son esprit fut préoccupé par cette idée. Mais, ne voulant pas avoir l'air de regretter sa décision ni inquiéter inutilement Zacharie, elle n'en parla plus.

Elle n'osa demander à Charlotte de l'aider aux préparatifs du repas de réveillon. Celle-ci resta de longues heures assise dans le cantou, sous la hotte de la cheminée, le regard fixé sur les flammes, perdue dans ses songes. De temps en temps, elle se levait pour mettre le nez dehors, enfilait de nouveau son châle et s'éclipsait jusqu'au bord de la route comme si elle attendait quelqu'un.

La neige avait cessé de tomber, mais, comme l'avait craint Abraham, elle tenait sur le sol gelé. Charlotte semblait mal à l'aise. Ses yeux trahissaient un mélange de crainte et de résignation. Pourtant, elle ne connaissait personne dans la région – c'est elle qui l'affirmait – et personne ne la connaissait.

Quand la nuit tomba et que tous furent enfin réunis pour la veillée, Félicie l'invita à se joindre à eux pour fêter Noël.

— Nous ne pouvons pas la tenir à l'écart, avait-elle prétexté. Pour la petite Marie aussi, c'est aujourd'hui Noël !

Autour de la longue table, Ruben et Sarah se poussèrent sur le banc pour laisser entre eux une place

Cadeau de Noël

à la petite fille. Félicie invita Charlotte à s'asseoir auprès d'elle, en face de Zacharie. Abraham, en tête de table à la place d'honneur, se leva et d'un ton monocorde déclara :

— Que l'Éternel bénisse ce repas que nous Lui dédions et nous protège du mal !

Surprises, les deux invitées restèrent assises. Abraham s'arrêta net et les fustigea du regard.

— Hum... hum ! fit-il en se raclant la gorge.

Félicie toucha délicatement le bras de Charlotte, qui se leva aussitôt en invitant Marie à en faire autant.

La prière terminée, Zacharie fut le premier à convier tout le monde à manger.

Pour ce repas de fête, Félicie s'était surpassée et n'avait lésiné sur rien. Il serait bien temps de se priver ensuite ! Les rares légumes du jardin, les meilleures pièces de viande, les pélardons les plus crémeux furent sacrifiés en un seul et unique festin : soupe au lard, cardes à la crème, tourte de pommes de terre, lapin en civet et daube de sanglier finirent par rassasier les ventres les plus affamés. Et, pour finir, Félicie demanda à sa fille d'apporter le dessert :

— Gâteau à la châtaigne et au miel ! annonça Sarah, fière comme Artaban.

— Et c'est elle qui l'a fait toute seule !

Les garçons et la petite Marie, complètement libérée, applaudirent de concert, étourdissant Sarah sous leurs bravos.

Le vin aidant – Zacharie avait sorti le vin nouveau de sa dernière cuvée, et pas la piquette qu'il réservait pour le quotidien ! – Charlotte avait repris des couleurs et semblait oublier ses problèmes. Autour de la table, elle retrouvait une vraie famille, unie et solidaire, une chaleur qu'elle n'avait pu offrir à sa fille et qu'elle-même n'avait jamais connue. Abraham, finalement, avait remisé sa méfiance instinctive et troqué son air autoritaire de patriarche pour celui d'un grand-père en sucre prêt à tout pour combler ses petits-enfants.

Sur le coup de 11 heures, alors que Zacharie commençait déjà à s'assoupir sur son ventre rebondi, enivré par la chaleur de l'âtre autant que par le vin et la cartagène dont il avait abusé, Abraham se leva d'un bond et sortit précipitamment.

— Que se passe-t-il ? demanda Félicie en regardant Zacharie d'un air inquiet.

— Il a trop mangé, il va vomir dehors, répondit Sarah malicieusement.

Le papé se dirigea vers son appentis et y resta une bonne demi-heure. Pendant ce temps, Félicie et Charlotte débarrassèrent la table et remirent la cuisine en ordre. Les enfants jouaient aux devinettes dans le cantou, empêchant Zacharie de sombrer dans le sommeil. Ils attendaient avec impatience l'heure fatidique où ils seraient autorisés à découvrir leurs cadeaux. Auparavant, Félicie les ferait sortir pour disposer les paquets de chacun près de la cheminée et pour que la surprise fût encore plus grande.

Quand les douze coups de minuit retentirent, Abraham réapparut, un paquet dans les mains.

— Tiens, fit-il à sa bru, tu ajouteras celui-là. C'est pour la petite Marie.

Cadeau de Noël

Dans les yeux du vieillard brillait une lueur de tendresse et de compassion qui trahissait ce que son cœur tentait en vain de dissimuler.

Le lendemain matin, Zacharie fut le premier levé. C'était le 25 décembre et, pour rien au monde, ce jour-là, il n'aurait manqué le culte au temple du village. Tous dormaient encore profondément dans la maisonnée. Dans la cheminée, le calendal se consumait sous les braises. Il prit une brassée de petit bois et le ranima aussitôt. Puis, comme il en avait l'habitude, il sortit rendre visite à ses bêtes. Depuis qu'il avait pris la succession de son père, c'était là sa première préoccupation. Rien n'aurait pu l'en détourner, qu'il fût dimanche ou un jour ordinaire de la semaine.

Machinalement, après avoir inspecté l'écurie, l'étable et la porcherie, il ouvrit la porte de la grange pour s'assurer que ses hôtes avaient passé une bonne nuit.

Dans la paille, il reconnut une masse informe, toute recroquevillé sur elle-même. Il devina Marie à sa petite taille, étendue à côté d'une couverture. Celle-ci attira son attention. Il s'approcha en prenant garde de ne pas réveiller l'enfant. Par la porte entrouverte, la lumière crue du matin embrasa le fenil. Marie se tourna de côté et roula sur la couverture.

« Bon sang, où est sa mère ? » se demanda Zacharie.

Il courut aussitôt au logis pour s'assurer qu'elle s'y était rendue pendant qu'il s'affairait auprès des bêtes. Il y trouva Félicie en train de préparer le bajanat du matin.

— Charlotte n'est pas avec toi ?
— Non. Elle dort encore. Pourquoi ?
— Boudiou, elle n'est pas dans la grange !
— Et la petite ?
— Elle dort.
— Où est donc sa mère ?

Ensemble, ils se précipitèrent auprès de l'enfant sans prendre de précaution. Marie venait de se réveiller et, les yeux encore tout ensommeillés, demanda :

— Où est maman ?

Dans la paille, à côté d'elle, une feuille de papier arrachée d'un almanach était pliée en deux.

Zacharie s'approcha de la petite, la prit par la main, ramassa la feuille de papier.

— Où est ma maman ? répéta Marie.
— Viens avec moi, dit Félicie qui soupçonnait un grand malheur.

L'enfant lui obéit, tandis que Zacharie, tout ébaubi, lisait en remuant les lèvres, comme pour mieux comprendre :

« Je suis partie avant que vous ne puissiez m'en empêcher. Je ne veux pas vous infliger ma présence. Vous avez été d'une grande bonté pour moi et je ne veux en abuser. Je comprends la situation. Ce que je m'apprête à faire me déchire le cœur. Mais je ne veux pas que mon enfant connaisse comme moi la misère de ne pas avoir un vrai foyer. Sous votre toit, elle trouvera chaleur et amour, j'en suis persuadée. Je ne me sens plus capable de l'élever toute seule en

errant sans cesse sur les routes à la recherche d'un havre où poser ma détresse. Je ne peux lui imposer cela plus longtemps. C'est pourquoi je vous la confie. Je sais que vous ne l'abandonnerez pas. Elle grandira auprès de vous dans une vraie famille qu'elle n'aura jamais avec moi. Je vous remercie du fond du cœur. Adieu. Charlotte. »

Félicie n'eut pas le courage de raconter la vérité à Marie.

— Ta maman reviendra, lui mentit-elle. Elle a dû s'absenter. Mais ne crains rien, nous nous occuperons de toi. N'est-ce pas, Zacharie ?

— Euh... oui, bien sûr, le temps que sa mère revienne.

Zacharie ne semblait pas ravi de l'encombrant cadeau de Noël que leur laissait la pauvre Charlotte. En aparté, il confia à sa femme :

— Nous ne pouvons garder cette enfant sous notre toit une éternité. Une bouche de plus... ! Et que diraient les voisins ? Ils poseront des questions. Après tout, cette femme, nous ne la connaissons pas. Qui sait d'où elle vient et qui elle est vraiment ?

Félicie dut admettre que la présence de Marie lui occasionnait un réel problème. Mais son principal souci n'était pas là.

— Le plus délicat sera de convaincre ton père.

Il fallut mentir à Abraham, comme à la petite, lui faire croire que la situation n'était que temporaire, que Charlotte avait promis de reprendre son enfant dès que possible.

— Dès qu'elle aura trouvé de l'embauche, précisa Zacharie pour amadouer son père.

Abraham ne dit mot. Il examina l'enfant comme s'il venait de la découvrir pour la première fois. Celle-ci, toute tremblante d'appréhension, serrait dans ses bras la poupée de chiffon qu'il lui avait fabriquée la veille.

— Alors, elle te plaît ta poupée ? lui demanda le vieil homme d'un ton bourru. On dirait que je te fais peur. Tu trembles comme un cabri qui vient de naître !

— Je l'ai appelée Suzon. Je ne l'abandonnerai jamais !

Félicie et Zacharie se regardèrent en silence.

Il fallut faire une place à la petite nouvelle. La maison n'étant pas grande, il fut décidé que les garçons iraient dormir dans la grange afin de laisser la chambre aux deux filles. Samuel et Ruben transportèrent aussitôt leur paillasse de feuilles de châtaignier dans le fenil et s'aménagèrent un coin à dormir sans trop rechigner

— Au moins, ici, nous aurons nos aises ! reconnut l'aîné des garçons, faisant contre mauvaise fortune bon cœur. Je préfère encore la paille que la présence de deux petites chipies qui ne pensent qu'à jouer à la poupée.

La vie reprit son cours. Chacun fit comme si de rien n'était.

Mais, chaque jour, Marie attendait impatiemment le retour de sa mère.

VI

L'adoptée

Quelques jours après le départ de Charlotte – l'année tirait à sa fin – deux gendarmes vinrent frapper à la porte du Fournel. Zacharie et les deux garçons étaient partis *luchéter*[1] la terre d'une faïsse située au fond du valat, Sarah gardait les brebis avec Marie, sa nouvelle amie qui l'accompagnait partout comme une sœur jumelle.

Abraham reçut les deux représentants de la loi en compagnie de Félicie. Celle-ci comprit aussitôt qu'ils venaient pour Marie. Mais elle se tut afin de ne rien dévoiler du secret qu'enfermait désormais le Fournel.

— Nous sommes à la recherche d'une jeune femme et d'une enfant, déclara celui des deux gendarmes qui semblait être le chef. Elles rôdent dans les parages depuis plusieurs jours. Vous n'avez rien vu ?

Félicie regarda son beau-père, ne sachant que répondre.

— Que leur voulez-vous ? demanda Abraham.

---

1. *Retourner la terre à l'aide d'un luchet : bêche à dents.*

— Leur mettre la main au collet ! La mère vole à la tire partout où elle passe. Nous avons enregistré des plaintes. Elle est reconnaissable : très brune, les cheveux longs sur les épaules. Une allure de *roumie*[1]. Mais elle n'en est pas une. La petite lui ressemble. On ne sait pas d'où elles viennent. On les a vues au Collet peu avant Noël.

— Des malheureuses ! ne put s'empêcher de répliquer Félicie.

— Des voleuses, madame ! Et les voleurs doivent être arrêtés et jetés en prison. Alors, les avez-vous vues traîner dans le coin ?

Sur le coup, Félicie ne sut s'il fallait parler ou bien se taire. Elle crut qu'Abraham allait vendre la mèche pour ne pas avoir d'ennuis avec les autorités.

— Si on avait vu quelque chose, dit-il, on vous le dirait, monsieur le gendarme.

— Brigadier ! précisa l'homme de l'ordre, brigadier Bonnafous.

— Monsieur le brigadier, reprit Abraham d'un ton sec et sans complaisance.

Les deux gendarmes n'insistèrent pas. Le brigadier rectifia sa posture, serra les talons, fit le signe du salut militaire et s'apprêta à sortir.

— N'oubliez pas de venir signaler à la gendarmerie tout ce que vous pourriez découvrir d'anormal. Mon adjoint, le brigadier Ruas, prendra votre déposition.

— Nous n'y manquerons pas.

Après le départ des deux hommes, Félicie ne put que soupirer de soulagement.

---

1. Gitane, bohémienne.

— Merci, Père, pour la petite Marie.

— Je n'allais quand même pas jeter une petite innocente dans les pattes de ces deux escogriffes sous prétexte que sa mère est une voleuse !

— Charlotte devait être acculée et a dû voler pour nourrir sa fille.

— Hum... hum ! se contenta de répondre le vieux protestant.

— Sa détresse doit être immense.

— Voler son prochain est condamné par les Saintes Écritures !

— Quand les riches ne font pas la charité aux plus démunis, ceux-ci, en volant, ne font que leur prendre ce qu'ils auraient dû leur donner pour partager avec eux leurs richesses !

— Tu absous les voleurs un peu vite, ma fille !

— Je me mets simplement à la place de cette malheureuse qu'on a jetée à la rue et qui traîne maintenant Dieu seul sait où.

Abraham n'avait pas le cœur aussi dur qu'il le laissait paraître. Et son aversion pour Louis-Napoléon l'avait poussé à prendre le contre-pied de ses principes religieux pour mieux défendre ce qui, à ses yeux, était l'essentiel : son idéal républicain. En protégeant Marie, il défendait la cause des pauvres, fussent-ils poursuivis par la justice. Il croyait ainsi lutter contre l'autoritarisme et l'oligarchie, les deux plaies du régime bonapartiste.

— De toute façon, crut-il bon d'ajouter pour ne pas donner l'impression de plier devant les exigences du destin, dès que Charlotte reviendra chercher sa fille, il faudra qu'elle s'en aille vite. Nous ne dirons rien aux gendarmes, mais elle ne devra pas rester un jour de plus ici. Nous lui donnerons le nécessaire pour vivre quelques jours. Après, elle se débrouillera seule, avec l'aide de Dieu.

Félicie savait que Charlotte ne reviendrait pas. Qu'allait-elle donc faire de la petite Marie ?

Les jours passèrent, puis les semaines. La fillette languissait de ne pas revoir sa mère et ne comprenait pas pourquoi celle-ci ne donnait aucun signe de vie. Sarah avait beau la distraire, elle ne parvenait pas à lui détourner l'esprit de son idée fixe : retourner à Lyon, où elle habitait.

Les garçons ne faisaient pas cas d'elle. Ses manières de petite fille de la ville provoquaient leurs moqueries. Marie, en effet, ne parvenait pas malgré ses efforts à s'accoutumer à son changement d'existence.

Un jour, Abraham revint de son appentis avec une paire de sabots qu'il avait taillés pour elle dans deux pièces de bois d'un vieux châtaignier.

— J'ai mis de la paille à l'intérieur. Tu auras plus chaud et tu ne te blesseras pas. À la campagne, tes bottines ne conviennent pas ; tu seras mieux, comme nous, en sabots.

Dès lors, du matin au soir, on entendit Marie marteler le sol comme un joueur de claquettes. Loin de lui déplaire, marcher en sabots l'amusait. Et c'est avec fierté qu'elle montrait aux garçons qu'elle se débrouillait comme une vraie paysanne.

Ruben n'était pas le dernier à se moquer d'elle. Un jour, il voulut la mettre à l'épreuve, pour s'amuser, prétendit-il. Du haut du serre où il avait coutume

L'adoptée

de garder ses chèvres et ses brebis, il l'invita à faire la course jusqu'au mas.

— On verra bien si tu arrives à courir avec tes sabots ! Le premier en bas a gagné.

— A gagné quoi ?

— Il a gagné, c'est tout. C'est le plus fort. Si je gagne, tu me devras un gage.

— Quel gage ?

— Ça, c'est une surprise.

— Et si je gagne ?

— Ça m'étonnerait !

Les deux enfants dévalèrent le chemin rocailleux au coude à coude. Leurs sabots ferrés claquaient sur la roche rugueuse comme des marteaux sur une enclume. Ruben, bon prince, laissa Marie prendre de l'avance, puis força l'allure et la dépassa. La fillette s'époumonait, mais ne voulait pas s'arrêter de courir. Elle arriva au mas une bonne minute après Ruben.

— Tu vois, je te l'avais dit, j'ai gagné !

Marie avait peine à reprendre haleine. Son front ruisselait, son visage avait viré au cramoisi.

— Je n'en peux plus ! expira-t-elle, haletante.

— Tu me dois un gage.

Sarah, qui assistait à la scène, crut bon d'intervenir pour défendre son amie.

— Laisse-la !

— Elle a perdu. Elle doit payer ce qu'elle doit !

Marie se plia aux exigences de Ruben. Celui-ci l'entraîna au pied de la paroi schisteuse, à quelques centaines de mètres du mas. Une cavité sombre et profonde s'enfonçait dans la montagne, d'où sourdait un filet d'eau.

— C'est un bassin alimenté par une source. Quand nous n'avons plus d'eau à la source principale, nous venons la chercher ici.

— Comment ?

— Avec des brouettes et des barriques.

— Que dois-je faire ?

— Tu n'as pas peur ?

— Non.

— Tu es courageuse ! Nous allons voir. Dans le bassin, tu auras de l'eau jusqu'aux hanches. Tu iras jusqu'au bout. Tu prendras garde, il y a des chauves-souris. Là, tu chercheras à tâtons le seau posé dans une cavité de la paroi. C'est moi qui l'y ai laissé. Tu le ramèneras. Attention, on y voit à peine et l'eau est froide.

Marie n'était pas rassurée : elle craignait l'eau et l'obscurité et n'avait jamais vu de chauves-souris. Mais elle savait qu'elles s'agrippaient aux cheveux.

Elle s'exécuta sans montrer sa crainte. Avant d'entrer dans le bassin creusé dans la roche, elle se retourna :

— Ne me regarde pas, je dois relever ma jupe.

Ruben, le sourire aux lèvres, lui obéit.

— Pourquoi lui infliges-tu un tel gage ? lui demanda Sarah d'un air réprobateur. Si maman savait ça, elle te gronderait.

— Les filles de la ville doivent s'affranchir si elles veulent vivre à la campagne.

Marie avançait à petits pas dans l'eau glaciale. Elle avait tellement chaud d'avoir couru que cette baignade la pétrifia. Ses pieds glissaient sur le fond gluant, couvert d'algues. Tenant sa jupe d'une main serrée autour de sa taille, elle s'appuyait de l'autre

L'adoptée

contre la paroi. Plus elle s'enfonçait, moins elle y voyait. Quand elle parvint au fond de l'antre, elle tâtonna pour dénicher le seau. Elle le saisit par la hanse sans oser regarder le plafond de la grotte et rebroussa chemin sans traîner, gardant difficilement son équilibre. Parvenue à mi-bassin, son pied heurta une pierre. Elle trébucha et tomba.

Dehors, à quelques mètres, Ruben la regardait d'un œil attentif. Quand il la vit disparaître sous la surface de l'eau, il prit peur. Il ôta rapidement ses sabots et entra à son tour dans le bassin.

— Marie ! Marie !

Il l'agrippa par le bras. La fillette, paniquée, était en train de se noyer. Il la sortit aussitôt de l'eau.

— Tu m'as fait peur !

Marie, exsangue, tremblait de froid. Mais elle tenait encore le seau à la main.

— Tiens ! parvint-elle à lui dire. Le gage !

— Il faut vous faire sécher au soleil avant de rentrer, conseilla Sarah. Sinon, maman saura que vous avez fait une bêtise.

— T'inquiète pas, personne ne saura rien. À moins que tu ne saches pas tenir ta langue !

— Je ne suis pas une rapporteuse ! protesta Sarah, vexée.

Au cours de la nuit, Marie se mit à tousser avec véhémence. Au petit matin, ses yeux brillaient de fièvre, son front brûlait.

— Cette petite a pris froid, s'étonna Félicie. Je ne me l'explique pas !

Ruben et Sarah se gardèrent bien de lui expliquer les raisons de son mal.

— Qu'avez-vous fait hier après-midi ? Vous étiez ensemble aux brebis ?

— Nous avons couru un peu pour redescendre, avoua Ruben. Marie avait chaud quand elle est arrivée au mas.

Félicie se contenta de cette explication. Elle ouvrit l'armoire de la cuisine et en sortit un bocal dissimulé derrière une pile d'assiettes. Ruben en reconnut le contenu.

— Tu ne vas pas lui faire avaler ça !

— C'est le meilleur remède contre les coups de froid, je ne t'apprends rien.

— Elle n'en boira jamais !

— Si tu tiens ta langue, elle n'en saura rien.

Félicie prépara un bouillon de chair de serpent conservée dans du sel qu'elle accommoda avec quelques raves pour en faire passer le goût amer. À midi, en guise de tout repas, elle en servit une grosse assiettée à l'enfant malade. Celle-ci hésita devant le breuvage glauque et fumant.

— Mange, sinon tu ne guériras pas !

Marie fit la grimace mais avala son bouillon.

Après quelques jours de ce régime, elle reprit des forces et la fièvre tomba.

— Sais-tu ce que maman t'a fait manger ? lui avoua Ruben, qui voulait encore la mettre à l'épreuve. Du bouillon de serpent ! Après ça, tu es une vraie Cévenole !

Au lieu de vomir toutes ses entrailles – comme s'y attendait malicieusement Ruben –, Marie, avec fierté, s'exclama :

L'adoptée

— Eh bien, il ne te reste plus qu'à aller attraper d'autres serpents pour le prochain potage ! Si tu n'as pas peur de te faire piquer !

Pour la fortifier, Abraham proposa de lui donner chaque matin un breuvage qu'il affectionnait beaucoup. Finalement, le vieil homme s'était pris de tendresse pour cette enfant qui représentait à ses yeux toute la misère du monde. Il la choyait autant que ses propres petits-enfants, sans se départir de son autorité de façade.

— Viens, pitchounette, je vais te montrer comment on fait l'*aïgo boulido*[1]. C'est le meilleur remède pour requinquer un mort. Après, tu goberas un œuf frais et tu reprendras toutes tes forces. Tu ne voudrais pas que ta mère te retrouve avec seulement la peau sur les os !

Marie aimait chez Abraham son côté grand-père grincheux, mais toujours avec le cœur sur la main et des yeux pétillant de malice ou de compassion. Elle qui n'avait pas connu son père trouvait en lui cette certitude que seule la vieillesse confère aux enfants : l'assurance de la vie. Ainsi, par sa présence, toutes les contingences de l'existence, toutes ses angoisses, toute son inquiétude, semblaient s'effacer, comme si, chaque fois qu'il s'adressait à elle, un miracle s'opérait : le gris du ciel s'enrosissait et les nuages devenaient un merveilleux jardin suspendu.

— *L'ou mati, l'aïgo boulido saùvo la vido* (le matin, l'eau bouillie sauve la vie), y a pas meilleur remontant !

---

1. *L'eau bouillie.*

Et le vieil homme de préparer sa soupe claire, faite d'ail, de thym, de laurier, de pain trempé et d'un filet d'huile d'olive.

Petit à petit, Marie s'habitua au mode de vie de sa famille d'accueil.

— Tu sais, lui avoua un jour Zacharie, si tu veux rester chez les Lapierre, il faut que tu fasses comme nous tous.

Elle finit par manger le lard sans sourciller, ainsi que les roulés de couenne, ces *manouls* que confectionnait Félicie et qu'elle cuisait dans la soupe, car, dans les familles modestes, rien ne se perdait. Elle appréciait beaucoup le caillé de chèvre, mais ne mangeait que les pélardons frais, dédaignant les fromages faits au goût très prononcé. Elle en arriva même à aimer le lait de chèvre dans lequel elle trempait, le matin, sa large tranche de pain, de ce pain de seigle lourd et rassasiant qu'Abraham cuisait une fois par semaine dans le four familial.

Les châtaignes avaient toutefois sa préférence : cuites à l'eau en *têtes*[1], ou grillées en *affachées*[2], chaudes ou froides, fraîches ou sèches comme les blanchettes qui se conservaient de longs mois après leur passage dans la clède, ou bien encore en bajanat trempées dans du lait de chèvre ; elle les trouvait toutes à son goût.

— Maintenant, tu es une vraie Cévenole ! lui répétait souvent Ruben qui, depuis la pénitence qu'il lui avait infligée, éprouvait envers elle des sentiments d'amitié de plus en plus forts.

---

1. *Châtaignes bouillies.*
2. *Châtaignes fraîches grillées.*

VII

La mystification

Ce qui gênait le plus les Lapierre n'était pas d'avoir une bouche supplémentaire à nourrir. En réalité, ils n'avaient pas à se priver, et si la table n'était pas très variée d'un jour à l'autre, rien n'y manquait. Chacun mangeait à sa faim et s'accommodait d'une bolée de châtaignes, de l'aïgo boulido du grand-père et autres plats de pommes de terre et de raves qui finissaient toujours par calmer les estomacs les plus affamés.

D'ailleurs Marie s'était « remplie » depuis son arrivée, comme aimait à le répéter Félicie.

— Chez les paysans, lui disait-elle souvent, il faut être solide, sinon on ne fait pas de vieux os !

Mais un problème restait en suspens.

Depuis que sa mère avait disparu le jour de Noël, Marie n'était jamais sortie du Fournel, ne dépassant pas les limites des terres mitoyennes. Personne dans le village ne soupçonnait donc sa présence sous le toit des Lapierre. Ceux-ci s'étaient bien gardés de parler de leur petite protégée, même à leurs plus proches voisins, afin de ne pas éveiller leur attention et de ne pas créer la suspicion.

Ils avaient vite remarqué que Marie portait au cou une petite croix d'argent, accrochée à une chaînette toute mince.

« C'est sans doute sa croix de baptême, pensa Félicie quand elle la découvrit la première fois. Elle est catholique. »

La fillette lui confirma ses suppositions.

— Vas-tu à l'église ? lui demanda-t-elle.

— Oui, tous les dimanches. Maman dit que si nous n'allons pas à la messe, nous n'irons pas au paradis.

— Et tu fais tes prières ?

— Quand je n'oublie pas. Je récite le *Notre-Père* et la prière à Marie avant de m'endormir. Mais parfois je m'endors avant d'avoir fini.

Félicie ne l'interrogea pas davantage. Elle évita même d'aborder le sujet devant Zacharie. Celui-ci d'ailleurs, conscient du problème que créerait la présence de Marie au temple à leur côté lors du culte dominical, avait adopté la même attitude. Lorsque, le dimanche matin, tous, habillés de propre, prenaient le chemin du temple, Marie restait donc sagement au mas et attendait patiemment leur retour.

Abraham fut le premier à évoquer la question. En bon chrétien et bien qu'huguenot, il ne pouvait admettre qu'un enfant, même catholique, fût laissé à lui-même en matière de religion.

— Quand on ne fait plus son devoir envers l'Éternel, on devient vite un mécréant. Nous ne pouvons pas laisser cette enfant sans le secours de Dieu. Elle n'y gagnerait pas la place qu'elle mérite dans son Royaume.

La mystification

— Nous ne pouvons quand même pas l'emmener au temple. Que dirait-on au village ? rétorqua Zacharie. De plus, elle est catholique. Le pasteur ne l'acceptera jamais !

— La situation ne peut durer ainsi éternellement. Nous devons prendre une décision.

Félicie abondait dans le sens de son beau-père. Cacher Marie plus longtemps n'était pas souhaitable. Tous savaient que sa mère l'avait abandonnée. Même Abraham s'était fait à cette triste réalité.

D'un commun accord, ils décidèrent de sortir Marie de l'ombre.

D'abord, ils lui firent comprendre, avec beaucoup de précautions, que sa maman avait rencontré de gros ennuis et qu'elle ne pouvait pas venir la rechercher dans l'immédiat. Marie ne fut pas dupe.

— Elle ne reviendra pas ! Elle est morte ! s'écria-t-elle en pleurant. Vous me mentez, elle est morte, je le sais ! Je ne veux plus rester ici, je veux m'en aller et retourner chez moi à Lyon ! Je veux revoir ma maman !

La fillette fut inconsolable et s'enfonça de nouveau dans une tristesse sans fond. Ni Félicie ni Sarah ne parvinrent à la calmer. Abraham, étouffé par la pitié, s'approchait d'elle le soir et la prenait dans ses bras noueux, sans rien dire. Il la laissait pleurer en silence contre son gilet, en lui touchant la tête comme pour partager la peine qui la submergeait. Parfois, il lui proposait de prier avec elle. Alors, la petite s'agenouillait et mettait ses paroles dans les siennes. Leurs supplications se confondaient, si ce n'était le tutoiement de l'un et le vouvoiement de l'autre quand ils s'adressaient ensemble à Dieu, ce qui arrêtait Marie dans sa récitation.

— Pourquoi tu dis « tu » quand tu t'adresses au Bon Dieu ? lui demanda-t-elle un soir. Tu ne le connais pas. Il faut dire « vous », comme à une grande personne.

— Tu me dis bien « tu », toi, quand tu me parles !

— Toi, c'est pas pareil. Je te connais bien maintenant. Je vis avec toi.

— Le Bon Dieu aussi vit en permanence avec nous. Lui nous connaît très bien et nous sommes tous ses enfants. Nous pouvons lui dire « Tu ».

Abraham, sans le vouloir, expliquait à Marie les différences qui opposaient protestants et catholiques. Mais il évita, par pudeur, de lui parler des guerres de Religion et des souffrances que les Cévenols avaient endurées au début du siècle précédent.

— Je te laisse faire ta prière à la Vierge Marie. Moi, je ne la connais pas.

— Tu veux que je te l'apprenne ?

Embarrassé, le vieil huguenot dit gentiment :

— Une autre fois, plus tard.

Il fallut encore lui mentir afin de ne pas la mettre en danger, lui avouer que les gens du village n'aimaient pas les *étrangers* et que les gendarmes viendraient la chercher s'ils apprenaient que sa maman était absente depuis si longtemps.

— Mais je n'ai rien fait de mal, et ma maman non plus ! Pourquoi les gendarmes viendraient-ils nous chercher ?

— Pour te trouver un foyer en attendant que ta maman revienne.

La mystification

Félicie eut toutes les peines du monde à convaincre la fillette.

— Voilà ce que tu diras dans le village, car, maintenant, tu vas pouvoir sortir du Fournel : tu es une petite cousine de Sarah et de Ruben.

— Pas de Samuel ?

— De Samuel aussi. Ta maman t'a confiée à nous parce qu'elle est très malade. Le temps qu'elle se rétablisse.

— Mais elle n'est pas malade !

— Non, bien sûr. Mais les autres doivent le croire.

— C'est un mensonge !

— Parfois, il faut savoir mentir. Dieu nous le pardonne.

— Les gendarmes ne viendront pas me chercher ?

— Nous leur dirons la même chose.

— Alors, je pourrai rester au Fournel avec vous ?

— Mais oui ma chérie. Ici, c'est chez toi à présent.

— Et quand maman aura retrouvé du travail, je pourrai repartir avec elle ?

— Évidemment, voyons, évidemment !

Le cœur de Marie recouvra peu à peu la sérénité. La petite fille s'enhardit et acquit très vite les habitudes de ses amis qu'elle appelait ses « cousins » quand elle parlait d'eux à un voisin rencontré au hasard de ses promenades.

À Falguière cependant, les langues ne restèrent pas dans les poches. Beaucoup trouvèrent étrange l'apparition subite d'une cousine des Lapierre qu'on ne leur connaissait pas. Zacharie racontait partout la même histoire, tâchant de convaincre les plus soupçonneux. Mais les Cévenols ayant tous de nombreux liens de cousinage entre eux, on finit par admettre l'existence de cette parenté, surgie comme une poussée de champignons après la pluie.

En l'absence de sa mère, Marie accepta d'aller au temple avec toute la famille. Abraham n'avait trouvé que cette solution pour que la pitchounette restât dans les voies du Seigneur. Il lui expliqua lui-même que le temple était l'église des protestants, mais que Dieu y reconnaissait tous les siens. Pour cela, il dut prendre beaucoup sur lui-même et étouffer ses convictions profondes et ses ressentiments.

— Mais surtout, ne dis jamais que tu es catholique et ne récite pas tout haut ton *Je vous salue Marie*. Sinon, les gens ne comprendraient pas que tu es notre cousine. Nous aurions des ennuis.

— Tu peux compter sur moi, Papé.

Abraham était très ému quand Marie l'appelait ainsi, comme ses propres petits-enfants. À ses yeux, la famille venait de s'agrandir et sa joie était à son comble.

Les mois d'hiver avaient passé. Le cœur transi de Marie se réchauffait petit à petit sous le soleil du printemps, en dépit des miasmes qui lui restaient de la morne saison. Certes, elle n'oubliait ni sa mère ni les raisons de sa présence au Fournel. Mais la vie était la plus forte. Et son existence dans les montagnes lui paraissait si agréable qu'elle ne pensait plus qu'un jour elle devrait retourner dans sa ville natale : Lyon, ses rues malodorantes et envahies par les brumes de la Saône et du Rhône, le quartier pauvre où elle habitait et ses habitants au visage marqué par la misère, la maladie et par l'alcool. Sous le soleil éclatant des Cévennes, tout lui paraissait si sombre dans ce triste univers, qu'elle semblait vivre maintenant dans un véritable paradis.

Chaque jour, elle faisait d'autres découvertes qui l'émerveillaient. Son esprit aiguisé par la curiosité ne se rassasiait jamais de ce que les uns et les autres prenaient tant de plaisir à lui montrer.

Avec Sarah, elle apprit à donner le biberon aux jeunes agneaux sevrés, une bouteille en verre munie d'une sorte de tétine que le jeune animal refusait de relâcher. Elle apprivoisa les petits cabris, qui ne demandaient que ses caresses. Elle n'eut pas à dompter le cerbère de la bergerie, la gardienne du troupeau : Calie, la briarde, l'adopta dès le premier jour ; et, depuis, la fillette n'avait aucun souci à se faire, la chienne veillait sur elle comme sur ses ouailles.

Félicie lui apprit ce qu'elle avait déjà transmis à sa propre fille. Les *escudelous*[1], les faisselles, les torchons pour le caillé, la traite même, plus rien n'avait de secret pour la petite citadine qui semblait vouloir tout apprendre de la vie paysanne qu'elle menait désormais.

La maison lui devint familière, comme si elle y avait toujours vécu. Elle aimait cette odeur permanente de feu de cheminée mélangée à celle de la soupe qui mijotait de longues heures dans le chaudron. Elle lui signifiait qu'on se retrouverait tous ensemble autour de la table, soudés comme une vraie famille qu'elle n'avait jamais eue. Elle écoutait les coups sonores de l'horloge comme on prête l'oreille pour une comptine, presque en chantant en

---

1. *Petits égouttoirs à fromage frais.*

son for intérieur. Elle se réveillait le matin, apaisée et sereine, en regardant virevolter dans les rais de lumière infiltrés par les interstices des volets disjoints les minuscules grains de poussière soulevés par le courant d'air.

Elle se complaisait souvent à introduire dans ses phrases des mots patois qu'elle avait vite assimilés : l'*ostau* (la maison), *përaldous* (les pélardous ou pélardons), *castanha* (la châtaigne), *capiter* (réussir), *ensuqué* (assommé). Elle prononçait ces mots avec l'accent pointu des gens du Nord. Ce qui faisait dire au papé :

— Toi qui es intelligente et qui viens de la ville, tu ne devrais pas parler patois. Les gens de bien parlent français !

— Vous parlez tous patois entre vous, s'insurgeait gentiment Marie.

— Nous, nous ne sommes que des gueux.

— C'est quoi des gueux ?

— Des manants, de pauvres paysans.

— Y a pas de honte à être paysan. Moi, je veux devenir paysanne quand je serai grande.

Marie évoquait de moins en moins souvent le souvenir de sa mère. Certes, celle-ci restait toujours présente dans ses prières. Mais son image finissait par s'édulcorer dans l'esprit de l'enfant.

— Dis-moi, demanda un jour le papé, sais-tu lire et écrire ?

— Non, je n'ai pas appris. Je ne suis pas allée à l'école. Maman, elle, sait. Mais elle me disait que, pour travailler à l'usine, je n'avais pas besoin de savoir lire et écrire.

La mystification

— Erreur ! objecta Abraham en reprenant son ton de vieux grognard. L'ignorance est source de misère et d'injustice.

— Sarah, Ruben et Samuel non plus ne vont pas l'école !

— Peut-être, mais ils savent lire et ils se débrouillent très bien avec une plume et du papier. Chez nous, les protestants, nous apprenons à lire dans notre bible. Et si nos petits ne vont pas à l'école, c'est qu'ils sont trop utiles auprès de leurs parents dans les terres. Mais un jour viendra où tous les enfants pourront aller à l'école, riches ou pauvres.

— Alors, tu m'apprendras à lire ?

— Dès demain, si tu le veux.

Abraham tint parole. Chaque soir, en guise de veillée, il prit Marie à part au coin de la cheminée et, à la lueur des flammes, il lui apprit les secrets de l'alphabet.

Ruben, de son côté, n'était pas en reste pour initier sa nouvelle amie aux mystères de son jardin secret.

Marie ne lui tint pas rigueur du gage qu'il lui avait imposé. C'était devenu entre eux un souvenir ancien, un sujet de conversation qui les faisait bien rire. Avec ses trois ans de plus, Ruben exerçait sur elle une autorité de grand frère dont il n'abusait pas. Mais Sarah avait remarqué qu'il se montrait très complaisant avec Marie, ce qui suscitait en elle une petite pointe de jalousie.

Félicie reprenait alors son cadet afin qu'il se montrât équitable envers les deux fillettes.

— Tu ne dois pas faire de différence entre elles.

— Marie n'est pas ma sœur, et elle est malheureuse de ne plus avoir sa maman !

— Pour son bien, il faut la considérer comme quelqu'un de la famille, ni plus ni moins.

Ruben se le tint pour dit, mais ne put agir différemment avec Marie. Entre eux s'établit une intime connivence, toute d'innocence et d'amitié à peine dévoilée. Les deux enfants devinrent vite inséparables et ne purent désormais se passer l'un de l'autre.

Au printemps, Ruben fut très fier de montrer à Marie comment il prenait les oiseaux dans ses *lèques*, les petits pièges qu'il fabriquait avec deux bouts de bois et un gros caillou.

— Mais tu leur fais mal ! s'insurgea-t-elle.

— Il faut bien manger !

— Les oiseaux ne nous ont rien fait. Il faut les laisser voler librement. Tu n'aimerais pas, toi, être un oiseau et voler là-haut dans le ciel ?

— Je n'y avais pas songé.

— Moi, si.

Depuis ce jour-là, Ruben relâcha tous les passereaux, toutes les perdrix qui venaient se prendre dans ses pièges. Marie, le cœur gonflé de reconnaissance, se jeta à son cou et l'embrassa sur la joue.

— Je t'aime beaucoup, tu sais, Ruben. Tu es le plus gentil garçon que je connaisse.

— Tu en connais beaucoup ?

— Non, toi et ton frère, reconnut Marie, qui rougit de confusion.

Un autre jour, il l'entraîna tout au fond du valat. Caché dans un écrin de mousse et de fougères, le ruisseau ricochait joyeusement sur les pierres. Ses eaux cristallines n'étaient pas très profondes et permettaient de passer à guet.

La mystification

— Suis-moi, je vais te montrer comment attraper une truite. Il y en a dans ce ruisseau, ainsi que des écrevisses.

Marie abandonna ses sabots sur les galets, retroussa son sarrau et sa jupe, et s'enfonça dans l'eau jusqu'à mi-cuisse.

— Ça fait mal aux pieds, se plaignit-elle.

— Ne fais pas de bruit ! Tu vois cette grosse pierre devant moi, je suis sûr qu'elle abrite une truite.

Ruben se plia en deux, plongea lentement les deux bras dans l'onde, souleva la pierre d'un coup sec et saisit le poisson par les ouïes.

— Belle prise ! se réjouit-il. C'est une fario, la meilleure des truites. C'est pas tous les jours que j'en prends une de cette taille. Tu me portes chance. Tu veux essayer ?

— Non, j'ai peur de tomber dans l'eau. Une fois me suffit bien !

— Remarque, il vaut mieux ne pas traîner. C'est interdit de prendre les truites à la main. C'est du braconnage.

— Alors, pourquoi le fais-tu ?

— Pour m'amuser.

— Tu vas encore te faire gronder !

— Mon père ferme les yeux. Il est trop content de manger une truite au lieu de son bout de lard.

Effectivement, le soir même, Zacharie ne reprocha rien à son fils, se contentant d'un :

— Belle prise, petit ! Où l'as-tu attrapée cette fois ?

Félicie fit cuire le poisson dans une large poêle graissée au saindoux et la proposa comme d'habitude aux deux hommes. Sans attendre, Abraham dépeça son filet, ôta l'arête centrale sous l'œil envieux des enfants et le partagea en deux. Zacharie en fit autant.

— Tenez les pitchounets, c'est pour vous.

Ravie, Marie, qui n'avait jamais mangé de truite, n'osait entamer son morceau, tandis que les garçons avaient déjà englouti le leur.

— Tu n'aimes pas ? s'inquiéta Samuel. Tu peux me donner ta part !

— Mange donc, Marie, fit Félicie. Ne l'écoute pas !

Délicatement, la fillette prit un morceau du bout de sa fourchette et mangea son poisson sans rien laisser dans son assiette.

— Alors, c'était comment ? s'enquit Ruben.

— Délicieux ! Je n'ai jamais rien mangé de si bon. Finalement, je veux bien que tu m'apprennes à les attraper, les truites.

Félicie regarda son fils d'un air gentiment réprobateur :

— Ne va pas lui apprendre ce qui est interdit ! Je ne veux pas que tu fasses de Marie une petite sauvageonne.

Ruben faisait découvrir la vie à son amie : *sa* vie, *son* monde, et lui permettait d'oublier ses tourments. La petite fille d'ouvrière devenait une vraie paysanne et s'attachait à cette terre cévenole qui lui semblait si accueillante.

Mais il lui faisait part aussi de ses rêves qui étaient le sel de son existence. Le dur labeur auquel il se soumettait sans rechigner – car telle était sa condition – ne l'empêchait pas d'espérer qu'un jour il s'affranchirait de cette glèbe sur laquelle il voyait trimer son père et son grand-père. Remonter les

La mystification

murs éboulés, transporter à dos d'homme le fumier dans les *panièraus*[1] qui brisaient l'échine des paysans les plus robustes, sortir les pierres de la terre, labourer et semer sans jamais être certain de récolter, trimer sa vie durant pour ne léguer à ses enfants que des larmes et de la sueur, non ! Ruben n'en avait nulle envie.

— Un jour, vois-tu, quand je serai grand, je conduirai des locomotives et je voyagerai loin !

Marie s'étonna de ce rêve qu'elle jugeait bizarre pour un petit montagnard.

Ruben lui expliqua :

— Je sais tout sur les chemins de fer. J'ai lu la gazette de mon grand-père. Et j'ai vu des machines à vapeur à te couper le souffle. C'est grandiose !

— Alors, tu veux partir ?

— Oui, un jour je partirai. Quelqu'un m'a dit que les chemins de fer sont l'avenir de l'humanité et qu'ils révolutionneront le monde. Eh bien, moi, je veux participer à cette révolution !

— Tu m'emmèneras ?

— Tu es une fille ! Que ferai-je de toi sur une locomotive ?

Marie ne répliqua pas, prenant les rêves de Ruben pour des chimères.

---

1. *Corbeilles en éclisses de châtaignier servant au transport du fumier ou de la terre végétale.*

VIII

Réapparition

Le temps ne suspendit pas son vol. Aux hivers rudes et blancs succédèrent des printemps d'or et de miel, aux étés torrides et accablants des automnes d'ocre et de pourpre. Les saisons étaient pour le cœur de Marie comme de grands livres ouverts sur la vie, dans lesquels elle puisait toutes les richesses dont elle avait manqué durant ses longues années passées à l'ombre des cheminées d'usine et des courées sordides de la grande ville. C'était pour elle sujet permanent d'émerveillement, un apprentissage de la vie à nul autre pareil, où rien ne lui semblait contraignant ni empreint de noirceur. À l'âge de l'innocence, les affres de l'existence paraissent plus légères. Au moindre souffle de l'*aouro*[1], elles s'envolent comme nuée d'hirondelles dans les cieux.

Trois ans s'écoulèrent. À Falguière, les habitants avaient pris l'habitude de voir la petite fille aux côtés de ses « cousins ». Les plus suspicieux avaient remisé leurs questions au registre des affaires sans suite. Dans la communauté huguenote d'ailleurs,

---

1. *Vent du nord.*

on avait définitivement admis la fillette, le pasteur lui-même étant trop heureux de compter une petite fidèle de plus dans sa bergerie.

Marie s'était bien intégrée dans sa nouvelle famille. Mais, si elle ne parlait pas souvent de sa mère, elle affirmait parfois tout haut ce que son cœur infirmait tout bas. En fait, l'enfant avait besoin de certitudes pour chasser de son esprit les craintes engendrées par l'absence prolongée de Charlotte. C'était pour elle une façon de conjurer le sort, de prouver qu'elle n'était pas différente des autres.

Félicie ne la contredisait pas. Elle lui répétait au contraire que sa maman avait dû trouver du travail dans une ville lointaine et qu'elle ne donnait pas de nouvelles écrites parce qu'elle ne se doutait pas qu'à présent sa petite fille pouvait les déchiffrer.

— Elle doit croire que personne ici ne sait lire. Mais je suis sûre qu'elle pense beaucoup à toi.

Marie faisait mine d'accepter cette explication mais savait au fond d'elle-même qu'il en était tout autrement. Forte de son expérience malheureuse, mature avant l'âge, elle ne se cachait pas la vérité.

— Ma mère ne reviendra pas, avait-elle un jour avoué à Ruben. Ou bien elle est morte, ou bien elle préfère me laisser avec vous, car elle sait que je suis plus heureuse sous un vrai toit et dans une vraie famille qu'avec elle, sans maison et sans père.

Le jeune garçon, que l'âge aussi avait mûri, prit son amie par la main et l'attira contre lui.

— Ne sois pas triste ! Je suis là, moi.

— Toi, c'est pas pareil. Tu ne pourras jamais remplacer le père que je n'ai jamais eu. Tu es comme un frère pour moi.

Réapparition

— Et mon père ?

— Zacharie est très gentil, mais lui non plus n'est pas mon père. Et ta mère n'est pas ma mère !

Ruben ne trouvait jamais les arguments suffisants pour faire entendre à Marie qu'il valait mieux tenter d'oublier, que son avenir ne dépendait que d'elle.

— On ne choisit pas les racines de son passé, lui dit-il un jour.

— Non, mais elles nous rappellent sans cesse qui nous sommes et ce que nous pouvons devenir.

— Il n'y a pas de fatalité. Notre destin n'est pas tout tracé.

— Ce n'est pas ce que vous prétendez, vous, les protestants. Abraham m'a expliqué ce qu'est la prédestination.

— Tous les protestants ne sont pas d'accord sur ce sujet. Il a dû te le dire : Calvin et Luther n'avaient pas les mêmes idées.

— Et toi, qu'en penses-tu ?

— Oh moi ! Je ne crois pas que je suis paysan parce que Dieu a décidé que je serai paysan, ni parce que mes parents le sont. Je serai ce que je déciderai d'être.

— Tu me sembles bien sûr de toi !

— Je n'ai encore rien décidé. Si un jour j'ai envie de découvrir le monde, je partirai.

— Tu rêves toujours de grands voyages ?

— Pourquoi pas ? Je ne veux pas lier mon avenir à cette terre ingrate qui offre si peu en échange à celui qui peine tant à la travailler. D'ailleurs, après mon père, c'est Samuel qui reprendra le Fournel. Il n'y aura pas assez de place pour nous deux. L'un de nous devra partir.

— Ce sera toi parce que tu es le plus jeune. Tu vois, c'est la fatalité !

Marie aimait pousser Ruben dans ses contradictions. Les adolescents, toujours aussi liés l'un à l'autre, ne manquaient jamais une occasion de discuter et de faire valoir leur point de vue.

À treize ans, Marie percevait déjà les arcanes de la vie et faisait montre d'une réflexion d'adulte qui étonnait son entourage. Elle rendait Abraham très heureux. Les longues heures de discussion qu'ils passaient ensemble, chaque fois que l'occasion se présentait, valaient pour lui toutes les leçons que les enfants entendaient à l'école.

— Avec toi, je suis à l'école de la vie, lui susurrait-elle dans le tuyau de l'oreille, car le papé commençait à se faire sourd.

Abraham ouvrait souvent sa bible écornée à la page d'un psaume ou d'une épître, pointait du doigt un verset et lui demandait de lire. Marie s'exécutait avec une aisance que beaucoup d'écoliers lui auraient enviée.

— Qu'en penses-tu ? demandait alors le vieil homme.

Et Marie de disserter dans son langage sans ambages, ouvrant son cœur innocent, s'insurgeant parfois contre telle prédiction, niant telle vérité affirmée par tel prophète, mettant en exergue telle contradiction, mais ne mettant jamais en doute la présence du Divin sous l'acte ou la parole.

— Tu es plus parpaillote que nous tous ! se réjouissait alors le papé, fier de son élève.

— Pourquoi donc ?

Réapparition

— Mais parce que tu protestes sans cesse comme une vraie *réboussiée*[1].

Plusieurs fois par an, Zacharie se rendait à la foire du Collet. Celle-ci, l'une des plus animées de la Vallée Longue, attirait une foule de paysans venus de tous les serres et valats environnants. Certains partaient très tôt le matin pour s'y rendre avec leurs bêtes, de Jalcreste, de Sainte-Cécile, de Saint-Julien ou de Saint-Privat. Ces jours-là, les maisons se vidaient de leurs occupants, car tout le monde tenait à se rendre à la foire.

Comme la plupart des paysans, Zacharie y achetait ses cochons, ses chèvres et ses brebis, ou bien revendait les bêtes dont il désirait se dessaisir. Il y avait même un abattoir où l'on pouvait se procurer de la viande fraîche, et d'autres commerces encore qui approvisionnaient les foyers pour le quotidien.

Abraham, perclus de rhumatismes, restait seul au Fournel depuis quelques années, prétextant qu'il fallait bien que quelqu'un se dévouât pour garder le mas.

— Avec tous ces rôdeurs, il n'est pas prudent de laisser la maison sans surveillance. Les temps ont bien changé ; à mon époque, on pouvait laisser la porte grande ouverte, personne ne vous aurait rien emporté !

Il lui en coûtait au papé de ne plus pouvoir descendre de son serre pour aller à la foire. Et de

---

1. *Têtue, revêche, qualificatif que les Cévenols s'octroyaient volontiers.*

jurer qu'il s'y rendrait l'année suivante, si Dieu lui accordait la vie.

De bon matin, les Lapierre au complet se mirent donc en route pour le Collet, flanqués de leur mulet et de quatre agneaux prêts pour la vente. Mars annonçait la venue du printemps. Déjà, les abords des sentiers s'endimanchaient de fleurs et l'air inondait les coteaux d'une douceur précoce inhabituelle. Les crêtes resplendissaient sous les jeunes frondaisons, et se coloraient de vert tendre et de jaune qui les transformaient en véritables mosaïques.

— Il fait trop doux pour la saison, remarqua Zacharie. Ça m'étonnerait que le temps tienne la semaine. Nous aurons bientôt la pluie.

Marie les accompagnait, le cœur ivre de joie à l'idée de se retrouver dans le monde. Depuis son arrivée trois ans plus tôt, elle n'était jamais sortie des limites de Falguière et ne connaissait des Cévennes que le quartier[1] dont le Fournel faisait partie. Quelques mas groupés, d'autres plus isolés constituaient son univers. Certes, elle avait fini par connaître tous les voisins chez qui Zacharie et Félicie se rendaient à la veillée. Ils appartenaient au même valat. Elle connaissait même la plupart des familles du village, dont le centre n'était distant que d'une lieue. Mais elle avait grande envie, depuis que Ruben lui parlait de voyages et d'horizons lointains, de visiter d'autres contrées et de se replonger dans la foule.

---

1. *Vallon transversal à la vallée principale, groupant plusieurs mas et hameaux.*

Réapparition

— Le Collet, c'est la même vallée, lui avait expliqué Abraham. Chez nous en Cévennes, nous appartenons tous à une vallée. Mais ceux d'en bas sont plutôt catholiques, comme toi. Ils vont à l'église et non au temple. La plupart des hommes travaillent à la mine.

— À La Grand-Combe ! Oui, je sais, Ruben m'a expliqué. Ou sur les chantiers de construction des voies ferrées.

— Hum ! Je vois que Ruben parfait ton éducation.

— Il sait des tas de choses.

— C'est lui qui te donne des fourmis dans les jambes ? Toi aussi tu as donc envie de partir !

— Oh non ! Où irais-je ? Je n'ai pas d'autre famille que la tienne, Papé, maintenant que je suis orpheline.

Abraham ne la reprit pas, estimant qu'il valait mieux ne plus reparler de sa mère.

— Tu feras attention, ajouta-t-il, au Collet, c'est tous des *brandapintas*.

— Des quoi ?

— Des ivrognes ! En tout cas, c'est ce qu'on dit. Comme on dit que ceux de Sainte-Cécile sont des *cambalus*, parce qu'ils ont les jambes longues. Ce sont des ouï-dire !

Deux bonnes heures de marche les séparaient du célèbre lieu de foire. De toutes parts, les chemins rocailleux résonnaient du martèlement incessant des sabots des hommes et des animaux de bât qui portaient de lourdes charges à l'aller comme au retour. Une noria d'ânes, de mulets, de chevaux marquait dans la pierre les antiques passages qui, tels des ruisseaux grossis par les pluies, convergeaient vers les centres vitaux du pays. Il fallait parfois franchir un guet sans se tremper : on quittait alors les sabots. Dans une grande partie de fous rires, les enfants s'amusaient à s'asperger sous les réprimandes à peine marquées de Félicie.

— Ne vous mouillez pas ! Le soleil, en cette saison, n'est pas encore assez chaud pour vous sécher. Vous allez prendre froid.

Plus loin, on franchissait un ravin sur un pont de fortune. Zacharie passait le premier pour vérifier la solidité des planches. Puis il appelait Testard, le mulet, qui refusait souvent d'avancer devant le danger. Samuel devait lui masquer les yeux avec un foulard, lui parler à l'oreille et, le tenant par la bride, l'aider à passer.

Parfois la montagne s'était éboulée. Les pluies d'automne provoquaient des chutes de pierre et des ravinements qui modifiaient sans cesse les parcours habituels. Les sentiers s'obstruaient d'une saison à l'autre, obligeant à faire de longs détours en remontant les pentes à travers genêts et bruyères. À la saison suivante, le chemin avait retrouvé son tracé initial. Les hommes, nombreux dans tous les hameaux, ne laissaient jamais disparaître sous les éboulis les *drailles*[1] et les chemins muletiers. Ces derniers étaient les artères des montagnes cévenoles, les vaisseaux qui drainaient le sang des hameaux les plus éloignés vers les lieux de vie que constituaient les centres de foire et les grandes *logues*[2], cœur et

---

1. *Chemins de transhumance.*
2. *Loues, endroits où se louaient les bergers.*

poumons de tout un peuple besogneux accroché à sa terre ancestrale.

Fourbus mais heureux, ils arrivèrent au Collet à l'heure où le coq réveille les basses-cours. Déjà, les marchands de bestiaux avaient installé leurs parcs et les maquignons lorgnaient les plus belles bêtes. Les tractations avaient commencé bien avant que la foule ne fût arrivée. Le bêlement des brebis s'entremêlait au hennissement des chevaux et au braiment des ânes, le caquetage des poules s'unissait aux aboiements des chiots, enfermés dans des cages comme les lapins et les canards. Les marchands et artisans ambulants ajoutaient leurs harangues aux cris des bonimenteurs venus du bas pays. Leurs étals hétéroclites proposaient tout ce qu'on ne fabriquait pas soi-même : clous, ustensiles de forge – *picons*[1] pour aérer le sol des châtaigneraies, *bigots*[2] et autres *béchards*[3] pour tracer les raies avant de semer, lames de faux et enclumettes, planes et rouannes de sabotier pour le travail du bois. Les femmes aussi y trouvaient leur bonheur ; les pièces d'étoffe jouxtaient les ustensiles de cuisine : marmites, chaudrons, ferblanterie, vaisselles de faïence et de porcelaine. Les objets de vannerie, issus de l'artisanat local, étaient posés à même le sol : banastes en osier ou en éclisses de châtaignier, *desques*[4] pour le transport du linge, paniéraus pour

---

1. *Sorte de grattoir pour sarcler.*
2. *Sorte de houe.*
3. *Idem.*
4. *Type de panier.*

celui du fumier dans les *bancèls*[1], *terrairaus*[2] plus robustes pour charrier les pierres des terres cultivées. Rien ne manquait pour le travail quotidien des paysans.

Fabriquant lui-même les ustensiles utiles à son travail, Zacharie n'achetait que le minimum : les outils forgés, les fûts pour son vin, le tissu pour les vêtements. Pour le reste, il s'accommodait de ce que ses terres lui donnaient. Les branches bien droites des *bouscas*[3] lui procuraient les manches d'outils qu'il réparait au fur et à mesure, car, s'il se conserve très longtemps, le châtaignier est très cassant. Ses brebis lui donnaient la laine que Félicie cardait, puis filait sur son rouet pendant les longues veillées d'hiver. Son blé et son seigle lui offraient la farine dont Abraham faisait le meilleur pain dans le four familial. L'argent ne provenait que des fromages et des rares têtes de bétail qu'il vendait à l'occasion des foires, et était aussitôt investi dans l'achat d'autres bêtes pour la reproduction ou pour la consommation. D'économies, les Lapierre n'en avaient guère, le Fournel étant leur seule richesse.

Marie suivait Sarah et Félicie, attentive à tout ce qui se passait, curieuse des mille et une merveilles qu'elle découvrait pour la première fois. Autour d'elle, la foule se pressait, compacte et bruyante. De leur côté, Zacharie et ses fils étaient partis pour

---

1. *Terrasses ou faïsses.*
2. *Type de panier.*
3. *Châtaigniers sauvages.*

de longues palabres avec les maquignons. Ceux-ci, en effet, n'étaient jamais à court d'arguments pour trouver quelque défaut à la plus belle bête et pour en rabaisser la valeur. Il fallait toujours défendre son bien pour en obtenir le meilleur prix de crainte de se faire spolier.

La jeune fille était très attirée par les bonimenteurs qui faisaient la réclame de leurs produits. Leur manière de s'exprimer pour attirer la foule autour d'eux, leur façon de vanter les mérites de leur marchandise, les mots savoureux qu'ils savaient percutants pour convaincre les plus hésitants la surprenaient. Elle prenait leurs prestations pour un véritable spectacle, une pièce de théâtre en plein air, à un seul acteur. Certes, sur les marchés de Lyon, de tels personnages ne manquaient pas, mais ici, dans ces montagnes que d'aucuns disaient austères, mais qu'elle trouvait si accueillantes, leur présence dans la foule des paysans entourés de leurs bêtes lui paraissait encore plus cocasse et amusante. Pour elle, cette foire était une vraie fête champêtre.

Tout à la joie de ses découvertes, elle s'éloignait parfois de Félicie et se retrouvait seule, perdue dans la cohue.

Son regard se porta sur un étal de peaux de lapin que deux marchands ambulants, un homme et une femme, étaient en train d'accrocher sur des panneaux de bois. Tout à coup, son cœur ne fit qu'un bond à la vue de la jeune femme qui faisait du rangement derrière le présentoir. Celle-ci avait un aspect misérable et semblait craindre son compagnon.

Sans hésiter, Marie reconnut sa mère.

Sur le moment, elle ne sut si sa poitrine se serrait de joie ou d'appréhension. Elle hésita, se mit à trembler. Son cœur ne répondait plus aux atermoiements de son esprit. Elle se sentit comme paralysée.

« Mon Dieu, est-ce possible ! se dit-elle en voyant Charlotte dans un état si misérable. Que lui est-il donc arrivé ? »

Marie semblait avoir oublié d'où elle venait à son arrivée au Fournel. Maintenant qu'elle y avait trouvé un vrai foyer et qu'elle ne manquait de rien, la misère de sa mère – qui fut aussi la sienne – lui sautait aux yeux et l'apitoyait.

La présence de l'inconnu auprès d'elle l'intrigua. L'homme avait un visage patibulaire, barré de grosses moustaches mal taillées, les cheveux hirsutes et sales. Ses yeux d'acier et son nez en lame de couteau accentuaient son allure peu engageante. Quand il prit Charlotte par les épaules pour lui voler un baiser, sans se soucier des passants, Marie eut un haut-le-cœur.

— Non, ce n'est pas vrai ! Pas ça, maman ! Pas ça !

Les mots étaient sortis seuls de sa bouche.

Elle enfouit son visage dans ses mains et se mit à pleurer. Autour d'elle, les badauds la bousculaient sans lui prêter attention.

Sarah, la première, vint à sa rencontre.

— On te cherche partout, pourquoi es-tu partie seule de ton côté ?

Marie essuya ses larmes.

— Mais tu pleures ! Pourquoi ?

— Ce n'est rien. J'ai vu des animaux morts. Je n'ai pas supporté.

Réapparition

— Tu es trop sensible.

Félicie s'approcha d'elles, les bras encombrés d'un lourd panier.

— Qu'as-tu donc, Marie ? Tu étais si joyeuse jusqu'à présent !

La jeune fille ne put contenir plus longtemps sa peine intérieure.

— J'ai revu ma mère.

— Charlotte ! Où ça ?

— Là-bas, un peu plus loin. Elle vend des fourrures de lapin en compagnie d'un homme bizarre.

— Tu lui as parlé ?

— Non, elle ne m'a pas vue.

Félicie, surprise à son tour, posa son encombrant panier et réfléchit.

— Il faut aller la voir.

— Pourquoi ?

— Tu ne veux pas revoir ta maman ?

— Je ne sais pas. Peut-être qu'elle n'a pas envie de me retrouver. Elle sait où elle m'a abandonnée. Elle aurait pu venir au Fournel.

— Elle en a peut-être l'intention.

— Elle n'est pas seule.

— Elle est avec un marchand. Elle fait les foires. C'est donc qu'elle a trouvé du travail. C'est bien, non ?

— Cet homme ne me plaît pas. Il l'embrasse devant tout le monde. C'est son ami !

— Oui, c'est vrai, confirma Sarah, je les ai vus.

Félicie ne sut quoi ajouter. Aller au-devant de Charlotte avec Marie, c'était prendre le risque de perdre la petite fille qu'elle avait adoptée et qui semblait avoir fait son deuil de son passé. Faire comme si de rien n'était ne lui paraissait pas honnête et contrariait ses convictions profondes.

— C'est à toi de choisir.

— Je ne veux pas vivre avec cet inconnu !

— Qui te dit que ta mère vit avec lui ?

— Ça se voit. Je les ai observés. De toute façon, ma mère m'a oubliée. Elle n'est plus ma mère ! Ma mère est morte !

Marie, au comble du désespoir, s'enfuit dans la foule, laissant Félicie et Sarah sans réaction.

Ruben la découvrit peu après, tout affolée. Mais le temps d'aller à sa rencontre, elle avait de nouveau disparu.

Il la retrouva, prostrée, au beau milieu d'un enclos, parmi une vingtaine de moutons qui attendaient acquéreur.

— Que fais-tu là, toute seule ? Je te croyais avec ma sœur et ma mère. Tu devrais prendre garde, il y a un bélier dans le nombre !

Marie ne s'épancha pas. Elle s'approcha de son ami et se réfugia dans ses bras.

— Tu ne me laisseras pas partir, n'est-ce pas ? Dis-moi que tu me retiendras.

— Je ne comprends pas, que veux-tu dire ? Partir où, et pourquoi ?

Ruben consola Marie sans connaître la raison de son chagrin. Il la ramena auprès des siens et ne la quitta plus.

Quand Zacharie eut trouvé acheteur pour ses agneaux, tous reprirent le chemin du Fournel. L'après-midi touchait à sa fin et, sur les crêtes, le ciel déversait quelques larmes de pluie.

Réapparition

— Rentrons vite avant que l'averse ne tombe. Nous en avons pour deux bonnes heures.

Félicie avait gardé pour elle la découverte de Marie. Pour décharger sa conscience, elle lui dit discrètement :

— Si ta maman désire te revoir, elle sait où te trouver.

La jeune fille, le cœur écartelé, ne répondit pas et reprit le chemin du Fournel sans se retourner.

IX

Tractations

Le lendemain, Marie resta cloîtrée dans sa chambre, ne disant mot à personne, pas même à Ruben qui, devant son mutisme, ne comprenait pas l'attitude de son amie.

Sarah avait juré à sa mère de tenir le secret.

— Moins nombreux nous saurons ce qui s'est passé, moins nous serons tentés d'en reparler à Marie, lui avait confié celle-ci. Il faut que les choses se tassent.

— Mais si sa mère revient la chercher, que ferons-nous ? Nous la cacherons, n'est-ce pas ?

— Crois-tu que le Seigneur nous pardonnerait d'avoir empêché une mère de reprendre son enfant des mains d'étrangers ?

— Nous ne sommes pas des étrangers pour Marie ! Je la considère comme ma sœur. Mes frères également.

— Ton père et moi nous la considérons aussi comme notre fille maintenant. Mais Marie n'est pas notre fille. Et nous n'avons aucun droit sur elle. Charlotte est sa mère. Nous n'y pouvons rien.

— Elle nous l'a abandonnée.

— Je crois plutôt qu'elle nous l'a confiée pour qu'elle ne soit pas malheureuse.

— En la reprenant, elle la rendra encore plus malheureuse !

— Dieu seul sait ce qu'il convient de faire. Il ne nous appartient pas de décider pour Lui.

La pluie n'avait pas cessé de tomber depuis la veille, une pluie fine et tenace qui immobilise toute vie et fige bêtes et hommes sous leurs toits. Le vent du nord ne voulait pas se lever et laissait les nuages paresser sur les crêtes. Celles-ci disparaissaient sous la brume comme pour dissiper quelque vieux secret que seules les légendes véhiculaient encore.

À la mi-journée, l'atmosphère était aussi sombre qu'en début de soirée. Il fallut activer les flammes de la cheminée pour y voir clair dans la grande cuisine et pour chasser l'humidité qui commençait à imprégner les murs.

Impassible, l'horloge égrenait les secondes à chaque mouvement de son balancier. Elle semblait battre le temps au ralenti comme pour mieux le retenir et donner à chacun l'impression que toute vie s'était arrêtée.

Abraham, comprenant que la « pitchounette » avait le cœur tout endolori, se réfugia dans son appentis pour occuper ses mains et s'empêcher de la questionner, ce dont il avait grande envie. Félicie et Sarah traînaient plus qu'à l'ordinaire à traire les chèvres et à commencer la fabrication des fromages. Les hommes, eux, réparaient des outils dans le hangar.

Comme elle s'y attendait, vers le milieu de l'aprèsmidi, Félicie vit s'approcher deux silhouettes.

Tractations

La pluie faisant écran, elle ne distinguait pas les visages, mais elle en était certaine : il s'agissait d'un homme et d'une femme, tous deux enveloppés dans une ample pelisse qui traînait jusqu'au ras du sol.

L'homme marchait devant, d'un pas décidé, et se retournait constamment sur sa compagne comme pour lui demander de presser le pas. Celle-ci semblait hésiter, s'arrêtait parfois pour ajuster son manteau, se faisait tirer par le bras sans ménagement et avançait malgré elle. Des éclats de voix parvinrent aux oreilles de Félicie, qui les guettait de la porte de l'écurie des chèvres.

— Qui est-ce ? s'inquiéta Sarah.

— Je l'ignore, mentit Félicie. Mais nous n'allons pas tarder à le savoir.

— Les gens sont fous de se promener sous la pluie !

L'homme toqua contre le carreau de la fenêtre et, sans y être invité, entrouvrit la porte de la cuisine.

— Il faut que j'y aille. Reste ici. Surtout ne bouge pas.

En passant devant le hangar, Félicie invita Zacharie à la suivre.

— Je crois que nous avons de la visite.

— De la visite ! Par ce temps ! Nous n'attendons personne.

Les deux intrus, entendant venir derrière eux, se retournèrent.

— Nous pensions qu'il n'y avait personne, fit l'homme sans se présenter.

— Que voulez-vous ? s'enquit Zacharie.

— Je crois que nous avons à parler.

— Finissez d'entrer, dit Félicie, faisant mine de ne pas reconnaître Charlotte, qui dissimulait son visage dans sa capuche.

Celle-ci hésita. Son compagnon la rabroua de nouveau. Elle entra mais resta en arrière, tout près de la porte.

— Débarrassez-vous, vous êtes trempés.

L'homme se démit de son manteau de pluie et s'approcha de l'âtre pour se réchauffer. Sans prendre de vains détours, il demanda :

— Vous connaissez Charlotte ?

Zacharie ouvrit grand les yeux en se retournant vers la jeune femme. Surpris, il balbutia :

— C'est… c'est donc vous ! Je ne vous avais pas remise. Pour une surprise… c'est une surprise. Et toi, Félicie, avais-tu reconnu Charlotte ? Vous avez bien changé depuis tout ce temps !

Félicie ne savait que dire. Devant l'embarras de sa visiteuse, elle semblait encore plus gênée qu'elle. Zacharie reprit le premier ses esprits :

— Que voulez-vous ?

— Nous venons rechercher Marie.

— C'est que…

— Elle n'est plus ici ? s'inquiéta Charlotte.

— C'est-à-dire… je n'ai pas dit ça.

— Alors, où est-elle ? reprit l'homme d'un ton plus menaçant.

— Qui êtes-vous, monsieur, pour parler au nom de sa mère ?

— Peu importe qui je suis. Je crois que je me suis mal fait comprendre : nous venons rechercher Marie. Marie va repartir avec nous. Allez donc la chercher !

Tractations

Zacharie sentit la colère monter en lui.

— Monsieur, vous êtes ici chez moi. Je n'ai d'ordre à recevoir de personne.

— Calme-toi ! s'interposa Félicie.

Puis, s'adressant à Charlotte :

— Marie va bien, tranquillisez-vous. Mais...

— Il n'y a pas de mais ! Si vous ne m'amenez pas cette gamine immédiatement, je retourne cette bicoque de fond en comble. Et je vous jure que je la retrouverai.

— J'aimerais que ce soit Charlotte qui s'exprime.

— Charlotte fait ce que je lui dis de faire. Elle veut sa fille, c'est simple, non ? En quelle langue faut-il vous le dire ?

— C'est que... je ne suis pas sûre que Marie veuille partir d'ici.

— Comment ça ! Je voudrais bien voir que cette petite morveuse ne veuille pas repartir d'ici. Vous lui avez monté la tête ? Où est-elle, que je lui fasse passer l'envie de renier sa mère ?

— Ce n'est pas elle qui a renié sa mère ! coupa Zacharie. C'est plutôt Charlotte qui a abandonné sa fille !

— À vous voir, monsieur, ajouta Félicie, je comprends que la petite ne désire pas vous suivre.

— Elle ne me connaît pas !

— Si, elle vous a vu hier à la foire du Collet. Ça lui a suffi.

Zacharie regarda sa femme avec étonnement.

— Oui, reprit celle-ci, elle les a aperçus tous les deux. Ça l'a bouleversée.

— C'est pour ça qu'elle est toute destimbourlée depuis hier soir ! Je comprends.

Derrière la cloison, Marie n'avait rien perdu de l'altercation. Morte de peur, elle se tenait debout dans la demi-obscurité, tremblante de la tête aux pieds. Elle avait tant attendu sa mère qu'elle avait fini par faire son deuil de son retour. Elle avait pourtant imaginé qu'elle connaîtrait encore des jours heureux avec elle, et qu'elles ne seraient plus obligées de voler ensemble leur nourriture aux étals des marchands pour ne pas mourir de faim. Quand elle comprit que Charlotte ne viendrait plus, elle s'était persuadée qu'elle était partie loin, très loin, « en Amérique, peut-être », lui avait suggéré Ruben, jamais à court d'imagination. « Si c'est le cas, elle ne reviendra pas de sitôt ! » lui avait-il même affirmé.

Aussi, l'adolescente était-elle toute déstabilisée de revoir sa mère en présence d'un inconnu qui la réclamait comme si elle lui appartenait. Maintenant qu'elle avait un toit et une famille, pourquoi irait-elle à nouveau par monts et par vaux, traîner de foire en marché, de ville en ville, sans domicile fixe et sans ses amis qu'elle considérait comme ses frères ? Non, sa mère n'avait pas le droit de réapparaître ainsi dans sa vie et de permettre à un individu, qui n'était même pas son père, de décider de son destin. En la laissant aux bons soins de Zacharie et de Félicie, elle leur avait remis son avenir, la préservant de cette vie d'errance qui l'avait amenée à voler son prochain au péril de sa liberté.

L'homme, aux côtés de sa mère, n'avait aucun droit sur elle. Il ne lui semblait pas d'une grande probité ; et il voulait sans doute la récupérer dans le seul but de la faire travailler, d'en tirer profit comme il devait tenir Charlotte sous sa coupe. Celle-ci, trop faible pour lui résister, et craignant probablement de retomber plus bas qu'avant sa rencontre, ne pouvait l'empêcher de lui dicter sa conduite. Oui, elle en était persuadée : sa mère n'était plus maîtresse d'elle-même.

Traversée par ce sentiment, Marie se reprit et décida de faire front. Sans crier gare, elle ouvrit la porte d'un coup sec et s'écria :

— Je suis là, monsieur. Il est inutile de mettre la maison sens dessus dessous. Je ne vous suivrai pas !

Charlotte fit un pas en direction de sa fille. Son compagnon l'arrêta net d'un revers de bras.

— Laisse ! Je vais lui montrer de quel bois je me chauffe.

— Monsieur, vous oubliez que vous êtes ici chez moi ! s'insurgea Zacharie. Je crois que seules Charlotte et sa fille ont leur mot à dire dans cette histoire.

Le marchand de peaux commençait à voir rouge et s'apprêtait à se faire entendre par la force quand Samuel pénétra dans la pièce, suivi de son frère.

— Nous avons entendu du bruit. Nous sommes venus voir.

À dix-huit ans, Samuel dépassait son père par la taille, et sa carrure démontrait une force acquise au prix des lourds travaux qu'il accomplissait chaque jour. Ruben, lui, plus frêle, ne relevait pas moins la tête quand il fallait donner un coup de collier et démontrer qu'à seize ans il n'était plus un enfant.

— Tu as des ennuis, Père ? s'enquit l'aîné des deux garçons.

— Monsieur prétend emmener Marie de force. Il est un peu nerveux.

Ruben, comprenant aussitôt la situation, s'interposa.

— Marie, tu ne vas pas nous quitter !

La jeune fille s'avança vers sa mère, sans un regard pour l'homme de qui celle-ci dépendait.

— Maman, comprends-moi ! Je serais repartie avec toi si tu n'avais pas lié ta vie à cet homme. Je ne veux pas devenir, comme toi, sa servante. Tu ne peux pas m'imposer une telle existence. Il n'est rien pour moi. Félicie et Zacharie sont tout.

Charlotte n'osait répondre, de crainte de déclencher le courroux de son amant qui agissait envers elle comme un maître avec une esclave.

Face aux trois Lapierre, le mécréant commença à biaiser.

— Nous pourrions peut-être nous entendre autrement. Après tout, Charlotte s'est passée de sa fille pendant plusieurs années, elle peut encore s'en passer. N'est-ce pas, ma belle ?... Qui ne dit mot consent !

— Que voulez-vous ?

— Oh, pas grand-chose ! Un peu d'argent, pour dédommagement.

— Vous oubliez que nous nous sommes occupés de Marie pendant plus de quatre ans. Ce serait plutôt à vous de nous dédommager.

— Le prix de six beaux agneaux me contenterait. Je me suis renseigné avant de venir. Hier, vous avez vendu des agneaux gris pour un bon prix. Vous avez donc de l'argent frais !

— Je n'en ai vendu que quatre. Et je n'ai pas d'autre argent.

— Alors, je vais reprendre Marie.

Tractations

— Je ne vous suivrai pas ! coupa la jeune fille. Maman, dis quelque chose !

Charlotte restait muette.

— Samuel, cours prévenir la maréchaussée ! ordonna Zacharie.

— Arrête là, mon garçon ! Ton père semble oublier que les gendarmes se souviendront de Charlotte et de sa fille. Ils les recherchaient pour les jeter en prison quand elles ont débarqué ici. Vous ne voudriez pas que Marie aille en prison comme complice !

— Vous n'êtes qu'un mécréant !

— Vous me donnez une fois et demie la somme que vous avez touchée hier au Collet, et je disparais avec Charlotte. Vous n'entendrez plus parler de moi.

Malgré son jeune âge, Marie osa faire front à celui qui dominait sa mère corps et âme.

— Je vais partir avec vous. Mais vous n'obtiendrez rien de moi. Maman, comment as-tu fait pour en arriver là ?

Charlotte prit sa fille dans ses bras et ne put retenir ses larmes.

— Tu ne partiras pas, je t'en empêcherai ! s'écria Ruben.

— Mon petit-fils a raison, gronda une voix dans l'embrasure de la porte. Tu resteras ici, pitchounette !

Abraham n'avait pas osé intervenir. Mais depuis un moment, il assistait du dehors au drame dont sa petite protégée était l'enjeu. Il ajouta :

— Je ne crois pas que ta mère souhaite faire ton malheur. Or elle sait qu'en te forçant à la suivre, elle lie ton existence à ce vaurien.

— Qui êtes-vous, grand-père, pour me traiter de la sorte ?

— Je suis le maître ici ! Et ce n'est pas un brigand de ta trempe qui va me dicter ma conduite. Marie est ici chez elle depuis plusieurs années. Je crois qu'elle a choisi sa vraie famille. On n'achète pas l'amour des enfants avec de l'argent. Et, sans te juger, toi Charlotte, j'ose te dire que c'est ce que tu es en train de faire. Mais qu'à cela ne tienne ! Puisque c'est de l'argent qu'il te faut, je vais te satisfaire.

Abraham s'éclipsa dans sa chambre en bousculant le marchand de peaux. Il en revint, une cassette dans les mains. Il l'ouvrit méticuleusement, regarda à l'intérieur d'un œil attendri, dit :

— Tiens, prends ! Avec l'argent de la vente des agneaux, ça devrait te suffire.

Il déposa sur la table deux alliances et deux croix huguenotes en or.

— Elles appartenaient à ma mère et à ma défunte épouse. Tu en tireras une bonne somme.

— Père, tu ne peux pas... pas ça !

— Laisse faire, fils ! Ta mère m'approuverait si elle était encore de ce monde. Et la mienne aussi.

L'homme au regard d'aigle soupesa les bijoux, les examina de près, dit d'un air satisfait :

— Je crois que nous allons nous entendre. Et maintenant, l'argent !

Zacharie, fou de rage, hésita. Samuel le retint par le bras.

— Donne-lui l'argent et qu'il débarrasse le plancher ! ajouta Abraham.

Zacharie consulta Félicie du regard. Celle-ci lui fit comprendre de s'exécuter d'un hochement de tête. Il tira les écus d'or du fond de l'armoire et les jeta sur la table.

Tractations

— Tiens, c'est toutes nos économies !

Marie se retenait de pleurer. Elle voulait s'endurcir le cœur pour ne pas laisser croire à sa mère qu'elle la regrettait déjà.

— Adieu, maman ! murmura-t-elle sans que Charlotte ne l'entendît.

Charlotte et son acolyte disparurent dans la brume comme ils étaient venus.

X

Confession

Depuis qu'il avait rencontré fortuitement l'ingénieur Paulin Talabot quelques années plus tôt, Ruben ne cessait d'imaginer qu'un jour peut-être, lui aussi aurait un destin hors du commun. Cette pensée nourrissait ses rêves d'adolescent et l'éloignait malgré lui des attaches qui le rivaient à ses racines.

— Te rends-tu compte, s'était-il extasié devant Marie, j'ai parlé avec un homme de grande importance et je ne le savais pas ! Un homme qui a ses entrées dans les ministères. Sans doute a-t-il serré la main de l'Empereur...

— Si tu dis cela devant le papé, il te *rambayera*[1]. Tu connais ses opinions sur Louis Napoléon.

— M. Talabot n'est pas un homme politique. J'ai lu des articles sur lui dans la gazette. Il ne s'occupe que de chemins de fer. C'est grâce à lui que nos Cévennes sont reliées à la vallée du Rhône !

— Il n'empêche qu'il est aux ordres du régime.

— Il ne fait que son travail et son devoir.

---

1. *Rambayer* : rabrouer.

Ruben ne s'intéressait pas à la politique. D'ailleurs, sous le toit du Fournel, si l'on était républicain, personne n'exposait ses opinions devant les visiteurs et l'on se gardait bien de crier tout haut ses griefs. À dix-huit ans, le jeune homme vivait encore dans un monde idéaliste, partagé entre la vie qu'il menait, et qu'il acceptait par force, et celle dont il rêvait sans pouvoir en définir les contours avec précision.

La politique autoritaire de l'Empereur, qui ne se libéralisait que depuis peu, la guerre en Orient qu'il avait menée au début de son règne ne le touchaient pas vraiment. À ses yeux, seules comptaient les grandes aventures humaines, celles qui n'étaient pas faites de sang ni de pleurs mais d'espoirs et de progrès.

— Nous, les paysans, nous vivons toujours en ce siècle de modernité comme nos aïeux vivaient au Moyen Âge. Nous passons toute notre existence courbés sur la terre pour qu'elle nous nourrisse. Nous n'avons pas d'autre avenir que celui d'y retourner comme des miséreux et de disparaître sans laisser de traces. Comme si nous n'avions pas existé. Ce n'est pas juste ! Un jour viendra où nous aussi nous vivrons mieux, grâce au progrès.

Marie pouvait écouter Ruben des heures entières. Elle qui savait ce qu'était le malheur de ne plus rien avoir à soi, pas même une mère pour s'épancher contre sa poitrine, elle ne s'apitoyait pas cependant sur le sort des paysans que Ruben lui dépeignait.

— Dans les villes, il y a des tas de gens plus malheureux encore, réduits à la mendicité et qui ne savent pas s'ils mangeront à leur faim le lendemain.

Confession

Beaucoup aimeraient avoir une terre, même ingrate, à travailler. Tu ne devrais pas te plaindre. Ton frère, lui, semble prendre la vie du bon côté !

— Samuel est un vrai raïol. Il ne vit que pour sa terre et sa montagne. Il ne voit pas au-delà des crêtes qui nous entourent. C'est son seul horizon. Comme si le monde extérieur n'existait pas.

— À quoi bon aller chercher loin ce que nous avons à portée de la main !

— Il n'est pas interdit de rêver.

— Certes, mais il faut rester les pieds sur terre.

Depuis qu'elle vivait au Fournel, Marie avait acquis plus de maturité que la plupart des jeunes filles de son âge. C'est elle qui raisonnait Sarah quand celle-ci se heurtait à sa mère. D'un an son aînée, elle agissait avec elle comme une grande sœur et savait trouver les mots justes pour la ramener à la raison. Elle était pour Félicie d'une aide précieuse, une confidente plus qu'une seconde fille, une source de réconfort dans ses moments de doute. « Comment peut-on se plaindre ! pensait parfois celle-ci, le soir, allongée dans son lit auprès de Zacharie. Cette petite n'a que nous pour s'accrocher à la vie, et c'est elle qui nous fait encore la leçon par sa sagesse et sa grandeur d'âme ! »

À quinze ans, Marie aurait pu passer pour une fille délicate, mal adaptée à la vie rude de la montagne. Sa silhouette frêle, ses traits fins, sa façon de se mouvoir tout en légèreté lui donnaient un air fragile. Ses longs cheveux de jais qui ondulaient sur ses épaules, ses joues au teint mat qui refusaient de rougeoyer au soleil comme celles des paysans, ses mains toujours bien soignées la distinguaient des autres filles de Falguière. Celles-ci, plus rustiques et plus adaptées aux durs travaux des champs, se moquaient d'elle parfois quand elles se rencontraient au village.

— *Boudiou !* Mais on dirait une demoiselle de la ville ! lui faisaient-elles souvent remarquer. *Vaï*, tu es bien trop *maygroustèl*[1] pour faire une bonne paysanne !

Marie ne se vexait pas. Elle prenait ces remarques pour des compliments. « Au fond, elles m'envient, pensait-elle, parce que je ne suis pas comme elles. »

À vrai dire, Marie n'avait rien renié de son passé. Elle gardait toujours en mémoire l'image de sa mère, une femme que la vie n'avait pas épargnée, une victime des temps modernes, de cette société industrielle qui se développait dans les grandes villes. Elle ne lui reprochait pas de l'avoir délaissée pour lui éviter de partager avec elle les mêmes tourments, mais seulement de s'être abandonnée dans les bras d'un homme sans scrupule qui l'avait monnayée comme une vulgaire marchandise. Cette femme-là, à ses yeux, n'était pas sa mère.

Aussi n'avait-elle plus envie de repartir du Fournel. Là, loin du monde urbain source de ses malheurs, elle vivait tranquille auprès d'une famille besogneuse et honnête, qui ne faisait pas la charité par devoir ni compassion, mais par amour et avec abnégation, sans se soucier du qu'en-dira-t-on. Jamais, depuis qu'elle avait été recueillie par les Lapierre, elle n'avait ressenti une quelconque impression de ne pas être chez elle sous leur toit.

---

1. *Maigrelette.*

Confession

Tous, du papé Abraham jusqu'à la plus jeune d'entre eux, Sarah, l'avaient adoptée comme l'une des leurs, et elle les avait tous acceptés à son tour comme ses propres parents.

Elle s'attachait particulièrement à Ruben, car lui seul savait lui parler de la vie comme un livre. Tout ce qu'il lui contait tenait du merveilleux, et il trouvait toujours les mots les plus évocateurs pour lui faire part de ce qu'il connaissait du monde grâce à ses lectures.

Zacharie devait souvent le rappeler à l'ordre.

— Cesse donc d'*escagasser*[1] Marie avec toutes tes sornettes. Tu ferais *be maï*[2] d'emmener les brebis sur les chaumes !

Avec les années cependant, les sentiments du jeune garçon avaient changé à son égard. À leurs jeux d'enfants avaient succédé leurs secrets d'adolescents. Sans penser à mal, tous les deux s'arrangeaient souvent pour se retrouver seuls à garder le troupeau, à châtaignier dans un coin éloigné, à ramasser le bois mort ou à aller à la corvée d'eau. Ruben prenait prétexte d'avoir besoin d'aide et, plutôt que d'appeler Sarah, il réclamait Marie. Au point que Félicie reconnaissait volontiers :

— Ces deux-là sont inséparables. S'ils n'étaient pas comme frère et sœur, je m'inquiéterais !

— Si Marie n'était pas toujours accrochée à ses basques, il serait peut-être plus vaillant, se plaignait parfois Zacharie en parlant de Ruben. Moi, à son âge, j'abattais plus de travail.

---

1. *Fatiguer par la parole.*
2. *Bien mieux.*

— Cesse donc de *rouscailler*[1]. Ruben n'est pas taillé dans le chêne. Il s'épuise plus vite que son frère. Mais il fait sa part de travail. Tu ne peux pas lui reprocher le contraire !

Zacharie voyait bien que son fils cadet n'avait pas vraiment l'âme d'un paysan.

— Si j'avais su, je l'aurais poussé à devenir pasteur.

— Pasteur !

— Avec ce don qu'il a de tout expliquer et de faire rêver, il aurait converti tous les papistes de la vallée !

Et Abraham d'ajouter :

— C'est le curé qui aurait fait une drôle de tête !

Peu à peu, leurs secrets devinrent des confidences. Il se créa entre eux des liens si étroits, si subtils, qu'il suffisait d'un mot, d'un geste, d'un regard pour que l'un comprenne la peine de l'autre ou ressente le même bonheur, la même ivresse. Dans les yeux lavande de Marie, Ruben naviguait sur les flots des mers chaudes et se réchauffait le cœur au soleil des îles lointaines. Dans les paroles chaleureuses de son confident, la jeune fille trouvait la chaleur qui conforte l'âme et transforme la réalité en paradis.

Personne ne soupçonnait que Ruben aimait secrètement Marie.

Personne ne doutait de l'amour fraternel de Marie envers Ruben.

---

1. *Râler sans arrêt.*

Confession

Dans le cœur du jeune homme, les sentiments d'amitié s'étaient peu à peu transformés. Ce qu'il ressentait désormais dans sa chair le perturbait. Chaque fois qu'il se retrouvait seul en présence de Marie, il en était tout bouleversé. Ce n'était plus une simple et profonde amitié, une fraternelle attirance qu'il éprouvait. Son cœur n'était plus seul à battre quand, par habitude, il lui prenait la main pour l'emmener à l'écart des regards indiscrets. Son corps lui aussi réagissait.

Lui qui n'était jamais à court de paroles ne trouvait plus les mots pour lui dire les choses les plus simples. Il rougissait quand elle l'embrassait naïvement sur la joue pour lui démontrer sa joie. Il devenait gourd quand, auparavant, il se montrait habile à lui expliquer son savoir.

— Qu'as-tu Ruben ? Tu me parais tracassé.

Marie s'était aperçue du changement d'attitude de son ami.

— Je n'ai rien.
— Tu mens très mal !
— Je ne mens pas. Je vais bien.
— Alors, si tu vas bien, pourquoi ne me regardes-tu plus droit dans les yeux quand tu me parles ? On dirait que tu me fuis !
— C'est une impression. Tu te trompes.
— Je te connais trop bien pour me tromper. Je te connais comme si tu étais mon frère depuis toujours.

Ruben n'avait jamais éprouvé pour Marie d'autres sentiments que ceux de l'amitié et de l'amour fraternel. En lui, tout se bousculait si vite à présent qu'il ne savait plus ce qu'il devait penser.

— C'est à cause de toi ! finit-il par avouer.
— À cause de moi ! Mais que t'ai-je fait ?
— Rien, rassure-toi. Je ne sais pas ce qui se passe en moi. Je... je crois bien que...
— Tu peux tout me dire. Entre nous, il n'y a pas de secret.
— Qu'éprouves-tu pour moi, Marie ?
— Mais, je t'aime, Ruben. Tu le sais bien, quelle question ! Et même un peu plus que Samuel et Sarah. Mais je te demande de ne pas le leur dire. Ça ne leur ferait pas plaisir. C'est comme ça, je n'y peux rien, depuis le jour où tu m'as mise à l'épreuve dans le bassin et que tu es venu me sortir la tête de l'eau. Tu te souviens ? Je n'étais pas fière. Mais j'ai compris alors que tu regrettais de m'avoir infligé un tel gage. Et depuis, je ne t'ai jamais plus regardé avec les mêmes yeux.
— Ah non ?
— Non, tu as toujours été pour moi un garçon au grand cœur. Un peu rêveur, certes. Mais tu me plais comme ça.
— Je te plais seulement ?
— Oui, je t'aime bien comme tu es.
Ruben tergiversait. Il ne trouvait pas les mots pour avouer à Marie ce qu'il tentait en vain d'exprimer.
— Je t'aime Marie !
— Je le sais bien. C'est ça que tu essaies de me dire, gros nigaud ! Pourquoi prends-tu tant de précautions ?
— Mais je t'aime d'amour, Marie. Je suis amoureux de toi !
La jeune fille resta coite. Elle ne s'attendait pas à de tels aveux.

— C'est impossible, Ruben ! Tu es mon frère.

— Tu n'es pas ma sœur ! Et je n'y peux rien !

Marie recula de quelques pas, comme horrifiée. Elle se plongea le visage dans les mains, réalisant la gravité de la situation.

— Tu as toujours été comme un frère pour moi. Ce que tu me dis là est impossible. Ça ne se fait pas !

— Marie, nous avons grandi ensemble, mais nous n'avons pas les mêmes parents.

— Non, non, c'est impossible ! Je t'aime trop Ruben. Tu vas tout gâcher.

La jeune fille tourna les talons et courut droit devant elle, affolée.

Ruben, livide, ne fit aucun geste pour la retenir. Il s'assit sur une pierre et sombra dans le chagrin. Autour de lui, ses bêtes commençaient à s'égayer malgré les aboiements de Calie.

Quand le soleil déclina derrière la crête, il sortit de sa torpeur, regroupa son troupeau et rentra au mas, le visage fermé.

— Marie n'est pas avec toi ? s'enquit Félicie.

— Nous nous sommes séparés. Je la croyais à la maison.

Félicie s'inquiéta, mais ne le montra pas.

À la tombée de la nuit, Marie n'était toujours pas revenue.

— Vous vous êtes disputés ? reprit Zacharie.

— Non, hésita Ruben. Nous avons seulement discuté et échangé nos points de vue, comme nous le faisons souvent.

— Que lui as-tu dit ? demanda Félicie. Marie n'est jamais partie seule sans prévenir. Il lui est arrivé quelque chose !

Autour de la table, on tint conseil. Les quatre hommes étaient partisans d'attendre.

— Elle ne va pas tarder.

— Elle va rentrer, il fait presque nuit.

— Elle ne va pas se perdre, elle connaît la montagne aussi bien que chacun d'entre nous.

Seule Félicie ne cachait pas ce qu'elle pensait vraiment.

— Il lui est arrivé quelque chose, répétait-elle. Elle a peut-être fait une mauvaise rencontre. Avec tous ces chemineaux, on ne sait jamais !

— Et si elle avait rencontré des loups ! ajouta Abraham.

— Des loups ! reprit Ruben.

— Oui, petit, des loups. Ils descendent parfois dans les vallées quand ils sont poussés par la faim. Ils peuvent être dangereux s'ils sentent un homme effrayé et sans défense.

— Il faut aller à sa recherche ! ordonna Félicie. Ce soir, c'est la pleine lune, vous n'aurez pas besoin de torches.

— Mère a raison, dit Samuel. Nous n'avons que trop traîné. À cette heure-ci, Marie devrait être rentrée. Elle est en danger.

Zacharie suivit son fils dans le hangar. Ils prirent des fourches et appelèrent Calie.

— Mets-lui le collier à clous, on ne sait jamais.

Comme la plupart des chiens de berger, Calie portait encore un lourd collier armé de pointes quand elle partait garder les bêtes dans la montagne. C'était le seul moyen de la protéger contre les loups qui attaquaient toujours les chiens à la gorge. Deux fois, par le passé, elle avait dû son salut à cette protection encombrante. Aussi Zacharie veillait-il à ce qu'elle en fût pourvue dès qu'il l'emmenait à l'écart du mas.

Ruben se sentait coupable d'avoir poussé Marie à fuir le Fournel. « S'il lui arrive malheur, je ne me le pardonnerai jamais ! » songeait-il en participant à la battue.

Des voisins, les Cassagne du Mas-Vieux, proposèrent leur aide dès qu'ils entendirent les Lapierre appeler Marie aux abords de la forêt.

— Elle n'a pas pu pénétrer sous les chênes ! releva Ferdinand Cassagne. Il y fait trop sombre, et le sous-bois y est bien trop touffu ! Il n'y a que les sangliers pour pouvoir s'y enfoncer.

Ruben craignait que Marie ne fût tombée dans quelque précipice. Le serre était découpé en lames acérées et tailladé, par endroits, d'étroites gorges au fond desquelles s'écoulaient les eaux de ruissellement. Il lui avait fait découvrir des grottes, pas toujours accessibles, qu'on ne pouvait atteindre sans risques. L'une d'elles, lui avait-il expliqué, avait servi de refuge à un camisard pendant la guerre de 1702. Personne ne pouvait dénicher un fugitif dans cet endroit tapi dans la végétation et sans chemin d'accès. Même du haut de la falaise qui la surplombait, on ne soupçonnait pas sa présence.

Marie avait beaucoup apprécié ce nid d'aigle d'où il était possible d'embrasser toute la vallée d'un seul regard.

— Il faut se méfier, lui avait dit Ruben pour la mettre en garde. Ces grottes sont parfois occupées par des bêtes sauvages.

Mais sa grotte du camisard était vierge de toute empreinte animale. Elle ne montrait que des traces humaines, ce qui la rendait presque accueillante. Une des parois portait encore des traces de fumée, preuve que ses occupants y avaient longuement séjourné. Marie s'était extasiée devant la beauté sauvage du site. Elle y avait vu un lieu de souffrance en même temps qu'un lieu de résistance.

« Ce sera notre endroit secret, avait-elle dit à Ruben, quand nous aurons besoin de nous isoler du monde et d'arrêter le temps. »

Comme on fait des serments d'enfants, ils s'étaient juré de ne pas dévoiler leur nouveau refuge.

— Je sais où elle est ! finit par avouer Ruben.

Zacharie fusilla son fils du regard.

— C'est maintenant que tu le dis ! Après nous avoir laissés retourner ciel et terre !

— Ne t'emporte pas, coupa Ferdinand, ça ne sert à rien.

— *Aï moun Diou, pas d'avédré fa un éfan tant mouligas !* (Ah mon Dieu, je ne comprends pas d'avoir fait un enfant si mollasson !)

Pour se racheter, Ruben conduisit la petite troupe droit à la grotte. Mais Zacharie ne cessait de grommeler :

— Je t'avais pourtant interdit de venir jouer dans cette grotte quand tu étais petit. C'est dangereux, et on n'y voit rien, dans toutes ces *bartasses*[1].

Quand ils furent juste au-dessus de la caverne, Ruben, passé en tête, s'arrêta.

---

1. Broussailles.

Confession

— Laisse-moi y aller seul, Père. Si Marie est là, il est inutile de l'effrayer en y descendant tous ensemble.

— Ton fils a raison, reconnut Ferdinand Cassagne.

Samuel prêta sa fourche à son frère et lui dit de prendre la chienne en laisse.

— On ne sait jamais !

Ruben se fraya un passage à travers les broussailles. Il longea l'arête de la paroi schisteuse. Celle-ci était abrupte et glissante à cause de l'humidité.

Au fur et à mesure qu'il avançait, ne se repérant qu'à la lueur blafarde de la lune, son appréhension grandissait. « Elle n'est pas venue ! Il n'y a pas trace de son passage dans les herbes », remarqua-t-il.

À l'entrée de la grotte, la chienne se mit à aboyer. Le cœur de Ruben se serra. Calie montrait les crocs et tirait sur sa laisse.

— Calme-toi ! Qu'as-tu senti, ma belle ?

De crainte de tomber sur quelque bête sauvage, il appela à tue-tête :

— Marie, Marie ! réponds-moi, c'est moi, Ruben.

Personne ne répondit.

Il fit un pas en avant, relâchant la laisse de la chienne. Celle-ci aboya de nouveau. Tout à coup, une masse informe sortit du trou béant et fila dans les broussailles en bousculant les intrus. Ruben perdit l'équilibre, lâcha la laisse et chuta en contrebas. Il n'eut que le temps de s'agripper à la branche d'un arbuste. Son corps pendait dans le vide. Encore à moitié étourdi, il se rétablit avec peine à la force des poignets et remonta auprès de Calie.

— Qu'y a-t-il ? s'écria Samuel du haut du rocher.
— Tout va bien. Je vais entrer dans la grotte.

Comme il s'y attendait, celle-ci était déserte. Seuls les restes d'une malheureuse proie et des déjections encore fraîches attestaient de la présence d'un prédateur. « Un renard, pensa Ruben. À moins que ce ne soit un loup ! »

Marie n'était pas venue se réfugier dans la grotte du camisard.

Alors qu'ils reprenaient le chemin du retour, dans le lointain, des hurlements lugubres déchiraient la nuit.

XI

Pénitence

Ils rentrèrent bredouilles, envahis par l'incompréhension et l'inquiétude. Ruben ne disait mot, craignant le pire, tandis que Zacharie ne cessait de fulminer contre son fils qu'il rendait responsable de la fugue de Marie. Ni Fernand Cassagne ni Samuel ne parvenaient à calmer son courroux.

La pluie commençait à tomber, se rabattant sur eux à cause des rafales de vent.

— Si elle passe la nuit dehors par ce temps, elle prendra mal, bougonnait-il. J'en connais une qui n'a pas fini de se faire un sang d'encre !

Quand ils parvinrent à proximité du Fournel, après avoir laissé leur voisin chez lui, les trois Lapierre pressèrent le pas. La pluie redoublait et cinglait leur visage.

— Sacrediou, il ne manquait plus que ça ! Un malheur n'arrive jamais seul. Nous n'avions pas besoin d'eau au moment de commencer les vendanges. Cette année encore, nous n'aurons que de la piquette !

À travers les carreaux de la fenêtre, une lueur scintillait à l'heure où partout ailleurs l'obscurité avait envahi les chaumières.

— Félicie veille encore. Elle ne dormira pas de la nuit.

La chienne partit la première dès que Samuel l'eut détachée, aboyant comme si elle venait de ressentir la présence d'un être familier.

— On dirait qu'elle est heureuse de rentrer, remarqua Zacharie. On n'est pourtant pas allés très loin.

— Elle a reconnu quelqu'un.

Dans la cuisine, Félicie attendait, assise près du cantou. Elle avait laissé une chandelle allumée sur le rebord de la fenêtre, pour montrer qu'elle veillait encore. Son visage était serein ; ses yeux mi-clos indiquaient qu'elle était au bord du sommeil.

— Le souci ne t'empêche pas de dormir ! s'étonna Zacharie. Mon père, à son âge, je comprends qu'il ne veille pas. Mais toi, tu m'étonnes !

— Chut ! Tu vas la réveiller. Elle est rentrée et s'est couchée aussitôt sans manger.

L'incident fut clos. Zacharie calma son emportement vis-à-vis de Ruben et fit comme si rien ne s'était passé.

En réalité, Marie était allée se réfugier près de la source. Personne n'avait songé la trouver si près du mas. Puis, entendant la chienne aboyer sur les hauteurs, elle comprit que tous étaient à sa recherche. Elle reprit aussitôt ses esprits, s'aspergea le visage d'eau fraîche et s'en revint.

Félicie ne la questionna pas, se contentant d'une simple remarque :

— Ils sont tous partis te chercher. Nous étions inquiets !

— Excuse-moi, Félicie, j'avais un peu de chagrin. Mais c'est fini maintenant.

Félicie crut que sa petite protégée ressentait encore la douleur de la séparation.

— Avec le temps, ça finira par passer. Tout passe, même l'amour finit par passer. En tout cas, par se calmer.

La jeune fille pensa que Félicie savait ce qui l'avait opposée à Ruben. Elle ne répondit pas et alla se réfugier dans sa chambre, où Sarah l'attendait depuis des heures.

— Où étais-tu ? lui demanda celle-ci. Ruben se fait beaucoup de souci !

— Oui, je sais.

Les blessures finissent toujours par cicatriser. Mais comme le feu couve sous les braises, elles ne disparaissent jamais tout à fait et se réactivent parfois sans qu'il soit besoin de les rouvrir.

Ruben était écorché vif de l'intérieur. Vivre aux côtés de celle qu'il aimait lui devenait insupportable. Cependant, il faisait de gros efforts sur lui-même pour paraître naturel, niant que son attitude avait changé quand l'un des siens le lui faisait remarquer. Zacharie ne le reconnaissait plus, tant il mettait d'ardeur dans son travail, jusqu'à s'épuiser parfois dans des tâches que jamais auparavant il n'aurait accomplies.

Il se mit ainsi dans l'idée de remonter à lui seul un mur de faïsse éboulé depuis des lustres, situé en bas de la montagne.

— Je l'ai toujours connu dans cet état, lui affirma Zacharie. Ton grand-père aussi. Il y a belle lurette que plus personne ne s'est occupé de cette terre. Elle est bien trop éloignée ! Tu perdras ton temps.

Ruben s'obstina, la rage au cœur.

Quand on n'avait pas besoin de lui au mas, il prenait sa pique et sa pioche, une corde et une bonbonne d'eau, et s'en allait au fin fond du vallon sur sa terre de pénitence.

— Ce petit m'inquiète ! reconnut Félicie. On dirait qu'il devient *calud*[1].

— Remarque, ce n'est pas moi qui me plaindrai de le voir se mettre au travail !

Zacharie ne percevait pas, comme Félicie, ce qui tourmentait son fils. Une mère ressent toujours dans sa chair ce qui se passe dans le cœur de ses enfants.

— Je crois que Marie n'est pas étrangère à ce qui lui arrive.

— Enfantillages ! À leur âge, rien que de très normal entre frère et sœur. Des chamailleries sans importance !

— Marie n'est pas la sœur de nos enfants.

— Depuis six ans qu'elle vit avec nous, c'est tout comme !

— Ah, tu es bien un homme !

Le mur de faïsse disparaissait sous un couvert inextricable de lianes et de ronces. La salsepareille s'agrippait aux arbres, formant des couronnes d'épines coriaces qui résistaient aux *poudets*[2] les plus tranchants. La vigne vierge et le lierre s'entremêlaient en se marcottant entre les pierres qu'ils finissaient par soulever et par déchausser. En

---

1. *Un peu fou.*
2. *Sorte de machette à lame recourbée.*

maints endroits, des éboulis marquaient le ravage des eaux de ruissellement. Le mur était éventré et, de ses entrailles asséchées, la terre se répandait comme le sang d'une fatale blessure. Des blocs énormes jonchaient le sol, plantés comme des dolmens abandonnés à la suite d'une catastrophe, enfouis dans la végétation.

Ruben se mit en peine de débroussailler, assenant de toutes ses forces des coups de hache aux branches prisonnières des plantes grimpantes qui étouffaient les arbres. Les épines lui labouraient les bras, écorchaient son dos et son visage. Mais il ne ressentait aucune douleur. Son sang se mêlait à sa sueur, sa rage à son désespoir.

Il dégagea les pierres une par une de leur gangue asphyxiante, les soulevant à l'aide d'une barre à mine, les poussant, les roulant comme un forcené. Les blocs se décollaient avec peine et se déplaçaient juste de quelques centimètres. Il les remettait en place avec une minutie que les ancêtres lui auraient enviée, sans jamais baisser les bras, les reins brisés, le corps rompu.

Il se maintenait le dos en s'entourant d'une longue ceinture de flanelle qui faisait plusieurs fois le tour de sa taille, et il se protégeait d'une peau de mouton retournée pour remonter les grosses pierres sur ses épaules. Mais ses mains avaient beau avoir été tannées par les manches d'outils, chaque jour elles se couvraient d'ampoules qui, en éclatant, mettaient sa chair à vif. Alors, il les enveloppait de bandelettes, découpées dans un vieux drap, qu'il changeait chaque soir quand elles étaient trempées de sang.

Avec rage, mû par une sorte de folie qui le rendait aveugle et insensible à la douleur, il s'éreintait, puisant au fond de son âme la force qu'il ne trouvait plus dans son corps meurtri.

À la fin de l'automne, quand les gros travaux de la saison furent terminés, il décida de ne plus rentrer au Fournel chaque soir.

— Je vais me construire un abri et dormir sur place, déclara-t-il à sa mère, qui commençait à s'inquiéter de son état.

— Ce n'est pas raisonnable ! lui objecta Félicie. Pourquoi fais-tu tout cela ?

Ruben ne répondait pas quand on le questionnait sur les raisons qui le poussaient à s'épuiser à la tâche. Il tournait les talons et sortait.

Il avait perdu son sourire et son air rêveur, ne parlait plus de ses grandes espérances. Il devenait taciturne et ne prenait plus part aux conversations. Exténué, il montait se coucher le premier et ne veillait plus avec les autres. Quand des voisins rendaient visite à ses parents, il s'arrangeait pour ne pas les rencontrer. Il évitait surtout de se retrouver seul avec Marie.

En novembre, il fit donc plusieurs allers et retours au fond du vallon, emportant à chaque voyage tout ce qui lui fallait pour construire son abri de fortune. Sur place, il édifia une sorte de cabane de berger, un *cercueil* comme disaient les gardiens de moutons, où il n'avait que la place de s'allonger et peu d'aisance pour rabattre sur lui le couvercle en cas d'intempérie.

— Tu vas crever de froid, là-dedans ! lui dit Samuel.

— En montagne, les bergers s'en contentent. Alors, pourquoi pas moi ?

— Que cherches-tu donc à te prouver en agissant ainsi ?

— À prouver, rien ! Seulement à expurger mon esprit.

Samuel ne comprit pas ce qu'il insinuait et préféra laisser son frère à ses travaux. « Ça lui passera avant que ça me prenne ! » songea-t-il.

Jour après jour, levé avec le soleil, et jusque tard dans la nuit alors que la lune brillait déjà de tous ses éclats, tel un forçat, Ruben s'échinait au travail, ne se nourrissant que de châtaignes sèches, de pain rassis, de quelques racines qu'il allait dénicher dans les herbes, ne buvant que l'eau ramassée non loin de son chantier et qui sortait goutte à goutte d'une petite cavité.

Au bout de trois semaines, il n'avait redressé que le tiers de la muraille. Chaque jour, pour commencer, il devait d'abord faire place nette, écarter les gros blocs, les amener à la base du mur, puis, à la force des bras, monter les pierres en trouvant toujours celle qui s'encastrait exactement dans les autres, en la calant à l'aide de petits *grattons*, des cailloux qu'il plaçait dans les interstices pour assurer l'équilibre de l'ensemble.

Comme tous les paysans, Ruben avait toujours vu son père et son grand-père consolider les murs des bancèls. Il les avait souvent aidés. C'était une science qui se transmettait depuis la nuit des temps. Mais jamais il n'avait eu de si gros blocs à manipuler ni tant à faire d'un seul coup. Loin de se décourager, il puisait sa force dans l'absolue nécessité qu'il éprouvait à s'endurcir le corps pour s'endurcir le cœur.

Avec ses planches, il avait édifié un gabarit qu'il déplaçait latéralement afin de donner du fruit à sa construction. Il avait fabriqué un palan et un treuil, en utilisant une grosse branche d'un chêne pour hisser avec sa corde les pierres les plus lourdes au sommet de son mur. Quand la corde se rompait ou quand la charge lui échappait des mains, il se remettait aussitôt à l'ouvrage et n'achevait jamais sa journée avant d'avoir terminé ce qu'il avait entrepris le matin même.

Quand il sentait sa vigueur s'amenuiser, il se plongeait dans la prière. Jamais il ne pria avec autant de ferveur que dans les moments où son corps anéanti ne répondait plus à sa volonté. Le soir, brisé, il n'avait pas toujours la force d'avaler la moindre nourriture. Il se contentait de boire à la régalade l'eau de sa maigre réserve, mâchait quelques feuilles dont il connaissait les vertus revigorantes et s'affalait dans son cercueil, tout habillé, la tête vide, le cœur pris dans un étau de glace.

Au bout de six semaines, Zacharie décida de descendre lui rendre visite. C'était le premier jour de l'hiver. Au loin, le mont Lozère affichait sa parure de blanche hermine et le ciel, plombé de nuages menaçants, n'annonçait rien de bon. Accompagné de Samuel, il prit le chemin de cette terre que les anciens avaient surnommée « le Purgatoire » – il ne savait pas à quand cela remontait, mais il en avait toujours entendu parler. Jamais il n'avait eu l'idée d'aller s'épuiser à mettre cette terre en valeur, trop éloignée et enclavée. Il n'ignorait pas que, délaissée, une faïsse finissait par s'ébouler. Et lorsque, au cours de ses battues de chasse, il lui arrivait de traverser ce seul bien qui lui appartenait et qu'il laissait à l'abandon, il ne s'y éternisait pas, de crainte peut-être que l'âme de ses ancêtres ne lui reprochât de ne pas entretenir ce qu'il avait reçu en héritage.

Il trouva son fils dans un état pitoyable : amaigri, les yeux exorbités, le corps couvert de croûtes et de vilaines plaies, la barbe hirsute, mais doté d'une flamme intérieure qui rayonnait sur son visage à la manière d'un prophète. Une flamme qui lui donnait la force de s'acharner et de se surpasser.

En le découvrant ainsi, Zacharie et Samuel prirent peur.

— Il est devenu fou ! dit ce dernier. Nous ne pouvons pas le laisser poursuivre. Il va en crever ! Surtout avec le froid et la neige qui ne sauraient tarder.

Ils eurent toutes les peines du monde à le convaincre de cesser le calvaire qu'il s'infligeait.

— Tu ne serais pas en train de te punir toi-même et d'implorer le pardon de Dieu en agissant ainsi ? demanda Zacharie. En réalité, tu défies l'Éternel et tu pèches par orgueil. Sois plus humble, mon fils ! Accepte la vie comme elle est. C'est Dieu qui nous dicte ce que nous devons accomplir. Rien ne sert de se meurtrir le corps pour expier. Le pardon ne s'obtient pas de cette façon. Dieu nous l'accorde si, au plus profond de nous-mêmes, nous faisons acte de contrition. Il ne demande pas le sang de ses enfants pour leur pardonner.

— Tu oublies ce qu'Il a exigé d'Abraham et de Jésus, son propre fils !

— Tu n'ignores pas qu'Il a mis Abraham à l'épreuve mais qu'Il a retenu son bras avant qu'il ne fût trop tard. Quant à Jésus-Notre-Seigneur, son sacrifice ne signifie rien d'autre que le triomphe de la vie éternelle sur la mort. Comment pouvait-Il agir autrement pour le faire savoir aux hommes de peu de foi que nous sommes ? Seule la mort du Fils pouvait être la preuve de l'éternité.

Ruben était trop épuisé pour tenir tête à son père. Celui-ci ne trouvait que la Bible à opposer à sa folie, mais il finit par lui faire entendre raison.

— Laisse-moi encore passer une nuit ici, Père. Je dois mettre de l'ordre dans mon esprit. Après, je rentrerai, je te le promets.

— Tu ne veux toujours pas me dire ce qui t'a poussé à agir ainsi.

— Pas maintenant.

Zacharie n'insista pas. Samuel s'approcha de son frère :

— Nous reviendrons ensemble à temps perdu, si tu veux. Et nous finirons tous les deux ce que tu as entrepris. Il ne faut jamais laisser un travail inachevé, n'est-ce pas ? Et au printemps, nous sèmerons du blé sur cette terre. Ainsi tu n'auras pas peiné pour rien.

XII

La résolution

L'HIVER PASSA, sans grand froid. Mais le ciel se teintait souvent de gris et semblait se complaire dans son habit de deuil. L'absence de soleil rendait les âmes moroses. Tout était figé dans l'immobilité. Parfois le vent du nord se levait, froid et sec, et chassait les nuages. Mais il n'avait pas la force du marin qui finissait par l'emporter et par étendre au-dessus des crêtes un nouveau linceul de cendre.

Ruben avait repris sa vie comme si de rien n'était. Mais il n'était plus le même envers Marie. Il l'évitait, ne restait plus jamais seul en sa compagnie, préférant travailler aux côtés de son frère.

Zacharie, qui n'avait rien deviné, se réjouissait de voir enfin son cadet se réveiller.

— Je préfère te voir ainsi, travailler comme un homme, avec les hommes. Je crois qu'à présent, tu as fini de grandir !

Marie, de son côté, était mal à l'aise quand leurs regards se croisaient. Elle se sentait responsable de ce qui arrivait à celui qu'elle préférait entre tous, coupable d'une faute qu'elle n'avait pas commise. Or, elle ne pouvait en parler à personne, pas même à Abraham, qui se montrait pourtant très compréhensif.

Félicie tentait bien, parfois, de savoir ce qui s'était passé entre elle et son fils. Mais Marie se fermait aussitôt qu'elle abordait la question. Elle restait persuadée que tous les deux s'étaient querellés et que ni l'un ni l'autre ne voulaient faire le premier pas.

Peu à peu, chacun finit par effacer ce triste hiver de sa mémoire. Et lorsque les beaux jours réapparurent, les travaux occupèrent de nouveau les esprits. Marie semblait oublier qu'elle avait été au centre d'un drame dans le cœur de Ruben. Ruben faisait semblant que rien ne s'était passé entre eux.

L'été touchait déjà à sa fin. Comme d'habitude, il avait apporté son lot de réjouissances, car il n'y a pas de plus belles joies pour les paysans que de voir leurs terres offrir abondamment leurs fruits, même s'ils doivent y donner toute la sueur de leur corps. Sur la faïsse du « Purgatoire », la première récolte avait été généreuse. Samuel et Ruben avaient tenu à moissonner eux-mêmes leur demi-arpent de blé, et à remonter les javelles de faïsse en faïsse, avec la seule aide de leur mulet.

Le blé était prêt pour le battage. Sur l'aire, les épis gonflés à souhait n'attendaient que le fléau pour éclater et offrir leurs grains. Déjà Abraham préparait les sacs, avide de cuire son premier pain issu de la nouvelle farine.

— Il ne faudra pas mélanger ce blé avec celui des autres terres. Celui-là me paraît cent fois meilleur. Il donnera une excellente farine, bien blanche, la fine fleur du vrai froment !

La résolution

Les deux garçons se mirent à battre, frappant à tour de rôle, comptant l'un après l'autre à chaque tour de bras pour tenir la cadence.

— Un, deux, un, deux...

Comme les pièces d'une mécanique bien huilée, les manches de micocoulier martelaient les épis d'un bruit sec et saccadé : « Pan, pan... pan, pan... »

L'air sifflait au-dessus de la tête des deux batteurs. Ceux-ci, le dos tourné au soleil, ne s'arrêtaient que pour éponger la sueur qui coulait de leur front.

Au loin, deux cavaliers s'approchaient lentement. Samuel, le premier, sentit une présence derrière lui. Il s'arrêta, posa son fléau, mit sa main en visière au-dessus de ses yeux.

— Que viennent-ils faire encore, ces deux-là ? Je n'aime pas trop les uniformes !

— Nous sommes bien au Fournel, chez les Lapierre ? demanda l'un des deux hommes.

— Vous y êtes. Que voulez-vous ?

— C'est toi, Zacharie Lapierre ?

— Non, c'est mon père. Je vais vous le chercher. Il est dans sa vigne.

— C'est inutile. Je n'ai qu'une information à transmettre.

— Entrez donc dans la maison, ma mère vous recevra.

Les deux gendarmes s'approchèrent du portail d'entrée. Félicie alla au-devant d'eux.

— Vous avez bien recueilli une certaine Marie Lafont, il y a quelques années ?

Surprise, Félicie ne sut que répondre. Personne n'avait jamais divulgué le nom de famille de Marie.

— Elle vit ici, n'est-ce pas ?

— Que lui voulez-vous ?

— Rien. Seulement lui signaler que sa mère est morte. On l'a retrouvée dans les fossés du Fort Vauban à Alais. Égorgée.

— Morte ! Égorgée !

Félicie s'appuya contre le chambranle du portail.

— Oh, mon Dieu !

— Nous voulions vous avertir. Vous êtes de la famille ?

— Non. Nous avons effectivement recueilli Marie chez nous quand elle était petite, à la demande de sa mère qui cherchait du travail à l'époque. Elle n'a plus jamais donné signe de vie, mentit Félicie. Alors, nous avons gardé sa petite. Elle n'avait pas dix ans. Nous n'allions pas la mettre à la porte.

— Nous avons arrêté son compagnon, poursuivit le gendarme. Il a avoué. Nous voulions seulement vérifier s'il disait vrai en affirmant que sa concubine avait une fille ici à Falguière.

— Que va-t-il lui arriver ?

— Oh, son compte est bon ! La guillotine !

— Je parlais de Marie.

— Pour la fille ? Plus rien, maintenant que sa mère est morte et que nous tenons l'assassin. Ah, en fait, j'oubliais le plus important : Ruben Lapierre, c'est bien votre fils ?

— Qu'a-t-il fait ?

— Vous lui remettrez ceci, c'est sa convocation pour le tirage au sort. La conscription. Il va bientôt avoir vingt ans, n'est-ce pas ?

Félicie était comme assommée. Comment annoncer la nouvelle à Marie ? Et pour son fils, comment envisager de le voir partir pour de longues années Dieu sait où ?

Une fois les gendarmes au loin, elle prit sur elle d'attendre le retour de Zacharie et d'Abraham pour annoncer les deux nouvelles. Ils sauraient la conseiller.

Le soir même à la veillée, ils s'adressèrent d'abord à Ruben.

— J'espère que tu tireras un bon numéro, comme moi, lui dit Samuel pour lui donner espoir.

— Partir ne me fait pas peur. J'ai toujours désiré voir du pays.

— Mais si on t'envoie à la guerre ! ajouta Félicie.

— Je ferai mon devoir, comme tous les jeunes de mon âge.

Zacharie grommelait de nouveau :

— À la guerre ! Servir Louis Napoléon, un dictateur !

Et Abraham de surenchérir :

— Déserter, y a que ça à faire ! Prendre la poudre d'escampette et fuir au Désert, comme jadis les camisards.

— Nous ne sommes plus au temps des guerres de Religion ! rétorqua Ruben.

Jetant un regard en direction de Marie :

— Si je dois partir, je partirai !

Félicie s'approcha de la jeune fille :

— Ce que j'ai à te dire, petite, te concerne directement.

Lorsqu'elle eut fini d'expliquer le peu que les gendarmes lui avaient appris, elle prit Marie dans ses bras et l'étreignit longuement. Elle s'étonna de constater que ses yeux étaient demeurés secs. Marie avait gardé la tête froide.

— De toute façon, pour moi, il y a longtemps que ma mère est morte.

Ruben tira un bon numéro. Il n'en éprouva aucun contentement.

Marie, en effet, taraudait toujours son cœur et son esprit, et l'empêchait de se sentir libre. Depuis la venue des gendarmes, elle restait de longs moments seule, plongée dans ses pensées. Elle évitait la présence des autres et faisait l'économie de ses paroles. Même Sarah ne parvenait plus à obtenir d'elle la moindre confidence.

Félicie commençait à se décourager.

— Amaï, qu'ai-je fait pour avoir de tels enfants !

La tristesse de Marie apitoya Ruben. Il tenta de se rapprocher d'elle et lui parla de nouveau à cœur ouvert.

— Si je souhaite partir, lui dit-il, c'est que je t'aime encore, Marie. Et je préfère m'éloigner plutôt que de vivre à tes côtés sans oser te regarder.

La jeune fille prit son visage dans ses mains et, lentement, déposa un baiser sur ses lèvres. « Moi aussi, Ruben, je t'aime, lui avoua-t-elle. Mais entre nous, c'est impossible. »

Les mois passèrent, un jour poussant l'autre à travers des saisons qui semblaient s'éterniser. Rien n'était plus comme avant entre Ruben et Marie, qui ne se parlaient plus qu'à demi-mot et ne posaient plus l'un sur l'autre que des regards furtifs, empreints d'interrogations refoulées.

La résolution

L'année suivante au moment des châtaignes, lors de la fête à Falguière, toutes les familles se retrouvèrent dans un grand pré situé à l'écart du village, prêté par un riche paysan. C'était pour tous une excellente occasion de se rencontrer, de s'amuser. Certains sortaient des instruments de musique et l'on finissait toujours par danser quelques bourrées et par amorcer une farandole. L'Auvergne et la Provence se rencontraient en terre cévenole aux sons des binious, des fifres et des tambourins.

Ce jour-là, catholiques et protestants se faisaient bonne figure. Les jeunes osaient parfois des rapprochements sous les regards réprobateurs de leurs aînés, qui n'auraient pas apprécié de devoir accepter chez eux un bigarrat, un mariage mixte. Les conscrits de l'année, les nouveaux classards, se faisaient souvent remarquer par leurs farces parfois grivoises qu'ils jouaient devant les filles pour leur signifier qu'à présent ils étaient devenus des hommes. Les anciens, quant à eux, ne manquaient jamais de venir aux nouvelles afin de se tenir au courant des derniers décès.

À midi, tous mangeaient sous de grands auvents tendus entre des mâts de châtaignier. Les fumets de viande grillée, de champignons et de châtaignes se répandaient à des lieues à la ronde. Et si le soleil était de la partie, le petit vin aidant, plus d'un se retrouvait en fin d'après-midi allongé dans l'herbe à l'ombre d'un gros arbre, somnolant dans les vapeurs de l'ivresse.

Ruben n'était pas parvenu à amener Marie à la fête votive. Il s'y était rendu seul, le cœur lourd, la tête pleine d'idées contradictoires.

Dans la foule, il rencontra un *étranger* qui portait un sac de voyage sur le dos, un homme d'une vingtaine d'années, de passage à Falguière.

— Que fais-tu dans notre village ? Tu cherches du travail ?

— Pas ici. Je ne travaille pas chez les gavots.

— Nous sommes des raïols, pas des gavots.

— Pour moi, c'est pareil. Vous êtes tous des paysans.

L'homme, de toute évidence, n'était pas du pays. Son accoutrement montrait qu'il avait beaucoup voyagé et qu'il avait, sans doute, traversé de nombreuses régions.

— Je suis compagnon, expliqua-t-il. Je fais mon tour de France. Demain, je serai à Chamborigaud pour les chemins de fer. Je suis tailleur de pierre.

— Que vas-tu faire à Chamborigaud ?

— Me faire embaucher sur le chantier de la voie ferrée.

— Comme tailleur de pierre !

— Ils ont besoin de tous les corps de métier. Et les ponts sont des ouvrages d'art qui valent bien les cathédrales ! Tu n'es pas de mon avis ?

— Pourquoi fais-tu le tour de France ?

— Pour accomplir mon métier et être reconnu maître. C'est la seule condition.

Ruben, en sa compagnie, se remit soudain à rêver. Devant lui s'ouvrait de nouveau l'horizon qu'il croyait définitivement bouché. Le ciel se dégageait de toute obscurité. Cet homme providentiel était le magicien qu'il attendait, celui qui, d'un coup de baguette, venait de parsemer d'étoiles le rideau sombre qui s'était rabattu devant ses yeux.

La résolution

— Si tu veux, viens avec moi, lui proposa le compagnon. On embauche même les paysans. Il y a du travail pour tout le monde.

Ruben ne réfléchit pas longtemps. Le soir même, pour oublier Marie et pour accomplir le commencement de ses rêves d'enfant, il prit la décision qui allait modifier le courant de sa vie pour toujours.

— Demain, je pars travailler sur les voies ferrées ! déclara-t-il après avoir demandé à tous de l'écouter.

Deuxième partie

UN NOUVEAU DESTIN

XIII

La ligne

En cette fin d'année 1865, alors qu'il venait de décider de son destin, Ruben Lapierre ignorait tout des difficiles tractations qui avaient précédé la décision d'établir une voie ferrée nouvelle en plein cœur des Cévennes. Nul n'aurait imaginé, à l'époque, qu'une telle décision serait prise un jour avec le consentement des plus hautes autorités de la nation.

Dans les bureaux du ministère des Travaux publics, on ne savait guère avec précision où se situait ce massif montagneux, cette contrée perdue au fin fond du pays, au relief squelettique comme le corps d'un vieillard, et qui n'avait jamais fait parler d'elle que pour revendiquer, la tête haute, son appartenance à la religion réformée.

— Aucun intérêt ! s'entendait-on affirmer dans les travées de l'Administration. Il suffit que le charbon alaisien puisse être évacué vers le Rhône. Pour le reste, l'intérieur du pays ne vaut guère plus que les châtaignes qu'on y récolte !

Certes, à l'heure de la révolution industrielle, alors que les andains zébraient à perte de vue les riches plaines céréalières du Bassin parisien, les bancèls étroits et peu féconds des Cévennes passaient pour quantité négligeable aux yeux de ceux qui avaient en charge l'avenir économique du pays.

Le duc de Morny, demi-frère de l'Empereur et député de Clermont-Ferrand, montrait cependant beaucoup d'intérêt pour le développement économique de la région dont il était le représentant à l'Assemblée. Pour lui, aucune province ne devait être abandonnée à l'archaïsme, et les Cévennes, comme le reste du Massif central, recelaient des atouts qu'il suffisait de mettre en valeur pour en faire profiter la nation tout entière. Depuis qu'il présidait le Corps législatif, il avait soutenu toutes les initiatives des grandes sociétés, afin de promouvoir le libéralisme économique dans l'Empire. Aussi les voies de chemin de fer s'étaient-elles multipliées, faisant de la France une véritable toile d'araignée centrée sur la capitale. À terme, toutes les villes de grande et moyenne importance devraient être reliées au réseau des compagnies ferroviaires qui se disputaient le territoire, et aucun citoyen ne devrait être tenu à l'écart de ce que les saint-simoniens affirmaient être l'avenir du monde.

Mais les Cévennes ne faisaient pas l'unanimité dans les bureaux d'études.

— Le relief y est bien trop tourmenté, la roche trop friable, le climat trop exubérant ! affirmaient les détracteurs d'une telle entreprise.

— Projet irréalisable ! Mieux vaut contourner cette région en prolongeant la voie du Grand Central vers Béziers et viser Perpignan, ajoutaient certains ingénieurs, conseillers du ministre des Travaux publics.

La ligne

La construction de la ligne Alais-Beaucaire, ouverte sous la monarchie de Juillet, avait laissé dans les esprits le souvenir de grosses difficultés. Pourtant, elle ne traversait que les hauts plateaux des garrigues languedociennes !

— Qu'en serait-il alors à travers les montagnes cévenoles ? objectaient les partisans d'autres projets moins coûteux.

Cependant, le directeur du Grand Central n'en démordait pas. Sa compagnie ayant obtenu la concession de la ligne Clermont-Ferrand-Lempdes en 1856, il envisageait de relier l'Auvergne aux Cévennes par une voie tracée entre Brioude et Alais.

Entre les grandes compagnies de chemin de fer, la lutte était acharnée depuis l'évocation du projet dix ans plus tôt, car l'enjeu était de taille. Grâce au raccordement du réseau du Grand Central avec celui du Midi par le Centre, toutes les productions minières, forestières et viticoles du haut et du bas Languedoc pourraient être acheminées vers le reste du pays, sans devoir passer par l'unique vallée du Rhône, où les Compagnies du Paris-Lyon et du Lyon-Méditerranée régnaient en maîtres.

Pierre Lambert, au cours de ses études à Polytechnique, avait bien compris qu'à travers cette concurrence impitoyable se jouait l'avenir de la France auquel il assimilait le sien. Né dans une humble famille issue de la région du Nord, il n'avait dû son ascension sociale qu'à l'acharnement dont il avait fait preuve pour gravir, une par une, les marches de l'école où son père, modeste garde-barrière sur la ligne Paris-Lille, l'avait toujours poussé. Son enfance avait été bercée par le passage des trains et par le travail scrupuleux de ses parents, dont il avait appréhendé très tôt l'importance.

À douze ans, il connaissait tout de la prévention ferroviaire, des dangers encourus par les *gueules noires* sur leurs machines à vapeur et du mépris dont étaient l'objet les *culs-terreux* de la voie, ceux qui assuraient le passage des trains en toute sécurité.

Certes, ses parents faisaient figure de privilégiés dans le monde très soudé mais très disparate des cheminots, avec leur logement propret, leur travail rythmé par l'horaire des convois, leurs petits avantages matériels qu'ils tiraient de leur vie rurale, sans qu'ils fussent paysans. Mais leurs économies étaient à l'aune de leur salaire. Et si ce n'étaient les lapins trouvés morts, frappés de plein fouet au bord des rails, ou quelques bons plats de champignons ramassés dans une prairie ou à la lisière d'un bois lors d'une inspection du ballast, le luxe de la table était aussi rare que celui de l'habillement ou du mobilier de leur maison.

Cheminot dans l'âme, le père de Pierre Lambert était un homme intègre et fier. Le seul point d'orgueil qu'il montra dans sa vie fut d'envoyer son fils unique à l'école pour qu'il devienne un *Môssieur*, comme on disait des agents non roulants des bureaux de l'exploitation. Le jeune Pierre fit honneur à son père. À douze ans, il fut admis au lycée impérial d'Arras et, après avoir passé avec succès son baccalauréat, il entra brillamment à l'École polytechnique, d'où il sortit ingénieur en génie civil.

La ligne

Fort de ses compétences, dès sa sortie de la grande école, il fut embauché à la Compagnie du P.L.M. (Paris-Lyon-Méditerranée), où on l'apprécia immédiatement pour sa jeunesse et son dynamisme. Expert dans le maniement du théodolite et du goniomètre, il n'avait pas son pareil pour calculer les azimuts, les raccordements paraboliques ou estimer à la lunette de visée la déclivité d'une nouvelle rampe à édifier.

Le jeune futur ingénieur était loin de penser en 1857, alors qu'il était encore étudiant, qu'une part importante de sa vie et de sa carrière allait se dérouler sous les bannières de la nouvelle compagnie ferroviaire issue de la fusion des Compagnies Paris-Lyon et Lyon-Méditerranée, et dont Paulin Talabot avait été récemment nommé directeur du « Réseau Sud ».

Lorsque, en 1861, celui-ci le rencontra au cours d'un premier entretien, il ne lui dissimula pas ses intentions.

— Monsieur l'ingénieur, lui dit le directeur de la compagnie, je veux former autour de moi une équipe de cadres prête à toutes les gageures. Vous n'ignorez pas que le P.L.M. a obtenu, il y a quatre ans, la concession de la ligne Brioude-Alais.

— J'ai suivi l'affaire dans *le Globe*, monsieur le Directeur.

— Donc, vous n'êtes pas sans savoir que nous nous sommes engagés à construire cette voie à nos frais, risques et périls, sans subventions ni garanties d'intérêts de l'État. Il faut faire vite ; la date butoir pour faire aboutir le projet est fixée au 19 juin prochain.

— Je me souviens, en effet, que le Ministère s'est montré intraitable sur ce sujet. J'étais encore étudiant, mais, comme beaucoup de mes camarades, je n'ai rien perdu des débats.

— Ils furent rudes. C'est à ce prix que cette ligne verra le jour. J'ai moi-même œuvré – il y a déjà bien longtemps – à la construction de la voie Alais-Beaucaire. À l'époque, j'étais, comme vous, un ingénieur plein de fougue et d'ivresse. Aussi ai-je à cœur de parachever cette ligne et de relier Clermont-Ferrand aux Cévennes. Une antenne existe déjà jusqu'à Lempdes ; le duc de Morny en avait lui-même encouragé la création.

— C'est dans ce seul but que j'ai postulé une place d'ingénieur dans votre compagnie, monsieur le Directeur.

— Je constate que vous savez ce que vous voulez. Votre dossier est élogieux. Vous avez brillé à l'École polytechnique ! Vous êtes sorti major de votre promotion, n'est-ce pas ? Nous saurons mettre en valeur vos talents.

— Je ne demande qu'à servir les intérêts de la Compagnie.

— Votre tâche sera rude. Et votre salaire d'ingénieur de deuxième classe ne sera peut-être pas à la hauteur de vos espérances !

— La jeunesse ne permet pas de prétendre aux plus hauts sommets !

— Vous êtes décidément un jeune homme bien comme il faut !

Paulin Talabot se leva du fauteuil dans lequel il avait pris place derrière son bureau. Celui-ci était tout encombré de plans et de cartes d'état-major. Il invita son interlocuteur à s'approcher.

— Venez, regardez ces documents. Il n'y a rien de confidentiel.

Pierre Lambert contourna le bureau et se pencha discrètement.

— Ce ne sont que des avant-projets. Comme vous pouvez le constater, deux solutions ont été retenues. Vous pouvez les étudier tout à votre aise.

Après un temps de silence, le directeur du P.L.M. ajouta :

— La première solution relierait Alais à Aubenas, puis la ligne rejoindrait Brioude par Le Puy ou par Saint-Étienne-de-Lugdarès en empruntant les plateaux ardéchois. Elle est soutenue par tous les élus de Haute-Loire et d'Ardèche. Vous comprenez pourquoi ? Depuis le temps que Le Puy et Aubenas espèrent être reliés à la toile d'araignée ! Chacun défend les intérêts de son département, n'est-ce pas ?

— Et l'autre est le projet des Lozériens, poursuivit Pierre Lambert en suivant du doigt le tracé qui figurait sur le second document. La ligne passerait par les contreforts du mont Lozère.

— C'est exact. Elle desservirait Villefort, La Bastide, Langogne avant de rejoindre la vallée de l'Allier. C'est le tracé qui a toujours obtenu l'assentiment du gouvernement.

— C'est plus direct et plus court !

— Certes, mais c'est aussi la solution la plus scabreuse. Une première étude avait été confiée par le Ministère à l'ingénieur Leblanc, en 1855. Elle fut très controversée et opposée au projet ardéchois.

Elle semblait en effet peu réalisable : la ligne présentait des contours trop longs dans les vallées du Chassezac et de l'Altier. Elle était peu compatible avec la topographie cévenole.

— Je vois. En fait, il faudrait percer la montagne de nombreux tunnels et enjamber de nombreuses vallées, ce qui nécessiterait des viaducs vertigineux. Un vrai défi !

— Les Cévennes ont toujours posé un vrai défi à l'homme. Mais elles mériteraient d'obtenir cette ligne. Ainsi pourrions-nous prolonger la section qui existe déjà entre Alais et La Grand-Combe.

— Dont vous avez été l'initiateur.

— Vous connaissez bien l'historique des chemins de fer !

— À Polytechnique, j'étais parmi vos admirateurs.

— Oh, je ne mérite pas tant d'adulations ! Je ne fais que construire des voies ferrées.

Entre l'ancien et le nouvel ingénieur, un climat de sympathie s'était peu à peu instauré. Paulin Talabot retrouvait dans le jeune Pierre Lambert la même flamme qui l'avait animée jadis, à l'époque où les chemins de fer n'étaient encore qu'à leurs premiers balbutiements, une véritable épopée. À soixante ans passés, le précurseur français de la voie ferrée témoignait toujours du même enthousiasme qu'au temps de ses jeunes années. À un âge où beaucoup de ses congénères pensaient déjà prendre un repos bien mérité, en se retirant dans leur domaine pour méditer sur leur passé, à l'ombre des jours qui leur restaient à vivre, lui bâtissait encore des châteaux en Espagne et imaginait de nouvelles cathédrales érigées au-dessus des vallées encaissées.

La ligne

— Je compte sur mes ingénieurs pour étudier de près ces deux avant-projets, confia-t-il à Pierre Lambert. Je veux tout connaître des difficultés de leur réalisation. Le tracé lozérien sera votre première mission. Vous travaillerez sous la direction de M. Dombres, ingénieur en chef en poste à Nîmes. Il est chargé de superviser l'étude du tracé. Sur le terrain, vous seconderez l'ingénieur en chef, M. Molard.

Ainsi investi, le jeune Nordiste se mit à arpenter les chemins escarpés des montagnes cévenoles. Muni de sa boussole, de tous ses instruments de mesure et de ses cartes d'état-major, il entreprit un long et difficile périple qui devait le conduire de La Levade, le terminus de la ligne existante, jusqu'au futur point de jonction à Lempdes. À cheval, flanqué d'un âne chargé de son lourd paquetage, il parcourut chemins et sentes rocailleuses à travers la montagne, gravissant les serres escarpés pour mesurer les cotes les plus élevées par où passerait la future voie ferrée, dévalant les ravins les plus raides pour en apprécier la profondeur. Ceux du Luech, de l'Homol, de l'Altier, du Chassezac lui livrèrent leurs secrets, les pentes vertigineuses du Lozère et de la Margeride lui dévoilèrent leurs sombres horizons. Chaque soir, il faisait étape dans une auberge où il rencontrait de nombreux rouliers qui parlaient haut et encombraient les écuries de leurs attelages.

Quand on lui demandait ce qu'il faisait par monts et par vaux, harnaché comme un citadin déguisé en montagnard, les visages se refermaient aussitôt. Il comprit vite, à ses dépens, que le passage de la voie ferrée ne ferait pas l'unanimité. Les chemins empierrés des Cévennes étaient encore le domaine exclusif des transporteurs et des marchands ambulants. Postillons, charretiers, bouviers, muletiers sillonnaient ces voies antiques, dont certaines remontaient à l'âge du fer ; tous régnaient en seigneurs sur les déplacements des hommes et des marchandises.

Aussi se retrouvait-il souvent bien seul quand, à l'étape du soir, d'aucuns osaient lui reprocher d'apporter dans les basques de sa selle les instruments du malheur.

— Nous n'avons pas besoin de ces machines à vapeur par ici, monsieur. Ça ne peut que nous apporter de nouvelles maladies et troubler la tranquillité de notre existence. Pensez donc, les fumées noires, les poussières de charbon, le bruit ! Quand nos brebis et nos chèvres se trouveront nez à nez avec vos machines du diable, ça leur tournera le lait dans le pis ! Et je ne parle pas du mécontentement des paysans et des propriétaires que vous allez exproprier. Vous sèmerez la révolution dans nos montagnes !

— Le chemin de fer est l'avenir de l'humanité, objectait Pierre Lambert, tout acquis à la cause des saint-simoniens. Il faut penser à vos enfants et pas seulement à vos propres intérêts.

— Vous allez nous ôter le pain de la bouche ! tempêtaient les voituriers de tous bords. Si vous appelez ça le progrès ! Que diriez-vous si l'on vous privait de votre emploi ? Vous êtes jeune, vous ne pouvez pas comprendre.

La ligne

— Je comprends fort bien vos inquiétudes. Mais vous ignorez combien le chemin de fer permettra à votre région de s'ouvrir sur le reste du pays. On viendra de partout vous acheter vos produits et vous pourrez les écouler beaucoup plus facilement.

— Que ferons-nous, nous les rouliers ? Allez-vous nous proposer une place dans votre compagnie en échange ? Et pour quoi y faire ?

Pierre Lambert eut beau arguer de toutes ses connaissances sur le modèle économique libéral, il se heurta partout à la même opposition, à la même méfiance qu'il mettait sur le compte de l'ignorance. Cette hostilité n'avait rien d'exceptionnel. Ailleurs, dans d'autres régions de France, le chemin de fer soulevait de nombreuses polémiques : gabariers de la Dordogne, bateliers du Rhône et de la Loire se mettaient fréquemment en travers de son développement.

Seuls les aubergistes semblaient plus ouverts. Car ils entrevoyaient, avec la venue d'un chantier de construction, quelques bonnes années de recettes supplémentaires. Ceux qui espéraient se trouver non loin de la future ligne envisageaient déjà la venue d'une nouvelle clientèle faite de gens des villes, de marchands d'un autre type, et soutenaient discrètement le jeune ingénieur. Mais ne voulant pas mécontenter ni perdre leur ancienne clientèle, c'était toujours à mots couverts qu'ils lui tiraient les renseignements dont ils étaient friands.

— Et c'est pour quand la construction de la ligne ?

— Ça va nous amener beaucoup de monde ?

— Pour combien de temps ?

— Le train va s'arrêter dans la commune ? Où la gare sera-t-elle construite ?

Au stade où en était le projet, Pierre Lambert ne pouvait satisfaire leur curiosité. Aussi répondait-il évasivement, évitant d'être trop affirmatif.

— Rien n'est encore décidé. Deux propositions ont été déposées et sont actuellement à l'étude. Je ne vous cache pas que certains souhaiteraient que la ligne passe par l'Ardèche en évitant les Cévennes.

— Qu'elle y passe ! Et qu'on nous laisse tranquilles ! s'exclamaient les détracteurs.

Un soir, le jeune ingénieur ne dut son salut qu'en s'esquivant par une porte dérobée avec la connivence de l'aubergiste. Dans la salle à manger commune, une demi-douzaine de charretiers l'avaient pris à partie. Le ton était vite monté et, sous les effets de l'alcool, les esprits s'étaient échauffés. Les hommes de la route frappaient sur la table pour mieux affirmer leurs convictions, prétextant que les *étrangers* n'avaient pas leur place dans les auberges qu'ils fréquentaient. Ils commençaient à menacer le patron de boycotter son établissement s'il ne jetait pas immédiatement l'ingénieur à la rue.

— Laissez, fit Pierre Lambert. Je vais m'en aller. Je ne veux pas vous créer des ennuis avec vos fidèles clients.

L'aubergiste ne l'entendit pas ainsi.

— Je suis maître chez moi. Je ne vais pas me laisser imposer leur loi !

Lorsqu'un des rouliers empoigna le malheureux homme pour le contraindre à lui obéir, Pierre se porta aussitôt à son secours. L'altercation fut de courte durée. Les autres rouliers s'interposèrent, faisant comprendre à leur compagnon que les gendarmes risquaient d'intervenir et de les embarquer. Mais Pierre préféra s'en aller par l'arrière-cuisine afin d'éviter de devoir passer devant les acolytes qui ne finissaient pas de tempêter.

Cette nuit-là, il dormit à la belle étoile, blotti contre le flanc de sa monture.

L'année suivante, le projet cévenol fut adopté, malgré les difficultés que la construction rencontrerait. La déclaration d'intérêt public fut promulguée en avril 1862, soit deux mois avant la date butoir, et la concession définitivement accordée à la Compagnie du P.L.M. Le projet Dombres, auquel Pierre Lambert avait collaboré, allait voir le jour. Il entérinait définitivement le projet de l'ingénieur Lefranc, moins audacieux, les progrès techniques récents permettant d'oublier les fortes déclivités cévenoles. Son coût était néanmoins estimé à plus de 100 millions de francs-or.

— C'est un grand jour ! exulta Paulin Talabot en donnant des satisfecit à son jeune ingénieur. Votre mission n'a pas été vaine.

— Elle n'a pas été de tout repos ! Mais j'avoue que j'ai beaucoup appris sur les Cévennes et les Cévenols. C'est un peuple taciturne mais doté d'une belle grandeur d'âme. Il ne m'a pas toujours été facile de convaincre les plus récalcitrants du bienfait de notre œuvre. Au-delà des hostilités toutes personnelles, j'ai ressenti en eux beaucoup de méfiance, pourtant ils m'ont toujours laissé une porte entrouverte.

— Les Cévenols sont des gens qui ont beaucoup souffert dans le passé, et qui vivent avec fierté dans l'humilité de leur condition. Leur plus grande espérance, ils la puisent dans la foi qu'ils mettent en Dieu et non dans l'idée de s'enrichir un jour.

— Je l'ai bien compris. Tous mes beaux discours sur l'économie de marché et sur le capital n'ont pas fait beaucoup d'adeptes. Mes théories sont restées lettres mortes. Mais quand je leur ai expliqué que la voie ferrée serait comme un lien entre les hommes, qu'elle abolirait les frontières, qu'elle aiderait au développement de la fraternité entre les peuples et qu'elle apporterait la paix des nations, alors les oreilles se sont dressées, les yeux se sont écarquillés, les bouches sont restées ouvertes d'étonnement.

— Vous ne me surprenez pas, monsieur l'ingénieur. Aux Cévenols, il ne faut pas parler d'argent. C'est un terme qu'ils n'aiment pas. Sans doute parce qu'ils n'en gagnent pas beaucoup et qu'il représente à leurs yeux l'appât du vice. Ce sont de grands idéalistes. Ne se sont-ils pas révoltés, avant l'heure, pour sauvegarder leur liberté de conscience ? Ils n'ont pas attendu la Révolution pour briser leurs chaînes, et ce ne sont pas celles des galères du Roi qui les ont maintenus en esclavage ! Voyez-vous, je suis sûr que cette voie ferrée on l'appellera un jour « la Ligne des Cévennes ». Ils en seront fiers après s'en être méfiés, car, pour tous, elle représentera leur premier grand défi lancé aux temps modernes, comme ils ont toujours lancé un défi à l'impossible.

— C'est Napoléon Ier qui a déclaré en substance : « Impossible n'est pas français. » Le grand empereur aurait pu être cévenol !

La ligne

— La Corse ressemble beaucoup aux Cévennes, paraît-il, la mer en plus !

Un an après la promulgation de la déclaration d'intérêt public, le P.L.M. engageait les travaux par le percement d'un tunnel de 1 723 mètres à la sortie de La Levade, celui de La Bégude, le premier et le plus long d'une grande série.

Le chantier était déjà bien commencé, quand Ruben Lapierre, sortant de sa Vallée Française, se dirigea vers le bureau d'embauche en compagnie de son ami du moment, Étienne Lecœur, compagnon du tour de France, tailleur de pierre de son métier.

XIV

L'embauche

LA DISCUSSION AVAIT ÉTÉ RUDE entre Ruben et son père. Celui-ci ne s'attendait pas à ce que son cadet quittât si tôt le mas familial. En tout cas, pas avant de s'être établi. Aucun de ses deux fils n'étant marié, il n'avait jamais imaginé que l'un d'eux pût décider de vivre ailleurs qu'au Fournel. Pour lui, la famille était sacrée ; tant qu'un de ses membres n'allait pas fonder son propre foyer, tous devaient rester unis autour du même chaudron, manger la même soupe, peiner sur la même terre.

Quand Ruben parla de sa rencontre avec Étienne Lecœur, Zacharie ne put retenir sa colère.

— Tu suis les *étrangers* à présent, le premier venu ! Tu préfères les chemineaux à ta famille ! Quelle ingratitude, fils !

— Je pars pour soulager votre peine à tous. Les terres du Fournel ne sont pas si opulentes, que je sache ! Tôt ou tard, entre Samuel et moi, il faudra bien choisir ; l'un de nous devra partir. Or Samuel est l'aîné !

— Tu n'as que vingt ans et tu n'es pas encore marié. Ta place est auprès de tes parents.

— Je ne pars pas loin ni pour toujours. Je reviendrai souvent. Et je gagnerai un peu d'argent.

— Nous ne t'avons jamais rien demandé, ta mère et moi. Nous n'avons pas besoin de cet argent. Celui que nous gagnons nous suffit largement.

Les deux hommes s'entêtaient. Rien ne parvenait à les faire changer d'avis.

Félicie n'intervint pas dans leur différend. Elle devinait ce qui motivait Ruben, mais elle préféra se taire.

— Un paysan ne doit pas aller faire le terrassier pour les grands patrons de ce monde, poursuivit Zacharie. Ta place est sur cette terre, près de tes bêtes et de tes récoltes.

— Père, tu m'as toujours laissé rêver à un autre destin.

— Tu n'étais qu'un enfant !

— Je ne le suis plus. Et je rêve toujours à d'autres horizons. J'aimerais tant aller au-delà des crêtes qui nous entourent, voyager au bout du monde, voir d'autres pays.

— Et tu penses qu'en allant travailler sur les voies ferrées, tu parviendras au bout de tes rêves ! Balivernes ! Enfantillages !

— Ce ne sera sans doute qu'un premier pas. Mais tant que je resterai attaché à cette terre, je ne serai qu'un esclave enchaîné à sa galère.

— Les chemins de fer t'apporteront peut-être la liberté !

— Oui. Tout le monde le dit.

— Tout le monde ! Ton ami le compagnon est un idéaliste. Je voudrais bien voir que les nouvelles chaînes que tu t'apprêtes à te mettre aux pieds te

L'embauche

donneront la liberté ! Fadaise ! Tu vas participer à l'œuvre du diable. Ton chemin de fer n'apportera que du malheur là où il passera. Des gens mourront pour lui, d'autres seront ruinés, d'autres attraperont des maladies incurables. Ah, qu'ai-je fait de t'offrir un jour un voyage en train ! Tout est de ma faute.

— Père, je t'en prie, reprends tes esprits. Laisse-moi tenter ma chance sans te mettre en colère.

Zacharie était devenu cramoisi à force de vitupérer. Félicie dut intervenir pour le calmer et invita son fils à s'éloigner.

— Tu ne devrais pas te mettre dans de tels états ! Ton sang n'a fait qu'un tour. Si tu continues, tu passeras avant ton pauvre père.

Abraham, selon son habitude, était resté discret. Il ne prenait jamais part aux discussions houleuses, quand il désapprouvait son fils, par retenue mais aussi pour ne pas affaiblir l'autorité paternelle de Zacharie. Toutefois, quand il fut seul en tête-à-tête avec celui-ci, il se pressa de lui faire entendre raison.

— Tu as tort de vouloir retenir Ruben à tout prix. Ce petit en a plus dans le ventre que n'importe lequel d'entre nous. Personne ici, jusqu'à présent, n'a jamais osé quitter notre terre de misère pour tenter une vie meilleure.

— Toi aussi maintenant, tu renies la terre de nos ancêtres !

— Je ne renie rien. Je suis lucide. Un jour ou l'autre, l'un de tes deux garçons devra partir. Ruben désire tenter sa chance. Tu n'as pas le droit d'essayer de le retenir.

Abraham se garda bien d'avouer à son fils le secret que Marie, dans ses moments de confidences, lui avait révélé. Car ce que soupçonnait Félicie, le vieux papé ne l'ignorait pas. Marie s'était ouverte à lui pour demander son conseil. Il l'avait écoutée sans l'interrompre et lui avait seulement dit :

— Laisse parler ton cœur, pitchounette. Et fais ce qu'il te dira. Ruben n'est pas ton frère, même si tu le considères comme tel.

— Les sentiments que j'éprouve pour lui sont profonds, lui avait-elle expliqué. Mais je ne sais pas si c'est de l'amour ou de l'amitié. Mon esprit est trop troublé.

— Alors, il faut attendre, lui avait conseillé le vieux sage. Seul le temps te permettra de voir clair en toi.

Aussi Abraham, en son for intérieur, approuvait-il la décision de Ruben. « Loin de Marie, il pourra faire toute la lumière en lui », avait-il pensé.

Zacharie calma son courroux et finit par admettre ce que son cœur déchiré repoussait avec véhémence.

Le lendemain matin, quand Ruben fut sur le point de partir, il s'avança vers lui, lui tendit la main.

— Tiens, prends ça. Ça pourra te rendre service les premiers jours, en attendant ta première paie.

— Père, je ne veux pas d'argent. Je sais trop combien tu peines pour le gagner.

— Tu me le rendras quand tu pourras. Quand penses-tu revenir ?

— Je l'ignore. Les jours où je ne travaillerai pas, sans doute.

Tout au long du chemin qui les conduisait vers Chamborigaud, Étienne Lecœur ne cessait de magnifier l'œuvre entreprise par ces pionniers des Temps modernes qu'étaient, à ses yeux, les ouvriers des chemins de fer. Il n'avait dans la bouche que des mots élogieux pour les uns, travailleurs du bois, et pour les autres, travailleurs du fer ou, comme lui, travailleurs de la pierre. Même les plus besogneux, ceux de la terre, souvent des paysans comme Ruben, étaient l'objet de son admiration.

— Sur le chantier, c'est la grande fraternité. Tous les hommes sont égaux. Il n'y a qu'une même communauté de destin. Nous sommes tous les bâtisseurs du futur.

Le compagnon ne cessait de s'enthousiasmer au fur et à mesure qu'ils s'approchaient du but. Il semblait oublier la présence de Ruben qui le suivait en silence, tout ouïe. Celui-ci s'imaginait déjà dans un univers idyllique où les hommes s'entraidaient dans leurs tâches quotidiennes, où chacun subvenait aux besoins des autres dans un grand élan de solidarité, où l'effort physique était sublimé, la misère effacée par la générosité.

— Sur les chantiers, on ne devrait pas parler de travail. Ce mot porte en lui une connotation de labeur, de pénibilité, de souffrance. Nous ne travaillons pas, nous œuvrons ! Nous concourons tous à l'œuvre du Créateur.

— Tu es croyant ? demanda Ruben.

— Je crois en la Science et au Progrès. Je crois en l'Homme et en son Destin.

— Tu crois en Dieu ? Tu es catholique ou protestant ?

— Je crois en un Créateur universel. L'Être de qui l'Homme procède. Appelle-le Dieu si tu veux, ou le Divin.

— Mais tu vas à l'église ou au temple, comme moi ?

— Mon église, ce sont tous mes frères en travail ; mes cathédrales, les viaducs dont je taille les pierres.

Étienne Lecœur se perdait dans ses paraboles, emporté par ses paroles. Il marchait sur les sentes caillouteuses comme le Christ sur les flots, impondérable.

Quand ils furent à proximité du but, ils s'arrêtèrent au sommet d'une colline et scrutèrent l'horizon. Le jour déclinait et couvrait de miel le feuillage des châtaigniers. Les bruyères d'automne saupoudraient de violine les pentes arides des versants, tandis que les derniers troupeaux se dispersaient en flocons subtils dans les verts pâturages.

Du haut de leur observatoire, nul n'aurait pu deviner que la montagne d'en face fourmillait de milliers d'hommes rivés à une tâche titanesque.

Étienne fronça les sourcils et porta sa main en visière pour se protéger du soleil rasant. D'un œil expert, il fixa les lointains et pointa le doigt vers le couchant.

— Ils sont là-bas !

— Où ça ? demanda Ruben. Je ne vois rien.

— Regarde cette ligne sombre à travers les arbres, sur le flanc de la montagne. C'est le chantier.

Peu de temps après, ils pénétrèrent dans un vaste campement composé de baraquements alignés. Des hommes, marqués par la fatigue, rentraient

L'embauche

du travail, leurs outils sur l'épaule. La nuit tombait. Ils ne leur prêtèrent pas attention. Dans les rues, le sol boueux était couvert de flaques d'eau stagnantes. Des chats fouillaient les tas de détritus abandonnés devant les cahutes. Celles-ci, toutes identiques, étaient posées à même le sol, construites en rondins de châtaignier mal équarris. Des voix aux consonances étrangères fusaient de leurs rares fenêtres embuées.

— Nous sommes dans le quartier italien, nota Étienne. Je reconnais l'accent.

— Des Italiens ! s'étonna Ruben.

— Ou des Piémontais. Ils sont nombreux sur les voies. Les travailleurs se regroupent par nationalité ou par corps de métier. C'est comme ça sur tous les chantiers.

Au centre du cantonnement se dressaient des baraques plus luxueuses : les logements des ingénieurs avaient presque l'allure de vraies maisons, avec leurs caillebotis en guise de trottoirs et leurs fenêtres habillées de rideaux. L'une d'elles avait même un étage.

— C'est le logement de l'Ingénieur en chef, expliqua Étienne. C'est lui, le grand patron sur le chantier.

Un peu plus loin, ils passèrent devant le bureau du caissier, dont les fenêtres étaient grillagées et la porte cadenassée.

— Le jour de la paie, il y a foule devant cette porte ! Tu en feras l'expérience.

Il faisait nuit noire maintenant. Tous les hommes étaient rentrés du travail et les rues retrouvaient provisoirement leur calme. Ruben et Étienne se dirigèrent sans tarder vers le bureau de recrutement. Là, un homme en habit noir et au col de chemise empesé les reçut en les regardant à peine.

— Si c'est pour l'embauche, dit-il sans lever les yeux du registre qu'il était en train de mettre à jour, revenez demain matin. C'est trop tard pour aujourd'hui.

Étienne insista.

— C'est que... nous venons de loin et nous ne savons pas où loger pour cette nuit.

Le contremaître de la Compagnie ajusta ses bésicles.

— Que savez-vous faire ? leur demanda-t-il.

Étienne parla le premier.

— Je suis tailleur de pierre, compagnon du tour de France, monsieur. J'ai déjà travaillé à la rénovation de la cathédrale de Bourges et, dernièrement, j'étais sur un chantier de voies ferrées dans l'Ouest, pour le P.O. (Paris-Orléans).

— Nous avons besoin de tailleurs de pierre, précisa le recruteur. Vous passerez demain matin pour les formalités.

Puis, s'adressant à Ruben :

— Et vous ?

— Je ne suis que paysan, monsieur. Je viens de Falguière en Vallée Française.

— Nous embauchons aussi beaucoup de paysans, surtout l'hiver, pendant la morte saison. Vous êtes courageux, j'espère !

— Le travail ne me fait pas peur, monsieur.

— Combien d'heures faites-vous à la ferme ?

— Je ne compte pas, monsieur.

— Vous devez bien savoir !

L'embauche

— Nous, les paysans, nous travaillons du lever au coucher du soleil ; plus l'été, un peu moins l'hiver. L'heure, c'est le soleil qui nous la donne.

Sortant sa montre de son gousset, l'homme dit d'un ton péremptoire :

— Ici, sur le chantier comme à l'Exploitation, l'heure c'est l'heure. Et c'est le régulateur[1] qui nous la donne. Ce sera donc de 6 heures à 19 heures, et l'hiver vous arrêterez à 17 heures. Vous voyez, ce ne sera guère différent de ce que vous avez connu avant de venir ici. Vous aurez le dimanche pour jour de repos. Sur notre chantier, nous respectons le jour du Seigneur. Monsieur l'ingénieur en chef y tient.

Ruben n'osa remarquer que, chez lui au Fournel, il n'y avait pas de jour de repos. Le dimanche était un jour ordinaire. Mais ce à quoi il ne songeait pas, c'était à la cadence du travail, aux jours chômés pour cause de fête où l'on travaillait au ralenti pour respecter la tradition et qu'il ne connaîtrait plus. Le chantier, lui, ne connaissait pas de trêve.

— Je vous embauche au terrassement, lui dit le contremaître. La pelle et la pioche ne devraient pas vous dépayser. La plupart de nos ouvriers des campagnes font de bons terrassiers.

Il leur indiqua une cahute vide pour passer leur première nuit. Le lendemain soir, chacun regagnerait ses quartiers en fonction de son emploi.

Étienne rassura Ruben :

— Ne t'inquiète pas. Tout se passera bien. Nous aurons l'occasion de nous revoir. Nous passerons des veillées ensemble, à la cantine ou à l'auberge.

---

1. *L'horloge.*

Tu me raconteras ce que tu fais sur le ballast. Moi, je te parlerai du futur viaduc.

Dès l'aube, une sirène retentit à travers le cantonnement. Aussitôt, tels des automates, les ouvriers se levèrent et, après une rapide collation, se mirent en route vers leur lieu de travail.

Étienne fit ses adieux à Ruben et suivit une équipe de tailleurs de pierre piémontais. Ils prirent ensemble la direction du viaduc, distant d'une demi-lieue. De son côté, Ruben se joignit à un groupe de paysans cévenols employés au terrassement. Certains se munirent d'une brouette, la plupart d'une pelle et d'une pioche. Le froid ne semblait pas les paralyser. Vêtus de grosse laine, parfois d'une pelisse de berger, ils marchaient à grandes enjambées, traînant leurs sabots sur les cailloux du ballast en cours de construction.

Le spectacle était grandiose. Jamais Ruben n'avait vu autant d'hommes simultanément à la tâche. Chacun reprit sa place et, sans traîner, se remit à l'œuvre. Le remblai se profilait à perte de vue, délimité de chaque côté par deux plans inclinés parallèles. Au centre, sur le plat, un hérissement de treuils et de poulies formait une étrange épine dorsale sur laquelle était arrimée une multitude de chaînes tirées par un nombre impressionnant de mulets. Ceux-ci tractaient des wagonnets que des manœuvres déversaient sur le versant opposé sous l'œil attentif des taluteurs, tandis que des centaines de brouetteurs apportaient les pierres concassées.

Ruben se présenta sans tarder au chef d'équipe qui lui fournit une pelle et une fourche à ballast,

L'embauche

et lui ordonna de grimper sur le talus afin d'aider à l'épandage des cailloux. Autour de lui, les hommes le regardèrent sans s'étonner.

— Tu es nouveau ? demanda l'un d'eux.

— Je suis arrivé hier soir. Je suis de Falguière en Vallée Française.

— Moi, je viens du Pont-de-Montvert en Lozère. Quand arrive la belle saison, je remonte chez moi pour aider au foin et à la moisson. Et toi, qu'as-tu l'intention de faire ?

— Je ne sais pas encore. Je suis venu m'embaucher au chantier pour gagner de l'argent. Après, je verrai.

— Alors, un conseil : tâche de ne pas rester terrassier. C'est le boulot le moins bien payé. Avec trente sous par jour, tu ne feras jamais fortune !

— Qu'y a-t-il d'autre à faire pour nous les paysans ?

— Avec un peu de patience et du piston, tu peux devenir poseur. C'est plus fatigant, mais c'est mieux payé.

— Poseur ?

— Poseur de rails. Quand nous avons fini d'établir le ballast, les brigades de poseurs de rails nous succèdent. C'est comme ça que la voie se construit. À moins que tu préfères prendre des risques pour gagner encore plus.

— Que faut-il faire pour cela ?

— Faire partie des équipes d'artificiers. Mais c'est un tout autre travail. N'est pas sapeur qui veut ! Il faut apprendre et d'abord se faire remarquer par le contremaître qui en parlera à l'ingénieur. En général, la Direction n'aime pas confier cette tâche aux paysans.

— Pourquoi ?

— Ils savent que, le printemps venu, une grande partie d'entre nous quitte le chantier pour rentrer au bercail. Ils préfèrent embaucher des étrangers.

— Comme ces Piémontais que j'ai vus hier soir ?

— Non, eux ce sont tous des tailleurs de pierre, de même que les Savoyards. Dans les brigades d'artificiers, on trouve surtout des gars du Nord et même des Polonais. Ils ont l'habitude de travailler dans les mines.

Ce jour-là, Ruben fit la connaissance de plusieurs ouvriers terrassiers. Comme lui, ils venaient des vallées cévenoles voisines et restaient soudés sur le ballast comme le soir au campement. Il partagea le même baraquement avec trois d'entre eux et prit vite l'habitude de manger à leur table, à la cantine.

Après sa longue journée de travail, terrassé par la fatigue, les reins brisés, il se jetait tout habillé sur son bat-flanc et sombrait aussitôt dans le sommeil. Dans ses rêves, lui revenait l'image de Marie. Il oubliait alors qu'elle était en partie la raison de son départ précipité. Son corps se détendait, ses douleurs musculaires s'estompaient, son cœur s'envolait vers des cieux ensoleillés. Il était ivre de bonheur.

Au petit matin, tandis que le givre dessinait sur les vitres de l'unique fenêtre d'étranges arabesques, il se demandait parfois ce qu'il faisait, allongé sur un lit qui n'était pas le sien, parmi des hommes qu'il connaissait à peine, dans une baraque qui sentait la cendre froide, la sueur et la sciure de bois.

L'embauche

À peine débarbouillé, il enfilait machinalement ses habits tout pétris de froid et d'humidité, avalait un grand bol d'un mauvais café et, le ventre presque vide, reprenait le chemin du chantier.

L'aube tardait à se lever. Des langues de brume restaient accrochées à la cime des arbres. On ne distinguait sur le ballast que l'haleine fumante des pauvres bougres, qui repartaient à la tâche pour l'avenir de l'humanité. Tous traînaient les pieds et faisaient crisser sous leurs galoches le gravier répandu la veille.

Ruben était très étonné de constater combien ces hommes montraient si peu d'ardeur à accomplir une œuvre aussi empreinte d'espoirs. Où était chez eux cette soif de bâtir, d'édifier le nouveau monde dont parlait Étienne Lecœur avec tant d'enthousiasme ?

Il se mit à douter. Ces ouvriers n'étaient guère différents de ceux qu'il avait rencontrés le jour de ses douze ans, quand son père l'avait amené à La Grand-Combe pour son premier voyage en train. Ils étaient aussi misérables, aussi résignés, écrasés par un destin qui semblait bien moins fabuleux que ne le laissaient envisager les paraboles exaltées du compagnon.

XV

Naissance d'une amitié

RUBEN COMPRIT TRÈS VITE que l'existence de la plupart des ouvriers de la voie était loin d'être paradisiaque. Les images idylliques qu'Étienne Lecœur lui avait dépeintes avec force conviction ne ressemblaient en rien à la réalité.

Le travail sur le ballast était pénible et répétitif. Dix à onze heures par jour, il charriait et répandait des cailloux que les wagonnets ne cessaient de déverser. Au loin, le bruit assourdissant du concasseur lui rappelait à tout instant qu'il faisait partie, dorénavant, de l'univers infernal des machines à vapeur, et que les hommes en étaient devenus une nouvelle race d'esclaves. Car, chaque jour, le monstre vomissait sa cargaison de remblai qu'une noria de brouetteurs évacuait aussitôt sans perdre de temps, comme si chacun était lié à son prochain par une grande chaîne arrimée à la terrible machine. Celle-ci fonctionnait jour et nuit. Deux ou trois équipes se relayaient sur le chantier qui progressait ainsi vingt-quatre heures sur vingt-quatre.

— On a de la chance, lui avoua un de ses camarades. Nous ne faisons pas partie de l'équipe de nuit. Remarque, si tu veux gagner davantage, tu peux te porter volontaire.

— La nuit est faite pour dormir. À la ferme, on ne fait pas travailler les bêtes après la tombée du jour. Il faut respecter le cycle de la nature.

Quant à la grande fraternité des ouvriers, dont parlait le tailleur de pierre, il ne l'avait pas encore éprouvée. Auprès de ses coéquipiers cévenols, dont la majorité était originaire des basses vallées proches du bassin minier, Ruben retrouvait toutefois ce qui lui manquait le plus sur le ballast : le contact avec les gens de sa race, les paysans cévenols, âpres au labeur, têtus mais acharnés, avares de paroles mais généreux au fond d'eux-mêmes. Au travail, en effet, les hommes ne pouvaient guère discuter entre eux, prendre le temps d'échanger leurs opinions, souffler tout simplement quand leur dos tiraillait. Le chef d'équipe les surveillait de près et ne leur laissait jamais la bride sur le cou. Il fallait tenir la cadence, ne pas ralentir pour atteindre les objectifs aux dates prévues.

Entre Langeac et La Levade, il y avait tant à faire que des dizaines de chantiers s'étaient ouverts les uns après les autres, une fois les adjudications passées et les expropriations effectuées. Les ballasts, les tunnels, les viaducs, les ponts, les ponceaux, les murs de soutènement étaient si nombreux à édifier que plus de douze mille hommes se retrouvèrent bientôt à œuvrer pour défier l'impossible. Aucune équipe ne pouvait donc se permettre de prendre du retard afin de ne pas retarder l'ensemble du projet.

Ruben travaillait depuis plusieurs mois en aval du viaduc de Chamborigaud, dont les travaux avaient

Naissance d'une amitié

commencé peu avant son arrivée sur le chantier. Le printemps illuminait déjà la montagne et embaumait les vallons de mille senteurs suaves. Les journées s'allongeaient et, avec elles, le temps de repos diminuait, car les hommes finissaient plus tard le soir. Il n'avait pas revu son ami, le compagnon du tour de France. Malgré ses promesses, celui-ci n'était jamais venu le voir pour passer ensemble une veillée, après le travail. Ruben, d'ailleurs, n'avait pas la tête à l'amusement. Quand il n'avait pas l'esprit occupé par sa tâche, il ne pouvait s'empêcher de vagabonder du côté du Fournel. Non qu'il regrettât déjà de l'avoir quitté – il avait toujours l'espoir de vivre une autre existence –, mais parce que Marie occupait encore ses pensées.

Depuis qu'il était parti, six mois s'étaient écoulés. Il n'était pas encore rentré à Falguière. La distance, les courtes journées d'hiver, le froid et la neige l'en avaient dissuadé. Mais avec le retour des beaux jours, son cœur endolori se réveillait et le poussait à reprendre le chemin de la montagne.

Beaucoup de ses camarades avaient déjà déserté le campement afin d'aider à la fenaison, puis à la moisson qui suivrait de près. Les jeunes traspastres et les bergers avaient rejoint leurs troupeaux et s'apprêtaient à partir en transhumance. La main-d'œuvre faisait cruellement défaut sur les ballasts. Aussi voyait-on arriver d'autres ouvriers venus des villes du bas pays, voire d'au-delà des frontières.

— Et toi, Ruben, tu ne pars pas rejoindre les tiens ? lui demanda son chef d'équipe, un Ardéchois qui avait à son actif plusieurs campagnes.

— Je préfère rester au chantier. Mais j'aimerais bientôt leur rendre visite. Ça fait plus de six mois que je ne les ai pas revus.

— Qu'est-ce qui te retient ?

— Le temps. Un dimanche, c'est trop court !

Marceau Chazel appréciait son jeune terrassier. Il abattait plus de travail que les autres ; il n'était jamais le premier à déposer ses outils ni le dernier à arriver sur le ballast le matin.

— Tu es un gars sérieux et courageux, lui dit-il. J'apprécie que tu restes avec nous pendant les beaux jours. À la Pentecôte, tu prendras ton lundi en plus du dimanche. Ainsi, tu auras deux grands jours devant toi pour voir ta famille.

Ruben se confondit en remerciements et, dès lors, ne vécut plus que dans l'attente de son premier congé.

Après son travail, pour profiter de la longueur du jour, il avait pris l'habitude d'aller se promener le long du ballast. Mais l'odeur âcre de la créosote, dont étaient enduites les traverses de bois, empestait tellement qu'il préférait prendre des chemins détournés et s'enfoncer dans les valats ou grimper à travers bois sur les pentes rocailleuses de la montagne. Là, il replongeait dans son élément et n'avait de cesse de trouver un promontoire d'où il pouvait, de haut, observer le chantier qui, lui semblait-il, progressait à pas de fourmi.

— Nous sommes tous des fourmis dans une énorme fourmilière, lui avait dit un jour un de ses camarades, mais notre travail est titanesque !

Naissance d'une amitié

Perché sur son rocher, Ruben en mesurait toute l'étendue et s'étonnait lui-même qu'avec leurs mains, des pelles et des brouettes, les hommes pussent défier à ce point la nature.

Un soir, alors que le soleil tardait à se coucher, il poussa plus loin sa promenade en direction du Luech. Il n'avait encore jamais vu le chantier sur lequel travaillait son ami Étienne Lecœur. Il se mit dans l'idée d'aller à sa rencontre, croyant le trouver dans une cantine ou dans une auberge voisine.

Quel ne fut pas son étonnement quand il parvint sur les bords du cours d'eau ! Débouchant sur un versant boisé en aplomb du chantier, il crut découvrir un nouveau monde. En contrebas, un ouvrage gigantesque en courbe accusée, tout en pierres appareillées, franchissait l'échancrure de la vallée, se dressant déjà vers le ciel sur ses jambes voûtées. De là où il se trouvait, il ne pouvait compter les piliers qui allaient supporter le tablier, mais ils lui semblaient innombrables. Au pied du géant, tout un monde s'affairait encore, des centaines d'hommes et d'animaux grouillaient partout. Des grues montées sur rails tendaient leur flèche vers les nuages qu'elles semblaient vouloir agripper, tandis que, sur des échafaudages de bois, des maçons réceptionnaient les pierres et le mortier. Les baraquements du camp étaient dispersés sur les deux rives que les hommes pouvaient rejoindre par un pont de fortune, construit sous l'édifice. Les machines à vapeur qui actionnaient les grues vrombissaient en cadence et lâchaient dans l'atmosphère de gros panaches de fumée noire.

Ruben s'approcha du chantier, curieux d'en appréhender la véritable dimension. À chaque pas, il semblait rapetisser tant il se sentait écrasé par la démesure de l'œuvre. Il s'arrêta à proximité des premières cabanes, hésita à en franchir les limites.

— C'est gigantesque, n'est-ce pas ? lui dit une voix derrière son dos.

Surpris, il sursauta, dérangé dans sa contemplation.

L'inconnu lui sourit et vint vers lui. Il était vêtu d'une veste de chasseur en grosse toile, bardée de poches, et de pantalons marron à grosses côtes. Ses bottes étaient crottées et il portait en bandoulière un sac de cuir tout craquelé. À son allure, Ruben reconnut tout de suite qu'il s'agissait d'un ingénieur ou d'un architecte de la Compagnie.

— Vous ne faites pas partie de ce chantier ? Je ne vous y ai jamais vu ! lui dit l'inconnu.

Gêné d'avoir été surpris comme un voleur, Ruben balbutia :

— Je travaille sur le ballast plus en aval. Je suis terrassier. Je désirais passer la soirée à Chamborigaud avec un ami, mais je me suis perdu. Je ne voulais pas...

— Ne vous excusez pas.

L'homme comprit que Ruben était tombé en admiration devant l'œuvre à laquelle il participait lui-même.

— Je suis Pierre Lambert, poursuivit-il. Je suis ingénieur au P.L.M., chargé du tracé de la voie. Je supervise le passage de la vallée du Luech. La courbe nous pose de sérieux problèmes. Et vous, qui êtes-vous ?

Naissance d'une amitié

Ruben s'étonna qu'un ingénieur s'intéressât à un simple terrassier.

— Je m'appelle Ruben Lapierre. Je viens de Falguière dans la Vallée Française.

Les deux hommes se serrèrent la main ; Ruben, gêné comme peut l'être un jeune paysan devant un bourgeois de la ville ; Pierre, assurément heureux de parler à quelqu'un d'humble condition.

Le jeune ingénieur invita Ruben à le suivre.

— Venez, dit-il, nous allons prendre un peu de recul. Notre angle d'observation sera meilleur. Je vais vous montrer le travail qu'on est en train d'accomplir ici. Cela tient du prodige !

Ils s'écartèrent des baraquements et grimpèrent sur une éminence. Pierre sortit une longue-vue de sa sacoche, l'accommoda, la tendit à Ruben.

— Tenez, regardez !

Tandis que celui-ci observait avec étonnement et ravissement le paysage grandiose qui s'étendait à ses pieds, Pierre Lambert se lança dans de longues explications.

— Le viaduc prend appui sur un éperon rocheux qui s'avance vers le lit du Luech. Ce sont les petites arches qui prolongent le ballast. Il y en a dix-sept de huit mètres d'ouverture. Dans leur prolongement, douze autres arches de quatorze mètres sont en construction. Quand le viaduc sera achevé, il dessinera une courbe de deux cents mètres de rayon pour une longueur totale de trois cent vingt-quatre mètres.

— Et la hauteur ?

— La voie passera à cinquante mètres environ au-dessus du cours d'eau.

Ruben semblait subjugué par ces détails techniques. Son travail de terrassier, tout à coup, lui semblait bien peu édifiant face à celui de tous ces bâtisseurs de nouvelles cathédrales. À présent, il comprenait mieux l'enthousiasme d'Étienne Lecœur. Le tailleur de pierre participait directement à « l'œuvre », comme il disait lui-même. Il n'était pas qu'un simple ouvrier : il était un artisan, un véritable artiste, un bâtisseur des temps modernes !

— Combien y a-t-il d'hommes sur ce viaduc ?

— Environ deux cents, sans compter le personnel d'intendance, d'infirmerie, d'hébergement et de charroi. Un vrai village vit ici en permanence. Mais cela ne doit pas vous surprendre, si vous venez du chantier voisin !

Ruben allait prendre congé quand Pierre Lambert l'invita, à son grand étonnement, à boire un verre à l'auberge où il logeait.

— Vous n'habitez pas sur le chantier ? s'étonna-t-il.

— J'ai préféré m'installer à l'écart. Pour me changer les idées. Le soir, j'ai besoin de voir d'autres têtes que celles que je côtoie pendant la journée. J'ai déniché une petite auberge tranquille à l'entrée du bourg. Oh ! ceux du chantier y viennent parfois, mais on y rencontre aussi d'autres clients.

Ruben était mal à l'aise face au jeune ingénieur. Celui-ci s'en aperçut. Aussi crut-il bon d'ajouter :

— Je n'ai pas d'ami sur le chantier. Voulez-vous devenir le mien ?

Devant l'hésitation de Ruben, il poursuivit :

— Je suis ingénieur, mais seulement de deuxième classe ! Et je suis issu d'un milieu modeste. Mon

Naissance d'une amitié

père cultive son jardin le long d'une voie ferrée. Il est garde-barrière dans le Nord.

Ruben se sentit soudain en confiance. Il accepta l'invitation et timidement mit ses pas dans ceux de Pierre Lambert, en direction de Chamborigaud.

Au cours de la soirée, les deux hommes s'épanchèrent ; la cartagène aidant, ils brisèrent les barrières qui les séparaient encore. Ils se dévoilèrent leurs rêves d'enfant qui les avaient menés tous deux, par des chemins différents, vers cette voie de l'espoir que représentait à leurs yeux la future ligne des Cévennes. Chacun de leur côté, ils avaient rêvé de trains, de voyages au bout du monde, de grandes découvertes. Et si Pierre reconnaissait avoir eu une chance énorme d'avoir pu suivre de longues études, Ruben, lui, avouait que l'école qu'il avait fréquentée, celle de la vie et de la terre, en avait fait un être accompli.

À la fin de la soirée, les deux hommes se tutoyaient et étaient devenus de véritables amis. Dans la salle à manger, les derniers clients finissaient leurs verres.

— Il fait nuit, remarqua Pierre. Tu ne vas pas regagner ton campement à une heure pareille !

— Il le faut bien.

— Demain, c'est dimanche ; tu ne travailles pas. Reste donc ici à l'auberge. Il y a une chambre de libre en face de la mienne.

De nouveau Ruben parut gêné.

— C'est que...

— Tu n'as pas d'argent, c'est ça ?

— Je n'avais pas prévu.

— Qu'à cela ne tienne ! Tu es mon invité. Aubergiste ! vous préparerez votre dernière chambre pour mon ami. Il est mon hôte.

— Je te revaudrai ça sous peu. Je n'aime pas être en dette. À la Pentecôte, je t'invite chez moi au Fournel. C'est le mas où j'habite. Je te présenterai ma famille. Tu ne crains pas de marcher quatre bonnes heures dans la montagne ?

— Marcher ! Avant de m'installer sur ce chantier, j'ai arpenté les Cévennes de long en large avec un âne pour étudier le futur tracé de la ligne. Je suis peut-être un gars du Nord, mais j'ai le pied montagnard !

XVI

Première rencontre

Ruben n'avertit pas ses parents de son arrivée. Il voulait leur faire la surprise, persuadé qu'ils l'attendaient tous impatiemment. Il se réjouissait de la compagnie de Pierre Lambert ; elle témoignerait, pensait-il, de l'importance de son nouveau travail. La présence d'un ingénieur à ses côtés ne dissiperait-elle pas les craintes de son père de le voir s'égarer sur de mauvais chemins ?

— Je saurai le convaincre du bien-fondé de l'œuvre que nous accomplissons, lui avait promis le jeune ingénieur avant leur départ. Je commence à connaître le caractère des vieux Cévenols. Je lui parlerai comme j'ai parlé à ceux que j'ai rencontrés lors de mon voyage de prospection.

Fort de cette assurance, Ruben guida son nouvel ami sur les sentiers de son enfance.

Ils se mirent en route par une journée radieuse. Le soleil léchait déjà la cime des jeunes frondaisons. Le ciel était d'une pureté virginale. La montagne ruisselait d'or et de verdure. La lumière blonde s'épanchait jusqu'aux eaux des rivières, ciselant à leur surface une myriade de facettes cristallines. Les genêts emplissaient l'air de leur parfum enivrant, tandis que dans les prés les senteurs de suint rappelaient que les premiers troupeaux n'allaient pas tarder à prendre la draille. À chaque pas, Ruben se sentait régénéré, comme si la sève nouvelle des arbres circulait dans ses veines et lui donnait toute leur force. Après un long et terne hiver passé le dos courbé et le nez dans les cailloux du ballast, les schistes dorés de la montagne du Mortissou lui apparaissaient soudain comme un véritable trésor.

Pierre avait beau avoir le pied montagnard, il suivait à grand-peine l'allure de son ami. Plusieurs fois, il l'arrêta pour reprendre haleine au milieu d'une côte, pour se désaltérer d'un peu d'eau fraîche, pour couper son élan et profiter du paysage.

— Je te sens fébrile, reconnut-il. Tu es pressé de rentrer ?

— J'ai hâte de revoir le Fournel. Je n'imaginais pas à quel point il me manquait.

— Es-tu sûr de vouloir partir un jour plus loin encore, pour réaliser tes rêves ?

Ruben parut vexé. Il répondit évasivement.

— En douterais-tu ?

— N'y a-t-il pas plutôt, à Falguière, quelqu'un qui t'attend avec impatience ?

— Que veux-tu dire ?

— Tu me comprends très bien, Ruben. Entre hommes, on peut tout se dire.

— Je ne vois pas ce que tu sous-entends.

Pierre n'insista pas, ne voulant pas mettre son ami dans l'embarras.

Quand ils furent à proximité du Fournel, Ruben proposa de s'écarter du chemin.

Première rencontre

— Grimpons sur cet éperon rocheux. Aujourd'hui, c'est moi qui commente la visite.

Ravi de découvrir un endroit des Cévennes qu'il ne connaissait pas, Pierre suivit Ruben jusqu'au faîte de la montagne.

— Regarde ! Les Cévennes sont à nos pieds. C'est ici que je venais garder les chèvres et les brebis de mon père. D'ailleurs, elles devraient y être à cette heure de la journée. Mon père a dû les tenir dans la bergerie.

Ruben s'assombrit.

— Quelque chose te tracasse ? s'enquit l'ingénieur.

— Rien de grave. Regarde plutôt ! C'est grandiose, n'est-ce pas ?

— Aussi grandiose que le viaduc. D'ici, on comprend mieux que l'œuvre que nous accomplissons est un vrai défi lancé à la montagne. Ceux qui ont défini le tracé de la ligne dans les bureaux du Ministère ne devaient pas se rendre compte à quel point les Cévennes sont un pays impénétrable.

— C'est bien pour cette raison que Louis XIV n'a jamais pu nous dompter vraiment !

— C'est un vrai camp retranché. Quand nous aurons achevé la ligne, nous aurons réalisé un véritable exploit !

Ruben tardait à redescendre de son serre. Quelque chose semblait le retenir, une sorte de crainte d'affronter l'inconnu. Il savait pourtant qu'en son absence la vie au Fournel avait continué son cours, au rythme lent des heures de travail que rien ne venait jamais perturber, toutes identiques à elles-mêmes. N'était-ce pas cette monotonie, ce manque de changements dans la vie quotidienne qui avaient été à la source de son désir d'évasion ? Il savait parfaitement de quoi avaient été faites les journées, les semaines qui s'y étaient écoulées depuis son départ.

Était-ce la crainte de revoir Marie qui le retenait, alors qu'il avait tant espéré cet instant ?

Après six mois, ses sentiments envers elle n'avaient pas changé. Mais il avait eu le temps de faire la clarté en lui. Il se reprochait d'avoir précipité ses propres aveux et, par la suite, d'avoir mis son départ sur le compte de ses déceptions. En réalité, il savait qu'il partirait un jour, comme il savait qu'il repartirait encore si c'était à recommencer, dût-il se faire mal de nouveau. En lui, l'appel des lointains était plus fort que tout. Maintenant, il en était certain.

Alors pourquoi avoir fait croire à Marie qu'il aurait pu lui consacrer toute son existence ? Il se souvenait de lui avoir répondu un jour – ils n'étaient que des enfants et elle lui demandait s'il l'emmènerait dans ses voyages au bout du monde – qu'elle n'était qu'une fille. Sa réponse évasive ne signifiait-elle pas qu'elle ne devait pas y songer ? Son cœur déchiré n'avait pu choisir et ne pouvait encore le faire.

Quand ils furent à proximité du mas, il ressentit comme un mauvais présage, une pesanteur étrange. La maison tout entière était plongée dans un profond silence. Les clochettes des chèvres et des brebis ne tintaient pas. Les rideaux aux fenêtres étaient tirés et la cheminée semblait éteinte.

— On dirait qu'il n'y a personne ! chuchota-t-il en direction de Pierre.

Première rencontre

— Pourquoi parles-tu à voix basse ? Tu as peur qu'on nous entende arriver ? Tu veux leur faire la surprise jusqu'au bout !

— Chut ! Écoute.

Ruben s'arrêta de marcher. Le seul craquement des branches mortes sous ses pieds l'empêchait d'être aux écoutes. Derrière, dans la grange fermée comme toutes les autres dépendances, Calie gémissait en grattant sous la porte.

— Elle m'a reconnue. Brave Calie !

Ruben délivra la chienne qui lui fit fête aussitôt.

— Alors ma grande, pourquoi es-tu enfermée ?

Il traversa la cour en appelant à la cantonade.

— Y a personne ?

Pierre resta en retrait, craignant que sa venue fût inopportune. Il laissa Ruben seul pénétrer dans le logis de ses parents et attendit dehors sous les regards interrogateurs de la chienne. Celle-ci gémissait, l'encolure et la queue basses.

Dans la cuisine, tous étaient attablés, l'air consterné. Seuls manquaient Zacharie et Abraham. Sans prendre la peine de dire bonjour, Ruben demanda :

— Il est arrivé quelque chose ?

Félicie se leva la première et vint se jeter dans ses bras.

— Mon fils ! Comme tu as maigri !

Ruben étreignit sa mère longuement. En l'espace de quelques secondes, la sève de ses racines refit surface, inondant son cœur, transportant son esprit comme les vapeurs d'un alcool capiteux. Il retint ses larmes. Elle ne retint pas les siennes. Ses mains calleuses s'arrêtèrent sur les aspérités de son dos.

Elle aussi avait maigri, mais il n'osa le lui dire. Il comprit que les soucis et le chagrin d'avoir perdu un fils avaient eu raison de sa bonne santé. Son corps n'était plus que celui d'une ombre, frêle et transparente, que le moindre souffle de vent pouvait emporter. Ses tempes avaient pris les couleurs de sa peine et son visage portait les rides de son inquiétude.

Derrière elle, Sarah et Marie étaient restées assises, les yeux rougis, encore tout larmoyants. Elles ne disaient mot, mais dans leur regard se lisait une profonde tristesse.

Ruben se détacha de sa mère. Devant ses yeux, l'horloge était arrêtée sur une heure précoce de la matinée, muette comme les êtres peuplant l'antre de la mort.

Samuel rompit le silence.

— Viens là, mon frère, que je t'embrasse ! Nous sommes si heureux de te revoir. Malheureusement tu arrives par un bien triste jour.

Félicie poursuivit :

— Ton grand-père est décédé au cours de la nuit. Il repose dans la pièce d'à côté. Zacharie est parti avertir le menuisier au village, ainsi que le pasteur.

Triste Pentecôte !

Pierre Lambert eut envie de repartir aussitôt, pour laisser les Lapierre à leur chagrin et ne pas leur imposer sa présence en de telles circonstances.

— Reste, insista Ruben.

Félicie appuya sa requête.

— Vous êtes l'ami de Ruben, lui dit-elle, vous êtes ici chez vous. Mon mari sera ravi de faire votre connaissance. Il serait très déçu de ne pas vous avoir rencontré.

Puis, s'adressant à son fils :

— Présente donc monsieur à tes sœurs et va ensuite te recueillir sur la dépouille de ton grand-père.

Ruben fut effondré de retrouver Abraham dans l'immobilité raide et glaciale de la mort. Il le fixa comme s'il le voyait pour la première fois. Son corps lui paraissait plus grand et plus maigre sous le drap qui le recouvrait. Son visage, reposé, était de marbre, d'une blancheur d'albâtre. Ses rides avaient disparu, emportées dans l'abîme suprême en même temps que ses peines. De ses paupières closes et de ses lèvres pincées semblait émaner un dernier sourire, une nique à la mort, sans doute, qui ne l'avait pas arraché à la vie par surprise. Abraham en effet, en bon huguenot, s'était toujours préparé au grand jour. Son âme était en ordre avec Dieu, comme ses affaires avec ceux qu'il laissait derrière lui. Quand il sentit sa dernière heure arriver, il prévint son entourage, comme on prévient d'un départ en voyage. Il prépara lui-même, au pied de son lit, les habits propres dans lesquels il souhaitait être enseveli. Il émit le souhait qu'on le déposât dans un cercueil de châtaignier, au bois coupé de lune, « pour qu'il ne se *coussoune*[1] pas trop vite », avait-il lui-même conseillé. La veille, ressentant une profonde fatigue, il déclara :

— Mes enfants, ne soyez pas tristes. Je crois que c'est pour cette nuit. Je ne verrai pas le prochain

---

1. *Coussouné : mangé par les vers.*

matin sur cette terre. Mais réjouissez-vous avec moi, car là où je vais, il n'y a que des matins.

Cette dernière nuit, personne ne put trouver le sommeil. Sauf Abraham. Zacharie et Félicie restèrent aux aguets pour intervenir au premier râle du vieillard. Samuel veilla plus longuement qu'à l'ordinaire dans la cuisine et finit par oublier l'heure d'aller se coucher ; il demeura toute la nuit plongé dans ses tristes pensées, assis dans le propre fauteuil du papé, près de la cheminée qu'il laissa s'éteindre. Marie et Sarah s'épièrent l'une l'autre dans leur chambre, retenant leur respiration, l'oreille collée à la cloison derrière laquelle reposait Abraham.

Quand les premiers rais de lumière filtrèrent à travers les volets mal jointés, faisant danser les grains de poussière dans un halo de magicien, tous se levèrent comme un seul homme et se retrouvèrent devant la porte du vieil homme. Ils tendirent l'oreille. Le silence semblait d'une légèreté d'éther. Zacharie crut bon d'ouvrir les volets. Comme un signe céleste, le soleil violent du petit matin illumina le fauteuil que Samuel venait d'abandonner. Signe que le vieux sage avait gagné la lumière éternelle.

À pas feutrés, ils pénétrèrent dans sa chambre comme dans un sanctuaire, persuadés qu'il leur avait fait une belle plaisanterie et qu'il dormait comme un enfant plein d'innocence.

Abraham dormait. Mais du sommeil du Juste.

Pierre se fit discret, montra beaucoup de convenances, n'eut que des paroles délicates de compassion envers chacun. Sa bonne éducation ravit Félicie et sa prévenance conquit les deux filles. Seul

Première rencontre

Zacharie, selon son habitude, montra une certaine méfiance. Il lui fallait toujours du temps pour accorder sa confiance à un étranger. De plus, l'heure n'était pas aux réjouissances.

L'enterrement eut lieu le lundi de Pentecôte, dans le petit cimetière familial. Abraham fut enseveli auprès de son père et de sa mère, et d'une sœur morte dans la fleur de l'âge. Tout le Falguière protestant entoura la famille éplorée et, par les paroles poignantes du pasteur, chacun prit conscience du malheur qui frappait soudain les Lapierre.

Lorsque la cérémonie fut achevée et que le mas eut retrouvé son calme habituel, Ruben et Pierre s'apprêtèrent à reprendre le chemin du retour. Le soleil perdait déjà de sa vigueur et dorait la cime des châtaigniers d'une lumière d'icône. Les vieilles pierres du Fournel s'émaillaient d'ombres évanescentes. Le vent se levait et jouait à travers le feuillage des arbres une complainte lancinante. À l'horizon, de longues écharpes sombres s'étiraient entre les crêtes.

— Il faut partir sans tarder, proposa Pierre. Le ciel menace.

Ruben avait le cœur triste. La mort de son grand-père lui avait fait oublier la joie qui l'avait animé à l'idée de revoir Marie. Il n'avait même pas eu le temps de lui parler en tête-à-tête. Au cimetière, se trouvant à ses côtés, il avait senti son épaule contre la sienne. Il pensa alors qu'elle lui prendrait la main discrètement pour soulager sa peine et lui faire comprendre combien elle tenait encore à lui. Elle n'en fit rien. Les jours lui avaient manqué pour trouver le temps de lui parler. Il se jura que, lors de sa prochaine visite, il n'y manquerait pas.

Mais Ruben ne s'était pas aperçu que, pendant ces deux jours, en dépit du malheur qui s'était abattu sur le Fournel, Marie n'avait eu de regards que pour son ami Pierre Lambert.

Dès son retour au campement, Ruben se replongea dans le travail avec une force et une rage décuplées. C'était toujours dans ses moments de profonde tristesse ou de doute qu'il puisait en lui une énergie sans pareille. Comme trois ans plus tôt, quand il avait remonté à lui seul la muraille du Purgatoire, il en perdit presque la raison. Il agissait comme s'il voulait se mortifier, expier une faute pour laquelle il avait été puni et qu'il regrettait. C'était son seul moyen d'oublier la peine qui le noyait de l'intérieur.

La disparition d'Abraham avait créé en lui un vide incommensurable. Pour la première fois il avait côtoyé la mort de près. Jusqu'à présent, celle-ci n'avait jamais été que l'affaire des autres. Il prit soudain conscience que la vie ne tenait qu'à un fil ténu, et qu'une fois disparu l'être humain ne laissait derrière lui que des images fugaces qui s'effaçaient vite de la mémoire des vivants.

— Seuls les êtres d'exception laissent de leur passage sur cette terre un héritage durable, avait-il avoué à Pierre sur le chemin du retour. Je m'aperçois à présent que nous, les petits, les besogneux, nous ne sommes pas grand-chose dans l'histoire des hommes.

Première rencontre

— Détrompe-toi, lui avait rétorqué Pierre. Les grandes œuvres ont toujours été bâties par les gens du peuple, ceux de la terre profonde.

— Mais l'Histoire ne retient que le nom des grands hommes ! Mes rêves resteront toujours des rêves. Non, crois-moi, la mort de mon grand-père m'a ramené à ma juste dimension.

Ruben ne voulait pas avouer à son ami que ce n'était pas tant la disparition de son grand-père que le silence de Marie qui le rendait morose. À présent, il doutait de tout, plus rien à ses yeux ne semblait bien tracé. Pour un peu, il aurait douté de Dieu lui-même.

Quelques semaines s'écoulèrent. Ruben n'avait pas revu Pierre depuis leur retour du Fournel. Celui-ci, en effet, s'était absenté pour effectuer des repérages plus en amont entre Villefort et Langogne, où l'on avait procédé aux premiers sondages géologiques et aux premières expropriations. Les mises en demeure n'étaient toujours pas aisées, car les agents de l'exploitation rencontraient de nombreuses oppositions. Certes, les arrêtés préfectoraux avaient force de loi, mais les adversaires de la ligne n'entendaient pas baisser les bras ni se laisser déposséder. Et ils faisaient tout pour retarder la progression des travaux. Il n'était pas question cependant de revenir sur le tracé initialement prévu et de prendre du retard par d'inutiles palabres.

Pierre Lambert était toujours envoyé en éclaireur pour baliser le terrain. Il essuyait souvent les premières hostilités. Conscient que rien ne devait être laissé au hasard, il supervisait avec attention les premiers coups de pioche et vérifiait constamment si le tracé, sur le terrain, correspondait bien à ce qui avait été défini sur les cartes d'état-major et sur les plans parcellaires.

Quand vint le mois de juillet, il obtint de ses supérieurs une semaine de congé. À sa solde. Il en profita pour aller rendre visite à Ruben, annonciateur d'une bonne nouvelle.

Celui-ci ne s'attendait plus à le revoir, croyant s'être fait des illusions. « Que peut espérer un manant comme moi d'un ingénieur de la Compagnie ? se reprochait-il pour se mortifier un peu plus encore. Qu'ai-je été naïf de croire qu'une amitié peut naître entre un gueux et un nanti ! »

Aussi sa joie fut-elle à son comble quand – ne l'attendant plus – il le vit, un soir, apparaître dans l'enceinte enfumée de la cantine.

— Abandonne donc ton assiette et suis-moi ! lui ordonna le jeune ingénieur. Ce soir, c'est moi qui régale.

Devant un copieux repas à l'auberge, Pierre raconta à son ami ce qui avait motivé son absence depuis plus d'un mois. Puis, passant sur les détails, il lui annonça :

— Je t'ai obtenu une place dans une brigade de poseurs de rails. Tu rejoindras ta nouvelle équipe sur la section Chamborigaud-Villefort. Tu seras mieux payé, mais le travail comporte parfois plus de risques.

Dans les yeux de Ruben se lisait une infinie reconnaissance. Son horizon s'éclaircissait de nouveau. Cet avancement dans la hiérarchie de la Compagnie lui paraissait auguer un second départ,

Première rencontre

une certitude que son choix avait été le bon et que l'avenir s'ouvrait devant lui, comblant ainsi toutes ses espérances.

— Tu seras avec des spécialistes, lui expliqua Pierre Lambert. Avec ce travail, tu vas enfin toucher du doigt l'œuvre colossale des bâtisseurs du rail. Le ballast, c'était bon pour les paysans saisonniers !

— Quand est-ce que je commence ?

— Dans huit jours. Auparavant, je vais prendre une semaine de repos. Puis, je te retrouverai sur le chantier.

— Pourrais-tu retourner voir ma famille de ma part ? Ta présence leur ferait grand plaisir. Ils n'ont guère eu le temps de te connaître à la Pentecôte. Je te remettrai une lettre pour eux. Ils t'accueilleront comme un fils.

Pierre promit à son ami de se rendre au Fournel dès le lendemain.

Au petit matin, il équipa son cheval et prit, au trot, la direction de Falguière.

XVII

Un accident

Entre La Levade et le viaduc du Luech, le ballast était maintenant presque entièrement établi ; seuls quelques tronçons nécessitaient encore des travaux de consolidation. Il s'étirait à travers la montagne comme un long ruban de pierre disgracieux et monotone, tantôt encaissé entre deux versants abrupts, tantôt perché sur le faîte d'un serre. Il s'enfonçait dans les entrailles des ténèbres par les premiers tunnels qui étaient à peine achevés et se dressait sur les ponts au-dessus des ravins vertigineux.

Le passage du Luech demanderait encore de longs mois d'effort. Mais l'ingénieur en chef, M. Dombres, escomptait bien pouvoir l'inaugurer avant le prochain automne. Aussi les équipes se relayaient-elles sans interruption, travaillant jour et nuit.

Autour de Chamborigaud régnait une grande effervescence. Les routes étaient sans cesse encombrées d'attelages aux lourds chargements. Bouviers, vachers, muletiers, tous paysans recrutés sur place, apportaient vers le chantier quantités impressionnantes de pierres, de gravier, de planches et de madriers. Ils provoquaient parfois des embouteillages à la croisée des chemins et se heurtaient aux calèches, aux diligences qui filaient vers Alais ou vers Villefort avec, à leur bord, la plupart du temps, des cadres de la Compagnie venus inspecter l'avancée des travaux.

Les carrières de la région ne connaissaient aucune période de trêve. Elles alimentaient tous les ouvrages d'art en saignant chaque jour davantage les flancs des montagnes granitiques. Les équipes de maçons et de tailleurs de pierre, des compagnons pour la majorité, constituaient l'aristocratie des ouvriers du chantier. Quand ils se déplaçaient sur les routes, maîtres en tête, on les remarquait à leur allure fière, leur habit noir de bourgeois, le ruban et la fleur au chapeau. Ils transportaient toujours avec eux leurs propres outils, ciseaux, têtus et massettes, soigneusement rangés dans un sac dont ils ne se défaisaient sous aucun prétexte. Avec les charpentiers et les menuisiers, ils régnaient en maîtres sur le viaduc qui, telle une cathédrale moderne, s'élançait toujours plus haut vers le ciel, comme pour rejoindre Dieu.

À l'inverse, les terrassiers et les taluteurs étaient peu considérés. Gens des campagnes recrutés aux alentours, peu savaient lire et écrire. L'esprit de compagnonnage leur était étranger, même si, en cas de coup dur, ils savaient aussi se montrer solidaires. Car le chantier était le lien qui les unissait tous, leur nouvelle famille. Et si les rixes entre corps de métier ou entre nationalités étaient fréquentes, quand un accident arrivait, tous faisaient front dans un même élan de fraternité.

Un accident

Ruben s'en rendit compte pour la première fois pendant l'absence de Pierre, parti rendre visite à sa famille.

Il ne lui restait plus qu'une petite semaine à manier la pelle et la fourche à ballast, et il pensait beaucoup au nouveau travail qui l'attendait. À ses yeux, les poseurs de rails faisaient déjà partie de la petite noblesse des travailleurs du chantier. N'étaient-ils pas les premiers à toucher les longues barres métalliques qui avaient donné leur nom à ce fameux moyen de transport révolutionnaire ? Ne disait-on pas « chemin de fer » ou encore « voie ferrée », comme si l'élément fondamental était le rail et non la locomotive ?

Le soir, dans sa cahute, il s'imaginait poser, un par un, les jalons des grandes voies transcontinentales, à travers cent pays, par-delà les frontières, partant à la rencontre des peuples de la terre entière. Au retour, il se voyait voyager, dans les trains de la paix et du bonheur, revenir chez lui, riche d'une expérience humaine sans égale. Jusque tard dans la nuit, il se plongeait dans la lecture des journaux qui circulaient chez les compagnons rencontrés à la cantine, après sa journée de travail. Saint-Simon, Prosper Enfantin, celui qu'on appelait familièrement « le Père Enfantin, le Pape des cheminots », étaient devenus ses nouveaux maîtres à penser, ses guides spirituels. Lui-même ne pouvait s'empêcher de répandre leurs idées auprès de ses camarades, qui ne l'écoutaient que d'une oreille distraite.

— Avec le chemin de fer, leur affirmait-il, les richesses seront mieux réparties. Personne ne manquera plus jamais de rien, les famines disparaîtront de la surface de la Terre. Nos propres Cévennes cesseront d'être une région déshéritée.

Il répétait inlassablement les discours qu'il entendait autour de lui, dans la bouche des plus persuasifs.

— Tu parles comme un livre, lui rétorquaient-ils, plus pragmatiques. Tu sembles oublier que, taluteur ou poseur, tu travailles toujours pour un patron, et que les gens de la finance qui dirigent le P.L.M. n'ont certainement pas en tête le même idéal que toi et tes amis compagnons. Ce qui les intéresse avant tout, c'est de faire le plus de profit possible. Et cela en nous exploitant, nous, les petits. Crois-tu qu'ils nous fassent des cadeaux en nous payant une misère ? Heureusement que la plupart d'entre nous avons toujours un travail à la ferme pour nous en sortir !

Ruben était trop idéaliste pour entendre de tels arguments. Seul comptait pour lui l'aventure humaine que son nouveau destin semblait représenter.

Il prit cependant conscience de la réalité, lorsque, par un après-midi de pluie, établissant le ballast sur un ponceau en voie d'achèvement, un accident se produisit dans son équipe.

L'ouvrage enjambait une ravine à sec les trois quarts de l'année. Les Cévennes sont partout burinées de ces valats qui ne grossissent qu'après les gros orages de l'automne, défonçant tout sur leur passage. Les échafaudages étaient encore posés sur les flancs de l'arche unique du ponceau. Les travaux de drainage du talus venaient d'être terminés, les derniers murs de soutènement fraîchement décoffrés. Il ne restait plus qu'à apporter les cailloux et le

Un accident

gravier sur le petit pont de pierre qui surplombait le lit du ruisseau d'une dizaine de mètres.

L'équipe des brouetteurs s'activait. Une noria s'était mise en place à partir du dernier point de déchargement des wagonnets, un peu plus en aval. Le talus en effet, avant d'affronter le ponceau, était trop haut perché sur la crête acérée pour permettre l'accès des wagonnets. De surcroît, la rampe accusait une pente de 20 millimètres par mètre, ce qui rendait plus pénible encore le convoyage des matériaux. La masse de pierre concassée s'accumulait, aussitôt répandue par la brigade des terrassiers qui s'était attaquée à la traversée du ponceau. En contrebas, l'équipe des charpentiers avait commencé le démontage des échafaudages de bois. Plusieurs d'entre eux se trouvaient toujours suspendus sur les passerelles à sept ou huit mètres du fond du ravin. Cette hauteur était insignifiante par rapport aux cinquante mètres du grand viaduc. Néanmoins, les ouvriers prenaient les mêmes précautions et ne s'aventuraient jamais sur leurs échelles sans se harnacher.

Le ballast était presque achevé. Il ne manquait plus qu'à bien l'araser, égaliser la pente pour la mettre en parfait alignement avec les sections de raccordement. Le chef de travaux surveillait les dernières pelletées et s'apprêtait à contrôler la déclivité de la rampe à l'aide de sa lunette de visée, quand un bruit de craquement inquiétant éveilla son attention. Il s'approcha du haut de l'échafaudage et s'enquit auprès des charpentiers de ce qui se passait.

— Je ne vois rien d'anormal, lui confia l'un d'eux qui, tel un équilibriste, alla aussitôt vérifier l'ossature de l'ouvrage en passant d'une passerelle à l'autre.

— J'ai entendu un craquement bizarre, insista le chef de travaux.

— C'est la dilatation des tôles de coffrage. Rien de grave. D'ici, la voûte me paraît intacte.

Quelques terrassiers étaient encore à l'ouvrage. Ruben, lui, venait de quitter le ponceau pour donner la main aux taluteurs qui venaient de vider le dernier wagonnet. Tout à coup, un bruit terrifiant retentit de nouveau. Il se sentit happé vers l'arrière, le ballast lui sembla se dérober sous ses pieds et lui échapper, comme aspiré dans le vide. Le grondement cessa au bout de quelques secondes, mais lui parut durer une éternité.

Derrière lui, le ponceau s'était effondré, emportant dans sa chute les malheureux charpentiers et les derniers terrassiers qui s'y trouvaient encore. Le chef de travaux ne dut son salut qu'à son instinct de survie. Se trouvant en bordure de l'édifice, il n'avait eu que le temps de s'écarter en courant avant que le sol ne se dérobât sous ses pieds. Il fut cependant entraîné sur le bas-côté, mais il était sain et sauf.

En contrebas, un amas inextricable de pierres, de gravier, de poutres et de madriers obstruait le lit du torrent. Un nuage opaque de poussière, irrespirable, stagnait dans le fond du valat.

L'équipe des taluteurs se porta aussitôt au secours des victimes qui jonchaient les gravats, inertes, broyées sous le poids des matériaux. Sans perdre un instant, Ruben et ses camarades commencèrent

Un accident

à dégager les corps. Une dizaine d'hommes avaient été piégés ; huit étaient gravement blessés ; deux, dont les dépouilles furent extirpées des décombres à grand-peine, avaient été tués sur le coup.

C'était le premier accident grave auquel Ruben assistait depuis son engagement sur le chantier. Le surlendemain, il devait rejoindre sa nouvelle équipe de poseurs de rails un peu plus en aval de la voie.

Une enquête fut aussitôt ouverte pour connaître les circonstances exactes de l'accident. Les ingénieurs chargés de la sécurité se rendirent sur le lieu du drame le soir même et convoquèrent leurs collègues responsables du tracé de la ligne et de la construction des ouvrages d'art.

Pierre Lambert venait de rentrer de Falguière. Quand il apprit ce qui s'était passé, il pensa aussitôt à Ruben, le sachant sur ce tronçon.

— Votre petit protégé ne fait pas partie des victimes, le rassura l'ingénieur en chef. Vous feriez mieux de vous soucier de l'exactitude de votre tracé. Le ponceau était-il exactement à l'emplacement indiqué sur le plan ?

— Sans aucun doute, monsieur l'ingénieur. Je vérifie toujours l'implantation des fondations et des culées avant que les maçons ne poursuivent la construction des arches. Qu'il s'agisse d'un petit ouvrage comme celui-là ou d'un viaduc, pour moi, le souci est le même. Je n'ignore pas qu'une infime erreur d'implantation due à une imprécision du tracé de la ligne peut nuire à la solidité de l'édifice et être fatale pour ceux qui travaillent à sa construction.

— Je ne mets pas en doute votre bonne foi, monsieur Lambert, ni vos compétences. Néanmoins, vous me ferez votre rapport détaillé de ce qui, selon vous, a bien pu occasionner un tel accident. En attendant, que cela ne retarde pas le reste de votre tâche ! N'oubliez pas que nous avons à cœur d'achever la ligne jusqu'à Chamborigaud et que le viaduc du Luech doit donc être terminé dans moins d'un an.

Pierre fut bouleversé par la mort des deux hommes. Ils ne faisaient pas partie de ceux qui travaillaient directement sous son autorité, puisque lui ne s'occupait que du tracé de la ligne avant et après l'édification des ballasts. Néanmoins, il mesurait combien il avait failli perdre un ami avec la famille duquel il venait de faire plus ample connaissance.

Lorsque Zacharie l'avait vu arriver au Fournel une semaine plus tôt, il avait tout de suite pensé qu'il était arrivé quelque malheur à son fils.

De loin, il ne l'avait pas reconnu immédiatement sur sa monture, habillé comme un gentleman, portant habit, bottes et cravache. Occupé à moissonner, le soleil dans les yeux, il fit une pause quand il entendit derrière lui le galop d'un cheval.

Il planta l'extrémité du manche de sa faux dans le sol, sortit machinalement son enclumette de son étui et s'apprêta à piquer la lame recourbée de son outil, tout en fixant la silhouette du cavalier. Celui-ci s'approcha au pas, tenant une lettre à la main.

— C'est donc vous, monsieur Pierre ! lui dit-il, après s'être repris de son étonnement. Je ne vous remettais pas.

Un accident

— J'apporte des nouvelles de Ruben. Il n'a pas pu m'accompagner, mais il a profité de mon congé pour vous remettre cette lettre.

Zacharie s'empressa de prendre l'enveloppe des mains du jeune ingénieur et la rangea soigneusement dans sa ceinture de flanelle.

— Vous ne la lisez pas ?

— Tout à l'heure. À la maison, avec Félicie. Partez devant, je vous rejoindrai au mas dès que j'en aurai fini avec cette parcelle.

Pierre sentit que le père de Ruben se méfiait de lui. Mais il ne s'en offusqua pas. Il connaissait le caractère des vieux Cévenols envers tous ceux qui n'étaient pas du pays.

Félicie lui fit un accueil plus chaleureux et ne put contenir sa joie d'apprendre de la bouche même de l'ami de son fils que celui-ci allait être affecté à une brigade de poseurs, ce qui était, pour elle, une promotion.

— Ce n'est pas pour l'argent qu'il gagnera en plus que je me réjouis, lui avoua-t-elle. Mais pour ce que cela représente à ses yeux.

Zacharie ne tarda pas à rentrer de ses terres. Il tendit la lettre à Félicie et lui demanda de la lire à haute voix.

Pierre se sentit mal à l'aise d'entendre les éloges que son ami faisait de lui. Sa modestie et son entregent ne souffraient pas d'être ainsi portés aux nues devant témoins.

À la fin de sa lettre, Ruben demandait à ses parents de bien vouloir héberger son ami pour qu'il passe son congé au Fournel, loin des soucis du chantier et pour que tous puissent mieux se connaître. Félicie fut la première enchantée, extirpant l'approbation de Zacharie qui, une fois encore, semblait plus hésitant.

— Vous dormirez dans la chambre du papé, proposa-t-elle. Maintenant, la place ne manque pas.

Pour Sarah et Marie, la surprise fut totale. Toutes deux furent ravies d'accueillir Pierre pour une semaine.

— Six jours seulement, précisa-t-il. Il me faut rentrer samedi soir au plus tard.

— C'est plus qu'il n'en faut pour vous faire découvrir le pays, ajouta Marie, les yeux pétillants de joie.

Le soir, dans leur chambre commune, les deux jeunes filles ne purent retenir leur émotion. Pierre, déjà, les avait envoûtées. Leur cœur semblait soudain chavirer dans l'ivresse.

— Crois-tu qu'il nous a remarquées ? demanda Sarah, qui découvrait les joies des premiers émois.

— Je suis sûre qu'il est revenu pour nous. À Pentecôte, j'ai bien remarqué qu'il nous regardait avec des yeux... comment dire ?

— Amoureux !

— Disons alanguis. Si la mort du papé ne nous avait pas tenus à l'écart les uns des autres, je suis persuadée qu'il se serait dévoilé dès le deuxième jour.

— Moi, je n'avais rien remarqué, reconnut naïvement Sarah. Tu crois donc qu'il est amoureux de l'une de nous deux ?

— Peut-être ! Pourquoi serait-il revenu seul ?

— Pour apporter la lettre de Ruben.

— Il aurait pu la poster.

Un accident

Ce soir-là, jusque tard dans la nuit, les commentaires et les suppositions allèrent bon train dans la chambre des filles.

Le lendemain, comme d'habitude, celles-ci se levèrent à l'aube. Leurs yeux portaient les marques du manque de sommeil. Samuel, qui les avait entendues jacasser avant d'aller se coucher dans son coin de grange, les china sans prendre de précautions.

— Alors les filles ! On est tombées amoureuses du beau cavalier !

— Chut ! fit Sarah en rougissant. Tu vas le réveiller, et il va t'entendre.

— Penses-tu ! Les gens des villes font la grasse matinée quand ils sont en vacances. Ça ne risque pas de nous arriver, à nous les paysans ! Allez, cessez de caqueter comme des poules, et au travail ! Si père vous prend à traînasser dans la cuisine comme des chattes en chaleur, vous l'entendrez encore rouscailler !

Zacharie était déjà parti dans ses terres. Pour lui, rien d'autre ne comptait que le travail. Or, en cette période de moisson, il avait fort à faire à courir d'une faïsse à l'autre pour engranger la récolte avant que n'éclate un orage. Depuis le décès de son père, il semblait plus taciturne. La mort lui avait révélé la réalité de la vie, son vrai sens. « Après, ce sera mon tour ! » avait-il pensé en voyant disparaître le cercueil sous les pelletées de terre.

Cette terre, il la travaillait avec plus de soins encore depuis qu'il s'était mis dans l'idée qu'il devait maintenant préparer son propre voyage, comme son père l'avait fait avant lui, dans la sérénité et avec la grandeur d'âme qui caractérise si bien les

Cévenols huguenots, tous un peu fous de Dieu. Loin de s'acharner, comme Ruben, à y laisser son sang et sa sueur, il caressait le sol à chaque passage de sa faux, le frôlant de sa lame comme on frôle de la main le corps d'une femme qu'on aime. Quand il *luchetait*[1], il enfonçait dans la terre les dents de sa bêche, sans hargne, tout en délicatesse, pour ne pas lui faire mal, pour ne pas la faire saigner. Il la pansait plus qu'il ne la labourait, l'ameublissait pour lui éviter de s'encroûter et de vieillir. Il la préparait à l'accueillir, comme on cajole une belle pour mieux disparaître dans ses bras.

Aussi la présence de Pierre le perturbait-elle. Lui qui avait un caractère un peu sauvage – il le reconnaissait volontiers –, il dut faire de gros efforts pour se montrer accueillant et, le soir, assis dans le cantou, faire la conversation à un étranger. Pierre parlait chemins de fer, viaducs et tunnels ; lui avait envie de répondre terres, moissons, vendanges... et vendanges du Seigneur !

— Quel est donc votre Dieu ? lui demanda-t-il au soir du troisième jour.

— Le même que le vôtre, monsieur Lapierre.

Félicie sentit que son mari allait envenimer la conversation en parlant religion.

— Alors nous sommes tous chrétiens ! ajouta-t-elle pour faire diversion.

— Je suis catholique, comme la plupart des gens du Nord.

— Si mon père était parmi nous, il dirait que vous êtes papiste !

---

1. *Retourner la terre avec un luchet (bêche à dents).*

Un accident

Ce mot était comme une insulte dans la bouche d'un protestant qui l'utilisait pour défendre sa foi. Pierre, qui savait combien les Cévenols avaient souffert de l'intolérance et de l'iniquité, crut bon d'ajouter :

— Oh, le pape ne fait pas partie de mes amis intimes ! Je suis catholique, mais pas une grenouille de bénitier. D'ailleurs, je ne sais pas nager !

Samuel rit aux éclats. La plaisanterie de Pierre détendit l'atmosphère. Les filles s'empressèrent, à leur tour, d'ajouter leurs bons mots et embarquèrent l'ami de Ruben sur des chemins moins âpres et moins périlleux que celui du débat d'idées.

— Qu'est-ce qu'il t'a pris ce soir ? s'insurgea Félicie, quand Zacharie vint se coucher auprès d'elle. On dirait que Pierre ne te plaît pas. C'est un jeune homme bien comme il faut !

— C'est un papiste !

— Tu ne vas pas recommencer. On dirait que j'entends ton père !

— Un papiste, un cul-blanc ! insista Zacharie. Tu ne vois pas comme il fait le beau auprès de tes filles ?

— Que racontes-tu ?

— Et il n'a de regards que pour Sarah. Ça crève les yeux. Je n'aime pas ça du tout. Ce garçon ne me paraît pas honnête.

— Tu te racontes des histoires ! Les deux filles le *badent*[1] un peu. C'est normal, à leur âge. Elles sont jeunes. Lui aussi. Et il est bien beau garçon !

---

1. Bader : littéralement, s'extasier la bouche ouverte, regarder béatement.

— Toutes les deux sont prosternées à ses pieds ! Nous avons fait entrer le loup dans la bergerie. Si nous le laissons faire, l'une d'elles souffrira.

Zacharie était, pour une fois, plus lucide que Félicie, qui était bien trop heureuse de voir, à nouveau, la joie entrer sous son toit pour en vouloir à celui qui en était la source.

— Ne te tracasse donc pas ! Dans deux jours, Pierre part rejoindre le chantier. Si ce que tu dis est vrai, le temps aidera les choses à se décanter. Je parlerai à Sarah et à Marie. Je saurai ce qu'elles pensent et ce qu'elles espèrent. Laissons les jeunes vivre par eux-mêmes !

Pierre Lambert se garda bien de se montrer inconvenant. Il était entré au Fournel en ami de la famille, par l'entremise de Ruben. Il ne tenait pas à gâcher ses liens d'amitié avec celui-ci en se dévoilant trop tôt.

Lui aussi, en effet, avait le cœur en émoi. Et Sarah avait ses préférences.

XVIII

Soupçons

RUBEN TRAVAILLAIT à la pose des rails depuis plusieurs mois. Il s'était vite intégré à sa brigade, composée essentiellement de jeunes Cévenols, comme lui cadets de familles paysannes, chassés de leurs mas par le manque de terre. Peu d'entre eux, cette fois, quittaient le chantier pour la saison estivale. Leur tâche était affaire de spécialistes, aussi le chef recruteur avait-il pris soin de les prévenir dès le début de leur engagement. Ruben avait reçu la même recommandation :

— Pas question de retourner à vos chèvres et à vos moutons à la belle saison ! D'autant que nous devons tenir le rythme pour être au viaduc dans les temps, au plus tard à l'automne prochain.

Plus en amont, les milliers d'hommes engagés dans cette œuvre colossale s'affairaient de plus belle. Le tunnel d'Albespeyres venait d'être attaqué entre Villefort et Prévenchères. Le tronçon Brioude-Langeac était presque terminé ; seuls restaient à réaliser des travaux de superstructure et de parachèvement. Entre Villefort et La Levade, les équipes de terrassiers, de tunneliers et de charpentiers avaient rencontré quelques difficultés et les travaux avaient pris du retard. Le tunnel de La Bégude n'était pas tout à fait achevé ; plus de cent mètres restaient à percer et cinq cents mètres à voûter.

Dans les hameaux situés le long de la voie, la vie se trouvait parfois très bouleversée. Les habitants, pour la plupart, se méfiaient des ouvriers du chantier qu'ils assimilaient tous à des étrangers, même s'ils n'ignoraient pas que beaucoup étaient issus des vallées voisines. Il est vrai que les vieux Cévenols se sentaient soudain envahis par ces troupes d'Ardéchois, de Creusois, de Bretons, de Savoyards, quand ce n'étaient pas de Polonais et surtout d'Italiens. Ceux-ci n'étaient pas très bien appréciés. Excellents tailleurs de pierre, ils concurrençaient la main-d'œuvre locale ; or leur métier était de loin le mieux rémunéré. Toujours gais, rieurs et chanteurs impénitents, ils aimaient le vin, les filles et la gaudriole. Aussi n'avaient-ils pas bonne réputation chez les habitants du pays. S'ils mettaient beaucoup d'animation dans les cantines ou dans les auberges qu'ils fréquentaient, ils provoquaient parfois des rixes avec les autres ouvriers. En bon huguenot, Ruben se tenait éloigné de leurs écarts de comportement qu'il jugeait contraires aux bonnes mœurs. Il leur préférait la compagnie de ses amis cévenols, protestants comme lui, avec lesquels il pouvait parler patois sans devoir se méfier de ce qu'il disait.

Depuis l'accident de l'été, plusieurs autres incidents s'étaient produits sur le ballast. Aucun n'avait été aussi grave, mais les dégâts matériels et les réparations avaient entraîné du retard. Le chef de travaux, qui supervisait l'ensemble des équipes, commençait à soupçonner de la malveillance de la part de certains ouvriers. Il s'en était ouvert à Pierre Lambert :

— J'ai l'impression que depuis l'effondrement du ponceau, en juillet dernier, on fait tout pour ralentir les travaux.

— Avez-vous des preuves de ce que vous avancez, monsieur Dugas ?

— Les preuves matérielles ne manquent pas. Regardez vous-même.

Victor Dugas tendit une liste au jeune ingénieur. Celui-ci lut à haute voix :

— Disparition de matériel, hum... C'est courant sur tous les chantiers ! Machines à vapeur en panne : fait-on les révisions régulièrement ?

— Les mécaniciens sont toujours à pied d'œuvre. Et nous veillons à ce que jamais aucun ne manque.

— Effondrement d'une grue au cours de la nuit...

— Alors qu'elle était au repos !

— Était-elle bien arrimée ?

— Sans aucun doute !

— Le vent ?

— Pas de vent cette nuit-là.

— Des victimes ?

— Heureusement aucune. Seulement des dégâts matériels.

Pierre poursuivit sa lecture à voix basse.

— Certes, reprit-il, la liste est longue. Vous soupçonnez quelqu'un en particulier ?

— Je n'ai pas le temps d'enquêter, ce n'est pas mon travail. J'ai suffisamment à faire avec mes hommes.

— Avez-vous remarqué des signes d'hostilité entre les équipes ? Entre corps de métier, il y a souvent des rivalités !

— Pas plus que d'habitude.

— Et entre nationalités, pas d'animosité ? Les ouvriers étrangers sont-ils bien intégrés ?

— Vous savez comme moi que les Piémontais et les Italiens n'ont pas bonne réputation. Mais ce sont de bons travailleurs.

Ce soir-là, Pierre n'apprit rien de plus que ce qu'il savait déjà. Les chantiers du rail étaient partout marqués par les mêmes problèmes, les mêmes oppositions entre les hommes. Mais il savait aussi qu'en cas de malheur tous se serraient les coudes.

Ruben revoyait régulièrement son ami à l'auberge de Chamborigaud. Tous deux aimaient s'y retrouver seuls, à l'écart de la table familiale où les gens de passage côtoyaient ceux du chantier. L'établissement était une fière bâtisse aux murs gris, en pierre du pays. Ancien relais de poste sur la route de la Lozère, elle était devenue le lieu de rendez-vous des travailleurs les plus nantis du chantier, surtout des compagnons. Ceux-ci se regroupaient autour de la grande table et, ensemble, journaux dépliés devant eux, ils refaisaient le monde à leur manière. Tailleurs de pierre et charpentiers parlaient de leur devoir et des ouvrages auxquels ils avaient tous participé. Hommes très intègres, d'apparence austère, ils se distinguaient des autres travailleurs qui, parfois, se mêlaient à eux.

Le samedi soir, après la semaine de travail, l'auberge ne désemplissait pas. Les groupes se constituaient par affinité et par corps de métier.

Soupçons

Dans une atmosphère enfumée, les hommes se débridaient, faisant couler le vin du pays à l'excès. L'ambiance s'échauffait vite. Les uns jouaient au violon des airs de leur région, d'autres entonnaient des chansons de partout et d'ailleurs, parfois même les plus exubérants amorçaient quelques pas d'un quadrille qu'ils cadençaient en frappant dans leurs mains. On poussait les tables, on s'alignait au centre de la pièce et, comme un seul homme, tous se mettaient en piste. Une fille de salle, Madeleine, animait parfois la soirée, toujours très convoitée par les hommes les plus éméchés.

Le patron l'avait embauchée à Marseille, comme chanteuse, pour les fins de semaine et les jours de fête. Les autres jours, Madeleine servait les clients à table et faisait les chambres. Les Italiens l'appelaient Mado.

« Mado par-ci ! Mado par-là ! »

L'aubergiste était ravi. Jamais son tiroir-caisse n'avait été aussi rempli.

— Pourvu que ça dure ! soufflait-il à Pierre, son client préféré.

Pierre souriait. Mais Ruben, lui, restait de marbre.

— Déride-toi donc ! lui disait l'ingénieur. Il n'y a pas de mal à s'amuser. Mado n'est pas une fille de joie. Mais elle donne beaucoup de bonheur à tous ces hommes qui travaillent dur toute la semaine et sont loin de chez eux, pour la majorité.

L'aubergiste avait été l'un des premiers du pays à s'enthousiasmer pour le passage de la future voie ferrée. À l'époque, il espérait renouveler sa clientèle qui ne comportait que des postillons, des transporteurs de marchandises, tous rouliers, des voyageurs de passage. Au plus tranquille de la saison morte, son activité tournait au ralenti et les clients se faisaient rares. Aussi s'était-il réjoui quelques années plus tôt, quand il avait appris l'arrivée du chantier. C'était, pour lui, l'assurance d'une activité sans trêve tout au long de l'année, l'espoir de s'enrichir. Car on lui avait certifié que la gare de Chamborigaud serait construite non au cœur de la petite cité, mais légèrement en retrait, à proximité de son auberge. Avec la voie ferrée, il escomptait donc transformer celle-ci en véritable hôtel de passage pour les voyageurs du rail. D'ailleurs, il avait déjà changé l'enseigne de son établissement qui s'appelait depuis le début des travaux : « hôtel de la Gare », et non plus : « Au relais ».

Toutefois les écuries abritaient toujours les chevaux des voitures, des chariots et des diligences ; signe que le temps était encore à la transition.

— Que voulez-vous, avouait-il à mots couverts à Pierre Lambert, comme pour ne pas le froisser, je ne peux pas refuser d'accueillir mon ancienne clientèle ! Mais, fini les bœufs et les tombereaux des bouviers ! Ils n'ont plus leur place dans les écuries d'un hôtel. Je ne les accepte plus. Il faut vivre avec son temps, n'est-ce pas ?

Pierre lui laissait entendre qu'il ne lui donnait pas tort. Mais il se gardait bien de lui dire ce qu'il pensait vraiment, ne voulant pas prendre parti dans une querelle des anciens et des modernes à laquelle, de par sa fonction, il aurait vite été jugé partial.

L'aubergiste soignait son ingénieur comme un véritable père et lui proposait souvent des petits plats qu'il ne présentait pas au reste de sa clientèle.

Soupçons

— Ce soir, j'ai une petite daube de sanglier dont vous me donnerez des nouvelles ! Mais soyez discret, je n'en ai pas pour tout le monde.

Plusieurs fois par semaine, il lui faisait l'honneur de ses talents culinaires : fricassée de lapin aux oignons, ragoût de mouton aux pommes de terre, blanquette de veau aux carottes de son jardin. De même, lui débouchait-il ses meilleures bouteilles de bordeaux et de bourgogne, qu'il goûtait avec lui pour s'assurer que le vin ne fût pas bouchonné.

— Le vin du Languedoc, c'est bon pour le pichet ordinaire ! osait-il avouer. Pour ces boit-sans-soif d'Italiens !

— À propos d'Italiens, demanda Pierre, vous n'avez rien remarqué de particulier ? Vous êtes bien placé pour tendre l'oreille et percer les petits secrets d'alcôve.

— Ce sont de bons clients, un peu bruyants, certes, mais sans histoires. Je sais qu'ils courent un peu les jupons dans les villages voisins. Ils ne se privent pas de s'en vanter. Mais en ce qui me concerne, je n'ai rien à leur reprocher.

— Vous n'avez pas entendu parler des ennuis que nous avons rencontrés sur le chantier depuis quelque temps ?

L'aubergiste s'assombrit. Il fit mine de réfléchir, puis avoua :

— Non, je suis au regret. Je n'ai rien entendu. Vous savez, ici, les gens vont et viennent.

Il s'excusa et repartit à ses fourneaux, prétextant qu'un plat commençait à se *rabiner*[1].

---
1. Brûler.

— Son attitude me paraît bien étrange tout à coup, confia Pierre à son ami.

— Je crois qu'il sait quelque chose, mais qu'il ne veut pas ou n'ose pas parler.

Ce soir-là, les deux hommes n'en apprirent pas davantage.

Avant de quitter son ami, Ruben lui demanda :

— Tu es retourné au Fournel ?

Pierre parut gêné.

— Pourquoi cette question ?

— Ma mère m'a écrit. Elle me raconte que tu leur as de nouveau rendu visite.

— C'est exact. J'y suis allé un de ces derniers dimanches.

— Tu aurais pu m'en parler. Je t'aurais remis une lettre.

Pierre n'avait pas osé avouer à son ami que ses pas l'avaient conduit au Fournel dans l'espoir de revoir Sarah.

Sur le ballast, les accidents corporels étaient fréquents, mais ils n'avaient pas la gravité de ceux qui touchaient les tunneliers, les charpentiers et les maçons des viaducs. Toutefois, beaucoup d'ouvriers se retrouvaient soudain au repos forcé, un bras dans le plâtre ou momentanément bloqués dans un lit de l'infirmerie du camp.

Ruben en fit la première fois la triste expérience pendant l'hiver. Avec sa brigade, il procédait à la mise en place des derniers rails à l'entrée d'un souterrain, dans la vallée de l'Andorge. Le ballast était entièrement équipé. Les drains permettaient aux eaux de ruissellement de s'écouler sans mettre l'ouvrage en péril. Les murs de soutènement étaient partout consolidés par des arcs-boutants en pierres appareillées. Les ingénieurs et chefs de travaux en effet craignaient toujours les poussées de terrain après les fortes pluies. Ils savaient qu'il fallait bien drainer et renforcer le ballast aux endroits où celui-ci était le plus bétonné. Les murs de faïsse éventrés leur rappelaient, au besoin, que les eaux de ruissellement pouvaient occasionner de terribles ravages.

Les coltineurs avaient fini de poser les traverses – deux traverses au mètre pour respecter les normes en vigueur. C'était un travail long, qui mobilisait beaucoup d'hommes et nécessitait de nombreux convoyages. Aussitôt, les menuisiers leur avaient succédé pour saboter les poutres de chêne. Il ne restait plus qu'à fixer les coussinets de fonte dans les entailles qu'ils venaient de pratiquer et à poser les rails. Les équipes de poseurs étaient déjà à pied d'œuvre.

Ruben avait vite appris son nouveau métier. Toutefois, il lui manquait encore ce coup de reins nécessaire pour le « jeter de la barre », qui ferait de lui un poseur émérite.

— Observe bien les hommes, lui avait conseillé son chef d'équipe, le premier jour où il avait pris place dans sa brigade. Le travail se déroule en trois temps : le « soulever » ; là, tu bloques bien tes abdominaux. Sache qu'un rail, c'est quarante kilos par mètre, et les barres font jusqu'à dix mètres. N'oublie surtout pas de te ceinturer les reins !

— À la ferme, c'est la première chose que nous faisons, quand nous partons aux champs.

— Deuxième temps : le « porter ». C'est plus facile. Mais il faut te méfier quand même. Parfois il arrive que le rail échappe des mains, surtout quand il est glissant. Attention aux pieds ! Jamais sous la barre, les pieds !

Ruben écoutait et observait avec attention.

— Enfin, le plus délicat : le « jeter ». Il faut poser le rail sur les traverses après l'avoir enjambé. À ce niveau, le danger, ce sont les mains. Il faut tous travailler en parfait synchronisme. Sinon, adieu les doigts ! Il faut donner le coup de reins final tous en même temps. Il ne reste plus alors qu'à abouler le rail en le tirant sur sa longueur afin de l'aligner avec les autres. Tu vois, c'est pas bien sorcier. Il suffit d'être très attentif et très appliqué. Un rail mal posé, c'est un train qui déraille !

Ruben prit vite conscience de la responsabilité de sa nouvelle tâche. Il n'en fut que plus fier. Il apprit chaque geste avec minutie, respectant les consignes à la lettre, ainsi que les règles de sécurité. Il savait que de sa vigilance dépendait le sort de ses camarades d'équipe.

Plus que jamais il ressentit cet élan de solidarité et d'entraide qui animait les ouvriers du rail.

Le chef de brigade donnait toujours le tempo :

— Un, deux, jetez ! criait-il.

Il ne restait plus qu'une dizaine de rails à poser et à aligner avant d'attaquer le passage du tunnel. Dans ce dernier, le travail serait plus délicat, car l'obscurité rendrait la manœuvre plus périlleuse. L'équipe serait relevée, afin que des hommes reposés prennent la suite.

Soupçons

C'était la veille de Noël. Ruben pensait rentrer au Fournel pour deux grands jours, dès le lendemain matin. Il n'y était pas retourné depuis la fameuse Pentecôte endeuillée, et il avait hâte de revoir Marie pour lui parler enfin à cœur ouvert.

Pierre l'avait averti qu'il ne l'accompagnerait pas, ayant l'intention de remonter dans le Nord pour rendre visite à sa famille.

— Avec le train, j'y serai vite ! Je serai chez moi en vingt-quatre heures. Le plus long, c'est de changer de gare. Quand la ligne Alais-Clermont-Ferrand-Paris sera ouverte, ce sera beaucoup plus facile de rejoindre le Nord à partir des Cévennes !

Ruben n'avait pas répondu. Il lui tenait toujours un peu rigueur de ne pas l'avoir prévenu, quand il se rendait à Falguière. Car Pierre lui avait avoué y être retourné plusieurs fois, pour une journée seulement, toujours à cheval.

Il était tout à ses pensées, l'esprit ailleurs, tendu vers le Fournel et vers Marie.

— Lapierre ! Tu dors ! lui cria le chef de brigade. Si tu continues, tu vas recevoir le rail sur les pieds ! Tu l'auras cherché !

Ruben se reprit. Mais son esprit ne pouvait se détacher de l'idée que Pierre n'avait pas souhaité l'accompagner à Falguière. Pourquoi donc ?

« Il y allait pour rejoindre Marie ! » se dit-il brutalement, comme s'il venait de découvrir la trahison de son ami.

Cette pensée fusa devant ses yeux comme un éclair. Il en fut décontenancé.

— Un, deux, jetez ! répétait inlassablement le chef de brigade. Lapierre, tes mains ! Bon Dieu, tu cherches l'accident ! Allez les gars, aboulez maintenant ! Dépêchez-vous, il faut finir avant ce soir. C'est pas encore Noël !

Ruben était déjà parti sur les chemins de son serre.

— Un, deux, jetez !

Il se sentit tout à coup rivé au rail, collé comme par un mystérieux aimant. Une intense brûlure s'insinua le long de son bras. Il ne sentit plus l'extrémité de son membre, mais seulement une violente douleur et un grand éblouissement qui le transporta vers Marie.

Il se réveilla à l'infirmerie du cantonnement, allongé dans un lit aux draps rêches et froids. À son chevet, une infirmière – une sœur à la coiffe blanche et empesée – tentait de lui ouvrir les paupières. Au-dessus du drap, il finit par apercevoir son bras gauche totalement déplié et emmailloté dans des bandes de coton. Il lui parut démesuré. À l'extrémité, sa main disparaissait dans un énorme pansement sanguinolent.

— Vous avez eu de la chance ! lui signifia la bonne sœur. Vous vous en sortez avec seulement deux doigts écrasés. Mais votre bras a bleui.

— Deux doigts écrasés !

— Vous garderez l'usage de votre main, ne vous inquiétez pas. Mais vous n'aurez plus que trois doigts. Heureusement, Dieu nous en a donné cinq à chaque main pour qu'on puisse en perdre quelques-uns sans être trop handicapé ! Cela ne vous empêchera pas de reprendre votre travail dès que votre bras aura désenflé et que votre main aura cicatrisé.

Soupçons

Ce Noël 1866, Ruben Lapierre le passa dans son lit d'hôpital, tandis que son ami Pierre Lambert remontait par le rail dans les brumes du Nord.

À Falguière, pendant ce temps, Sarah suivait dans son cœur celui qui, discrètement, au cours de ses visites incognito, lui avait avoué son amour.

Marie quant à elle, déçue, se rappelait avec un brin de nostalgie de ce jour de la Nativité où elle était arrivée au Fournel avec sa mère, pour la première fois. Dix ans déjà s'étaient écoulés.

XIX

Premières hostilités

RUBEN NE RESTA qu'une semaine à l'infirmerie. Les places étant comptées, celle-ci ne gardait pas très longtemps les blessés légers valides. Toutefois il ne put reprendre son poste immédiatement en raison de ses blessures qui n'étaient pas encore cicatrisées.

— Vous reviendrez dans un mois, dès que vous aurez retrouvé l'usage de vos deux mains, lui avait signifié le contremaître chargé du recrutement.

Il s'en retourna au Fournel, car, privé de son travail, il se trouvait aussi privé de toutes ressources. En cas de maladie ou d'accident en effet, les ouvriers du chantier ne bénéficiaient d'aucune assurance ni d'aucune indemnité. Pour les plus malchanceux, c'était la misère. Rares étaient ceux qui connaissaient l'existence de « la Famille », la société de secours mutuel initiée par Prosper Enfantin lui-même. Ils ne pouvaient alors compter que sur l'esprit de solidarité de leurs compagnons, ce qui ne manquait pas quand la victime laissait toute une famille dans le besoin ou une veuve sans moyens d'existence. Ruben avait entendu parler de cette société de secours mais ne s'en était pas préoccupé.

— Heureusement que tu peux compter sur les tiens ! lui dit son chef d'équipe. Avec vos fermes, vous, les paysans, vous ne manquez jamais de rien.

— La terre de nos Cévennes, malheureusement, ne peut nourrir tous ses enfants. C'est la raison pour laquelle nous partons sur les chantiers ou dans les mines.

— Reviens-nous vite ! Profites-en pour te reposer. C'est l'hiver ; tu n'auras pas trop à faire avec ton père.

Ruben semblait plutôt guilleret. L'idée de revoir Marie lui faisait oublier le malheur dont il venait d'être victime.

Quand Félicie le vit arriver, à la mi-janvier, la main encore toute enrubannée dans un gros pansement, elle ne put retenir son émotion :

— Moun Diou ! Que t'ont-ils donc fait, pour te mettre dans un tel état ?

Ruben la rassura aussitôt :

— Tranquillise-toi. Ce ne sont que deux doigts ! Il m'en reste huit. Ça aurait pu être plus grave.

— Si tu étais resté ici, là où est ta place, ronchonna Zacharie, ça ne serait pas arrivé !

— Un accident peut arriver n'importe où.

Pendant son séjour, il tenta de se rapprocher de Marie. Celle-ci le laissa s'épancher et écouta ses confidences, le cœur ouvert, tout en émoi. Mais elle ne put lui avouer la vérité qui sourdait en elle, chaque fois que le nom de Pierre revenait dans la conversation.

Il s'en aperçut très vite et se persuada un peu plus de la trahison de son ami. « Comment a-t-il pu me faire cela ? » pensait-il, le soir, quand il ne trouvait pas le sommeil.

Cependant, il ne comprenait pas pourquoi Marie semblait si triste. Était-ce à cause de l'absence de Pierre qui, depuis plusieurs semaines, n'était plus réapparu au Fournel ? Le jeune ingénieur, de retour du Nord, s'était empressé de rendre visite à son ami à l'infirmerie du cantonnement, la veille de sa sortie. Il lui avait expliqué que ses supérieurs lui avaient confié une lourde tâche qui ne lui permettrait pas de se rendre au Fournel avant longtemps. Ruben crut qu'il s'agissait, de sa part, d'une façon élégante de lui demander de le faire savoir à Marie.

— Je me fiche pas mal de ton ami ! lui dit celle-ci, un soir, alors qu'ils aidaient Zacharie à l'agnelage. Pourquoi me parles-tu de lui comme si c'était moi qui avais ses préférences ?

Ruben resta stupéfait :

— N'est-il pas revenu plusieurs fois pour toi seule ?

— Tu ferais mieux de le demander à Sarah !

Marie ne pouvait cacher son chagrin.

— C'est donc pour ma sœur que Pierre venait faire le beau au Fournel en mon absence !

— Oh, il ne se montrait pas ! Il lui donnait rendez-vous dans le *mazet*[1] de la vigne. Ton père les a surpris un jour. Il n'était pas très content. Sur le moment, il a fait l'étonné. Mais le soir, il a dit à Sarah ce qu'il pensait.

— C'est-à-dire ?

---

1. *Petite maison, cabanon.*

— Qu'il ne voulait plus qu'elle le revoie. Que c'était un catholique et qu'il n'était pas question que sa fille fréquente un papiste.

— Il n'a pas changé !

— Félicie n'est pas parvenue à le raisonner. Quant à Sarah – je ne devrais pas te le dire –, mais elle a continué de le voir. En cachette.

— C'est pour cette raison que Pierre a préféré ne rien me dire. Pour ne pas me mettre en porte-à-faux vis-à-vis de mes parents. Mais dis-moi, Marie, pourquoi es-tu triste, toi aussi, quand on évoque le nom de Pierre ?

— Moi ? Mais je ne suis pas triste !

Ruben comprit que Marie, à son tour, s'était amourachée de son ami. Mais connaissant maintenant la vérité, il s'en trouva soudain plus léger et se remit à espérer. Il se garda bien toutefois de forcer le temps à rattraper son retard et se promit de lui parler avant son départ.

Janvier étirait de longues écharpes de grisaille. Les terres étaient toutes saupoudrées de neige et le ciel laiteux se diluait à l'horizon. Les montagnes semblaient accrocher les nuages qui devenaient de plus en plus menaçants. Le vent soufflait en bourrasques furibondes et s'insinuait sournoisement sous les portes et les fenêtres disjointes.

— Je dois rejoindre le chantier, annonça Ruben par un matin de neige. Je ne veux pas être bloqué ici.

Puis, prenant Marie en aparté :

— Si tu le veux toujours, je t'emmènerai là où j'irai. Quoi qu'il arrive, jamais je ne partirai sans toi.

Premières hostilités

La jeune fille accrocha de nouveau un sourire à son visage, s'approcha de Ruben et se blottit tout contre lui.

— Laisse-moi encore un peu de temps, lui dit-elle, afin que mes yeux cessent de te voir comme un frère.

Les travaux se poursuivaient le long de la voie. Et, avec eux, les incidents se multipliaient. Tantôt c'était un wagonnet qui se renversait sur le talus, tantôt c'était un mur de soutènement qui s'écroulait. Des rails s'arrachaient au moment des premiers essais, et il fallait tout recommencer.

Un jour, la locomotive qui servait à tester la solidité du ballast et la bonne fixation de la voie dérailla, arrachant rails et traverses, et se coucha sur le flanc. La vapeur s'échappait de ses entrailles brûlantes et s'épandait dans la vallée comme une traînée de brouillard impénétrable. Les bielles et les roues tournaient à vide dans un bruit d'enfer. Le monstre, rendu impuissant, semblait agoniser et crachait ses derniers jets de feu, repoussant les hommes venus au secours du pauvre mécanicien resté bloqué dans sa prison d'acier.

Deux énormes grues furent amenées sur les lieux à l'aide de nombreux chariots assemblés, tirés par plusieurs dizaines de bœufs. Les bouviers durent cent fois renouveler leurs manœuvres afin de synchroniser leurs attelages, effrayés par le bruit et l'effervescence qui régnaient autour de la carcasse métallique toute déglinguée. Des hommes furent brûlés par les jaillissements bouillants de vapeur, d'autres faillirent se laisser coincer sous les tôles d'acier qu'ils tentaient de débloquer. Plus d'une dizaine d'heures fut nécessaire pour dégager le mécanicien, qui s'en tira par miracle avec une fracture de la jambe et quelques ecchymoses.

Une cinquantaine de bœufs furent attelés d'un côté de la machine pour soulager les grues qui tentaient de soulever et de remettre celle-ci sur ses rails. Lorsque le mastodonte fut enfin redressé, une équipe de mécaniciens vint procéder aux réparations et s'assura que ni la chaudière tubulaire ni le foyer n'avaient été endommagés.

Tous les ingénieurs du chantier furent mobilisés, prêts à intervenir sur les ordres de l'ingénieur en chef. Celui-ci ne décolérait pas. Cet incident avait fait perdre une semaine supplémentaire.

— Messieurs, dit-il à ses seconds, notre retard s'accroît au fil des jours. Nous ne serons jamais prêts pour la fin de l'été. Je vous demande, chacun dans son domaine, de faire accélérer les travaux. À partir d'aujourd'hui, vos équipes travailleront en continu, vingt-quatre heures sur vingt-quatre, y compris le dimanche et les jours fériés. Je ne saurais admettre d'autres retards. Et j'aimerais qu'on me trouve les responsables de tous ces manquements.

Ruben fit grise mine. Il espérait pouvoir rentrer au Fournel à Pâques et profiter de deux longs jours de pause.

Depuis son accident, il avait revu Pierre Lambert plusieurs fois et, ensemble, ils avaient évoqué leurs démêlés sentimentaux respectifs. Ils en avaient bien ri.

Premières hostilités

— Ainsi, tu me croyais capable de te ravir celle que tu aimes ? s'étonna Pierre. Tu me juges bien mal, mon ami !

— Tes cachotteries n'ont fait que me conforter un peu plus dans mon erreur.

— Comment aurais-tu agi envers moi si tu avais su que ton père ne voulait pas de ma liaison avec ta sœur ? J'ai craint simplement pour notre amitié.

— Je ne t'aurais pas condamné. Tu es mon ami. Et je connais mon père : c'est un brave homme. Il finira par se rendre à la raison.

Pierre semblait chagriné. Mais le motif n'était pas celui que Ruben soupçonnait. Il poursuivit :

— Pendant mon absence, ces dernières semaines, j'ai effectué une enquête, à la demande de mes supérieurs, à propos des incidents qui ont eu lieu sur le chantier.

— Et alors ?

— J'en ai conclu que beaucoup étaient intentionnels.

— Veux-tu dire que des hommes ont volontairement causé des accidents en mettant en péril la vie de leurs camarades ?

— J'en ai la ferme conviction. Et je soupçonne que certains se soient fait engager pour mieux saboter le travail.

— As-tu des preuves de ce que tu avances ?

— Seulement des présomptions. Cela est trop grave pour accuser sans certitude.

Ce qu'avait découvert Pierre Lambert avait de quoi répandre un véritable feu de paille dans la région. Plusieurs ouvriers terrassiers, embauchés depuis moins de six mois, étaient d'anciens journaliers agricoles provenant du domaine de Montcalme, propriété d'Albert de Chamfort. Celle-ci, située entre Villefort et La Bastide sur les contreforts de la Margeride, était entièrement traversée par la future voie ferrée et avait fait l'objet d'importantes procédures d'expropriation. Les tractations avaient été difficiles. Le comte, un vieil aristocrate, s'était violemment opposé à ce que ses terres soient saignées à blanc – selon sa propre expression. Il avait refusé toute entente amiable avec les représentants du P.L.M. Ceux-ci, cependant, avaient fait de grosses concessions afin que sa propriété subît le moins de préjudices possible. Ainsi avaient-ils proposé d'allonger le tracé initial et de construire un ponceau supplémentaire au-dessus d'un valat pour éloigner la ligne des fenêtres du château. De ce fait, la voie disparaissait derrière des collines à plus d'un quart de lieue.

Mais Albert de Chamfort s'entêta et ne voulut rien savoir. Il fut donc exproprié de force et ne put s'opposer davantage à la loi. Les gendarmes s'étaient rendus sur ses terres le jour des premiers travaux afin d'éviter tout risque de dérapage avec les ouvriers. Le vieux comte, la mort dans l'âme, avait fini par renoncer. Mais, depuis la date du décret d'expropriation, il se refusait à parlementer avec les ingénieurs de la Compagnie. Ces derniers, toutefois, avaient reçu l'ordre de le ménager et avaient donc, sans son accord, adopté le tracé le plus éloigné du château et le plus coûteux.

Pierre Lambert avait découvert qu'un homme du comte était toujours présent sur les lieux des différents incidents. Jamais le même, comme si l'on avait

Premières hostilités

voulu prouver qu'il s'agissait d'un pur hasard. Son attention fut également aiguisée par les rumeurs qui circulaient dans les cantines, sur tous les chantiers. Ces bruits tendaient à démontrer que le vieil aristocrate n'avait pas désarmé et était prêt à reprendre le combat pour que la voie ferrée ne traversât pas ses terres. Tel un don Quichotte bataillant contre la force du vent, il se battrait jusqu'au bout, disait-on, et n'abdiquerait jamais.

L'ingénieur en chef avait fait part des soupçons de Pierre aux gendarmes. Ceux-ci avaient enquêté auprès des équipes qui étaient de faction lors des incidents et avaient questionné les suspects. Mais ils n'avaient rien pu prouver. Et, faute de preuves, l'enquête fut suspendue.

— Il y a eu mort d'homme lors de l'écroulement du ponceau ! s'indigna Ruben.

— Personne ne peut mettre en doute la compétence des ouvriers, expliqua Pierre. De plus, les maçons qui ont construit cet ouvrage étaient des Cévenols issus de vallées éloignées. Seuls deux manœuvres étaient des hommes du comte. On ne voit pas comment, à eux seuls, ces deux-là auraient pu saboter la construction du pont. Il aurait fallu que toute l'équipe soit de connivence pour fermer les yeux sur la qualité du mortier ou pour accepter de mal monter les moellons. Non, c'est impossible ! C'était trop risqué de leur part. As-tu songé au danger qu'ils auraient tous encouru à bâtir un édifice mal consolidé depuis la base ?

Pierre semblait inquiet à l'idée que des esprits malintentionnés pussent encore nuire à la bonne continuation du chantier et mettre des vies en danger.

— Cela ne doit pas nous empêcher de poursuivre, ajouta-t-il pour ne pas s'enferrer dans ses craintes.

Les mois passèrent. Les beaux jours réapparurent et, avec eux, les journées de travail s'allongèrent.

Entre La Grand-Combe et le viaduc de Chamborigaud, la voie était entièrement terminée. On procédait aux derniers essais. Entre le Luech et Villefort, les travaux étaient également bien avancés. Les équipes de maçons achevaient les derniers ouvrages d'art ; partout, le ballast était approvisionné et bien établi ; la plupart des bâtiments étaient en cours. La pose des rails pouvait commencer.

Ruben avait été envoyé avec sa brigade en amont du viaduc et s'affairait à prolonger la voie en direction de Villefort. Il avait repris son poste sans trop de difficulté, mais s'était bien juré de ne plus jamais se laisser distraire.

— J'espère que ton accident t'aura servi de leçon, lui dit son chef de brigade. Encore un accident de ce genre et tu es estropié à vie ! Tu n'as pas envie de rentrer manchot dans ton village ?

— Ne vous inquiétez pas, chef, dorénavant je serai vigilant.

Depuis qu'il savait Marie libre de toute attache, Ruben travaillait avec plus d'ardeur et plus d'attention. Dans son équipe, il devint très vite l'élément moteur. Le « jeter » n'avait plus de secret pour lui et son coup de reins était irréprochable. Il acquit l'œil le plus exercé pour abouler les rails et les ajuster au millimètre près. De sorte que plus jamais son équipe ne dût s'y reprendre à deux fois pour jeter, abouler et fixer les barres métalliques.

— À la bonne heure ! s'exclamait le chef de brigade, content de ses ouvriers. Vous êtes la meilleure équipe de poseurs du chantier.

Les hommes, tous des Cévenols des environs, se sentaient réconfortés par ces paroles d'encouragement et se montraient encore plus soudés entre eux. Ruben leur parlait souvent de l'idéal de compagnonnage dont il était imprégné. Et, sans être lui-même membre de la confrérie, il se faisait volontiers son interprète. Ses camarades finissaient par l'écouter d'une oreille attentive.

Le 1er mai 1867, le viaduc de Chamborigaud fut enfin achevé. Les délais avaient été mieux que respectés, les efforts de toutes les équipes récompensés.

— L'inauguration de la ligne aura donc lieu plus tôt que prévu, se réjouit l'ingénieur en chef.

Tous ses ingénieurs et architectes étaient réunis autour de lui. Son logement, situé au centre du cantonnement, ne désemplissait pas. Il y régnait une atmosphère de fête à laquelle seuls les cadres, les chefs d'équipe et les contremaîtres avaient été conviés. Les ouvriers, quant à eux, s'apprêtaient à lever le camp et fêtaient, à leur manière, la fin des travaux dans les cantines, où l'effervescence était à son comble. Tous parlaient du premier train qui viendrait d'Alais et passerait sur le nouveau viaduc, et buvaient déjà en l'honneur de cet événement qui marquerait le vrai commencement de la ligne des Cévennes.

Les tables croulaient sous le poids des pots et des pichets de vin. Les hommes parlaient haut et échangeaient leurs impressions, transformant souvent les incidents et les moments difficiles qu'ils avaient rencontrés en bons souvenirs. Les terrassiers se mêlaient aux tailleurs de pierre, les menuisiers aux forgerons, les carriers aux artificiers, les palefreniers aux charpentiers, les Cévenols aux Bretons, aux Flamands, aux Basques et aux gars de la Creuse, les Italiens aux Belges et aux Polonais. La cantine était devenue le creuset de toutes les nations, le berceau de la fraternité.

Ruben s'était laissé aller. Et, tandis que son ami Pierre festoyait de son côté avec les cadres de la Compagnie, lui se réchauffait le cœur avec les sans-grade, les chevilles ouvrières des grandes œuvres, sans lesquelles jamais rien ne serait accompli.

L'heure de la nuit était déjà bien avancée, quand la porte de la cantine s'ouvrit brutalement. Personne, sur le coup, ne réagit à l'intrusion de l'inconnu. Celui-ci, à bout de souffle, encore tout empourpré d'avoir couru à grandes enjambées, s'écria à tue-tête :

— À moi la ligne ! À moi la ligne !

À ces mots, toutes les oreilles se dressèrent. Les bouches se turent. Un grand silence se fit de table en table. L'homme répéta plus calmement :

— À moi, la ligne ! Une bande de vauriens est en train de tout saccager.

Comme un seul homme, tous se levèrent et entourèrent le malheureux qui ne put en dire plus, tellement les cris de stupeur et les exclamations de colère fusaient autour de lui. Un compagnon monta sur une table, se couvrit de son chapeau enrubanné, réclama le silence.

— Compagnon, explique-toi !

L'homme s'approcha. Lui aussi arborait l'habit noir des compagnons du Devoir et portait encore son chapeau de feutre sur la tête. La foule s'écarta et fit autour de lui un cercle pour le laisser s'exprimer.

C'est alors que Ruben reconnut Étienne Lecœur, le tailleur de pierre qui l'avait conduit sur le chantier dix-huit mois plus tôt.

— Le temps presse ! Des individus sont en train de déboulonner les rails à l'entrée du viaduc. Ils veulent faire dérailler le train d'inauguration.

— Il faut y aller ! s'écria l'autre compagnon, perché sur sa table.

Tous se ruèrent vers la porte de sortie et, en cortège désordonné et furibond, se dirigèrent vers le viaduc. Ruben laissa passer la foule et s'approcha de son ancien camarade.

— Je me demandais où tu étais passé depuis tout ce temps !

Étienne Lecœur l'étreignit.

— Je travaille sur le viaduc de l'Altier après Villefort. Quand j'ai appris que vous aviez achevé la section La Levade-Chamborigaud, j'ai accouru pour me rendre compte. C'est en longeant le ballast que j'ai surpris cette équipe de brigands.

Les deux hommes remirent à plus tard l'évocation de leurs expériences et se joignirent au flot de leurs compagnons en colère.

Ceux-ci faisaient un tel vacarme en se déplaçant le long de la voie, que leurs clameurs s'entendaient à des lieues à la ronde. Surpris dans leur méfait, les bandits fuirent sans attendre d'être rattrapés, laissant sur place clés, pioches et barres à mine.

L'un d'eux toutefois laissa une preuve de son appartenance.

— Ce sont les rouliers ! s'exclama quelqu'un dans la foule. Regardez cette sacoche ! C'est celle d'un postillon.

L'incident fut réparé dès le lendemain. Des équipes partirent vérifier l'état du ballast, de la voie et des ouvrages d'art entre le Luech à La Levade et ne remarquèrent rien d'anormal.

Une nouvelle enquête fut ouverte, sans résultat. Les coupables s'évanouirent de nouveau. Étaient-ils de connivence avec ceux des premiers sabotages ? Tout le monde se le demandait. Beaucoup finirent par le croire.

Le premier train franchit le viaduc du Luech quelques jours plus tard, le 23 juillet au matin. Ce fut la plus belle récompense pour tous les ouvriers du chantier, qui voyaient ainsi leurs efforts récompensés après dix-neuf mois de dur labeur.

Le 12 août suivant, la section La Grand-Combe-Villefort était ouverte et inaugurée officiellement par l'arrivée, en gare de Villefort, d'un train en provenance d'Alais. À son bord se trouvait le directeur du P.L.M. en personne, Paulin Talabot.

Ruben était au premier rang des curieux, venus nombreux ce jour-là accueillir le train de l'espoir. Entouré de ses amis, dont Étienne Lecœur avec qui il avait renoué connaissance, il fut tout à l'écoute des discours prononcés par les officiels qui se succédèrent à la tribune montée spécialement dans la nouvelle gare. Quand ce fut le tour de Paulin Talabot de s'exprimer, il ne put retenir sa fierté et chuchota à son ami :

— Quand j'étais gamin, j'ai fait le voyage La Grand-Combe-Alais en sa compagnie. Il m'a expliqué lui-même tous les détails de cette portion de ligne. Et, quand nous l'avons quitté, mon père et moi, il nous a serré la main !

TROISIÈME PARTIE

L'ACCOMPLISSEMENT

XX

Comme une armée en marche

CETTE ANNÉE 1867, le dénouement tragique de l'expédition française du Mexique porta un coup très grave au prestige de l'Empereur. Malgré ses velléités de rapprochement avec le monde ouvrier, Napoléon III n'était pas parvenu à gagner la sympathie ni l'adhésion des couches populaires du pays. Et son échec militaire, révélant les basses considérations commerciales du régime, venait ternir encore plus l'image d'un souverain vieillissant qui se voulait proche du peuple.

Malgré les récentes lois libérales, les mouvements sociaux se multipliaient, les tendances révolutionnaires se propageaient, les oppositions occupaient le terrain. En réalité, Napoléon III n'avait pas de pires ennemis que les ouvriers à qui, cependant, il avait accordé le droit de grève et pour qui il avait toléré le droit de constituer des syndicats.

Aussi les revendications sur le chantier se multipliaient-elles. Les conditions de travail et les bas salaires étaient au centre de toutes les discussions, le soir, dans les cantines. Les ouvriers les moins payés, terrassiers, taluteurs, mêlaient leurs voix à ceux qui encouraient le plus de risques, tunneliers, mineurs et artificiers. Ceux-ci, certes mieux rémunérés, réclamaient des augmentations de salaire et une diminution des heures de travail.

— Exigeons le respect des dix heures pour tous et sur toute l'année ! s'écriaient leurs représentants.

— Cinq francs par jour minimum ! renchérissaient les plus intransigeants.

Les lois de 1848 en effet, limitant la journée de travail à dix ou onze heures, n'étaient guère respectées, et les travailleurs n'avaient aucun recours en cas de chômage, d'accident ou de maladie. Les salaires, par ailleurs, n'augmentaient pas aussi vite que le prix de la nourriture et des loyers. La Compagnie avait même décrété que les ouvriers devaient être sur les rails d'une manière continue du 1er mai au 1er septembre, de 5 heures du matin à 7 heures du soir. Les repas, pour lesquels ils avaient droit à deux heures ou trois pendant les chaleurs, devaient se prendre aux moments fixés par le règlement. Enfin, les ouvriers devaient toujours être présents sur la voie, même pendant les repas ou malgré le mauvais temps[1].

De jour en jour, le mécontentement s'amplifiait, et des groupements de défense se constituèrent. Certains parlaient déjà de grève, d'autres d'aller séquestrer l'ingénieur en chef dans son bureau pour contraindre la Compagnie à négocier. Les plus vindicatifs se réclamaient des idées d'un Allemand, un certain Karl Marx, et de l'Internationale.

L'hostilité de l'Empereur à l'égard de cette dernière n'avait fait que rejeter un peu plus les ouvriers

---

1. D'après Albert Thomas, Le Second Empire, *Rouff éd.*

du côté des révolutionnaires partisans de l'insurrection. Dans toutes les manifestations, les mêmes cris fusaient des foules de plus en plus excitées :
— Vive la Sociale !
— Vive Blanqui !
— À bas les patrons !

La gendarmerie avait ordre de n'intervenir qu'en cas d'incident. L'Empereur n'avait-il pas accordé le droit de réunion ? Seules devaient être réprimées les violences, les manœuvres frauduleuses et l'atteinte à la liberté du travail.

Aussi, quand un piquet de grève tenta de s'opposer à ceux qui venaient prendre leur poste, fallut-il faire intervenir l'escadron de gendarmerie. L'incident eut lieu au moment où le chantier commençait à lever le camp et faillit tourner au drame. Certains ouvriers s'étaient rassemblés pour haranguer leurs camarades et les inciter à rester sur place tant qu'ils n'auraient pas obtenu une réponse positive à leurs revendications.

— Le viaduc est terminé, s'écria l'un de leurs chefs, profitons-en pour arrêter là la progression de la voie. Si aucun de nous ne va s'embaucher sur un autre chantier, si nous bloquons la poursuite des travaux, ces messieurs du P.L.M. finiront par nous écouter.

— Ils embaucheront des étrangers ! rétorquèrent les adversaires du coup de force. Et nous serons Gros-Jean comme devant ! Ils achèveront la ligne sans nous.

— Écoutez camarades ! Nous savons nous montrer solidaires quand l'un de nous est dans le malheur ou quand les ennemis du chemin de fer viennent saboter notre travail. Soyons-le maintenant pour obtenir, tous ensemble, des améliorations de nos conditions de vie ! Refusons d'engraisser les nantis, les gros de la finance qui spéculent sur notre dos et font de notre sueur le ferment de leur enrichissement. Le gouvernement a lâché du lest, agissons ensemble pour qu'il en lâche davantage, et obligeons la direction de la Compagnie à nous écouter !

Les travailleurs du chemin de fer étaient partagés. Les « Rouges », partisans de la grève, regroupaient les cheminots proprement dits, gens du dépôt et des ateliers de réparation, les roulants, ainsi que bon nombre d'ouvriers qualifiés du chantier. Ils étaient très actifs et véhiculaient les idées républicaines voire socialistes les plus avancées. Face à eux, les « Jaunes », comme les appelaient ceux qui les dénigraient, s'opposaient aux grèves et à la contestation. Ils regroupaient à la fois les cadres de l'exploitation, les bureaucrates et la plupart des paysans recrutés sur place pour les travaux de terrassement et de voiturage.

Ainsi, les plus mal payés se retrouvaient-ils aux côtés des plus nantis face à une masse d'ouvriers de plus en plus contestataire.

Ruben hésitait. Tout acquis aux idées sociales de son époque, républicain dans l'âme comme son grand-père et son père, il réagissait encore comme ses camarades issus de la terre, qui n'auraient jamais utilisé l'arme du travail pour atteindre leurs fins. À la ferme, l'idée même de grève était étrangère et saccager son outil de travail eût été considéré comme sacrilège.

Comme une armée en marche

De plus, l'amitié qui le liait à Pierre Lambert l'empêchait de prendre ouvertement parti pour les tenants de l'opposition pure et dure, quoiqu'il ne leur donnât pas tout à fait tort. Le jeune ingénieur, de son côté, l'avait prévenu :

— Il est inutile de répandre le désordre. Méfie-toi de ceux qui appellent à la révolte. Leur but n'est pas seulement d'obtenir des améliorations de salaire ou une diminution du temps de travail. Ils veulent le renversement du régime.

— Ce n'est pas moi qui m'en plaindrai, avoua Ruben en regardant autour de lui. Tu n'ignores pas qu'au Fournel nous n'aimons guère l'Empereur.

— Je m'en étais aperçu. Rassure-toi, moi non plus. N'oublie pas que mon père n'est qu'un modeste garde-barrière. Dans ce conflit, je suis certain qu'il serait de côté des Rouges.

— Alors, je ne comprends pas !

— Je suis pour la légalité. Louis Napoléon a été contraint de s'adapter à son époque. De lui-même, il a accordé depuis bientôt dix ans des lois pour démocratiser son régime.

— Il vieillit. Le monarque chancelle sur son piédestal !

— Peut-être. Ou bien il subit la bonne influence de son entourage. La législation d'aujourd'hui protège beaucoup plus les ouvriers qu'autrefois. Ce n'est qu'un début. Laissons aux députés la tâche de réformer la société. Il leur faut du temps pour convaincre les esprits les plus conservateurs, mais, avec de la patience, tout peut s'obtenir. On n'obtient rien par la précipitation et encore moins par la violence.

Sans prendre le parti des dirigeants de la Compagnie, Pierre, manifestement, condamnait toute entrave au bon fonctionnement du travail. Il déplorait l'agitation sociale qui nuisait au développement économique et ralentissait les grands projets industriels. Ruben sentit le premier qu'il valait mieux ne pas trop discuter de ce qui semblait les opposer. Il détourna la conversation.

— Qu'as-tu l'intention de faire pour Sarah ?

Pierre sourit :

— Tu as raison, Ruben, mieux vaut nous occuper de nos problèmes de cœur !

— Tu ne me réponds pas !

— Pour Sarah ? J'avoue ne pas savoir comment m'y prendre. Je ne peux quand même pas l'enlever à la barbe de tes parents.

— Chez nous, on appelle ça l'*enlavement*.

— L'enlèvement ?

— Si tu veux. C'est une vieille coutume qui a cours quand les parents s'opposent au mariage de leur fille. Surtout en cas de bigarrat.

— De quoi ?

— Le bigarrat est une union mixte, entre un catholique et une protestante. Les fiancés s'enfuient quelques jours à l'insu de leurs parents, en ne prévenant que deux ou trois amis qui deviendront leurs témoins.

— Et après ?

— Quand les *enlevés* reviennent, ils rendent visite à leur famille pour obtenir le pardon et, si tout s'arrange, la réconciliation se concrétise par un mariage. Tu vois ce qui te reste à faire pour obtenir la main de ma sœur !

Comme une armée en marche

— Je crains fort que ton père s'entête !
— Ça, c'est une autre histoire.
— J'y réfléchirai.

Les manifestants ne parvinrent pas à bloquer le départ du chantier. Le peloton de gendarmes, armes sur l'épaule, se tint prêt à intervenir pour déloger le piquet de grève au moindre refus d'obtempérer. Il n'eut pas besoin de recourir à la force, pour le grand soulagement de l'ingénieur en chef qui craignait une effusion de sang de dernière heure. Étrangers et Cévenols, nombreux sur le chantier, persuadèrent les jusqu'au-boutistes qu'ils n'avaient rien à gagner à perdre des journées de travail trop précieuses, et qu'ils risquaient de se retrouver tous au chômage si la direction refusait ensuite de les réembaucher.

Car, la ligne étant posée, beaucoup d'ouvriers avaient l'intention de se présenter au bureau de recrutement de la Compagnie pour travailler soit à l'exploitation, dans les ateliers du dépôt d'Alais et dans les nouvelles gares, soit sur les autres chantiers qui étaient encore loin d'être achevés.

La gendarmerie, prévenue de la mise en route du chantier, avait dépêché tous ses effectifs pour encadrer les hommes tout au long de leur déplacement. L'avant-garde était partie installer le campement entre Villefort et La Bastide, en amont du cantonnement déjà établi près du viaduc de l'Altier. Bûcherons, débroussailleurs, scieurs de long, charpentiers et une brigade de terrassiers avaient donc pris les devants pour construire les nouveaux baraquements et les logements des ingénieurs. Ils n'étaient qu'une infime partie de l'armée qui s'apprêtait à se mettre en marche. Car il s'agissait bien d'une véritable armée qui allait reprendre la route. Des milliers d'hommes se déverseraient bientôt sur les pentes du mont Lozère. Pour la plupart, les ouvriers appartenant aux différents corps de métier avaient été réengagés par les entreprises concessionnaires, en dépit des incidents qui s'étaient produits avant le départ. Seuls quelques-uns, ceux qui furent signalés comme agitateurs, ne virent pas leur contrat renouvelé.

Sous l'escorte des gendarmes, le déplacement dura plusieurs jours, dans une atmosphère insolite de liesse, et d'appréhension de la part des habitants des hameaux traversés. Car les gens des chantiers n'avaient pas bonne réputation. Certains évoquèrent le passage des dragons du roi au temps, pourtant lointain, des guerres de Religion. Ce qui se racontait de bouche à oreille depuis plus de cent cinquante ans semblait s'opérer de nouveau sous leurs yeux ébahis, comme si le passé, dont leurs aïeux avaient été témoins, rejoignait le présent. Les pères de famille interdirent à leurs filles de traîner dans les rues au passage de cette étrange soldatesque aux accents parfois étrangers. Ils tinrent leurs épouses à la maison de crainte des enlèvements, et même davantage ! Les fenêtres se fermèrent, les portes furent barricadées, les poulaillers cadenassés. Partout se propagea la même crainte, comme si le chantier en marche n'était qu'une armée de loqueteux, mercenaires avides de rapines, de meurtres et de conquêtes.

Dans les rangs du cortège, ce n'étaient que cris, rires et chansons, un joyeux tintamarre s'élevant du matin au soir le long des routes empierrées des montagnes. Les paysans les plus opportunistes et les moins méfiants allèrent à la rencontre des hommes du rail qui passaient en groupe, la fleur aux dents et le sac en bandoulière, par corporation et par nationalité. Ils leur proposèrent les produits de leur basse-cour et de leurs terres, et organisèrent tout au long du parcours des marchés improvisés et braillards.

Les compagnons ouvrirent le cortège, chaque corporation se distinguant par son costume particulier. Les maîtres marchaient en tête, avec leur canne et leur chapeau enrubanné, suivis de leurs ouvriers et de leurs apprentis. Tailleurs de pierre aux doigts noueux et déformés, charpentiers aux épaules larges et carrées, forgerons aux bras d'acier et au visage marqué par le feu, carriers à la forte corpulence se succédèrent toute la journée jusque tard dans la nuit. Tous tenaient leurs outils soigneusement rangés dans des sacs qu'ils portaient en travers du dos.

Derrière eux arriva le régiment des artificiers, mineurs et tunneliers, hommes de tous les dangers, suivi par la troupe des brouetteurs, marchant sur deux files d'un pas lent et régulier, comme pour une parade. Puis vinrent les taluteurs et les terrassiers, la pelle et la fourche à ballast sur l'épaule ; ils formaient le gros des effectifs, un amalgame désordonné et bruyant où tous les patois se mélangeaient : ardéchois, cévenol du haut et du bas pays, auvergnat, caussenard, provençal.

Les bouviers, les vachers et les muletiers annoncèrent leur passage par un concert de sonnailles et de grelots qui évoqua un véritable départ en transhumance. Ils s'arrêtaient parfois pour donner à boire à leurs bêtes, ce qui créait la panique dans les rangs de derrière, un embouteillage digne des entrées de villes commerciales au moment des grandes foires. Ils déménageaient dans leurs chariots une montagne inextricable de poutres, de madriers, de planches de coffrage, ainsi que les pièces des grues démontées, des treuils, des palans et autres chèvres de levage. Les forgerons veillaient jalousement sur leurs enclumes et leurs foyers, pinces et marteaux sur l'épaule, et ne laissaient personne s'approcher de leurs précieux instruments de travail.

En queue de cortège, les roulottes de l'intendance transportaient les fourneaux des cuisines et les fours des boulangers. Elles formaient un convoi hétéroclite qui ressemblait davantage à une caravane de nomades circulant de foire en foire qu'au déplacement d'un chantier de chemin de fer. Les chevaux, tout empanachés de leurs huppes multicolores se cabraient à chaque ralentissement, hennissaient de panique, prenaient dangereusement le trot, mettant en péril le fragile équilibre de leur chargement.

Des filles, échappées à la vigilance paternelle, faisaient parfois un bout de chemin avec la troupe des trimardeurs, rougissant des remarques grivoises que ceux-ci leur adressaient. Les plus hardies osaient leur répondre ; certaines même acceptaient leurs invitations à boire un verre dans le prochain estaminet. Des amitiés nouvelles se nouaient le long du chemin, des amours d'un jour, qui donnaient raison à ceux dont la morale réprouvait de tels comportements.

Comme une armée en marche

Quand le cortège tira sur sa fin, apparurent les messieurs de la Compagnie : ingénieurs de deuxième classe, architectes et géomètres, certains en calèches, d'autres, dont Pierre Lambert, chevauchant leur propre monture. Tous portaient l'habit de bourgeois et le gibus. Précédé du caissier principal, qui circulait toujours sous bonne escorte, l'ingénieur en chef, quant à lui, tel le capitaine d'un navire, quitta le chantier bon dernier et suivit de loin son armée en route pour une autre campagne.

Ruben, de son côté, marchait au beau milieu de la piétaille et s'apprêtait à poursuivre, sur une autre portion de la voie, un destin qui l'éloignait du Fournel un peu plus chaque jour.

Après Chamborigaud, les travaux devenaient plus gigantesques encore et les chantiers plus nombreux. La ligne, contournant Pont-de-Rastel, franchissait le Landiol par un autre viaduc d'une centaine de mètres, puis s'engouffrait dans la montagne par une série de trois tunnels successifs pour déboucher dans la vallée de l'Homol, qu'elle devrait enjamber pour rejoindre Génolhac.

Sur le parcours, Ruben ne cessait de s'extasier devant les travaux colossaux que les hommes, dans leur folie des grandeurs, avaient entrepris. Le viaduc du Luech, malgré sa magnificence, lui paraissait déjà bien modeste à l'égard de ce qu'il découvrait à présent. Partout ce n'étaient qu'empilement d'échafaudages, monticules de chaux et montagnes de pierres taillées, érection de palans et de grues, toutes plus élancées les unes que les autres vers un ciel inaccessible. Le ballast s'étirait à l'infini comme un serpent de mer, tantôt en déblai tantôt en remblai, entaillant le flanc des montagnes de saignées vives et ouvertes, et gravissait des pentes ahurissantes par des rampes qui dépassaient parfois les 25 mètres pour 1000 mètres. Pour atteindre Villefort, il fallait encore creuser six tunnels sur une longueur totale de plus de 2000 mètres et franchir le viaduc de la Malautière au passage du département de la Lozère.

Jamais de tels travaux n'avaient été entrepris pour établir une nouvelle voie ferrée. Ce qui, déjà, faisait dire à certains que cette ligne serait celle des « cent tunnels ».

À la fin du deuxième jour, alors que la lumière blonde du soir inondait encore les derniers contreforts du Lozère, Ruben arriva au terminus de la ligne. Villefort, où il s'était rendu une première fois pour voir arriver le train inaugural, était encore une petite bourgade rurale où se mêlaient les paysans descendus des trois montagnes voisines : le Lozère, le Bougès et le Tanargue ardéchois. Depuis l'arrivée du premier train, les rues du centre ne désemplissaient pas, à la grande joie des commerçants qui redoublaient d'activité. Sur le marché, les produits régionaux côtoyaient ceux de l'Ardèche voisine et ceux de l'Auvergne plus lointaine. Les régions se rapprochaient avant même que le train ne les unît définitivement, ce qui n'était plus qu'une question de deux ou trois ans, au dire des plus optimistes.

Le lent cortège traversa la petite ville pendant un jour et une nuit, dans le plus grand tumulte. Le peloton de gendarmerie se tenait sur ses gardes, prêt à intervenir au cas où « ceux de la ligne », comme on les appelait, rencontreraient les rouliers dont ils empruntaient les chemins. Certes, une partie du gros matériel avait été transportée par rail jusqu'à Villefort, mais une grande quantité chemina encore par la route avec les hommes.

À la sortie du bourg, le convoi s'écarta de la voie qui s'engouffrait dans la montagne par un tunnel de plus de 700 mètres et piqua droit au nord pour déboucher un peu plus en aval dans la vallée de l'Altier. Le paysage était grandiose, rude et sauvage de tous côtés. Les montagnes tombaient à pic d'une hauteur vertigineuse. En contrebas, le petit village de Bayard[1] semblait écrasé par les géants de granite qui le dominaient de plus de 1 000 mètres. À ses pieds, l'Altier coulait ses eaux fraîches et limpides, cherchant à se frayer un passage entre les blocs erratiques, et se faufilait plus à l'est vers les gorges du Chassezac.

Le chemin serpentait en direction de ses rives et s'approchait du village. Au loin, des centaines d'ouvriers s'affairaient encore, malgré l'heure tardive. L'eau de la rivière avait été détournée et une douzaine de culées de béton sortaient de terre comme d'énormes verrues. En aplomb, à 70 mètres de hauteur, le ballast semblait prendre son envol dans les airs au sortir de la bouche d'un tunnel en construction.

Ruben n'eut pas à se faire expliquer le chantier. Il comprit aussitôt que la voie, à la sortie de la montagne qu'il avait contournée après la gare de

---

1. Aujourd'hui englouti sous les eaux du barrage de Villefort.

Villefort, enjamberait la vallée par un viaduc plus colossal encore que celui du Luech. Il tenta vainement d'imaginer l'ouvrage fini. L'œuvre lui parut si gigantesque qu'il ne parvint pas à en concevoir la réalisation.

— Pourtant la ligne passera bien là-haut ! lui confirma Pierre Lambert, qui, de l'arrière, l'avait rejoint au prix de quelques chevauchées au galop. Notre chantier va s'installer un peu plus en amont. Il y a beaucoup à faire sur cette portion de la ligne. Ce viaduc est un vrai défi aux lois de la pesanteur. Il sera le plus haut de tous et comportera onze arches de 16 mètres d'ouverture. Mais ce n'est pas tout ; entre l'Altier et Prévenchères, un autre exploit est en train de se réaliser.

— Un autre viaduc ? demanda Ruben.

— Non. Mais l'un des plus longs tunnels de toute la ligne : celui d'Albespeyres. Peut-être auras-tu l'occasion de t'y rendre avec ta brigade. Les travaux d'excavation ont commencé l'année dernière. C'est un sacré chantier !

Le défilé des hommes, des bêtes et des chariots poursuivit sa route dans la vallée du Morangiès en remontant la rive droite où plusieurs tunnels étaient en cours. Le soir du troisième jour, tous retrouvèrent l'avant-garde qui les avait précédés et qui achevait à peine l'installation des derniers baraquements. Ils reprirent aussitôt leurs quartiers et s'établirent, comme auparavant, par corporation et par nationalité. Le cantonnement était à l'image d'un camp romain : aussitôt levé, aussitôt réinstallé dans les mêmes règles, avec le même souci de préserver ce qui était déjà une tradition.

Comme une armée en marche

Le soir même, les cantines se remplirent d'une foule d'ouvriers tout exaltés à l'idée de reprendre l'œuvre pour laquelle beaucoup avaient quitté femmes, enfants, amis, dans le seul espoir de voir du pays et de participer à l'édification d'un monde moderne.

Dans la liesse générale, Ruben ne pensait plus à Marie, mais, en son for intérieur, quelque chose lui disait qu'elle l'attendait.

XXI

La fugue

L'AUTOMNE TIRAIT À SA FIN. Déjà les ramures des châtaigniers commençaient à se dépouiller et les premiers froids annonçaient un hiver rigoureux.

— S'il neige avant que les dernières feuilles ne soient tombées, bougonna Zacharie, il neigera sept fois dans l'hiver.

— Oh, ça ne s'est pas toujours vérifié ! objecta Samuel. Il ne faut pas prendre les dictons au pied de la lettre.

— En tout cas, ce froid précoce n'est pas de bon augure.

Falguière semblait se préparer à une offensive inhabituelle de l'hiver. Sans se concerter, les hommes avaient achevé les derniers travaux agricoles plus tôt que d'habitude. Ils avaient prétaillé les vignes sans tarder, effectué les labours d'automne et ensemencé bien avant l'heure, curé les ruisseaux sans attendre les dernières pluies de novembre, rentré tout le matériel qui pouvait traîner çà et là sur les faïsses.

Le village se ratatinait sur lui-même comme pour mieux lutter et se protéger contre un ennemi commun. Les paysans ne s'attardaient plus inutilement dehors et ne sortaient plus que pour faire pâturer leurs troupeaux sur les chaumes afin de ne pas entamer trop tôt la récolte de fourrage qui risquait de manquer si l'hiver s'éternisait. Ce que tout le monde craignait. Dans tous les mas, on avait fait grande provision de bois et de chandelles. Les femmes avaient déjà repris rouets et quenouilles, les hommes avaient doublé les protections de leurs bergeries contre les loups. Et le soir, à la veillée, tous mettaient plus de ferveur à chanter les psaumes comme pour mieux conjurer le sort en s'en remettant à la miséricorde divine.

Au Fournel, l'atmosphère était pesante. Les menaces de l'hiver rendaient les âmes moroses. Comme la majorité des familles, les Lapierre craignaient toujours une catastrophe. La maladie, les privations, un accident pouvaient remettre en question les gains de l'année écoulée et oblitérer l'avenir. Dans le village, Albert Rigoux et Baptiste Vergne avaient été contraints d'hypothéquer leurs biens après les grands froids de 1859-1860. Depuis, ils vivaient dans la crainte constante de l'huissier. Car lorsqu'un paysan avait perdu ses terres et sa ferme, il lui était très difficile de retrouver un bail de métayer pour survivre. Les propriétaires se méfiaient, prétextant que c'était l'incompétence et non la malchance qui les avait réduits à la mendicité. Ils préféraient confier leurs terres à un métayer venu d'ailleurs et qui n'était pas entaché par l'ombre de la faillite.

Mais ce qui chagrinait davantage Zacharie n'était pas la situation de son mas. Il savait ses terres bien tenues, son bétail à l'abri. Samuel abattait plus de

La fugue

travail que lui-même, et personne sous son toit ne souffrait de maladie.

— Alors pourquoi rouscailles-tu sans arrêt ? lui demandait Félicie.

En réalité, Zacharie ne pardonnait pas à Sarah de lui avoir caché qu'elle rencontrait Pierre Lambert à son insu. Lorsqu'il les avait surpris tous les deux dans le mazet de sa vigne, certes, il avait pris sur lui pour dissimuler son courroux devant le jeune ingénieur, ami de son fils, par fierté, mais aussi pour ne pas se déconsidérer devant sa propre fille. La discussion qu'il avait eue avec elle, aussitôt après son retour au mas, avait failli tourner au drame. Zacharie, ne retenant plus sa colère, s'était emporté, jurant sur tous les saints que ce « satané papiste » ne remettrait plus les pieds chez lui. Ni Félicie ni Samuel n'étaient parvenus à le calmer.

Sarah s'était réfugiée dans les bras de Marie pour épancher sa peine. Celle-ci était aussi affligée qu'elle et n'avait pas trouvé les mots justes pour la consoler. Depuis ce jour, le père et la fille ne se parlaient plus que pour exprimer le strict nécessaire. Zacharie ne décolérait pas et soupçonnait Pierre Lambert des pires intentions.

— Ces gens de la ligne, tous les mêmes ! On me l'avait bien dit : des trousseurs de jupons, des mécréants, des sans-dieux !

— Tu exagères ! lui avait répliqué Félicie. Tu sais aussi bien que moi que Pierre est un jeune homme bien élevé et aussi croyant que nous tous. Tu prends prétexte de nos différences de religion pour justifier ton emportement. Ce n'est pas digne d'un bon chrétien.

Les foudres de Zacharie cependant n'avaient pas empêché Sarah d'aller rejoindre Pierre, quand celui-ci la fit prévenir de son retour quelques semaines plus tard. L'ingénieur l'avait contactée par l'intermédiaire de Marie qu'il s'était arrangé pour rencontrer un jour qu'elle gardait seule les chèvres sur la crête. La jeune fille, d'abord surprise, avait refusé d'être le chaperon de celui pour qui son cœur s'était également épris lors des funérailles d'Abraham. Puis, devant son insistance, elle avait accepté un billet écrit de sa main, destiné à Sarah.

Depuis, Marie ignorait tout des agissements de son amie. Celle-ci s'était retranchée dans un profond mutisme qui exaspérait encore plus son père mais lui laissait croire qu'elle avait mis fin à sa relation avec Pierre Lambert.

Zacharie ne surveillait pas sa fille. S'il était un homme entier et quelque peu bourru, il n'avait pas un mauvais fond. Il aimait la vertu et la droiture, et ne nourrissait aucun vil ressentiment. Seuls ses principes faisaient de lui un être rigide, peu enclin à accepter sans préalable de déroger aux sacro-saintes coutumes. Son univers était fait de pérennité et d'immuabilité, et ne souffrait pas de brusques dérangements. Seul le temps finissait, presque malgré lui, par lui faire admettre d'infimes insignes de changement.

— Pierre a été trop vite en besogne ! avait reconnu Félicie, un soir qu'elle s'épanchait devant Marie. Pourtant il aurait fait un beau parti pour Sarah. Nous ne pouvions espérer mieux. Zacharie oublie que nous ne sommes que des paysans.

La fugue

Marie n'avait su quoi répondre, tant son cœur se trouvait encore chaviré par sa propre déception.

— Et toi, petite, as-tu fait la lumière en toi vis-à-vis de Ruben ? Lui as-tu parlé ? Si tu l'acceptais en épousailles, tu apporterais un peu de soleil sous ce toit. Et Zacharie reviendrait peut-être sur sa position concernant Sarah.

— Je lui ai demandé d'attendre encore. Mais je crois qu'il a compris ce que je ressens pour lui.

Marie resta évasive et détourna la conversation en faisant mine de s'intéresser au sort de la veuve Descrières, qui venait de rendre visite au Fournel.

Augustine Descrières avait perdu son mari à la suite des événements de juin 1848. À l'époque, Roland Descrières montait dans la capitale à la fin de chaque automne pour louer ses bras sur les chantiers de construction. À l'approche du printemps, il redescendait pour les travaux agricoles et faisait les saisons jusqu'aux vendanges. Cette année-là, il fut pris dans la tourmente révolutionnaire et, en juin, il se trouvait encore à Paris. Le jeune gouvernement républicain venait de décider la fermeture des Ateliers nationaux et avait provoqué l'indignation des ouvriers. Ceux-ci s'étaient massés sur la place du Panthéon et, au cri de : « Du travail ou du pain ! Du pain ou du plomb ! », ils avaient commencé à lever des barricades. L'Assemblée avait répondu aux insurgés en confiant des pouvoirs dictatoriaux au ministre de la Guerre, le général Cavaignac. Une effroyable bataille de rues s'en était suivie. Plusieurs milliers de manifestants avaient été tués. Les représailles de la bourgeoisie au pouvoir avaient été terribles : le général Cavaignac fit arrêter plus de onze mille hommes, dont quatre mille furent déportés en Algérie. Parmi eux figurait Roland Descrières, âgé de vingt-cinq ans, qui mourut au bagne deux ans plus tard d'une mauvaise fièvre. Son corps fut enterré dans une fosse commune perdue dans le bled, loin de sa terre natale.

Depuis près de vingt ans, jamais Augustine n'avait eu l'occasion d'aller se recueillir sur la dépouille de son défunt mari. Quand on l'avait informée de sa déportation, elle portait en elle son troisième enfant. Dans le village, l'indignation avait été générale et tous s'étaient portés au secours de la veuve éplorée. Mais quand son propriétaire apprit que son mari avait été déporté avec les révoltés socialistes parisiens, il lui retira son bail, et elle se retrouva à la rue, sans ressources, avec trois enfants sur les bras. Elle ne dut son salut qu'à la générosité de la communauté huguenote de Falguière qui fit corps autour d'elle. Le pasteur de l'époque, Aristide Prévost, lui trouva un vieux mazet désaffecté et quelques arpents de friche à mettre en valeur. La courageuse Augustine, aidée de son fils aîné, qui n'avait pas encore six ans, défricha, épierra, lucheta, sema et récolta à la sueur de son front et en se brisant les reins. À trente ans, c'était déjà une vieille femme qui supportait le malheur comme une fatalité et qui rendait au centuple ce que les braves gens du village lui donnaient par charité.

— L'Augustine m'a semblé bien trasse, fit donc remarquer Marie pour ne plus parler d'elle ni de Ruben.

La fugue

— La malheureuse est complètement épuisée. Elle souffre énormément du dos et sa toux ne me dit rien qui vaille.

— Qu'est-elle venue faire au Fournel ?

— Me demander quelques simples pour la soulager. Mais, dans son cas, c'est le docteur et du repos qu'il lui faut. Mes plantes n'y feront rien.

Félicie et Marie discutaient sans se rendre compte du temps qui s'écoulait. Quand Zacharie rentra de ses terres aux abords du soir, pétri de froid et transportant sur lui l'odeur de ses bêtes qu'il venait de rentrer dans la bergerie, Sarah était déjà loin et se dirigeait vers Chamborigaud.

La jeune fille n'avait pas agi sans réfléchir. Elle avait longuement mûri sa décision, sans en parler à quiconque, pas même à Pierre Lambert la dernière fois qu'ils s'étaient vus.

Ce jour-là, blottie entre ses bras sur un lit de paille fraîche que Zacharie avait amassée dans le mazet en vue de protéger les ceps de vigne contre le gel, elle s'était donnée à lui pour la première fois. Elle lui avait fait promettre de ne jamais la quitter et, quoi qu'il pût arriver, de ne jamais la renvoyer.

Pierre, intrigué, promit, sans se douter des intentions cachées de celle qu'il chérissait.

La nuit était tombée depuis une bonne heure. Les ténèbres s'étaient abattues sur la montagne, enlaçant les crêtes d'une étreinte pesante et glaciale.

Sarah poursuivait son chemin à la seule lueur des étoiles qui scintillaient par milliers dans un ciel d'ébène. Chaudement emmitouflée dans une mante épaisse de grosse laine, elle traînait volontairement ses galoches aux semelles de bois ferrées afin de faire du bruit et d'effrayer les animaux nocturnes dont elle avait grand-peur. Encombrée de son bissac qu'elle portait sur l'épaule à la manière d'un chemineau, elle pressait le pas, inquiète, pour atteindre le hameau des Sognes qu'elle savait tout proche.

Dans l'ombre de la nuit, les ululements des hiboux, les pépiements des oiseaux dans les branches, les glissements furtifs des renards ou des sangliers dans les buissons s'amplifiaient étrangement et la faisaient sursauter à chacun de ses pas. Parfois, sous le couvert ramageux des chênes, elle croyait entendre des hurlements plaintifs de loups à l'affût. Son corps se transperçait d'effroi. Elle pressait le pas, tenait le col de sa pèlerine bien fermé sur sa poitrine comme pour se protéger des crocs des fauves affamés et se forçait à penser à Pierre.

Lorsqu'elle aperçut les premières maisons du hameau, elle se sentit soulagée. Elle fit une halte pour reprendre haleine, déposa son sac au bord du chemin et se frotta les mains pour se réchauffer.

Un craquement de bois sec derrière les buissons la fit sursauter. Son cœur se serra dans sa poitrine, pris dans un étau. Elle tendit de nouveau l'oreille, s'empara de son sac et, sans attendre davantage, reprit son chemin à grandes enjambées.

Elle n'eut guère le temps de parcourir plus d'une centaine de mètres ; déjà une silhouette lui barrait la route : un individu au visage dissimulé derrière un foulard et un large chapeau de feutre rabattu sur les yeux se dressait devant elle. Elle recula d'un pas. Derrière elle surgit un autre malandrin du même acabit. Morte de peur, elle serra son sac contre sa poitrine pour mieux se protéger et, après une seconde d'hésitation, tenta de fuir en dévalant la pente à travers champs. Mais les brigands la rattrapèrent aussi vite. Elle se débattit bec et ongles, criant à tue-tête, s'accrochant désespérément à son sac qu'elle faisait tournoyer au-dessus d'elle pour tenir éloignés ses agresseurs. Mais elle n'était pas de taille à leur échapper.

Ceux-ci la renversèrent sur le sol gelé, la traînèrent dans la boue jusqu'à l'orée du bois, la plaquèrent de force sur un tapis de mousse. Ils eurent vite fait de l'immobiliser et de lui arracher son sac des mains. L'un d'eux se mit alors à la frapper au visage et à lui donner de violents coups de pied dans le ventre. Elle se protégea comme elle put en repliant les bras au-dessus de sa tête. Mais les coups pleuvaient. Elle crut qu'ils allaient la violenter. Aussi restait-elle repliée sur elle-même. Le second voyou fouilla son sac, ivre de colère de ne pas y trouver fortune.

Tout à coup, surpris par le tumulte, un chien errant accourut dans leur direction, aboyant à gueule déployée. Les deux mécréants prirent peur et s'enfuirent aussitôt en emportant le sac de leur victime. Le chien les poursuivit sur une courte distance, puis, se ravisant, revint vers Sarah qui, tétanisée, n'avait pas bougé. Il sortit les crocs, menaçant. De ses babines retroussées s'échappait une bave épaisse et blanchâtre. Il se mit à grogner méchamment, avança de quelques pas, prêt à bondir. Sarah comprit que la rage le rendait fou furieux. « Si je bouge, se dit-elle, il me sautera à la gorge. » Elle resta immobile, le regard plongé dans celui du molosse. Alors, du plus profond de son être, elle entonna un cantique qu'elle chantait souvent le dimanche au temple. La mélodie surprit la bête. Elle dressa les oreilles, tourna la tête comme pour mieux entendre, puis s'assit et s'allongea, tel un sphinx. La voix de Sarah tremblotait, butait parfois d'effroi sur un mot. Quand elle eut fini, le chien se redressa, se remit à grogner. Elle recommença à chanter d'une voix plus mélodieuse. Il s'allongea de nouveau, subjugué. Trois, quatre fois, elle dut reprendre sa mélopée. Puis, de guerre lasse, le fauve finit par se calmer, se releva, poussa quelques hurlements plaintifs, s'en alla sans se presser.

Enfin soulagée, mais complètement vidée de ses forces, Sarah perdit connaissance.

Elle se réveilla au petit matin, transie et percluse de douleurs. Sur le coup, elle n'eut pas conscience de ce qui lui était arrivé quelques heures auparavant. Encore tout hébétée, elle se redressa, tituba, se demanda ce qu'elle faisait en cet endroit au sortir de la nuit. Son corps endolori et trempé d'humidité ne tarda pas à lui rappeler l'horrible réalité. Elle s'effondra sur place, s'enfouit le visage dans les mains comme pour mieux dissimuler la frayeur qu'elle avait ressentie. Autour d'elle, le tapis de mousse portait encore les marques de la tragédie. Piétiné, retourné, il présentait les stigmates d'une lutte inégale au cours de laquelle la victime n'avait pu que subir sans vraiment se défendre.

Sarah n'osa demander asile dans le hameau, de peur de devoir s'expliquer. Elle poursuivit sa route, complètement démunie, car les brigands lui avaient dérobé son sac. Rentrer au Fournel ? Il n'en était pas question. Encore moins maintenant après ce qu'elle venait de subir. D'ailleurs son père la mettrait aussitôt à la porte. Elle en était persuadée. Elle se voyait donc contrainte de poursuivre son tragique destin, un destin qui débutait bien mal, songeait-elle en s'acheminant vers Chamborigaud.

Affamée, grelottant de la tête aux pieds, la robe déchirée, le manteau couvert de boue, elle atteignit le bourg bordé par le Luech au soir du deuxième jour de son escapade. Elle croyait que Ruben s'y trouvait encore et qu'il l'aiderait dans son malheur. « Il est l'ami de Pierre, il ne me renverra pas et ne me condamnera pas », se persuadait-elle, chemin faisant. En fait, elle ignorait que le chantier avait déménagé.

Fortuitement, elle rôda autour du relais de poste, où Pierre avait établi ses quartiers. L'hôtel de la Gare était toujours fréquenté par les employés de la ligne qui supervisaient les derniers travaux et la construction des bâtiments. Elle se dit que Pierre pouvait encore s'y trouver. Mais elle n'osa pas rentrer dans la salle commune d'où s'échappait un brouhaha de rires et de paroles étouffées. La seule pensée qu'à l'intérieur il y avait des hommes prêts à tout pour passer un bon moment la pétrifia. Elle recula d'instinct, prise d'une panique incontrôlée. Son corps tout entier se raidit. Elle commença à sangloter, comme envahie d'une étrange folie.

— Vous cherchez quelqu'un ? lui demanda une voix derrière elle.

Surprise, Sarah pivota sur place, prête à fuir. Une grosse matrone à la mine réjouie lui barrait le chemin :

— Vous n'vous sentez pas bien ?

— Si... si... je... je cherche Ruben Lapierre. C'est mon frère.

— Je ne connais pas ce jeune homme, répondit la femme de l'aubergiste, d'une voix gouailleuse.

— Et Pierre Lambert ?

— Ah, l'ingénieur ! Pour sûr que je le connais. C'est un monsieur bien mis et bien comme il faut. Mais il ne loge plus ici. Il a déménagé avec le reste du chantier. Il y a déjà longtemps. C'était au beau milieu de l'été. Vous arrivez un train en retard, ma petite ! Mais si ça peut vous consoler, il y a d'autres messieurs à l'intérieur qui ne demanderaient pas mieux que de faire votre connaissance.

— Savez-vous où je pourrais trouver M. Lambert ?

— Ah ça, ma belle, vous m'en demandez trop ! Peut-être que mon homme pourra vous le dire.

La patronne de l'auberge, de sa voix tonitruante, appela son mari. Celui-ci se fit prier un court instant, puis sortit de l'estaminet, portant autour de la taille un large tablier bleu de tonnelier.

— J'allais mettre un fût en perce ! bougonna-t-il. Qu'est-ce qu'il y a de si pressé ?

— Cette petite dame cherche monsieur l'ingénieur.

— L'ingénieur ! Quel ingénieur ? Il en est passé plus d'un depuis la construction de la ligne.

— Tu sais bien, le jeune ch'timi, Pierre Lambert.

— Ah, mais oui que je me souviens ! Pierre, et son ami le raïol, un certain Ruben. Ils sont partis depuis longtemps.

— Où sont-ils donc maintenant ?

— Comme le reste de la troupe, à Villefort près du viaduc de l'Altier. Mais dans quel cantonnement, ça

La fugue

je l'ignore ! Au bureau de recrutement de Villefort, on vous renseignera.

Sarah remercia l'aubergiste et s'apprêta à partir.

— Vous ne voulez pas dormir ici ? lui demanda la matrone. La nuit tombe, il ne fait pas bon pour une jeune fille comme vous de traîner dehors à une heure pareille. Le long de la ligne, on y fait de mauvaises rencontres.

— C'est que...

— J'ai une chambrette sous les toits, pas très chère, si ça peut vous convenir.

— Merci, mais...

— Tu vois bien que la petite dame est gênée aux entournures, coupa l'aubergiste. (Puis s'adressant à Sarah :) Vous n'avez pas le sou, n'est-ce pas ? C'est ça ?

— La nuit dernière, des voleurs ont dérobé mon sac de voyage et emporté toutes mes économies. Je n'ai plus rien.

— Vous savez faire la vaisselle ?

— Oui, bien sûr, répondit Sarah, rouge de confusion.

— J'ai besoin de quelqu'un à la plonge ; je vous embauche pour ce soir. Ça vous paiera votre gîte et votre couvert jusqu'à demain matin. Ça vous va ?

Sarah sentit ressurgir en elle un peu de chaleur.

Aussitôt après s'être installée dans sa chambre de bonne, elle descendit aux cuisines et prit son service, le cœur rasséréné, l'esprit tranquillisé.

— Y a-t-il des hommes sur le même palier que celui de ma chambre ? demanda-t-elle à la patronne, qui s'affairait aux fourneaux.

— Tranquillise-toi, petite ! Aucun n'osera te faire du mal tant que tu seras sous mon toit. Ici, les hommes, je les dresse à la baguette ! Et ils filent droit, tu peux me croire !

Sarah, cependant, passa une nuit agitée. Les images de la nuit précédente lui revenaient en mémoire et semblaient s'incruster à jamais dans sa chair.

Au petit matin, alors que les ronflements des hommes rompaient malencontreusement le silence dans lequel l'auberge était encore plongée, elle reprit sa route en direction de Villefort, avec trente sous en poche que lui avait donnés l'aubergiste pour son travail du soir.

XXII

Dilemmes

Sur le chantier, les ouvriers travaillaient un œil rivé sur le ciel. Le froid s'était abattu sur le ballast et paralysait toutes les énergies. Les nuages crépitaient, prêts à déverser leur trop-plein d'humidité amené par le marin.

Pourtant, les équipes poursuivaient sans relâche leur œuvre titanesque. Sur les culées du viaduc de l'Altier, sorties de terre comme des batholites, reposait un premier tablier, sorte de premier étage à hauteur de la route qui pouvait ainsi franchir le cours d'eau. Déjà, par-dessus, plusieurs piliers s'érigeaient vers les hauteurs inaccessibles, tout enrobés d'échafaudages sur lesquels s'affairaient, tels des équilibristes, maçons et charpentiers. Au pied de l'édifice, les mousses, de jeunes garçons de treize à quinze ans, gâchaient le mortier dans de grandes auges et l'envoyaient à leurs maîtres dans des seaux qu'ils hissaient à l'aide de cordes arrimées à des treuils et des poulies. Les moellons d'appareil, de petite taille, étaient avancés par des palans actionnés à la main.

Vu d'en bas, le futur viaduc semblait irréalisable, tant il défiait les lois de l'équilibre. Jamais aucun pont à arches multiples n'avait été construit en maçonnerie à une telle hauteur. Aussi avait-on déployé sur le chantier les moyens techniques les plus sophistiqués. Les ingénieurs avaient prévu d'utiliser des grues élévatoires à trois mouvements – élévation, extension, rotation – mues par des machines à vapeur. Mais ces appareils n'ayant qu'une flèche de trente-sept mètres de débattement, ils avaient décidé de les installer sur un pont de service provisoire construit à mi-hauteur de l'édifice, celui-ci devant atteindre une élévation totale de soixante-treize mètres. D'une pile à l'autre, les grues et les machines à vapeur se déplaceraient sur des rails pour desservir les différents points du chantier. Leurs mouvements articulés avaient été calculés avec soin, car il fallait absolument assurer la sécurité des ouvriers qui prendraient de plus en plus de risques au fur et à mesure que les piliers s'élèveraient vers des hauteurs vertigineuses.

Ruben et son équipe travaillaient à la pose des rails en amont du viaduc. Chaque soir, il regagnait son cantonnement distant à peine d'une demi-lieue de l'ouvrage. Comme il le faisait quand il travaillait près du Luech, il venait souvent flâner près de l'édifice en construction, quand il était de repos, et il se mêlait aux hommes qui ne faisaient pas la trêve dominicale. Il ne cessait de s'extasier devant la magnificence de l'œuvre qui s'accomplissait devant ses yeux et éprouvait toujours la même fierté d'appartenir à ces bâtisseurs d'avenir.

Cependant, malgré ce qui l'animait, il ressentait de plus en plus le mal du pays. Certes, Falguière n'était pas très éloigné, mais le paysage alentour lui semblait déjà très différent de celui de sa Vallée Française. Les Cévennes granitiques lui paraissaient plus massives, plus austères aussi que les Cévennes schisteuses davantage tournées vers le Midi. Le climat y était plus rude, les hivers plus précoces et plus longs. Les forêts de conifères étaient plus sombres, plus fermées et plus mystérieuses que les couverts de chênes et de châtaigniers qui tapissaient les crêtes de chez lui. Les landes battues par les vents d'ouest rappelaient que la montagne avait basculé du côté de l'Atlantique vers lequel s'écoulaient les rivières qui y prenaient leur source.

Ce pays, à cheval sur la ligne de partage des eaux, portait dans sa population la même ambivalence. Les habitants pour la plupart y étaient de fervents catholiques, très attachés à leur Église qu'ils avaient crue en péril lors du réveil des huguenots au siècle précédent. Toutefois, la cohabitation avait été inévitable et ceux-ci, par souci de survie en milieu hostile, se serraient les coudes, montrant beaucoup d'ardeur à défendre leur idéal de liberté.

À la cantine, protestants et catholiques avaient tendance à se regrouper par confession, ce qui ajoutait une différenciation supplémentaire.

— Finalement, remarqua Ruben, un jour qu'il discutait dans une auberge avec son ami Pierre, s'il n'y avait pas la ligne, je me demande ce que ces hommes feraient ensemble. Je suis persuadé qu'ils passeraient leur temps à se disputer comme chiens et chats : Français contre Italiens ; Cévenols contre *étrangers* ; catholiques contre protestants.

— Je te l'ai toujours répété : le chemin de fer est le creuset de la grande fraternité.

— Je croirais entendre le compagnon Étienne Lecœur !

— Les compagnons voyagent beaucoup. Ils savent mieux que les autres que le monde du travail doit rester soudé s'il veut éviter qu'on l'exploite. Un ouvrier du Nord n'est pas différent d'un ouvrier du Midi, ni un Français d'un Espagnol. Les premiers, ils ont compris que les frontières engendrent des conflits et que les peuples n'aspirent qu'à vivre en paix les uns avec les autres, ce qui n'est pas le cas aujourd'hui, malheureusement.

Tandis qu'ils discutaient, un homme derrière eux prêtait l'oreille. La casquette vissée sur la tête, une épaisse moustache lui barrant le visage, il portait une blouse de coton bleu et un foulard rouge autour du cou. Devant lui, une assiette de soupe encore fumante attendait de refroidir.

Pivotant sur son banc, il fit face à Ruben.

— Vous permettez que je vienne finir ma soupe à vos côtés, compagnons ? Je vous entends discuter à l'instant. Et je me suis dit : « Voilà des gars bien pensants ! » Je me présente : Martial Ribaute, je suis maçon sur le viaduc. Je travaille avec mon frère Louis et deux jeunes apprentis.

L'homme pouvait avoir la quarantaine. Les traits de son visage étaient fortement marqués et ses mains, larges et rugueuses, tout imprégnées de ciment.

— Ah ! mes mains ne sont pas comme celles de ces *chieurs d'encre* des bureaux de la Compagnie ! leur dit-il en leur serrant la main, comme pour s'excuser de leur rugosité.

Dilemmes

Pierre fut le premier à l'inviter à sa table. Ruben, plus méfiant, restait en retrait.

— Je m'appelle Pierre Lambert, je suis ingénieur au P.L.M. Et mon ami, Ruben Lapierre, est poseur de rails.

L'homme parut gêné.

— Je ne voulais pas vous offusquer !

— Vous ne l'avez pas fait. Les ingénieurs ne sont pas tous planqués dans les bureaux de l'exploitation. Beaucoup travaillent sur le terrain et rentrent le soir aussi crottés que les ouvriers. Je ne crois pas appartenir à ces *chieurs d'encre*, comme vous les appelez.

— Je n'ai pas l'habitude de fréquenter les ingénieurs. Vous excuserez mon indiscrétion, mais votre discussion m'a paru fort intéressante.

Le maître maçon baissa le ton.

— Je vous conseille de parler plus bas. Il y a des mouchards partout. La police de l'Empereur est toujours bien renseignée. Or vos idées sur la guerre paraissent peu conformes à la politique du régime.

— Dans ma famille, on ne cache pas ce qu'on pense, coupa Ruben. Nous, les protestants, avons toujours porté la tête haute.

— Alors, tape là, mon gars ! fit le maçon en lui tendant la main par-dessus la table qui les séparait. Je suis sûr que tu es des nôtres.

— C'est-à-dire ?

— Ne serais-tu pas républicain, comme bon nombre de tes coreligionnaires ?

— La république est le régime que je souhaite pour notre pays, je ne m'en cache pas.

— Alors, sache que le prince-dictateur est en train de vaciller sur son trône. L'usurpateur n'en a plus pour longtemps et ce ne sont pas ses réformes libérales qui nous feront changer de camp. Tous les quarante-huitards sont encore là et n'attendent qu'une défaillance de sa part pour le renvoyer là d'où il vient et proclamer la République.

Pierre, dont les idées n'étaient pas si avancées que celles qui semblaient animer Martial Ribaute, ne disait plus rien, soudain gagné par la méfiance.

— Et vous, monsieur l'ingénieur, qu'en pensez-vous ?

Parlant bas, Pierre avoua :

— La république est le régime qui sied le mieux au peuple, car elle en est l'émanation. J'en conviens. Cela n'est plus à démontrer. Toutefois, je crains les débordements intempestifs de la part des exaltés qui finissent toujours par faire dévier leurs grands idéaux contre les intérêts de la nation. Je suis partisan de la mesure et de la pondération.

— En un mot, vous êtes contre la révolution !

— Je lui préfère les urnes.

— C'est aussi mon avis. Mais quand les urnes sont pipées comme les dés d'un tricheur ?

— Je place mes espoirs dans la faculté qu'ont les hommes de bonne volonté à faire triompher pacifiquement leurs idées. La Raison finit toujours par s'imposer dans les esprits éclairés. La violence n'a jamais rien apporté de bon. Car elle appelle la violence. Or n'est-ce pas la paix que nous voulons tous ?

— Et toi, camarade, tu es ouvrier comme moi, qu'en dis-tu ?

— Je suis d'abord paysan. Je ne travaille sur la ligne que pour m'en sortir. Mais je crois comme toi. Je pense que lorsqu'il n'y a plus rien à faire, le peuple doit rompre ses chaînes. Mes ancêtres l'ont fait ; je suis prêt à le faire si c'est pour défendre la liberté. Seulement dans ce cas.

— À la bonne heure ! Si tu veux, viens nous rejoindre. Nous nous réunissons régulièrement dans une auberge discrète tenue par l'un des nôtres : Au Bon Pain. Tu la trouveras facilement en montant sur la route de la Garde-Guérin.

Le maçon finit son assiette de soupe, la rinça d'un peu de vin, puis il prit congé sans attendre.

— Je compte sur toi, hein ! dit-il à Ruben. Et vous, monsieur l'ingénieur ? Vous serez aussi le bienvenu.

Pierre sourit par courtoisie, lui tendit la main par politesse et le remercia.

— Tu vas y aller ? demanda-t-il aussitôt à Ruben.

— Je ne sais pas encore. Peut-être.

— Tu devrais te méfier. Qui te dit que cet homme est vraiment républicain ? C'est peut-être un piège. Si c'est un mouchard, notre compte est bon. Il en sait assez sur nos opinions pour nous faire coffrer par la police. Il vaudrait mieux ne plus se voir pendant quelque temps et se contenter de travailler sans fréquenter personne.

— Tu pèches par excès de prudence, Pierre. Ce n'est pas ainsi que les grandes causes progressent !

— *Qui va piano va sano !*

— Quel patois parles-tu à présent ?

— Ce n'est rien ! N'en parlons plus.

Les deux amis se quittèrent en s'embrassant chaleureusement, puis reprirent, chacun de leur côté, le chemin de leur hébergement.

Quand Pierre parvint aux abords de son cantonnement, la nuit tombait presque et des flocons de neige dansaient dans le halo des lumières. Des groupes d'ouvriers pressaient le pas pour se mettre à l'abri sans tarder.

— Bonsoir, monsieur l'ingénieur. Quel temps de chien !

— Bonsoir, messieurs. Je crois en effet que, cette fois, nous y aurons droit.

Pierre aimait ces échanges de paroles anodines avec les ouvriers. Ils étaient pour lui le lien qui l'unissait à ses origines modestes. Tant que les hommes se parlent de la pluie et du beau temps, se disait-il, c'est qu'ils se respectent et qu'ils ont toujours envie d'être ensemble. Il n'y a rien de pire que de passer les uns devant les autres sans une parole, sans un regard, dans l'indifférence la plus totale. Le respect se mérite, affirmait-il, et il doit être réciproque. Aussi condamnait-il ses collègues ingénieurs, sortis des grandes écoles, qui ignoraient les ouvriers qu'ils côtoyaient sur le chantier. Lui, le fils de cheminot, ne pouvait admettre un tel comportement de la part de ses condisciples de la maîtrise, dont certains étaient comme lui issus des couches populaires.

— Restez bien au chaud ! poursuivit-il. Demain, le travail sera rude.

— Il y a une petite dame qui vous cherche devant votre baraquement, se permit de signaler un jeune ouvrier du terrassement. On lui a dit de vous attendre, que vous n'alliez pas tarder.

Pierre parut étonné. « Une jeune femme qui me cherche ! Qui cela peut-il être ? » se demanda-t-il.

— Merci, vous avez bien fait. Bonne soirée les gars !

Sarah attendait Pierre depuis plusieurs heures, enveloppée dans son manteau, la tête enfouie dans un châle qui lui masquait le visage. Son aspect dépenaillé lui donnait l'air d'une mendiante, d'autant que la douleur l'obligeait à se tenir à moitié recroquevillée sur elle-même. À travers la neige qui tombait de plus en plus drue, elle n'était qu'une silhouette sombre, un fantôme sorti d'une nuit d'épouvante. La burle rabattait sur elle les flocons épais et collants, et la pétrifiait sur place.

Le jeune ingénieur était à cent lieues de penser que son amie avait fait un si long chemin pour lui demander asile. D'ailleurs, il ne croyait pas Sarah capable de quitter les siens, même pour le rejoindre. Non pas qu'il doutât de la profondeur de ses sentiments, mais parce qu'il la savait bien trop attachée aux convenances et à l'amour qu'elle portait à ses parents.

— Sarah ! s'exclama-t-il, quand il la reconnut enfin. Que fais-tu là ? Et dans quel état es-tu ?

La jeune fille n'eut pas la force de lui répondre, tant elle était exténuée. Elle fit un pas vers son amant qui l'accueillit à bras ouverts. Elle sanglota aussitôt, ne pouvant retenir plus longtemps la peine qui l'étouffait.

— Rentrons ! fit Pierre. Viens te réchauffer à l'intérieur.

Dans le baraquement, un poêle à charbon dégageait une chaleur vivifiante.

Les habitations des ingénieurs de deuxième classe étaient toutes identiques. Elles se composaient de deux petites pièces contiguës donnant chacune sur l'extérieur par une fenêtre étroite sans rideau. Des stores assuraient l'intimité, le soir venu. L'une d'elles servait de chambre à coucher, l'autre de cuisine, de salle à manger et de bureau. Le mobilier était des plus succincts : un lit, une armoire, une table et quatre chaises. Pierre y avait fait transporter un coffre personnel en bois exotique, pour ranger ses outils de mesure, ses cartes et ses traités de géométrie. Quelques livres, dont il ne se défaisait jamais, étaient rangés sur une étagère de fortune qu'il avait montée lui-même avec trois planches : les romans de Voltaire, dont *Zadig*, *Candide et l'Ingénu*, *De l'esprit des lois* de Montesquieu, *Du contrat social* de Jean-Jacques Rousseau, *Les Misérables* de Victor Hugo faisaient partie de ses préférés. Tous les auteurs qu'il osait afficher étaient marqués du sceau de la démocratie, tous s'étaient élevés contre le despotisme et avaient défendu la cause du peuple et de la liberté. Étrangement, à côté d'eux, traînait *L'Extinction du paupérisme*, l'ouvrage que Napoléon III avait écrit dans sa jeunesse.

Sarah retrouva vite des couleurs. Pierre lui prépara sans attendre un vin chaud sucré au miel qu'il aromatisa d'une épice dont il raffolait et qu'il consommait avec parcimonie.

— Tiens ! lui dit-il, ça te fera du bien. J'y ai ajouté une pincée de cannelle.

Dilemmes

Il comprit sans mot dire que Sarah venait de commettre l'irrémédiable. Elle n'eut pas besoin de s'expliquer.

— Tu t'es enfuie de chez toi, n'est-ce pas ? Tu t'es disputée avec ton père à cause de moi ?

Sarah ne put que confirmer les suppositions de son ami.

— Je ne pouvais pas vivre éloignée de toi plus longtemps. Or mon père a été si catégorique !

— Je t'avais pourtant dit d'attendre que sa colère soit passée.

— Tu m'as laissée sans nouvelles trop longtemps. Je ne pouvais plus attendre.

— Que va-t-on faire maintenant ? Tu es encore mineure. Si ton père signale ta disparition aux gendarmes et s'ils nous trouvent ensemble, ils te ramèneront chez toi *manu militari* et m'enverront devant le juge ! Y as-tu pensé ?

— Je t'aime, Pierre ! Crois-tu que j'ai mis notre amour en balance avant de venir te rejoindre ?

Les sentiments de Pierre Lambert étaient aussi profonds que ceux de Sarah. Mais, en esprit avisé et prudent, le jeune ingénieur entrevoyait trop les dangers que Sarah leur faisait encourir à tous les deux pour commettre une imprudence de plus.

— Je ne peux pas te cacher ici. On aurait vite fait de t'y découvrir. Il y a des mouchards partout, qui espionnent tout le monde et qui dénonceraient père et mère pour un peu d'argent. Il faut que je réfléchisse. En attendant, pour cette nuit, tu dormiras ici. Demain, j'aviserai. Est-ce que Ruben est au courant de ton escapade ?

— Personne ne sait. Sauf qu'au Fournel, à l'heure qu'il est, ils se sont rendu compte de mon absence.

Le lendemain, Pierre laissa Sarah seule toute la journée. Celle-ci, morte de fatigue, dormit d'un trait jusqu'au soir.

Quand il rentra après sa journée de travail, il lui déclara sans attendre :

— J'ai la solution : je t'ai trouvé une place de cantinière sur un chantier plus en amont. La cuisinière cherchait une aide. Je t'ai proposée. Elle ne pouvait rien me refuser.

— Où dormirai-je ? s'inquiéta Sarah.

— Comme tous ceux qui travaillent sur les chantiers : tu partageras un cabanon aménagé avec deux autres filles. Nous sommes tous logés à la même enseigne. Enfin, presque. Ainsi, tu ne seras pas seule. Et je pourrai venir te voir facilement. On aura vite fait de croire que je me suis amouraché de toi. Personne n'y trouvera rien à redire.

— Et dans un an, quand je serai majeure, nous pourrons nous marier sans le consentement de mes parents !

Pierre s'assombrit.

— Je préférerais que ça se passe autrement. Tu sais bien que je n'aime pas l'illégalité.

— Il ne fallait pas me faire la cour, mon chéri ! répliqua Sarah qui venait de retrouver un peu d'espoir après trois jours d'inquiétude.

Pierre avait le cœur en balance. La situation ne lui plaisait guère. Et que dire à Ruben quand celui-ci lui parlerait de la fugue de sa sœur ? Car il l'apprendrait tôt ou tard ! Lui dissimuler la vérité, lui mentir ne lui paraissait ni honnête ni supportable.

« À chaque jour suffit sa peine ! » pensa-t-il, le soir en s'endormant dans les bras de Sarah.

Martial Ribaute ne tarda pas à réapparaître. Un soir que Ruben s'en revenait de son travail, il l'attendait à l'entrée de son cantonnement et, l'apercevant au milieu de ses camarades d'équipe, il le héla discrètement.

— Hep, Lapierre !

Celui-ci se retourna, vit le maçon dans l'ombre, quitta ses amis pour venir vers lui.

— Bonjour, Martial. Pourquoi restes-tu dans l'obscurité ? Viens avec moi. Le temps de me changer, et nous irons boire un pichet à la cantine.

— Je n'ai pas le temps. Il faut que j'aille à une réunion.

— Toujours en train de comploter !

— Chut ! Je venais t'informer que nous nous retrouverons au Bon Pain dans trois jours. Si tu es toujours décidé, viens nous rejoindre !

Pris de court, Ruben hésita.

— Tu as changé d'avis ?

— Non, je ne change pas d'idées comme je change de chemises. Je réfléchissais.

— Alors, je t'y attends jeudi soir à huit heures. Surtout ne dis à personne où tu vas. Sache mentir ! C'est pour la bonne cause.

Martial Ribaute disparut dans la nuit comme un voleur, laissant Ruben dubitatif. Devait-il parler à Pierre de cette deuxième rencontre ? Son ami était bien trop modéré pour se laisser entraîner par un Rouge. Lui-même en avait-il vraiment envie ?

Certes, les idées professées par les ténors de l'opposition ne lui étaient pas étrangères. Dans les journaux qui circulaient dans les mains de ses camarades, il avait eu l'occasion de prendre connaissance des violentes diatribes du journaliste Rochefort et de l'avocat Gambetta contre le régime. Il savait celui-ci affaibli par la violence de l'opposition, qui profitait des réformes libérales que le Prince octroyait du bout des doigts, malgré Rouher, l'homme du régime autoritaire qui avait remplacé le duc de Morny à la mort de celui-ci en 1865. Les graves revers du gouvernement dans le domaine de la politique extérieure n'avaient fait qu'éloigner un peu plus une opinion très versatile : le désastre de l'expédition du Mexique, la montée en puissance de la Prusse, la question romaine fortifiaient les opposants et détachaient du régime ses propres partisans dans la grande bourgeoisie, malgré le ralliement du républicain Émile Ollivier, chef du tiers parti.

Ruben n'ignorait rien des raisons de la situation politique et n'espérait que le triomphe de la république, comme bon nombre de ses camarades des différents chantiers, surtout les protestants. Ceux-ci épousaient souvent les thèses des Rouges, ce qui provoquait parfois des discussions houleuses quand les paysans catholiques, plutôt ralliés à l'Empereur, se mêlaient de les contredire.

— Nous sommes tous cévenols ! osait affirmer Ruben. Serrons-nous les coudes au lieu de nous disputer comme chiens et chats !

— À bas les Rouges ! s'écriaient les catholiques.

— À bas les mameluks ! leur répliquaient les protestants.

Ruben était attristé de voir ses amis s'opposer pour leurs idées politiques, alors que, sur le ballast, tous faisaient corps et auraient porté secours au premier d'entre eux mis en péril.

Aussi hésitait-il à se rendre au rendez-vous de Martial Ribaute, non par crainte des mouchards et de la police, mais parce qu'il ignorait jusqu'où les Rouges l'entraîneraient.

Finalement, il partit le jeudi soir incognito. Il prit la direction de la Garde-Guérin alors que la nuit plongeait déjà le viaduc dans l'obscurité la plus profonde. La route empierrée serpentait inlassablement sur le revers du plateau désert. En contrebas, les lumières du chantier brillaient comme des lucioles éphémères. La voûte céleste semblait s'être effondrée dans le fond de la vallée et illuminait le campement des hommes. Le vent glacial s'insinuait en lames d'acier dans sa cape de berger et le frigorifiait jusqu'aux os. Au fur et à mesure qu'il montait, le tapis de neige s'épaississait et ralentissait son allure. Sur le plateau, les flocons tombaient drus comme des pointes d'aiguille. Il dut courber le dos et tirer sa capuche sur le devant du visage pour se protéger et avancer. Derrière lui, ses traces disparaissaient rapidement, aussitôt recouvertes d'une couche de neige fraîche. De temps en temps, des hurlements lointains lui rappelaient qu'il n'était pas seul sur la lande glaciale.

Au bout de deux bonnes heures de marche à travers le semis qui voltigeait du ciel, il perçut une lumière blafarde. Il en éprouva aussitôt un vif soulagement. Une grosse bâtisse bordait la route comme une sentinelle dans la tourmente, ramassée sur elle-même. Ses murs de pierres grises portaient un toit lourd et pentu de lauzes épaisses qui disparaissaient sous le manteau de neige. Au-dessus de la porte, une enseigne discrète, à moitié décrochée, invitait le voyageur à s'arrêter : *Au Bon Pain*.

— Ça y est, j'y suis ! expira Ruben, parvenu au bout de ses peines. Il était temps !

Puis, se tapant les pieds sur le seuil, il songea : « C'est un vrai coupe-gorge ! Et avec cette neige, on ne risque pas d'être dérangés ! »

Sans même frapper, il entra dans la salle commune et, tout étonné, fut aussitôt happé par l'atmosphère surchauffée qui y régnait.

— Salut à toi, camarade Lapierre ! s'écria une voix dans le fond de la salle.

Martial Ribaute se fraya un passage dans la cohue et vint à la rencontre de son nouvel ami.

— Sois le bienvenu !

Ruben accepta l'accolade du maçon et se débarrassa de son manteau.

— Tu es sûr que personne ne t'a suivi ?

— Certain.

— Alors, nous pouvons ouvrir la séance. Nous n'attendons plus que toi pour commencer.

XXIII

Hésitations

À LA DEMANDE DE RIBAUTE, les convives prirent place autour des tables rassemblées au centre de la pièce. Le maître maçon paraissait à l'aise et n'eut aucun mal à imposer le silence. Aussitôt, les voix se turent. Chacun prit un air grave comme s'il s'attendait à entendre une mauvaise nouvelle.

Ruben était resté en retrait. Personne ne faisait attention à lui. Seul l'aubergiste lui jetait de temps en temps des regards interrogateurs, car il se méfiait des nouveaux venus. Il le dévisageait discrètement sans se préoccuper de ce que disait Ribaute, qui, tel un président d'assemblée, frappa plusieurs fois sur la table avec sa chaussure pour ouvrir la séance.

— Compagnons, dit-il, je veux d'abord vous présenter un nouveau venu.

Pointant du doigt le fond de la salle, il désigna Ruben.

— Approche-toi, ami, n'aie crainte, ce ne sont pas des loups !

La tablée s'esclaffa bruyamment.

Ruben contourna le groupe et rejoignit Ribaute en tête de table.

— Je vous présente Ruben Lapierre, de Falguière, en Vallée Française. Comme beaucoup d'entre nous, il travaille pour le compte de la Compagnie, il est poseur de rails. Il est aussi paysan ; ce qui est tout à son honneur, car, avec lui, ce sont les gens de la terre que nous touchons. Nos idées, jusqu'à présent, se répandent vite dans les villes, où la grande bourgeoisie maintient nos frères ouvriers dans la misère et le dénuement. Mais les travailleurs des campagnes, parce qu'ils possèdent parfois quelques arpents de terre ou quelques têtes de bétail, se méfient de nous, croyant que nous voulons les déposséder de leurs biens. Il faut leur expliquer que telle n'est pas notre intention. Des gens comme Lapierrre iront leur dire la vérité. Ils leur expliqueront que tout cela n'est que mensonge, que nous n'en voulons qu'à ceux qui exploitent le peuple, que nous ne souhaitons que le triomphe de la justice sociale.

— Tu as raison ! coupa un membre de l'assemblée. Il faut rendre au peuple ce qui lui appartient.

— Et faire triompher la république, répliqua un grand chevelu du fond de la salle. La république est le seul véritable régime démocratique. Louis Napoléon a berné le peuple en rétablissant le suffrage universel. En fait, ses agents sont partout et l'opposition a trop de mal à s'exprimer. Les dés sont pipés.

— À bas Badinguet !

— À bas l'usurpateur !

— Mes amis, reprit Ribaute, ne vous emportez pas ! Calmez vos ardeurs et méfiez-vous des ombres qui se faufilent dans la nuit derrière vos portes.

Hésitations

Qu'on ne vous entende pas ! Gardez plutôt votre énergie pour le grand jour.

— Les élections ne nous apportent jamais la victoire. En 1863, trop de Français ont encore voté pour les candidats officiels.

— Certes, mais l'opposition a progressé. Avec deux millions de voix, elle a permis d'envoyer trente-deux députés à la Chambre. Il faut poursuivre le combat des urnes, clamaient les légalistes.

— Il faut prendre le pouvoir par les armes ! leur opposaient les partisans de la révolution. Lorsque le peuple a perdu sa liberté, il lui revient le droit de se révolter. C'est dans ces propres termes que l'usurpateur a lui-même justifié son coup d'État du 2 décembre.

Dans la salle, les avis étaient partagés. Les adeptes de la solution électorale l'emportaient toutefois sur les socialistes révolutionnaires.

Ruben comprit vite que même la république divisait les hommes. Et, dans ce vent de tourmente, il ne savait plus très bien ce qu'il devait penser, tant les arguments des uns et des autres lui semblaient tous justifiés.

Ribaute l'avait vite délaissé, pris à partie par ses contradicteurs. Entre les uns et les autres, il tentait, en bon arbitre, de concilier les extrêmes, de calmer les esprits les plus échauffés, de maintenir soudés des hommes prêts à s'opposer une fois leur dessein commun atteint. Tous parlaient comme si l'Empereur avait déjà disparu du champ politique et façonnaient la France à l'aune de leurs espérances.

Ruben osa timidement une question :

— Êtes-vous sûrs de ce que veulent réellement les Français ?

Un silence pesant remplaça aussitôt le brouhaha. Ribaute regarda son nouvel ami d'un air étonné.

— Que veux-tu dire, camarade ? Il est vrai que je t'ai invité et que nous ne t'avons pas laissé la parole ! Alors, vas-y, la parole est à toi. Et vous, laissez-le s'exprimer sans l'interrompre.

Ruben fut tout à coup envahi par un grand vide. Qu'allait-il leur dire à tous ces hommes exaltés, rompus à l'art de la controverse ? Sa question n'amenait de sa part aucun commentaire. Il voulait seulement savoir si chacun parlait en son nom propre ou s'il représentait un fort courant d'opinion. Se sentant acculé, il reprit :

— Eh bien, je pense que les politiques prêtent souvent aux gens du peuple des idées que ceux-ci n'ont pas toujours. Ils réfléchissent pour eux, interprètent leurs pensées, parlent en leur nom. Mais ils s'écartent parfois de leurs idéaux et n'agissent souvent qu'en fonction de leurs propres intérêts. Le peuple veut la république, mais pas à n'importe quel prix. Pas au prix d'un nouveau bain de sang. Le peuple est plus patient qu'on ne le croit. Il sait attendre.

— Nous, les socialistes, nous sommes le fer de lance de la volonté populaire. À nous d'éclairer le peuple, de lui montrer le chemin du pouvoir, de le conduire vers le bonheur auquel il a droit ! s'indigna un homme dans l'assemblée.

— Avant de lui montrer le chemin, il faut lui donner les moyens d'éclairer sa route, il faut l'éduquer et lui apprendre à choisir lui-même son propre destin.

Ruben retrouvait soudain les mots qu'il avait utilisés pour convaincre son père, quand il avait dû lui expliquer pourquoi il voulait quitter le Fournel.

— Nul ne peut décider pour le peuple, si ce n'est le peuple lui-même, ajouta-t-il.

— Voilà pourquoi il faut acquérir le pouvoir par la voie des urnes, coupa le président de séance.

— Je te croyais des nôtres, Ribaute ! s'écria un grand gaillard qui arborait fièrement un foulard rouge autour du cou.

— Mes idées sont socialistes. Tu les connais. Mais je pense comme Lapierre. Éduquons le peuple et laissons-le décider par lui-même. Si nos convictions sont justes et nos actions pertinentes, nous arriverons à lui faire comprendre où sont ses intérêts.

— La révolution ne peut se faire que par une minorité agissante qui, seule, peut renverser la tyrannie et faire triompher la cause du peuple.

La discussion entre partisans et adversaires de la révolution immédiate dura jusque tard dans la nuit. Les hommes ne tarissaient pas d'arguments pour défendre leurs opinions. Mais tous étaient d'accord sur un point : en finir au plus vite avec l'Empire.

Ruben pensait que les beaux discours des compagnons sur la fraternité étaient bien loin de se concrétiser. L'idée même que le chemin de fer pourrait à lui seul unifier les peuples, effacer les frontières, rapprocher les nations et supprimer la misère lui parut soudain très chimérique. « Quand il s'agit du pouvoir, songea-t-il, les hommes sont prêts à s'entre-déchirer ! »

Finalement, tous se quittèrent campés sur leurs positions. Les esprits s'étaient échauffés, les langues déliées. Mais qu'en était-il sorti, sinon que de l'animosité ?

— Alors, qu'en dis-tu ? lui demanda Ribaute avant de le laisser reprendre son chemin. Reviendras-tu à nos réunions ?

— Je ne le pense pas.

— Nous avons besoin d'hommes comme toi pour gagner les prochaines élections. Dans un an, le fruit sera mûr. Napoléon sera obligé de faire d'autres concessions. Il ne suffira plus alors qu'à donner l'estocade. L'année prochaine, si nous parvenons à obtenir une majorité républicaine à l'Assemblée, nos députés pourront déclarer légalement la déchéance de l'Empereur et proclamer la république. Il ne faut pas laisser aux révolutionnaires le soin de le faire par la force. S'ils échouent, nous en reprendrons pour vingt ans de régime autoritaire. S'ils réussissent, la république aura les pieds dans le sang. Je ne le souhaite pas.

— Je suis bien d'accord sur ce point.

— Alors, pourquoi hésites-tu encore ?

— Je ne pense pas être l'homme de la situation. Vos querelles partisanes me paraissent trop éloignées de la réalité ! D'autres idées me tiennent à cœur.

— Lesquelles ?

— Si je travaille sur la ligne, c'est pour réaliser un rêve que je fais depuis que je sais lire.

Hésitations

— Bigre ! Tu ne t'es pas encore débarrassé de tes rêves d'enfant ?
— Pourquoi le devrais-je ?
— Et de quoi rêves-tu ?
— D'horizons lointains, de voyages, de liberté.
— Et ton travail, loin de t'enchaîner, te donnera cette liberté !
— Je l'espère.
— Ce n'est pas en restant poseur de rails sur les ballasts que tu parcourras le monde !
— Je dois d'abord gagner de l'argent.
— Alors, cours te faire embaucher comme mécanicien. Apprends à conduire les locomotives. Ne reste pas avec le menu fretin des gens de l'exploitation. Les mécaniciens sont les seuls vrais seigneurs du rail, car c'est à eux qu'appartiennent les grands espaces auxquels tu rêves.
— Je n'y connais rien dans les machines !
— Il est vrai que ton nouveau métier, pas plus que le mien, ne te servira à décrocher un contrat d'embauche. Si seulement tu étais forgeron ou chaudronnier, tu aurais plus de chances ! Mais tu peux toujours essayer.

Les deux hommes se séparèrent dans la nuit, se promettant de se revoir. Déjà les autres comploteurs s'étaient éclipsés le long des chemins, les uns vers le haut pays, les autres vers la vallée, tous séparément afin de ne pas éveiller l'attention. Beaucoup regagnèrent leur cantonnement, car ils étaient, comme Ruben et Ribaute, employés sur la ligne.

Ruben rentra à son baraquement au petit matin, la tête enfiévrée par de nouvelles pensées. Le froid givrait son haleine autour de ses joues. La moustache qu'il s'était laissé pousser s'était raidie comme une barre de glace en travers de son visage. Dans moins de trois heures, il devait reprendre son poste. Il s'affala sur sa litière et s'endormit tout habillé, l'esprit perturbé.

Quelques semaines plus tard, son équipe reçut l'ordre de se transplanter plus en amont. Le ballast venait d'être stabilisé, il fallait procéder à la pose des rails. Le travail risquait d'être plus difficile, car la voie accusait des courbes resserrées et traversait plusieurs petits tunnels à peine achevés. Les rails courbes étaient toujours plus délicats à abouler et nécessitaient une méticulosité accrue de la part des poseurs. Le chef d'équipe avait prévenu ses hommes :

— Rien ne sert de vous dépêcher. Je veux un travail irréprochable. Mais nous ne partirons pas du chantier, le soir, tant que nous n'aurons pas posé notre quota de barres. Voilà pourquoi nous changerons de camp pour ne pas perdre de temps à revenir ici.

Puis, d'un ton moins solennel, il ajouta :

— Aujourd'hui, les gars, vous avez de la chance ! On déménage. Ce sera donc comme un jour de repos. Vous prendrez vos quartiers immédiatement dans vos nouveaux baraquements. Nous y serons avant midi. Puis, ensemble, nous irons nous rendre compte du boulot qui nous attend. Monsieur l'ingénieur nous accompagnera.

— Pierre Lambert ? demanda Ruben.

— Exact. M. Lambert. Le connais-tu pour être si familier ?

— C'est mon ami.
— Tu as des amis chez les huiles ! Je l'ignorais.
— Pierre Lambert est très proche des ouvriers.
— En tout cas, Lapierre, sur le chantier, pas de familiarités !
— Compris, chef.

Les hommes rassemblèrent leur paquetage et s'engagèrent sur le chemin qui longeait la rive droite du Morangiès. À l'ouest, les premières crêtes étaient toutes chapeautées de neige qu'un vent glacial, descendu des hautes surfaces du Lozère, emportait dans la vallée comme un nuage d'insectes.

Dans les jours qui suivirent, d'importantes chutes de neige et un froid rigoureux contraignirent les équipes à ralentir les travaux. Ceux-ci prirent un sérieux retard. Les hommes manquaient à tour de rôle, cloués au lit par de mauvaises fièvres qui leur brûlaient les bronches et leur ôtaient toute énergie. Les ingénieurs fulminaient mais ne pouvaient lutter contre la nature.

Les chantiers étaient partout bloqués par des congères énormes. Tous, terrassiers, taluteurs, poseurs, mais aussi maçons, tailleurs de pierre, charpentiers, forgerons, rouliers de toutes catégories prirent la pelle pour dégager le ballast de son linceul de neige. Là où les rails étaient posés, la locomotive de service, munie d'une large lame, fit office de chasse-neige. Mais à peine la voie était-elle dégagée que de nouvelles chutes de neige venaient annihiler le travail des hommes. Ceux-ci, inlassablement, se remettaient aussitôt au travail. Seuls les travaux de percement dans les tunnels continuaient. Mais les viaducs, les ponts et les ponceaux étaient eux aussi en souffrance.

Le froid était si intense que la pierre éclatait, que le bois craquait sur les échafaudages, que l'eau des rivières se figeait et se transformait en glace. Les arbres écrasés sous le poids d'une neige épaisse et tenace se penchaient sur la voie et finissaient par s'y coucher, le tronc brisé net en son milieu. À La Bastide, au point culminant de la ligne, les congères atteignaient plus de deux mètres. Il était impossible, dans ces conditions, de respecter les délais prévus par les bureaux d'étude de la Compagnie.

L'ingénieur en chef eut beau mobiliser ses seconds, il dut se rendre à l'évidence : la ligne des Cévennes serait durement soumise aux aléas climatiques. Les trains qui l'emprunteraient bientôt sur sa voie unique devraient compter sur les caprices de l'hiver et se trouveraient un jour bloqués comme en pleine Sibérie. La traversée des Cévennes était à ce prix.

Ruben en était conscient, lui qui vivait en symbiose avec ses montagnes.

— La nature se rebiffe parfois et reprend ses droits quand on ne la ménage pas ! affirma-t-il, un soir, alors qu'il discutait avec un camarade qui travaillait au creusement du tunnel d'Albespeyres.

— Espérons que tu te trompes, car je ne voudrais pas recevoir la montagne sur la tête ! Les conditions de travail dans ce tunnel sont déjà assez pénibles !

Eugène Delcourt était tunnelier depuis longtemps. Le percement des tunnels n'avait plus de secrets pour lui. Originaire du Morvan, ancien mineur, il avait travaillé dans les houillères du

Hésitations

Creusot. Quand il apprit qu'on embauchait pour percer des tunnels sous les montagnes, il se fit engager d'abord par la Compagnie du Grand Central, puis, voulant descendre dans le Midi, sur le chantier des Cévennes.

Il avait rencontré Ruben au hasard des travaux de déblaiement. Eugène avait été réquisitionné à son tour pour dégager le ballast en aval du tunnel. Les deux hommes s'étaient retrouvés côte à côte pour dégager un sapin qui s'était couché en travers du talus, et ils avaient sympathisé.

Ce soir-là, Ruben lui avait rendu visite dans son cantonnement installé non loin de l'entrée du tunnel d'Albespeyres, et devisait avec son compagnon du mauvais temps qui perdurait depuis des semaines. Il était sur le point de le quitter pour rejoindre son propre campement situé à une bonne heure de marche, quand son regard fut attiré par une jeune fille qui travaillait dans la cuisine. Par la porte entrouverte, il ne distinguait que son sarrau sur sa robe sombre qui traînait presque jusqu'au sol. Sa chevelure disparaissait sous une coiffe paysanne épinglée sur les côtés. La jeune cantinière était occupée à la vaisselle et se démenait dans une atmosphère humide et embuée.

— Tu t'intéresses aux cantinières à présent ? lui demanda Eugène Delcourt en se moquant de lui. Il y a mieux ailleurs, si tu vois ce que je veux dire.

— Cette silhouette ne m'est pas inconnue ; je crois bien l'avoir déjà aperçue quelque part.

— Les cantinières vont et viennent. Tu l'as peut-être rencontrée sur un autre chantier, dans une autre cantine.

Ruben paraissait intrigué et n'écoutait plus son ami :

— Je veux en avoir le cœur net.

Il se leva brusquement et fonça vers la porte de la cuisine, se frayant difficilement un passage entre les hommes attablés. Il poussa grand la porte de service, provoquant la surprise parmi les servantes. La jeune fille se retourna et lui fit face.

— Sarah !
— Ruben !
— Mais que fais-tu là ? s'étonna Ruben, revenu de sa surprise.

Sarah abandonna ses torchons et se jeta dans les bras de son frère.

— Comme je suis heureuse de te revoir ! Si tu savais ! Je n'osais espérer te retrouver ici.

— Pourquoi ne m'as-tu pas contacté ? Et qui donc t'a fait venir ? Les parents sont-ils au courant ?

Ruben ne tarissait pas de questions. Sarah avait peine à lui expliquer calmement les raisons qui l'avaient poussée à partir du Fournel quelques semaines plus tôt.

— Ainsi, Pierre savait et ne m'a rien dit ! s'étonna-t-il.

— C'est lui qui m'a trouvé cet emploi. En attendant.

— En attendant quoi ?

— Que j'atteigne ma majorité. Alors, nous nous marierons sans craindre les foudres de père.

— Ne pouvais-tu pas faire les choses selon la tradition ? En cas de désaccord, tu savais très bien que, seul, l'enlèvement pouvait résoudre votre problème. Père aurait fini par accepter. Et vous auriez gagné du temps et de l'estime.

— J'ai hésité à le demander à Pierre. Il n'est pas cévenol. Il n'a pas nos coutumes.

— Crois-tu qu'en mettant père devant le fait accompli, tu apaiseras son courroux ? Il te fermera définitivement la porte du Fournel au nez. Vous vous êtes mis dans de sales draps !

— Qu'aurais-tu fait à ma place ?

La cuisinière, devant ses fourneaux, trépignait d'impatience :

— Dites, les tourtereaux, ce n'est pas un endroit pour se conter fleurette ! Sarah, on ne te paie pas pour donner des rendez-vous à tes amoureux !

— C'est mon frère, madame.

— Alors, qu'il attende la fin de ton service ! Retourne immédiatement à la plonge !

Sarah, les yeux rougis d'émotion, s'exécuta.

— Attends-moi ! souffla-t-elle à Ruben. Je termine vers onze heures.

Malgré les contraintes imposées par l'hiver – les chemins étant enneigés et verglacés –, Ruben revint souvent s'occuper de Sarah que Pierre, pris par ses obligations, ne pouvait voir autant qu'elle l'aurait souhaité. Il s'aperçut très vite que sa sœur n'était pas heureuse. Les traits de son visage trahissaient sa déception et ses inquiétudes. Non pas que Pierre la délaissât, mais parce que les conditions de sa nouvelle existence lui étaient pénibles. Elle souffrait d'isolement, d'étouffement, de cécité. Car elle n'entrevoyait pas très bien son proche avenir, vivant dans la crainte perpétuelle que Pierre ne changeât d'avis.

— Pierre est un ami fidèle, la rassurait Ruben. Il a montré combien il t'aimait en bravant le père. Il tiendra parole.

— Parfois, j'ai honte de ce que j'ai fait. Et je me demande si j'aurai un jour le courage de retourner au Fournel.

Sarah, isolée dans un milieu qui lui était étranger, privée de la compagnie de Marie, sa meilleure amie, commençait à perdre espoir. Parfois elle recevait une lettre de celle-ci qui l'informait des dernières nouvelles de Falguière et de la santé de ses parents. La dernière disait :

Ton père ne parle jamais de toi. Je crois qu'il attend que tu reviennes et que tu fasses amende honorable. Mais j'ignore ce qu'il ferait si tu lui demandais d'accepter Pierre au sein de ta famille. Il est devenu très taciturne depuis ton départ. Félicie essaie parfois de lui faire entendre raison. Elle lui a proposé de t'écrire. Elle est persuadée que Ruben sait où tu te caches. Tu devrais donner de tes nouvelles pour la rassurer. Elle se fait un sang d'encre mais ne t'en veut pas. Samuel, lui, te fait confiance. Il croit dur comme fer que tu t'es réfugiée chez Ruben et qu'il s'occupe de toi. Il fait confiance au temps et à Dieu pour que ton père retrouve la raison et te pardonne.

Ah oui ! je voulais t'annoncer qu'il fréquente l'Étiennette du mas Cauvert. Ils sont du même âge tous les deux. Ta mère dit qu'à vingt-six ans, il est temps qu'ils se marient. Aussi je crois bien qu'ils ne tarderont pas. Les fiançailles devraient avoir lieu au printemps et les épousailles dans un an. J'espère que d'ici là tes problèmes avec Pierre seront résolus.

Hésitations

Il serait dommage que le mariage de Samuel soit entaché par ton absence.

Quant à moi, j'ai fait toute la lumière en mon âme et dans mon cœur. Je sais maintenant que c'est Ruben que j'aime. Je ne suis plus habitée par des sentiments fraternels à son égard. J'étais aveugle parce que je craignais de voir la lumière en face. Je l'aime comme il m'aime lui-même. Plus rien ne nous sépare désormais. C'est ce que je lui dirai dès qu'il reviendra. À la fin mars, je crois, dès que les grands froids laisseront la place aux douceurs printanières. Si tu le rencontres – on ne sait jamais –, ne lui en parle pas. Je veux lui faire la surprise.

Sarah tendit la lettre à Ruben :

— Tu peux la lire, mais ne dis pas à Marie que je te l'ai montrée.

Ruben n'avait pas eu de nouvelles de Falguière depuis son dernier retour. Il ne put contenir sa joie d'apprendre les futures fiançailles de son frère.

— Eh bien, il a bien caché son jeu, le frérot !

Puis revenant à Marie :

— Je savais qu'un jour ses yeux s'ouvriraient sur son cœur.

— Mais ne m'as-tu pas dit que tu avais l'intention de te faire embaucher comme conducteur de machine ? s'étonna Sarah.

— On dit mécanicien !

Ruben s'assombrit.

— L'un n'empêche pas l'autre, ajouta-t-il sans conviction. Mais en attendant, je sais ce qu'il me reste à faire.

— Quoi donc ?

— Monter au Fournel et tâcher de faire entendre raison à père en ce qui te concerne.

— Maintenant, par ce temps et avec toute cette neige !

— Précisément. Les hommes ne manquent pas pour déblayer. Et la pose des rails ne va pas reprendre dès demain. Je vais en profiter pour demander un congé exceptionnel. Mon chef d'équipe m'a à la bonne. Il ne me refusera pas cette faveur.

— Tu vas perdre ton salaire !

— J'ai suffisamment épargné pour me permettre quelques petits extras. Je remonterai aux beaux jours, dans cinq à six semaines. D'ici là, j'espère que tous nos problèmes seront réglés et que nous pourrons nous apprêter à une double noce.

En réalité, Ruben avait grande envie de retrouver Marie et de l'entendre lui avouer son amour. L'espoir des jours heureux inondait à nouveau son esprit. Tout devenait clair malgré les turbulences qu'il devrait encore affronter. Il saurait défendre la cause de sa sœur ; il ferait la connaissance de la fiancée de Samuel ; il envisagerait sereinement l'avenir avec Marie à qui il escomptait bien faire épouser ses rêves.

Fort de ces certitudes, il partit pour Falguière par un matin glacial tout encombré de neige. Il n'y avait que du bleu dans son décor, pas un nuage dans ses pensées.

XXIV

Retour au Fournel

En chemin, Ruben n'avait pas cessé de penser à ce que le maître maçon lui avait suggéré : se faire embaucher comme mécanicien. Certes, l'idée lui était déjà venue, mais il l'avait très vite considérée comme la part chimérique de ses rêves d'enfance et l'avait toujours écartée des projets qu'il pensait réalisables.

Toutefois, plus il réfléchissait, plus il devenait convaincu que tel était le grand dessein de sa vie. « Il faut viser haut, quand on a l'ambition de sortir des sentiers battus ! » songeait-il en marchant.

Et il se voyait déjà caracoler sur la plate-forme d'une locomotive, la chevelure au vent ou portant gibus et jaquette, actionnant fièrement volants, vannes et manettes, sous les regards admiratifs des curieux massés le long de la voie. Il n'avait jamais oublié les paroles de Paulin Talabot lors du voyage de ses douze ans. À l'embarcadère, il serait comme un prince sur son piédestal, un « seigneur » entouré de sa cour et de sa garde rapprochée, ces hommes au service de la machine : le ramouniat qui veille à la propreté de la chaudière, le tubiste chargé de la détartrer, l'allumeur sans qui elle ne serait qu'un chaudron d'eau froide inerte ; enfin, son second, son fidèle compagnon avec qui il ferait équipe pendant toute une vie de travail, son complice de tous les jours, son alter ego : le chauffeur qui enfournerait ses deux cents kilos de charbon à l'heure dans la gueule de la bête.

Car la locomotive n'était pas une simple machine faite de tôles métalliques, d'embiellages et de roues, une mécanique bien graissée, mais froide et sans âme. Ruben savait qu'elle était plus que cela pour tous ceux qui s'occupaient de son entretien, et surtout pour celui qui la conduisait. Elle était un être vivant, exigeant, capricieux, doté d'une force phénoménale mais aussi d'une grande vulnérabilité. Pour en tirer le meilleur, le « seigneur » devait en connaître tous les secrets, tous les points faibles ; il devait pouvoir en atteindre le cœur, fouiller son intimité. Entre elle et lui, c'était comme une histoire d'amour entre deux êtres inséparables.

Ruben savait tout cela.

Alors, il se dit : « Pourquoi pas moi ? » Et il se mit dans l'idée d'abandonner son travail sur le chantier et d'aller, dès qu'il le pourrait, se faire embaucher au dépôt d'Alais.

Le lendemain, parti de bonne heure, tandis que la lumière du jour chassait à peine les ombres de la nuit, il vit apparaître les premières maisons du Collet. Un ciel menaçant plombait les crêtes. Son cœur se serra dans sa poitrine. Il descendit aussitôt de son nuage et reprit conscience de la réalité pour laquelle il avait décidé de rentrer au pays.

L'aube enlaçait encore le village dans une écharpe de brume. La grisaille encapuchonnait la vallée.

Retour au Fournel

La vie semblait s'être dissipée. Aucun bruit. Aucun mouvement. Quelques fumées échappées des cheminées s'effilochaient au-dessus des toitures et attestaient de la présence des hommes dans les maisons endormies.

Il hâta le pas. Au sol, la neige avait disparu. Seules les crêtes étaient coiffées d'une mantille d'organdi. Il traversa un bois de châtaigniers encore tout imprégné d'odeurs de mousse, de fougères et de champignons de l'automne précédent. Bien qu'éloigné de trois bonnes lieues du Fournel, il en connaissait toutes les bolettières. Il savait où trouver à coup sûr les têtes de nègre les plus parfumées, les oronges les plus jeunes, les safrans les plus goûteux.

Il passa à guet plusieurs ruisseaux qui dévalaient des sommets et retrouva son goût pour le braconnage, se souvenant qu'il avait initié Marie à attraper les truites à la main, malgré les réprimandes de sa mère.

Il arriva en vue de Falguière au milieu de la matinée. Il traversa le village, fit quelques rencontres de connaissance et fila vers le Fournel.

À l'orée de ses terres, il aperçut son père occupé à surveiller ses brebis. Il s'arrêta pour l'observer sans être vu avant de l'affronter. Zacharie avait le geste lent des pâtres ancestraux. Son pas nonchalant suivait le rythme des bêtes qui déambulaient au gré de leur maigre pitance. Le froid avait recuit les herbes tendres et durci les plantes vivaces. Les pauvres bêtes, frigorifiées, *chouraient*[1] comme en

---

1. *En parlant des moutons : se reposer à l'ombre, accablé par la chaleur.*

plein été quand, pour se protéger du soleil, elles restaient groupées à l'ombre, la tête basse, à moitié assommées par la chaleur.

— Que fait-il dehors par un tel froid ? se demanda-t-il. Il va les achever !

Zacharie ne semblait pas souffrir du froid. Emmitouflé dans sa cape de berger, sa houlette à la main, il parlait à ses brebis, lançait son chien aux trousses des traînardes pour les ramener dans le troupeau. Son haleine formait autour de lui une aura de buée qui lui donnait l'aspect d'un être éthéré sorti d'un rêve.

Ruben s'attendrit soudain. Son père lui paraissait affaibli depuis sa dernière visite, plusieurs mois auparavant. Son dos s'était voûté, sa vivacité s'était amoindrie. Se pouvait-il qu'on vieillisse d'un coup ? s'étonna-t-il, prenant soudain conscience de l'âge de son père.

Il chassa aussitôt de ses pensées l'idée que son absence pouvait en être la cause et tâcha de se convaincre que son père souffrait du départ précipité de Sarah.

Il fit quelques pas dans sa direction. Quand il fut à découvert, la vieille Calie le sentit venir et accourut vers lui, abandonnant maître et brebis. La brave chienne se traînait, percluse de rhumatismes comme l'était le vieil Abraham avant sa mort. Son arrière-train s'affaissait misérablement et l'obligeait à claudiquer à chaque pas.

Zacharie se retourna, planta sa houlette dans le sol et attendit.

— Bonjour, Père, fit Ruben.

— Bonjour, fils. Tu portes la casquette comme un ouvrier d'usine à présent !

— Je fais comme tout le monde !

— Et cette moustache ! Elle te donne un air bien sérieux !

— Ce n'est qu'une coquetterie.

Le père et le fils évitèrent de se jeter dans les bras de l'un l'autre, par pudeur, mais aussi par retenue. Ils savaient qu'ils auraient sans tarder une âpre discussion à propos de Sarah et chacun restait sur ses gardes.

— Rentre donc au mas. C'est la mère qui va être surprise de ton arrivée ! Nous ne t'attendions pas si tôt.

— J'ai devancé mon retour. Je ne devais revenir qu'à Pâques. Et Marie ? ne put s'empêcher de demander Ruben.

— Marie ? Elle t'attend. Elle a bien de la patience cette petite ! Et toi qui cours par monts et par vaux !

Ruben ne releva pas la remontrance.

Le soir même, il aborda la question de sa sœur.

— J'ai revu Sarah, avoua-t-il sans ambages dès la fin du repas.

Zacharie ferma son couteau, l'enfouit dans sa poche, se pinça le menton entre le pouce et l'index, et dit :

— Sarah n'est plus un sujet de discussion. Je lui ai fait comprendre où était la raison. Elle s'est entêtée. Elle a déshonoré la famille en s'enfuyant comme une moins que rien.

Ruben croisa le regard de Marie. Elle lui fit les gros yeux pour lui signifier de ne pas poursuivre la conversation. Il n'en tint pas compte.

— Ce n'est pas en vous enfermant chacun dans vos positions que vous résoudrez le problème.

— Il n'y a pas de problème puisqu'il n'y a plus de Sarah. Je n'ai plus qu'une fille dans cette maison : c'est Marie.

— Mère, dis quelque chose ! poursuivit Ruben en se tournant vers Félicie.

— Boudiou, je n'ai pu raisonner ni ta sœur ni ton père ! Ils sont aussi *testards*[1] l'un que l'autre. De vrais *réboussiers*[2] !

— Ne dis pas que tu donnes raison à ta fille ! s'offusqua Zacharie.

— Non, mais à toi non plus. Si vous refusez de vous parler, vous ne pourrez jamais vous réconcilier.

— J'ai parlé à Sarah, reprit Ruben. Elle est très chagrinée. Mais elle aime Pierre et ne comprend pas pourquoi tu ne veux pas de lui pour gendre. J'ai vu Pierre également. Il est sincère. Ce n'est pas lui qui a demandé à Sarah de venir le rejoindre. Elle est partie de son plein gré.

— Il n'a rien fait pour la renvoyer !

— Elle ne serait pas revenue dans ces conditions.

— Que lui faut-il alors ?

— Que tu lui pardonnes et que tu acceptes Pierre.

— Qu'elle revienne d'abord, et je verrai si je lui pardonne. Quant à ce papiste...

— Ah non ! coupa Félicie, tu ne vas pas recommencer. Pierre est catholique. C'est un fait. Tu es le premier à défendre la liberté de conscience. Ne te montre pas plus intolérant que les intégristes !

---

1. *Têtus.*
2. *Revêche, contrariant.*

— Félicie a raison, déclara timidement Marie, qui n'osait intervenir dans le différend familial.

— Toi aussi, ma fille, tu me donnes tort !

— Non, Zacharie. Tu n'as ni tort ni raison. Tu es contrarié. Et tu souffres en ton âme et conscience. Je te comprends. Quand on souffre, on ne sait plus tout à fait ce qu'il convient de faire et de penser. Mais je sais que tu as un grand cœur. Souviens-toi : moi aussi je suis catholique et je ne suis pas ta fille. Pourtant tu m'as recueillie et tu m'as élevée comme ta fille sans faire de différence avec Sarah.

— J'ai fait de toi une protestante, et j'ai donné un toit et une famille à une petite orpheline que Dieu a placée sur mon chemin.

— Je suis protestante par toi mais catholique par mon baptême. Je suis un trait d'union entre nos deux communautés. N'est-ce pas ainsi qu'on peut envisager la paix entre tous les hommes de bonne volonté ?

Zacharie s'était tu, comme subjugué par les paroles de Marie. Depuis que celle-ci vivait sous son toit, elle avait toujours eu les mots justes pour apaiser les craintes des uns, les déceptions des autres, les peurs et les angoisses de tous. Jamais elle ne jugeait ni ne condamnait son prochain, jamais elle ne prenait parti pour l'un ou pour l'autre, se refusant à exacerber les passions ou à étouffer les exaltations.

— Il faut laisser vivre ! ajouta-t-elle. Et nous aider les uns les autres pour que chacun réalise son destin.

Ruben se sentit soudain interpellé. Les paroles de Marie lui étaient-elles aussi adressées comme un encouragement, un signe de sa compréhension et de son amour ?

La jeune fille le regarda, les yeux brillants d'émotion.

— Tu parles bien, petite. Tu parles très bien. Tu es pleine de sagesse. Mais vois-tu, à mon âge, il y a des choses difficiles à admettre. Si seulement ces deux nigauds avaient agi selon la tradition, nous aurions pu transiger !

— C'est ce que j'ai expliqué à Sarah, interrompit Ruben. Elle a eu peur que Pierre refuse. Parce qu'il n'est pas cévenol. Et que ça ne se fait pas dans son pays. De plus, il est hostile à tout ce qui est contraire à la loi.

— Nos traditions, chez nous, ont force de loi ! S'il veut un jour faire partie de la famille, il faudra bien qu'il les accepte.

Zacharie venait de fléchir. Chacun s'en rendit compte. Il ajouta :

— Qu'elle revienne ! Je le répète. Et après seulement, nous verrons.

Ruben tint cette dernière parole pour le message qu'il devait apporter à sa sœur et détourna la conversation sur Samuel.

Celui-ci était absent, étant parti veiller chez sa promise. Les langues se délièrent de nouveau, chacun pour ajouter qui un bon mot, qui une remarque en vue de la préparation des futures épousailles.

Quand les esprits furent calmés, Ruben se rapprocha de Marie. Plusieurs jours s'étaient écoulés depuis son arrivée. Comme d'habitude, il avait repris son travail auprès de son père, l'aidant à fumer les terres pour le début du printemps, à réparer le matériel, à tailler des pieux pour les clôtures.

L'azur céleste inondait à présent serres et valats d'une lumière éclatante. Le ciel de mars, rincé de tout nuage par le vent du nord, annonçait la fin des tourmentes hivernales. Dans les lointains, le bastion du Lozère était encore engoncé dans son manteau de neige, mais la fonte alimentait déjà les eaux cristallines des torrents. Dans le bas pays, amandiers et noisetiers tachetaient de rose et de blanc le vert tendre des prairies renaissantes ; les ruches bourdonnaient dès les premiers rayons du soleil. Et, dans les étables et les bergeries, les bêtes percevaient déjà l'appel des drailles.

C'est Marie qui parla la première, ne laissant pas à Ruben le soin de faire les prémices de la conversation. Par un matin ensoleillé, alors que l'air vibrionnait au-dessus des crêtes, elle l'attira dans la grange et lui dit :

— Je n'ai pas eu besoin de réfléchir. J'ai laissé parler mon cœur en fermant les yeux pour mieux voir clair à l'intérieur de moi.

Ruben savait ce qu'elle allait lui déclarer. Il n'en était que plus fébrile. Il la laissa s'exprimer sans l'interrompre, faisant mine de s'étonner, alors qu'il savait ce qui s'était passé en elle depuis leur dernière discussion, Sarah n'ayant pas été avare de confidences.

Quand elle eut fini de lui avouer sans pudibonderie les sentiments qu'elle éprouvait pour lui, elle se blottit dans ses bras comme elle le faisait quand, petite, elle cherchait auprès de lui le réconfort d'un grand frère.

Mais cette fois, son corps frémit comme celui d'une jeune femme amoureuse.

Il l'attira vers lui. Leurs mains s'étreignirent, leurs lèvres se frôlèrent. Ils s'embrassèrent à en perdre la raison et se fondirent ensemble dans la nuit des temps.

Pour la première fois, Marie se donna à Ruben, toute et sans retenue, rattrapant en l'espace d'un matin les années perdues à attendre de voir enfin la lumière. Elle pensa que de tels instants de bonheur ne se retrouvent pas souvent et qu'il fallait les graver à jamais dans sa mémoire.

De son côté, Ruben savourait l'impression de plénitude qui inondait son corps. Marie était enfin à lui. Sa patience, sa persévérance avaient été récompensées. Il n'osait lui parler de peur de rompre le charme qui avait opéré sur celle qu'il aimait depuis toujours. Pourtant, les mots lui brûlaient les lèvres. Marie ressentit son hésitation.

— Quelque chose te tracasse ? lui demanda-t-elle.

Ruben hésitait encore. N'allait-il pas commettre une erreur fatale, en précipitant Marie là où il aurait aimé qu'elle aille d'elle-même ?

— Voudras-tu m'épouser ? finit-il par demander.

— T'épouser ?

— Qu'ai-je dit de si bizarre ? Après ce que nous venons de vivre, je croyais que cette question t'aurait aussi effleurée !

Marie se serra davantage contre la poitrine de Ruben. Les battements de son cœur s'accéléraient, comme pris soudain de vertige. Contre son attente, elle le renversa sur le dos et l'embrassa sans retenue.

— Alors ? fit-elle, une fois sa passion assouvie. Tu doutes encore de moi ?

Ruben restait sans réaction, comme anesthésié. Il se retourna, lui caressa la poitrine, embrassa la pointe de ses seins, lui fit encore l'amour.

Le corps de Marie n'était qu'extase, un feu que rien ne parvenait à maîtriser, même les assauts renouvelés de Ruben. Quand elle reprit ses esprits, son corps ruisselait de sueur. Sa chevelure, tout enluminée de brins de paille dorés, cascadait sur ses épaules comme un fleuve de lumière surgi des cieux. Ses yeux, d'un bleu intense, lançaient des éclats de diamant. Ses lèvres entrouvertes appelaient encore la jouissance et découvraient deux rangées de perles étincelantes.

Jamais Ruben n'avait vu Marie si exaltée. L'amour l'avait métamorphosée si vite ! Sur le coup, il craignit d'avoir perturbé son esprit, tant elle lui paraissait devenue impondérable, presque intouchable, d'une beauté divine.

Elle lui prit le visage entre les mains, sourit.

— Non, Marie ! il faut savoir s'arrêter.

— Mais je voulais seulement te dire que…

— Oui ?

— Bien sûr que je veux devenir ta femme ! En aurais-tu douté ?

Dehors, quelqu'un s'approchait dangereusement de la grange. Sans tarder, ils se rhabillèrent, se débarrassèrent des fétus de paille qui trahissaient leurs ébats et, sans se préoccuper de rien, prirent chacun une fourche et firent semblant de remonter la paille sur le tas de foin.

— Je me demandais où vous étiez tous les deux ? dit Félicie en ouvrant la porte du fenil.

Elle fit comme si elle n'avait rien deviné. Mais son petit sourire en coin en disait plus long que les plus longs discours.

Ruben et Marie se retrouvèrent chaque jour qui suivit, le matin, l'après-midi, le soir, profitant de l'occupation de Zacharie et de Félicie, qui les croyaient chacun de son côté. Ils se dépêchaient d'accomplir leurs tâches et se rejoignaient dans la paille du fenil avec la complicité des tourterelles qui, à l'annonce du printemps, avaient niché avant eux sur les poutres de la charpente.

À chaque retrouvaille, c'étaient les mêmes ébats éperdus dans la recherche de l'absolu, le don total de l'un pour l'autre, le même accomplissement. Ils n'avaient cure de leur entourage et se moquaient bien qu'il pût discerner dans leurs regards complices, dans leurs gestes tout empreints de connivence, le lien nouveau qui les unissait à présent, un lien plus fort que la plus solide des amitiés.

Félicie n'était ni dupe ni aveugle. Elle se réjouissait en secret de ce qu'elle devinait et percevait, mais ne se trahissait pas, craignant d'ajouter un autre souci à celui que créait Sarah.

De jour en jour, Marie se faisait plus ravissante que jamais. Son bonheur irradiait dans toute la maison. Sans commettre des excès de coquetterie, elle prenait un soin particulier à sa tenue vestimentaire, ne paraissait pas à table mal coiffée ou vêtue de son tablier de travail. Elle égayait la maison de fleurs sauvages qu'elle allait cueillir dans les terres. Et le soir, à la veillée, elle restait sagement assise à côté de Ruben, genoux contre genoux, profitant de l'inattention des autres pour lui décocher un sourire qui la trahissait.

Aux beaux jours, qui revenaient petit à petit, ils éprouvèrent l'envie d'aller veiller avec d'autres jeunes de leur âge. Samuel, mis très tôt dans la confidence, les invita à passer la soirée chez ses futurs beaux-parents en compagnie de sa promise et de ses amis. Puis tous, ils s'invitèrent à tour de rôle, de sorte qu'ils ne passèrent plus une seule soirée sous le même toit.

Avec l'arrivée du printemps, les filles se laissèrent courtiser par les garçons. Les parents commencèrent à évaluer les dots, à engager des tractations, à contacter les notaires.

Ruben ne semblait pas pressé de retourner travailler sur le chantier. Pourtant celui-ci avait repris son activité depuis qu'avec la fonte des neiges le ballast était de nouveau dégagé.

Ce fut encore Marie qui osa lui parler la première. Car elle l'aimait trop pour laisser entre eux un seul malentendu.

— Tu vas bientôt repartir, lui dit-elle. Crois-tu qu'un jour tu accepteras de revenir au Fournel pour que nous puissions, à notre tour, songer à nous établir ?

Ruben comprit qu'il devait maintenant s'expliquer. Il craignait cette discussion. C'est pourquoi il l'avait repoussée le plus longtemps possible.

— Le Fournel revient à Samuel. Il est l'aîné des Lapierre. C'est lui qui doit reprendre le mas de mes ancêtres.

— Je comprends bien. Mais nous pourrions chercher une autre terre et nous installer non loin d'ici. C'est ce que font tous les cadets de famille.

— Beaucoup partent travailler dans les usines ou dans les mines !

— Je suis consciente que, contrairement aux autres partis que tu pourrais trouver, je ne peux rien apporter en dot. Et pour cause ! Je me demande d'ailleurs si ton père m'acceptera comme bru après m'avoir élevée comme sa propre fille ? Ne réagira-t-il pas comme avec Sarah ?

— La situation n'est pas identique. Mais, pour cette raison, je crois souhaitable de ne pas nous installer trop près d'ici. Cela évitera les remarques désobligeantes du voisinage qui pourraient mettre tout le monde mal à l'aise. De toute façon, mon père n'a pas assez de terre pour lotir ses trois enfants. Mon avenir est ailleurs.

Marie s'assombrit.

— Sur les voies ferrées en construction ? coupa-t-elle.

— Non, j'ai mieux à te proposer.

— Ah ! Et quoi donc ?

Ruben hésitait. N'était-il pas trop tôt pour dévoiler ses nouvelles espérances ? N'était-il pas préférable d'attendre qu'il ait rendu visite au dépôt d'Alais et qu'il ait obtenu un nouveau contrat d'embauche ?

— J'ai l'intention de me faire engager comme mécanicien par la Compagnie.

— C'est-à-dire ?

— Conducteur de locomotive. Ce serait vraiment l'aboutissement de tous mes rêves. Ainsi, je pourrais voyager, voir du pays. Je ne serais plus rivé à mon ballast comme les rails que je pose à leurs traverses. Je serais quelqu'un !

— Et moi ? coupa Marie. Que fais-tu de moi dans tout cela ?

— Mais je t'emmènerai avec moi, bien sûr, quelle question ! Je t'aime, Marie. Comment peux-tu imaginer une seconde que je pourrais t'abandonner après tout ce que nous avons vécu ? Nous allons vivre le restant de notre vie ensemble. Nous vieillirons côte à côte. Mais avant cela, nous aurons beaucoup d'enfants !

— Que j'élèverai seule en t'attendant ! Pendant que tu seras parti à hue et à dia je ne sais où, le long des voies ferrées !

Marie avait haussé le ton. Sa voix trahissait soudain son profond dépit.

— Marie, reprends tes esprits et sois raisonnable ! Je n'ai pas dit que je partirais loin en te laissant seule. Chaque soir, je rentrerai au dépôt, comme la plupart des mécanos et des chauffeurs, une fois leur journée de travail terminée.

— Tu ne partiras donc pas dans les pays lointains ?

— En tout cas, pas sans toi !

— Mais où vivrons-nous ? C'est ici chez nous, dans ce village.

— C'est toi qui me dis cela, alors que tu viens de Lyon ! Nous vivrons peut-être à Lyon ! Il y a une grande gare à Lyon et un dépôt important.

— Oui, je sais, la gare de Perrache. Je n'habitais pas très loin avec ma mère. Le quartier était sordide. Je me souviens très bien. C'est ça que tu me proposes ? Retourner vivre dans la grisaille des villes, dans un quartier qui sent la misère, dans une maison sombre et humide où je t'attendrai toute la journée ? J'ai connu ça. Ce fut toute mon enfance. Je n'ai pas envie d'offrir cette existence à nos enfants. Toi, tu es paysan et tu as la chance de vivre dans un pays de rêve !

— Ce n'est quand même pas un pays de cocagne ! Tu oublies les difficultés que beaucoup de Cévenols connaissent au quotidien.

— Certes, mais tu ignores de ton côté ce que vivent les misérables, tapis au fond des taudis des villes ouvrières.

— Les mécaniciens des chemins de fer sont des seigneurs. Ils gagnent bien leur vie et ils résident dans les logements de leur Compagnie. Il ne faut pas tout confondre !

Ruben eut beau arguer de tout son savoir, il ne parvint pas à persuader Marie que, dans le décor de ses rêves, il y avait autant de soleil que dans le ciel du Fournel.

— Ne t'inquiète donc pas pour notre avenir, lui dit-il pour la rassurer. Nous n'en sommes pas encore là. Nul ne sait de quoi demain sera fait. Quant à moi, il me faut d'abord parler à Sarah et parvenir à lui faire admettre de rentrer au Fournel.

Quelques jours plus tard, Ruben quitta Marie et tous les siens. Il déclara retourner sur son chantier où son travail l'attendait.

Parvenu au Collet, au lieu de prendre la direction du nord, vers Villefort, il bifurqua vers le sud et s'engagea sur la route d'Alais.

XXV

Désillusion

Le quartier de la gare grouillait de monde. Les activités commerciales et industrielles de la petite sous-préfecture étaient très florissantes. Aussi les rues abondaient-elles de coches, de calèches, de chariots de toutes sortes remplis de marchandises qui affluaient vers l'embarcadère du chemin de fer.

Ruben avait conservé un vague souvenir de sa première et unique visite de la capitale cévenole. Celle-ci, depuis douze ans, s'était agrandie, étalée toujours plus loin vers les collines environnantes. Ce qui était le signe de sa prospérité et de son dynamisme. Les collines de Chantilly, de l'autre côté des voies, commençaient à se couvrir de constructions, tandis que la ville s'étalait de plus en plus en aval du Gardon, là où les terrains ne se heurtaient pas au relief. En prévision de l'ouverture de la ligne Alais-Brioude, que les ingénieurs espéraient au plus tard d'ici deux ans, la Compagnie avait même décidé le transfert de la gare deux cents mètres plus bas que la gare existante. Déjà, les emplacements étaient réservés, les travaux devant débuter dans quelques mois, au plus tard à l'automne, en dépit de l'hostilité de nombreux Alaisiens qui regrettaient déjà que la nouvelle gare fût ainsi plus éloignée du centre-ville.

Ayant franchi le Gardon par le pont de Rochebelle, Ruben contourna le Fort Vauban et piqua droit sur la zone ferroviaire. Plutôt que de se rendre directement à la gare proprement dite, il passa par le dépôt, dont les installations étaient situées à la sortie de la ville, à peu de distance des forges de Tamaris.

Le dépôt était le cœur vital de la gare. Sans lui, aucun train ne pouvait prendre les rails ; toutes les activités de la cité en dépendaient. Des fumées noires, une atmosphère embuée, des bruits assourdissants en trahissaient l'emplacement.

Ruben en franchit discrètement les limites, poussé par la curiosité.

Le soleil déclinait sur l'horizon, la journée s'achevait dans une lumière blonde où tout semblait se démarquer en traits de fusain.

Il traversa plusieurs faisceaux de rails qui divergeaient dans tous les sens et se dirigea vers la rotonde. Une locomotive, couverte de boue et de poussière de charbon, venait d'y prendre place, laissant encore échapper de ses entrailles quelques derniers jets de vapeur, telle une bête blessée, épuisée. Le mécanicien et le chauffeur en descendirent avec précaution, méconnaissables sous leur masque de suie. Les traits de leur visage étaient creusés, leur pas lourd, leur dos voûté. Ils ne se parlaient pas. Ils inspectèrent une dernière fois leur « Princesse[1] »,

---

1. Un des noms donnés aux locomotives par leurs machinistes.

Désillusion

puis, visiblement à bout de forces, s'éloignèrent sans se retourner.

Ruben voulut voir de près ce qu'il advenait des machines une fois celles-ci rentrées au dépôt. Subjugué par le monstre encore tout écumant, il s'approcha pas à pas de la remise, sans se faire remarquer.

Autour des locomotives en attente d'un nouveau départ, des hommes, tous aussi noirs les uns que les autres, s'activaient dans un bruit infernal : chaudronniers, ajusteurs, forgerons réparaient les bielles endommagées, les soupapes brisées, changeaient des pistons, réalignaient des essieux, tandis que ramoneurs, tubistes et manœuvres préparaient d'autres machines et les nettoyaient pour leur donner peau neuve.

Deux machinistes proprement vêtus firent alors leur entrée. Ils toisèrent Ruben sans lui adresser la parole. Celui-ci fit un pas dans leur direction pour leur poser une question, mais n'en eut guère le temps. Le mécanicien s'empara aussitôt d'une burette à huile et commença à vérifier une machine rutilante dont la chaudière crachait déjà des flammes. Il graissa méticuleusement tous les rouages, d'une façon quasi rituelle, en prenant soin de ne pas gaspiller l'huile, pendant que son chauffeur « renippait[1] » son feu et faisait monter la pression. Puis il grimpa sur la plate-forme, troqua son chapeau haut-de-forme pour une vulgaire casquette, vérifia les manomètres et fit avancer lentement le monstre d'acier.

---

1. *Chargeait de charbon.*

Ruben écarquillait les yeux comme un enfant. Il se vit tout à coup sur la plate-forme, c'était lui le « seigneur ». Du bout des doigts, il faisait avancer la machine vers le château d'eau, sous la grue hydraulique. À ses ordres, son chauffeur remplissait à ras bord les water-ballasts de son tender. Puis, le long du quai de chargement, les bougnats lui faisaient le plein de charbon de terre.

Un sifflement strident le ramena à la réalité. La machine, enfin prête, s'éloigna du dépôt, avançant majestueusement sur la voie, et attendit le signal de se mettre en limon.

D'autres locomotives restaient en attente. Les hommes n'avaient pas une minute de répit. Beaucoup criaient pour se faire entendre, tant le bruit assourdissant couvrait leur voix. La fumée emplissait régulièrement le hangar, rendant l'air irrespirable. Le dépôt était un univers de noirceur couvert de suie, de poussière de charbon et de limaille de fer.

Ruben prit conscience de la pénibilité du travail de ces hommes de l'ombre. « Mieux vaut encore travailler sur le ballast, au grand air et en pleine nature ! » songea-t-il.

Il s'éloigna de la rotonde en longeant une voie qui le conduisit vers le triage. Le décor n'était guère plus attrayant : des faisceaux de rails pour la réception et la formation des convois, des postes d'aiguillage, des guérites, des wagons partout en attente de chargement. Le triage était le grand carrefour des marchandises.

Un autre monde tout aussi fébrile s'activait, cette fois autour des wagons qu'une locomotive de service poussait au sommet de la butte de triage afin de constituer les convois. Toute une armée de manœuvres, de saboteurs, d'atteleurs et d'aiguilleurs s'exécutait pour ventiler les voitures qui prenaient place d'elles-mêmes derrière les trains en formation. Un employé muni d'un carnet et d'un porte-plume relevait au passage les numéros des wagons et leur destination.

Ruben, de nouveau pris par le va-et-vient des hommes et des machines, s'était arrêté, songeur, sur un quai au bord duquel un train de voyageurs prenait lentement le départ en direction de l'embarcadère de la gare, quand, tout à coup derrière lui, une voix lui demanda :

— Qu'est-ce que vous voulez ?

Surpris, il se retourna et dévisagea l'homme qui venait de le sortir de sa rêverie.

— Vous ne savez pas que cet endroit est interdit au public ?

— Je l'ignorais.

— Que faites-vous ici ?

L'homme était vigoureux, de forte corpulence. Ses sourcils en broussaille et son épaisse moustache accentuaient l'autorité qui émanait de sa personne.

— Vous n'avez rien à faire ici ! Il faut vous en aller.

— Je ne faisais rien de mal. Je regardais ces hommes travailler. Moi aussi je travaille pour la Compagnie.

— Ah ! fit le cheminot d'un ton plus complaisant. Et quel est ton boulot ? demanda-t-il en le tutoyant.

— Je suis poseur de rails. Mon chantier se trouve entre Villefort et le tunnel d'Albespeyres.

— Tu travailles sur la voie ! Alors, tope-là mon gars ! Tu es des nôtres. Je suis un ancien contremaître de chantier. J'ai travaillé sur toutes les lignes en construction de la région. Aussi, vois-tu, ces hommes que tu observais avec moi, ils filent droit. Je les ai à l'œil. Ils se disputent comme des chiffonniers. Ils ne sont pas faciles. Mais entre eux, c'est comme sur les chantiers ; tu connais ça, toi, la solidarité, hein ?

— Il est vrai qu'on est tous très soudés et qu'on se serre les coudes.

— Ici, c'est la piétaille, des sauvages. Toujours les premiers à faire la grève, mais aussi les premiers à flancher au bout de trois jours. On ne peut pas compter sur eux pour nos revendications. Mais, moi, je la tiens bien en main, mon équipe ! Pas un ne bronche. Les trains partent à l'heure. Jamais une seconde de retard.

Le contremaître soliloquait sans s'en rendre compte. Ruben l'écoutait patiemment. Ramassant son bissac qu'il avait posé à ses pieds, il fit mine de s'éloigner.

— Tu ne m'as toujours pas dit ce que tu fais ici sur le triage ?

— En réalité, je suis venu pour tenter de me faire embaucher comme mécano.

— Comme mécano ! Tu ne doutes de rien ! Tu n'ignores pas que, parmi les *gueules noires*, les mécaniciens sont les plus considérés, les plus enviés aussi.

— Peut-être. Mais ce n'est pas cela qui me pousse.

— Ah non ! C'est quoi alors ? La paie ?

Désillusion

Et Ruben d'expliquer une fois de plus les raisons de sa démarche.

— Alors, il faut que tu ailles à la gare, au bureau de l'ingénieur de la Compagnie chargé du personnel. Il n'y a que lui qui puisse faire quelque chose pour toi, mon gars !

Il était tard. Ruben décida de remettre sa requête au lendemain matin. Il passa la nuit dans un relais de poste situé à la sortie de la ville et revint à l'ouverture des bureaux.

Le personnel de la gare était déjà à pied d'œuvre depuis l'aube.

Le lampiste, dans son tablier à bavette maculé de taches d'huile, tirait derrière lui une petite voiture brinquebalante pleine de lanternes. Dans la lampisterie, à l'extrémité du quai, ses commis astiquaient et remplissaient celles que les chefs de train, les wagonniers et les hommes d'équipe avaient déposées après leur service. Devant le magasin, où tous les types de lanternes étaient soigneusement alignés sur des rayons, des fûts exhalaient une forte odeur d'huile et de pétrole lampant.

Sur les voies encombrées, des chevaux de manœuvre déplaçaient des wagons descendus du triage que les atteleurs ajoutaient aux convois en formation. Un train d'une trentaine de voitures pleines de charbon attendait le moment du départ dans un nuage de vapeur que la locomotive laissait échapper par grosses volutes asphyxiantes. Au signal du chef du quai, il s'ébranla dans un bruit d'enfer. On pouvait lire, inscrite sur les ridelles des wagons, la direction : « Beaucaire ».

— Ce charbon part vers le Rhône, expliqua l'homme à la chemise blanche et à la cravate noire.

Sur sa casquette, des insignes en forme de feuille de chêne dorée indiquaient son appartenance aux cadres de la gare.

Se sentant de nouveau pris en faute, Ruben s'excusa et demanda sans détour où se trouvait le bureau de recrutement.

— C'est tout de suite après le bureau du chef de gare. Vous ne pouvez pas le manquer.

Sans traîner, Ruben longea le quai, passa devant la salle des pas perdus, où déjà de nombreux voyageurs attendaient l'heure de départ du premier train de la matinée. Puis il contourna le bureau du chef de gare et frappa à la porte de celui de l'ingénieur.

L'entrevue ne dura pas longtemps. L'homme de la Compagnie ne s'encombra pas de précautions.

— Vous n'êtes pas le meilleur candidat pour ce travail, lui expliqua-t-il. Pour former un bon mécanicien, il nous faut des gens du fer et non de la terre ; des hommes qui savent ce qu'est le métal et le feu, qui ont manié le marteau et l'enclume et forgé de leurs mains.

— Je ne demande qu'à apprendre, monsieur ! plaida Ruben. J'ai abandonné le mas de mes aïeux pour travailler à la construction des voies. J'ai appris un autre métier. Je suis capable d'en apprendre un nouveau.

— Être mécanicien n'est pas un métier comme un autre. Vous rêvez tous de conduire un jour une locomotive ! Parce que vous rêvez de voyages, de découvertes, de pays lointains ! Je connais la chanson. La réalité est très différente. Les machinistes

Désillusion

travaillent dans des conditions pénibles, à tous les vents, par grand froid comme en pleine chaleur, dans la fumée et la poussière de suie et de charbon. Croyez-vous qu'ils aient le temps d'admirer le paysage, de penser au voyage qu'ils entreprennent dans l'inconfort de leur carcasse d'acier ? Ceux qui voyagent sont derrière, confortablement installés dans les wagons de première ou deuxième classe ! Pas sur une plate-forme de locomotive ! Il faut cesser de rêver, jeune homme ! Et redescendre sur terre. Croyez-moi, retournez chez vous, transformez vos méthodes de travail, adaptez-vous, vous aussi, au monde moderne ! La France a besoin de ses paysans.

— Les chemins de fer sont l'avenir du monde, monsieur ! Ce n'est pas moi qui vous en convaincrai. Je pensais pouvoir prendre une part modeste à cette révolution en marche, qui donnera plus de liberté aux hommes de toutes les nations.

— Je vois qu'on vous a converti aux idées saintsimoniennes !

— Je n'ai pas eu besoin qu'on me convertisse, monsieur. J'ai beaucoup lu et j'ai fait mienne cette thèse.

— Idée généreuse ! Mais trop belle pour être réaliste, n'en déplaise à tous ces grands ténors qui plaident la cause des chemins de fer ! Voyez-vous, jeune homme, moi, je suis pragmatique : le rail est un progrès énorme pour l'humanité, j'en conviens, mais il sert avant tout les intérêts économiques des hommes d'affaires. Et un jour viendra, très vite je le crains, où il servira au transport des troupes pour faire la guerre. Alors, quand vous me parlez de trait d'union entre les peuples, de creuset de la grande fraternité, vous me faites rire ! Vous n'êtes qu'un utopiste. Et nous n'avons pas besoin d'utopistes pour conduire nos machines.

Ruben eut beau défendre bec et ongles les idées qui forgeaient ses convictions, plus il discutait, moins il parvenait à convaincre son interlocuteur. Celui-ci, campé sur ses positions, n'était pas de la race des idéalistes ni des philosophes. Il recrutait des hommes non au service d'une cause mais pour le compte d'une compagnie qui n'avait qu'une religion : les affaires. Il se méfiait de tous ces êtres qui croyaient aux vertus de la science et de la technique, qui pensaient que celles-ci transformeraient en bien l'humanité tout entière, en devenant les nouvelles divinités du monde futur.

— Si nous avons besoin de vos services, nous vous préviendrons, dit-il pour abréger l'entretien. Mais, pour l'instant, je vous donne un conseil : rentrez chez vous ou retournez sur votre chantier. Vous y serez plus utile.

Ruben n'insista pas et, la mort dans l'âme, prit congé.

Sa déception était à l'aune de l'espoir qui l'avait animé. Brutalement tous ses rêves s'évanouissaient comme au sortir d'une nuit d'enchantement, par un petit matin glacial quand, sur les vitres, seul le givre dessine encore en cristal de glace le contour des songes nocturnes.

Dans le hall de la gare, les voyageurs allaient et venaient, mais il ne voyait personne, perdu dans l'obscurité de ses pensées. Qu'allait-il faire à présent ? Rentrer au Fournel pour reprendre son luchet, sa houe et sa houlette de paysan ? Retourner sur le chantier et reprendre sa place dans sa brigade ? « Un, deux, posez ! Aboulez !... Un, deux, posez ! Aboulez ! » Était-il condamné à vivre le restant de son existence au rythme de ce leitmotiv en progressant sur les ballasts de dix mètres en dix mètres, comme une fourmi ? À ce rythme-là, une vie entière ne lui suffirait pas pour traverser le pays et atteindre les frontières !

Les rêves ont une fin ! Ruben venait de se rendre à l'évidence. Il était dit que cévenol il était, cévenol il resterait, attaché à la glèbe comme ses ancêtres. Misérable prédestination ! Le monde bougeait autour de lui, mais il ne voulait pas de lui pour l'accomplissement de ce qui était déjà en gestation.

Au fond de son être montait un souffle de révolte, étrange mélange d'un sentiment de frustration et de dépit et d'une forte envie de résister à la tentation de baisser les bras. Comment, lui, un raïol, un réboussier, un huguenot, en un mot un Cévenol, pouvait-il renoncer à tout espoir ? Il n'était pas de ceux qui se soumettent à l'irrémédiable et ne pouvait s'accommoder de la fatalité !

Il ne conduirait pas une locomotive ? Sans doute ! Mais il ne rentrerait pas chez lui vaincu, et il n'aurait de cesse de choisir lui-même les voies de son destin. Et, pour l'instant, cette voie ferrée restait pour lui la seule voie de l'espoir.

Fort de cette certitude, il prit un billet pour Villefort afin de retourner sur le chantier. Pour gagner plus d'argent et pouvoir un jour rentrer la tête haute au Fournel, il était prêt à travailler au percement des tunnels. Si les risques étaient plus grands, la paie y était plus conséquente. Et, en ce domaine, c'était certain : on l'embaucherait.

— Un billet simple pour Villefort ! demanda-t-il au guichetier sans l'ombre d'une hésitation.

— En troisième ?

— Non, monsieur. Dorénavant je ne voyage plus qu'en seconde classe !

— Alors, ça vous fera 4,05 francs.

— C'est cher ! Savez-vous que je ne gagne pas 3 francs par jour et que beaucoup gagnent moins que moi ?

— En troisième classe, ce n'est que 2,95 francs ! C'est comme il vous plaira.

— J'ai dit en seconde. Mais c'est cher quand même !

Le guichetier regarda Ruben d'un air intrigué. Il pensa avoir affaire à un drôle d'énergumène, jamais satisfait, toujours à rouspéter et à se plaindre de tout à tout le monde. Il lui donna son billet et ajouta, comme pour se disculper :

— Ce n'est pas moi qui décide du prix des trajets !

Ruben arbora un sourire compatissant et, s'apercevant qu'il avait outrepassé les limites de la bienséance, s'excusa poliment :

— Ces remarques ne vous étaient pas adressées. La vie est chère pour tout le monde, n'est-ce pas ?

Ce fut le plus long voyage qu'il devait jamais entreprendre dans sa vie. Une fois installé, il oublia vite la déception qu'il venait de ressentir. L'atmosphère fébrile qui régnait dans la voiture avant même le départ lui rendit son âme d'enfant.

Désillusion

Il avait encore le souvenir du wagon découvert et des bancs en bois du train qui l'avait mené, avec son père, de La Grand-Combe à Alais, douze ans plus tôt. Cette fois, avec son billet de deuxième classe, il voyageait dans un univers plus cossu, presque bourgeois. Les voitures étaient fermées, éclairées par de petites fenêtres vitrées, dotées de rideaux latéraux. Les sièges étaient rembourrés et très confortables. Seule la promiscuité différenciait ces voitures des premières classes, où les voyageurs, les bourgeois aisés, bénéficiaient de compartiments séparés.

Ruben se retrouva donc au milieu d'une foule hétéroclite et bruyante, composée de classes moyennes et populaires : commerçants, artisans, bureaucrates, ouvriers s'y côtoyaient sans distinction.

Le voyage devant durer plusieurs heures, il s'était muni d'un repas froid qu'il avait demandé à l'auberge où il avait passé la nuit. Mais, gêné, quand vint midi, il n'osa étaler devant tout le monde le contenu de son panier à victuailles. Puis, quand, les uns après les autres, les voyageurs commencèrent à déballer leurs provisions de bouche, il fit de même sans hésiter.

Dans le wagon, les conversations allaient bon train. Chacun commentait le parcours, s'extasiait devant la beauté des paysages, se taisant soudain à l'entrée des tunnels qui plongeaient tout le monde dans l'obscurité et rendaient l'atmosphère malodorante malgré la fermeture des portes et des fenêtres. Chacun parlait à son voisin, ne tarissant pas de commentaires, comme si tous se connaissaient de longue date.

Peu après la station de Sainte-Cécile-d'Andorge, un homme ouvrit en grand sa valise et en sortit tout un assortiment de bimbeloterie, de menus objets pour les femmes – mouchoirs, peignes, parfums, sels – et pour les hommes – ceintures, bretelles, tabatières. Le colporteur passa de rangée en rangée et fit l'article de son inventaire comme sur un marché. Quand il eut fait le tour de tous les passagers, il ferma sa valise, se dirigea vers l'extrémité de la voiture, ouvrit la portière et passa en voltige dans la voiture suivante par le marchepied extérieur. Peu après lui, un contrôleur, entré de la même manière, exigea les billets, tout en faisant un brin de conversation avec chacun des voyageurs.

L'ambiance bon enfant du wagon divertit Ruben et lui fit oublier ses déconvenues du matin.

Quand il parvint à Villefort au début de l'après-midi, il se remit en marche en direction de son campement qu'il atteignit une bonne heure plus tard.

En chemin, il croisa son chef d'équipe qui se rendait au rapport au bureau de l'ingénieur.

— Alors, Ruben, de retour ?

— Les congés sans solde ont assez duré. Il faut bien gagner un peu d'argent !

— On t'attendait tous avec impatience. Le boulot presse. Et tu nous as bien manqué. Passe donc au bureau de recrutement pour signaler ton retour.

Sans perdre un instant, il s'exécuta. Mais avec la ferme intention de se faire attacher au percement du tunnel d'Albespeyres.

XXVI

Le jardin des fleurs

L E TUNNEL était un autre monde, plus proche de celui des mines de charbon que de celui du chemin de fer. Un monde clos, sans perspective, un univers plein de mystères et de dangers permanents. Les hommes ne construisaient pas, ils démolissaient, ils grignotaient les entrailles de la montagne, la perforaient avec une minutie de termites, une ténacité de Sisyphe. Rien ne les arrêtait, ni la dureté de la roche, ni les infiltrations d'eau, ni les éboulements.

Chaque jour, ils étayaient un peu plus, excavaient davantage, s'arrachaient les ongles, la peau, se brisaient l'échine, mais avalaient leur content de pierre. Les équipes se relayaient en trois huit. Jamais elles ne laissaient la montagne se remettre de ses dernières hémorragies, de peur qu'elle ne s'effondrât sur elle-même et n'anéantît des jours et des mois d'obstination, de sagacité et de courage.

Commencé depuis deux ans, le tunnel d'Albespeyres posait de nombreux problèmes aux ingénieurs. Passant à cent soixante mètres sous la montagne, il avait nécessité quatre puits creusés verticalement pour obtenir dix fronts d'attaque simultanés[1]. Mais les travaux étaient considérablement ralentis à cause de la dureté du granite, et l'avancée journalière n'excédait pas vingt-cinq centimètres par front. Ce qui permettait de progresser de quatre-vingts mètres par mois seulement.

Étant donné la longueur de l'ouvrage, la méthode anglaise avait été préférée sans hésitation à la méthode belge, car elle présentait moins de risques pour les hommes. Quand un souterrain dépassait cinq cents mètres de long, en effet, il était préférable d'ouvrir plusieurs puits afin de multiplier les fronts d'attaque. Malgré ce choix, les conditions de travail des tunneliers restaient très difficiles à cause des problèmes de ventilation.

Ruben ignorait tout cela quand il vint au recrutement, le jour même de son retour. Pour lui, l'essentiel était de gagner plus d'argent pour pouvoir prouver à Marie qu'il était devenu quelqu'un. S'il ne pouvait être un « seigneur » chevauchant la machine de ses rêves, il espérait bien, en tout cas, ne pas rester toute sa vie un cul-terreux sans destin.

Le chef de recrutement l'engagea immédiatement, non sans le prévenir :

— Certes, vous gagnerez plus qu'à la pose des rails. Mais votre tâche sera aussi plus rude. Y avez-vous songé ?

— J'y ai pensé, monsieur. Le travail ne me fait pas peur.

— Vous travaillerez toujours dans la nuit, sans voir le jour. Il faudra vous y faire !

— Je m'y ferai, monsieur.

---

1. *En comptant les deux fronts d'entrée et de sortie.*

Le jardin des fleurs

— Et ça ne sera guère enrichissant ! Vous allez reprendre la pelle et la pioche, et participerez au déblaiement. C'est le même travail que celui de terrassier. L'obscurité et les dangers en plus. Plus tard, si vous vous débrouillez bien, vous pourrez peut-être devenir artificier. Cela vous demandera un long apprentissage auprès de vos camarades qui, eux, ont acquis souvent une grande expérience dans les mines de charbon.

— Je ne demande qu'à apprendre, monsieur.

— Bien. Vous me semblez déterminé. Mais je vous aurai prévenu ! Remarquez, si vous souffrez de claustrophobie, n'attendez pas d'en perdre la raison. Certains ouvriers ne disent rien. Pour sauvegarder leur paie, ils dépassent leur capacité de résistance et finissent par perdre la tête ! Vous pourrez toujours reprendre votre place sur le ballast. M. Lambert m'a complimenté vos mérites. Je ne peux rien lui refuser.

Ruben comprit que Pierre avait dû prévenir le chef de recrutement pour qu'il lui accordât ses faveurs.

« Si seulement il avait pu intervenir à Alais ! se dit-il. Je serais à cette heure en train de caracoler sur une Princesse du rail ! »

— Vous vous rendrez à votre poste dès demain matin. Ça vous laisse le reste de l'après-midi pour vous installer dans votre nouveau cantonnement. Celui-ci se trouve à l'entrée du tunnel.

Son embauche entérinée, Ruben passa à son baraquement pour ramasser les effets qu'il y avait laissés avant son départ pour le Fournel. Ses camarades étant encore sur le chantier, il ne rencontra personne.

Sur son lit, une enveloppe l'attendait. « *Ruben. Urgent.* »

Il reconnut l'écriture soignée de Pierre Lambert. Sans perdre une seconde il décacheta l'enveloppe et lut : « *Dès que tu peux, passe me voir. Je serai à mon logement à partir de 17 heures.* »

Pierre n'en disait pas plus.

Intrigué, Ruben hésita. L'après-midi était déjà bien avancé, il n'avait pas le temps de se rendre à son nouveau campement, puis de retourner vers celui de son ami.

« Tant pis pour mon emménagement ! se dit-il. Je verrai plus tard. Il suffit que demain matin je sois à l'heure à mon poste. »

Il partit aussitôt rejoindre Pierre qui l'attendait depuis une demi-heure.

— J'ai une mauvaise nouvelle à t'annoncer, lui dit l'ingénieur sans lui demander des nouvelles du Fournel.

Pierre était livide. Il ne s'était pas levé de sa table de travail, tout encombrée de cartes et de plans, pour accueillir son ami.

— Prends donc une chaise et assieds-toi !

— Tu ne veux pas savoir ce que j'ai fait pendant ma longue absence ? J'ai du nouveau qui te concerne.

— Nous verrons plus tard.

— Qu'as-tu de si important à me dire ? Si c'est pour m'annoncer qu'on ne veut pas de moi au tunnel, je t'arrête tout de suite. J'en viens et on m'a embauché sans sourciller.

— Il ne s'agit pas de toi.

— Tu nous quittes ? C'est ça, on t'envoie ailleurs ?

Le jardin des fleurs

— Pas plus. Il s'agit de Sarah.

— Sarah ! Mais je crois que les choses vont finir par s'arranger pour elle et toi. Mon père m'a laissé entendre que…

— Elle est gravement malade, coupa Pierre.

Ruben s'interrompit. Son excitation tomba d'un coup.

— Malade ! reprit-il. Qu'est-ce qu'elle a ?

— Elle a pris froid cet hiver.

— Ce n'est pas grave ! Ce n'est pas la première fois. Rien d'étonnant avec l'hiver que nous avons eu ! Mais, dis-moi, les beaux jours sont installés depuis un moment. Elle est guérie à présent ?

— Non, justement. Laisse-moi parler, Ruben ! C'est grave. Très grave.

Ruben prit enfin la chaise que Pierre lui avait proposée :

— Explique-moi tout en détail. Et d'abord où est-elle ?

— Elle n'est plus ici. Je l'ai fait transférer à l'infirmerie de Saint-Laurent, à côté de La Bastide. C'est là qu'on soigne les blessés et les gros malades du chantier. Sarah n'a pas supporté les grands froids de l'hiver. Pendant ton absence, elle ne s'est pas méfiée, je suppose. Dans ces cantines, il fait très chaud et dehors il faisait parfois – 20 °C. Elle a pris mal. Elle s'est mise à tousser. De plus en plus fort. La fièvre a gagné très vite. Elle s'est affaiblie. Mais elle est toujours venue travailler. Elle n'aurait pas dû. Elle avait peur qu'on ne la renvoie. Jusqu'au jour où elle s'est évanouie au cours de son service. Elle m'a réclamé. Quand je suis arrivé, elle était couverte de sang. Je l'ai fait transporter chez moi et j'ai appelé le médecin.

— Alors, qu'a-t-il trouvé ?

— Il a diagnostiqué une pleurésie et m'a conseillé de l'envoyer à Saint-Laurent. C'est ce que j'ai fait aussitôt.

— Pourquoi ne m'as-tu pas fait prévenir au Fournel ?

— J'y ai pensé. Mais j'ai préféré ne pas ajouter un autre souci à tous ceux que j'ai déjà occasionnés à tes parents. Je me suis dit qu'en étant prudente et en se soignant correctement, ta sœur se remettrait vite et que, le printemps venu, tout rentrerait dans l'ordre.

— Elle va donc mieux maintenant ?

— Hélas non ! Son état a empiré. À l'infirmerie, le médecin a diagnostiqué autre chose. Ce n'est pas une simple pleurésie, mais une forme aiguë de la tuberculose.

— La tuberculose !

— Oui. La phtisie galopante.

Au fur et à mesure des explications de Pierre, Ruben sentait ses forces et sa détermination lui échapper.

— Au moment où je repartais d'un bon pied ! soupira-t-il.

— Il n'y a pas grand espoir qu'elle s'en sorte, reprit Pierre, le visage marqué par la douleur et la consternation.

— Tu plaisantes !

— En ai-je l'air ? Je ne veux pas te cacher la vérité. Le médecin m'a prévenu. Je suis le seul à savoir. Sarah ignore que la rémission qu'elle connaît depuis quelques jours ne durera pas. La science est impuissante. Elle s'étouffe petit à petit.

Pierre se prit la tête dans les mains et ne put retenir ses larmes.

— Et moi qui suis là, cloué devant mes cartes ! Je ne peux rien pour elle. Même pas rester à son chevet. Elle est seule au milieu d'autres malades à attendre que la mort l'emporte ! Je prends de temps en temps une journée, mais je ne peux abandonner mon travail.

Ruben se leva d'un bond, renversant sa chaise.

— J'irai, moi ! Je n'ai pas encore pris mon nouveau poste. Si tu interviens une fois encore en ma faveur, tu peux m'obtenir un délai. J'irai voir Sarah. Et je la ramènerai à la maison. Au Fournel. Avec toi à son bras ! Et nous irons à la noce tous ensemble, toi, Sarah, Samuel, Étiennette, Marie et moi ! Nous nous marierons tous le même jour ! Le même jour, tu m'entends ! Devant le pasteur, le curé, le maire et la maréchaussée ! Y en a marre de la guigne et des qu'en-dira-t-on, des précautions et des usages ! Y en a marre de tout !

Dans son désarroi, Ruben ne mesurait plus la portée de ses paroles. Il extirpait d'un coup toute la rage accumulée en lui, toutes ses déconvenues, ses renoncements, ses acceptations qui l'avaient sans cesse remisé à sa place, comme un être bafoué par le destin.

Une fois calmé, il tomba dans les bras de Pierre. Celui-ci, davantage maître de ses nerfs et de ses sentiments, tâchait de ne plus montrer sa peine.

— Allons ! dit-il, reprenons-nous ! Pleurer fait du bien. Même quand on est un homme. Mais il ne faut pas que ça dure. N'oublions pas que, comme dit l'adage : « Tant qu'il y a de la vie, il y a de l'espoir. »

À Saint-Laurent, l'infirmerie du monastère Notre-Dame-des-Neiges accueillait les ouvriers des chantiers situés en amont de la future voie ferrée. La plupart des hospitalisés étaient de gros accidentés : des maçons ou des charpentiers tombés de leurs échafaudages, des tunneliers victimes d'asphyxie ou rescapés d'un éboulement. Peu bénéficiaient de l'assistance d'une société de secours mutuel. Aussi les charges d'hospitalisation étaient-elles lourdes pour les familles des plus déshérités. Heureusement, la solidarité jouait aussi en ce domaine entre les hommes d'une même équipe. Ceux-ci organisaient souvent, spontanément, une caisse d'entraide afin de subvenir aux frais médicaux de leurs camarades malchanceux. Ces caisses fonctionnaient aussi pour dédommager les veuves en cas de décès.

Les convalescents et les mourants logeaient à la même enseigne. Les lits étant comptés et les moyens matériels le plus souvent indigents, tous se retrouvaient dans une salle commune, sous la surveillance d'infirmières peu nombreuses, des religieuses pour la plupart. Le père-médecin avait fort à faire à réparer les jambes brisées, les épaules démises, les mains broyées, quand ce n'étaient pas les perforations et les éventrations. Les amputations étaient courantes, car la gangrène était toujours à craindre. Il n'avait pas un moment de répit et devait fréquemment se rendre en urgence sur les lieux d'accidents parfois très éloignés.

Le jardin des fleurs

Pierre n'avait pas hésité à faire transférer Sarah dans cette unité de soins. Il n'ignorait pas les bienfaits de l'altitude sur les malades pulmonaires. C'est pourquoi il ne l'avait pas envoyée à l'infirmerie de Villefort, pourtant plus proche. Encore une fois, il avait joué de son influence pour faire hospitaliser celle qu'il présenta comme son amie, sachant que les accidentés avaient la priorité sur les malades.

Sarah était l'une des rares femmes hospitalisées à Notre-Dame-des-Neiges. Les religieuses l'avaient isolée avec une compagne victime de graves brûlures à l'extrémité du dortoir, derrière un paravent, afin de les séparer, toutes les deux, des hommes qui gisaient parfois à moitié nus sous leurs draps maculés de sang.

Elle ne voyait personne de toute la journée, si ce n'était la religieuse qui la soignait et lui rendait visite le matin et le soir. Le père-médecin, très occupé, passait prendre de ses nouvelles tous les deux ou trois jours. Il lui avait donné à boire des tisanes de plantes aux vertus sédatives et calmantes à base d'aigremoine et de mauve, prescrit des séances de ventouses et des cataplasmes de pommade camphrée. Il lui avait surtout conseillé le repos absolu et la prière.

Mais, de jour en jour, Sarah voyait ses forces s'amenuiser. Elle n'avait même plus le courage de se lever pour prendre le soleil derrière la vitre de la fenêtre qui donnait près de son lit. Sa voisine, gravement ébouillantée dans la cantine où elle servait les repas, comme Sarah, tentait en vain de lui redorer le moral les jours où la solitude lui devenait insupportable. Mais elle avait perdu l'envie de lutter.

Et, si ce n'étaient les visites, trop rares, de Pierre, qu'elle attendait comme le Messie, elle se serait laissé emporter à l'autre bout du tunnel.

Quand Ruben la découvrit, allongée sur son lit dans des draps trempés de transpiration et souillée de crachats sanguinolents, le front brûlant, les yeux perdus dans le vague, c'est à peine s'il la reconnut.

— Sarah ! Ma petite sœur ! Sarah, c'est moi, Ruben ! Je suis là, je ne te quitterai plus tant que tu ne seras pas guérie. Ne crains plus rien ; je te sortirai de là. Aie confiance en moi !

La malheureuse ne réagit pas.

— Elle ne vous entend pas, lui dit sa voisine de lit. Elle ne fait qu'appeler un certain Pierre. Je crois qu'il s'agit du monsieur qui s'est occupé d'elle.

— C'est son fiancé, mentit Ruben.

— C'est un homme bien !

— Sarah, réponds-moi ! Tu m'entends ? Pierre te fait savoir qu'il viendra demain. En attendant, je resterai à tes côtés, sans bouger.

Sarah tourna les yeux vers son frère et lui sourit. Sa respiration était haletante. Sa poitrine sifflait et avait peine à prendre l'air. Chaque inspiration la vidait de ses dernières forces.

— Ne lui parlez plus ! lui ordonna la sœur en lui apportant ses remèdes. Vous la fatiguez. La pauvre est à bout. Il faut prier pour elle, monsieur. Dieu reconnaît les siens.

Ruben s'éloigna. Il avait envie de pleurer. Devant lui, deux rangées d'une quinzaine de lits chacune, d'où émanaient des râles et des plaintes lugubres, lui témoignaient de la misère des hommes. Il n'avait

Le jardin des fleurs

jamais vu autant de grabataires à la fois, autant d'estropiés, d'êtres déchirés, coupés, broyés.

Que faisait Sarah au milieu d'eux ? Elle n'était pas à sa place dans cet antre de la mort ! Sa maison, son toit, son foyer étaient au Fournel, d'où elle n'aurait jamais dû partir !

Il sentit à nouveau la révolte monter en lui. La révolte du désespoir, nourrie par une fatalité qui s'acharnait sur lui. « Tout ce qui arrive est de ma faute ! songea-t-il. Si je n'étais pas parti le premier, je n'aurais jamais rencontré Pierre, et Sarah ne serait pas là en train d'agoniser ! »

Il sortit précipitamment du dortoir et fondit comme un fou vers la salle de soins.

— Je veux voir le père-médecin ! s'écria-t-il à la sœur qui préparait ses fioles.

— Mais il n'est pas là. Il a été appelé à l'extérieur pour un accident.

— Je ne veux plus que ma sœur reste ici une minute de plus. Je vais l'emmener chez nous, au Fournel !

— Vous n'y songez pas ! Pas dans son état, elle n'y survivrait pas ! Vous allez l'achever !

Ruben tempêta, menaça de mettre l'infirmerie sens dessus dessous, jura comme un charretier. La pauvre sœur appela les autres religieuses à son secours. Celles-ci firent front, mais ne parvinrent pas à calmer la colère de Ruben.

— Monsieur, fit la Mère supérieure, je comprends votre désarroi. Nous compatissons toutes à votre chagrin. Mais, croyez-moi, votre sœur a plus besoin de vos prières que de votre colère. Soyez raisonnable ! Dieu, dans Sa miséricorde, accordera peut-être une rémission à votre sœur. Placez votre confiance dans Sa clémence et priez ! Il fait parfois des miracles. Si votre sœur s'en remet, alors vous pourrez l'emmener chez elle en toute sécurité.

Ruben s'effondra sur une chaise, les yeux rougis d'avoir retenu ses larmes.

— Nous allons prier Notre-Dame-des-Neiges pour qu'elle prenne pitié d'elle.

— Sarah est protestante ! Vous l'ignoriez ?

— Vous êtes ici dans la maison du Seigneur. Peu importe les voies que nous utilisons pour nous adresser à Lui. L'essentiel, c'est d'avoir la foi. Vous devriez joindre vos prières aux nôtres !

L'attente fut interminable. Ruben resta au chevet de Sarah sans bouger, sans manger, toute la soirée, puis toute la nuit, guettant le moindre de ses râles, le plus petit battement de ses paupières. Régulièrement il lui prenait la main, frictionnait ses doigts bleuis de froid malgré la fièvre qui lui brûlait les bronches.

Sarah sentait la présence de son frère et lui répondait d'un serrement de main à peine perceptible, n'ayant pas la force de parler. Quand vint la nuit, elle s'accrocha à lui, ne voulant plus se dessaisir de la main qui la réconfortait, de crainte de partir seule dans le tunnel de la mort.

Elle finit par s'assoupir. Ses traits se décrispèrent.

Ruben resta en alerte des heures entières, à ruminer de sombres pensées qui, toutes, le culpabilisaient.

Au petit matin, il s'endormit enfin, assis sur sa chaise, tenant toujours la main de sa sœur dans la sienne. Alors, les rêves chassèrent les remords de

Le jardin des fleurs

son esprit troublé. La lumière avala les ténèbres et inonda le jardin dans lequel il se promenait au bras de Marie. Pierre et Sarah riaient autour d'eux, entourés d'une jolie marmaille d'enfants joyeux et polissons. Samuel aidait son père à arroser un arpent de fleurs. Des fleurs ! Il n'y en avait jamais eu au Fournel ! Pas de place à perdre pour tout ce qui ne se mange pas ! Félicie et Étiennette tricotaient, assises sur un banc, une layette en rose et bleu, car Marie et Sarah avaient le ventre rond et la mine réjouie. Derrière un nuage, le vieil Abraham, de son air fripon, comptait les petits garnements en énumérant les jouets de bois qu'il lui faudrait fabriquer pour le prochain Noël. Même la chienne Calie avait retrouvé sa jeunesse et sautait sur les enfants pour leur faire la fête.

La main froide de Sarah réveilla Ruben brutalement. Il recouvra aussitôt ses esprits. La sortie du rêve lui fit perdre un moment ses repères. Mais, très vite, il reprit conscience du lieu où il se trouvait.

— Sarah ! dit-il machinalement, comme pour saluer sa sœur au sortir d'une nuit de sommeil.

Sarah gisait sur son lit, l'air serein, un sourire accroché aux lèvres, plus belle que jamais. Un rayon de soleil illuminait son visage et effaçait les traces de son calvaire. Sa poitrine ne suffoquait plus, son corps était détendu et ne semblait plus souffrir.

Son regard se perdait dans les lointains, bien au-delà des murs de son tourment, et reflétait déjà le bonheur qu'elle venait d'atteindre en accédant à l'inaccessible amour qui lui brûlait la vie.

Quand Pierre arriva au milieu de la matinée, Ruben tenait encore sa sœur par la main. Ses larmes inondaient son drap et lavaient les taches de sang, ultimes marques de sa profonde souffrance.

— Elle est partie, lui dit-il, comme s'il parlait d'une vivante. Elle n'a pas pu t'attendre. Elle n'en avait plus la force. Je l'ai accompagnée dans un jardin de fleurs où elle n'aura plus jamais froid. Il y fait toujours grand soleil. Ne sois pas triste ! Elle est heureuse.

Pierre s'effondra à son tour et se laissa sombrer dans un profond désespoir.

XXVII

Les Piémontais

Après le décès de Sarah, plus rien ne fut jamais comme avant aux yeux de Ruben. Un rideau était tombé sur un acte important de sa vie, une tragédie dont il se sentait l'un des principaux acteurs. Plus il y pensait, plus il s'accusait d'être à l'origine du drame qui venait d'accabler sa famille.

Effondrée, Félicie avait bien failli sombrer dans la folie quand, par un matin de miel qui annonçait pourtant des jours sereins, Ruben arriva au Fournel, précédant la dépouille de sa sœur. Zacharie plongea dans un silence qui, chez lui, annonçait toujours la tempête. Il n'eut pas de paroles assez fortes pour exprimer sa douleur et sa colère contre lui-même, et finit par en vouloir à la terre entière de tous les malheurs qui s'abattaient sur les siens. Marie eut beau tenter de le consoler, il ne put admettre l'accablante réalité.

Sarah fut enterrée dans le petit cimetière familial, à côté de son grand-père. Zacharie avait tenu à ce que personne, hormis le pasteur, n'assistât à la cérémonie d'adieux. Seuls les quatre Lapierre et Marie entouraient le prédicant au moment de l'ensevelissement.

Sur une crête située juste au-dessus, Pierre, totalement anéanti, observait discrètement, ajoutant ses pensées aux prières de ceux qu'il considérait toujours comme ses amis. Il n'avait pas dit à Ruben qu'il viendrait au Fournel, afin de ne pas le troubler par sa présence qu'il ne manquerait pas de ressentir. Du haut de son perchoir, il retenait mal ses sanglots, se rongeant les sangs de ne pouvoir se trouver une dernière fois auprès de celle qu'il aimait. Il lui parlait du fond de lui-même et lui répondait comme s'il l'entendait à travers les nues.

Quand vint le soir, il descendit de son ermitage et, sans faire de bruit, profitant d'une nuit de pleine lune, se rendit sur la tombe de Sarah, fraîchement recouverte de pelletées de terre et d'une lauze de schiste mordoré. Il s'agenouilla devant la croix de bois que Zacharie avait fabriquée avec deux branches de châtaignier et partit rejoindre Sarah pour quelques heures qui lui parurent durer l'éternité.

Au petit matin, perclus de froid et tout engourdi par l'immobilité, il revint de son voyage au pays de la lumière céleste. Puis, avec la même discrétion, il disparut sans laisser de traces de son passage.

Sur le chantier, personne ne le vit pendant plusieurs jours. Ses collègues s'étonnèrent de son absence et la signalèrent à l'ingénieur en chef. Celui-ci fit surveiller son logement, procéda à une petite enquête et dut se rendre à l'évidence : Pierre Lambert avait disparu.

Ruben quitta le Fournel le lendemain de l'enterrement, après avoir expliqué à Marie sa déconvenue.

Les Piémontais

— Alors, tu ne partiras pas sur les locomotives ? se réjouit-elle.

— Ils ne veulent pas de paysans pour ce métier. Mais au tunnel je gagnerai plus d'argent qu'à la pose des rails. Et quand je serai assez riche, nous pourrons nous installer sur une terre bien à nous.

— Tu reviendras donc au Fournel ?

— Comment peux-tu imaginer que je puisse te laisser seule ?

Dans leur profonde tristesse, un petit coin de bonheur les faisait encore croire en l'avenir.

— C'est dangereux, le tunnel ?

— Il faut être prudent.

— Tu ne prendras pas de risques inutiles, n'est-ce pas ?

Ruben promit à Marie de se ménager et de penser aux jours prochains, quand, le deuil de Sarah passé, ils pourraient tous les quatre, avec Samuel et Étiennette, songer à bâtir leur avenir.

Au tunnel, il fut affecté à une brigade composée de Vendéens rompus à la tâche. Les artificiers et les chefs d'équipe, pour la plupart, étaient originaires des régions minières et avaient tendance à mépriser les hommes du terrassement et du déblaiement. Aussi l'ambiance n'était-elle pas très cordiale. Les disputes, le soir au campement, opposaient des clans qui se défaisaient aussi vite qu'ils ne se formaient.

Ruben se tenait à l'écart de ces rivalités et ne répondait pas aux vexations de ceux qui, par jeu, tentaient de le faire réagir. Les Hauts-Lozériens traitaient les Gardois de *raïols* et de *parpaillots*, les Gardois leur répondaient en les traitant de *gavots* et de *papistes* ; les gens du Nord affublaient tous les Méridionaux des mêmes vocables, les assimilant à des Marseillais. Mais tous se retrouvaient sur le même terrain quand il s'agissait de bousculer un groupe de Belges, d'Espagnols, d'Italiens ou de Polonais. Les invectives fusaient surtout dans les cantines où les groupes se reconstituaient par affinités et origines.

Étant donné cette atmosphère plus que tendue, Ruben préférait passer ses soirées dans une auberge voisine, en compagnie d'un jeune Italien de vingt ans, originaire de Calabre, avec qui il travaillait.

Aldo faisait partie d'une grande communauté partout présente sur le chantier. Avec les Piémontais, les Italiens de la péninsule étaient venus en nombre s'embaucher à la construction de la ligne pour laquelle on avait besoin de tailleurs de pierre et de maçons. Ils concurrençaient certains nationaux tels que les Creusois, réputés bons maçons. Aussi ceux-ci ne les aimaient-ils pas, prétextant qu'ils leur ôtaient le pain de la bouche.

Afin d'accélérer le rythme des travaux après le gros retard dû au froid de l'hiver passé, la direction de la Compagnie avait recruté de très nombreux Italiens. En effet, la main-d'œuvre locale et nationale était loin d'être suffisante, et trop quittaient encore les chantiers à l'éclosion de la belle saison.

Aldo faisait partie des nouveaux arrivants et ne connaissait pas beaucoup de monde. Ignorant le travail de la pierre, contrairement à ses compatriotes, il avait été affecté au déblaiement, où il avait fait la connaissance de Ruben.

Les Piémontais

Celui-ci, encore sous le coup du chagrin et privé de la présence de Pierre, avait besoin de se raccrocher à une amitié nouvelle. Aldo lui paraissait esseulé et, comme lui, affecté par une grande peine intérieure. Les deux hommes, sans s'ouvrir l'un à l'autre, se comprirent et tissèrent très vite des liens solides d'amitié.

Dans un mauvais français, le jeune Italien avait expliqué :

— Ma famille me manque. Mais j'ai été obligé de partir, car chez moi, en Calabre, nous n'avons rien à manger. Mon père se loue à la journée pour les travaux agricoles. Ma mère élève encore quatre de mes frères et sœurs. Mon frère cadet, Giuseppe, est parti à Rome comme apprenti ; il travaille chez un maçon qui l'exploite ; il lui apprend soi-disant son métier. Mais moi, je suis persuadé qu'il ne le paie pas.

— Pourquoi es-tu venu en France ?

— Beaucoup d'Italiens aiment la France. Ici, il y a du travail ! Si j'avais pu, je serais monté à Paris. On y a entrepris de grands travaux. Les chantiers y sont nombreux.

— Pourquoi t'es-tu arrêté dans les Cévennes, sur cette voie ferrée ?

— J'ai suivi un groupe de Piémontais. Et je n'avais pas assez d'argent pour aller plus loin.

Le jeune Italien paraissait désemparé. Il ne fréquentait guère les travailleurs venus de son pays et préférait la solitude aux bacchanales auxquelles beaucoup se livraient en fin de semaine. De frêle corpulence, il n'avait rien d'un travailleur de force. Pourtant, sur le chantier, il montrait un courage exemplaire et abattait autant de travail que n'importe quel autre terrassier rompu à la pelle et à la barre à mine.

Ne parlant pas bien le français, il parvenait mal à se faire comprendre et était souvent la risée de ses camarades.

Un soir, lors du repas à la cantine, il se fit interpeller violemment par un groupe de mineurs lorrains.

— Hé toi, le Rital ! s'exclama l'un d'eux, tu ne comprends pas ce qu'on te dit ? On trouve qu'il y a trop de Macaronis dans cette cambuse !

Ruben faisait face à son ami. Il lui posa la main sur l'avant-bras pour lui signifier de ne pas bouger.

— Laisse-le dire ! lui conseilla-t-il. Il finira par se calmer.

Mais le Lorrain ne désarma pas.

— Je t'ai causé ! Tu pourrais répondre.

— Il ne comprend pas le français, intervint Ruben.

— Je t'ai demandé quelque chose à toi, le gavot ?

— Camarade, reste poli et garde ta vigueur pour ton travail ! Ne gaspille pas tes forces !

— Mais c'est qu'il me nargue, ce morveux ! Vous entendez les gars ? Et le Rital, il s'écrase toujours. Y en a pas où je pense ! Comme tous les Ritals ! De belles gueules, de beaux phraseurs auprès de ces dames, des rois de la gaudriole ! Mais pour ce qui est du reste, ils n'en ont pas !

Aldo ne se contenait plus. Il se retourna, se leva, fusilla le gros braillard du regard et, sans mesurer les conséquences de sa répartie, s'écria en se faisant parfaitement comprendre :

— Les Ritals t'emmerdent. Et pendant que tu fais le fort en bras et la grande gueule, ils baisent ta femme et te font cocu, les Ritals !

Abasourdi, le Lorrain resta coi quelques secondes. Puis, se ravisant, il s'adressa à ses compagnons et les invectiva.

— Vous avez entendu, les gars ? Ce minus nous fait la leçon. Ici ! Alors qu'il n'est même pas chez lui. Nous allons lui régler son compte à cet avorton et le renvoyer bouffer ses spaghettis de l'autre côté de la frontière. Lorraine, à moi !

Comme un seul homme, tous ses compagnons se levèrent pour rosser Aldo. Celui-ci, plus leste, bondit au centre de la pièce, renversa tables et bancs au grand désespoir de la cantinière qui exhortait ses pensionnaires à garder leur calme. Ruben rejoignit son ami et, comme lui, se mit en position de combat.

— Ils n'ont qu'à bien se tenir, lui confia Aldo. J'ai appris la savate dans mon pays.

— Allons les aider ! s'écria soudain une partie de la salle, des Cévenols pour la plupart. Dix contre deux, le compte n'y est pas.

Une douzaine de terrassiers issus des hauts plateaux vinrent aussitôt prendre place aux côtés d'Aldo et de Ruben.

— À nous Cévennes !
— À nous Lorraine !

La rixe fit grand bruit et grand fracas. Les bancs voltigèrent, les tables furent fracassées, les vitres volèrent en éclats. Les hommes ne s'épargnèrent aucun coup : yeux pochés, arcades sourcilières ouvertes, lèvres fendues, épaules luxées, bras démis furent le lot de chacun.

Attiré par le tumulte, un groupe de Piémontais passant à proximité entra dans la cantine. Entendant parler italien, Aldo s'écria :

— Viva Italia !

Aussitôt les Italiens retroussèrent leurs manches et entrèrent dans la lutte. Les forces penchèrent bientôt du côté des offensés.

Ruben reprenait son souffle, allongé dans la sciure, et récupérait à grand-peine d'un coup de poing reçu en pleine mâchoire. Un éclat métallique attira alors son regard. Le Lorrain responsable de la rixe avait sorti la lame de son couteau et incitait ses camarades à en faire autant. Aldo s'en aperçut et se jeta sur lui, lovant la jambe droite pour lui asséner un coup de savate. Mais le Lorrain esquiva la parade d'un mouvement circulaire de la main, la lame pointée en avant.

Aldo retomba au sol, déchiré à l'aine. Ses amis firent corps autour de lui pour le protéger du Lorrain toujours menaçant.

Celui-ci, retenu par les siens, vociférait des injures incongrues dans son patois guttural.

— Je vais lui trouer la peau à ce gigolo et lui faire bouffer ses couilles ! Ça lui ôtera l'envie d'aller trousser nos femmes !

Ruben soutenait son ami qui se tordait de douleur, allongé dans une mare de sang.

Les uns et les autres se tenaient dans l'expectative, encore prêts à en découdre, quand une voix, venant de l'extérieur, s'exclama :

— Les gendarmes ! Les gendarmes !

Les Piémontais

Sans se donner le mot, tous les hommes disparurent aussitôt, laissant seuls Ruben et Aldo au beau milieu de la pièce.

— Faites vite, ne restez pas ici ! leur conseilla la cantinière. Ils vont vous embarquer et c'est vous qui prendrez pour les autres.

À grand-peine, Aldo se releva, tenant son bas-ventre des deux mains. Ruben le soutenait difficilement. Ils passèrent par la cuisine et, clopin-clopant, sortirent par la porte de derrière et s'évanouirent à leur tour, à la faveur de la nuit.

Les altercations de ce genre devinrent de plus en plus fréquentes. Il devait être écrit que cette année 1868 serait l'année des Piémontais.

Nombreux sur l'ensemble du chantier de construction, où ils étaient très recherchés pour leur savoir-faire dans les métiers du bâtiment, ils remplaçaient la main-d'œuvre défaillante. Mais ils devinrent très vite les boucs émissaires de tous ceux qui aimaient chercher querelle ou qui maugréaient contre la Compagnie, leurs chefs, l'indigence de leur paie ou les mauvaises conditions de travail.

Ils furent pris à partie chaque fois que les uns ou les autres soulevaient un sujet de mécontentement. Or, comme ils n'étaient pas des gens discrets et qu'ils ne se privaient pas de festoyer à toute occasion, comme leurs succès auprès des femmes volages n'étaient plus à démontrer, ils acquirent mauvaise réputation et passèrent pour des suppôts de Satan, des dépravés s'adonnant à l'alcool et la luxure, des êtres amoraux adeptes du vice et de la concupiscence.

Les pauvres Piémontais – par extension tous les Italiens – passèrent très vite pour responsables de tous les maux. Les rumeurs les plus extravagantes se répandirent à leur sujet dans toutes les chaumières, à la vitesse d'un véritable feu de paille. Ils furent mis à l'index, vilipendés, montrés du doigt, considérés comme des pestiférés.

En maints endroits sur la voie en construction furent organisés des pogroms, de véritables chasses aux Piémontais qui firent de nombreuses victimes.

Ruben et Aldo se retrouvèrent ainsi au centre de l'une d'elles.

Le lendemain de l'incident, la communauté italienne de Villefort se rassembla pour faire l'état de la situation. La blessure d'Aldo avait effectivement nécessité son hospitalisation et nul ne pouvait donc ignorer ce qu'il s'était passé.

— Rentre dans ton cantonnement, conseilla Aldo à Ruben. Il ne faut pas qu'on te trouve avec moi.

— Je ne peux pas t'abandonner.

— Ici, je ne suis pas seul. Tous mes camarades italiens me soutiennent.

— Justement ! Vous ne faites que vous démarquer davantage.

— Les gendarmes n'ont rien à me reprocher. Je n'ai fait que me défendre. Ce sont les autres qui ont attaqué.

— Les autres sont français !

Ruben écouta son ami. Mais il lui promit de revenir prendre de ses nouvelles.

Les jours d'Aldo n'étaient pas en danger. Sa blessure n'étant que superficielle, le médecin avait affirmé qu'au bout de quelques semaines il pourrait reprendre le travail.

— Si la Compagnie me reprend !

— Cela ne dépend pas de moi, hélas !

Les expéditions punitives se multiplièrent. Plusieurs autres Italiens furent molestés. Les affrontements sur les différents chantiers finirent par retarder les travaux. Les gendarmes étaient débordés.

L'ingénieur en chef en personne établit chaque jour un véritable Q.G. de campagne. Le capitaine de gendarmerie, de son côté, le tenait informé des derniers incidents.

— Monsieur le Capitaine, lui déclara l'ingénieur en chef, vos hommes ne me semblent pas très efficaces sur le terrain. Trop de troubles viennent encore perturber les travaux. Vous n'êtes donc pas capable d'assurer la sécurité sur le chantier ! C'est inadmissible !

— Monsieur l'ingénieur, je n'ai pas assez d'hommes pour être partout à la fois. Quand un vent de révolte gronde, la maréchaussée est insuffisante pour rétablir l'ordre.

— Alors, faites appel à la troupe !

— J'y ai songé, monsieur l'ingénieur. Je n'attends plus que l'ordre du préfet.

Peu de temps après, le chantier de la voie des Cévennes se transforma en un véritable camp retranché. La troupe, venue d'Alais, prit place dans les lieux les plus chauds. Aux cantonnements des cheminots s'ajoutèrent les cantonnements militaires. Les ouvriers se rendaient au travail sous bonne escorte. Pour un peu, on se serait cru de nouveau à l'époque des dragonnades.

Les Cévenols furent les plus affectés par ces mesures de répression militaire, car, dans leur esprit, les dragonnades faisaient partie du passé. Elles étaient le souvenir lointain d'une époque révolue où la liberté était bafouée, où le souverain dictait sa loi au mépris de son peuple.

— Napoléon-le-Petit est bien le digne successeur des monarques absolus ! s'insurgea Ruben, un soir qu'il rendait visite à son ami convalescent. Décidément, mes amis républicains ont raison : il faut l'évincer le plus rapidement possible.

— Que veux-tu dire ?

— Il faut que la république triomphe, pour ne pas laisser le temps à l'Empereur d'organiser sa succession.

— En Italie aussi, beaucoup d'entre nous voulons la république. Celle-ci fait son chemin. Mazzini est sur le point de triompher chez moi en Calabre et en Sicile. Garibaldi est partout très populaire.

— C'est la raison pour laquelle j'ai peur pour toi, Aldo. Les Piémontais sont amis de notre prince. Ils ne risquent rien. Mais vous, les autres Italiens, risquez de faire les frais de la répression. On trouvera parmi vous des républicains et on vous accusera de tous les maux.

— Ce n'est pas nous qui avons provoqué toutes ces rixes, mais les Français !

— Je ne le sais que trop ! soupira Ruben.

Les gendarmes avaient organisé une surveillance discrète autour d'Aldo. Dès que celui-ci fut tiré d'affaire, ils l'emmenèrent pour l'interroger. Il fut conduit à la gendarmerie de Villefort, puis transféré à la prison du Fort Vauban à Alais, sans que Ruben ne connût les raisons de son incarcération.

Dans le même temps, les arrestations se multiplièrent parmi les fauteurs de troubles. Les Piémontais, victimes de l'acharnement des plus exaltés, furent lavés de tout soupçon. Mais les gendarmes continuèrent à les surveiller, prévenus que parmi eux se cachaient d'anciennes Chemises rouges de Garibaldi.

Dès qu'il apprit l'arrestation d'Aldo, Ruben se tint sur ses gardes. Il craignait que les gendarmes ne remontassent jusqu'à lui et ne lui fissent endosser, avec son ami, les causes de la rixe. Il se rapprocha discrètement de Martial Ribaute, qu'il n'avait pas revu depuis la fameuse réunion clandestine au Bon Pain.

— Que penses-tu de tous ces incidents ? lui demanda-t-il.

Les deux hommes s'étaient donné rendez-vous à la tombée de la nuit dans une carrière située près du tunnel. Les carriers avaient abandonné sur place leurs outils de travail, comme s'ils avaient subitement été surpris par une catastrophe. Des monticules de blocs de pierre jonchaient le sol, tous découpés en gros cubes. La lune faisait miroiter sa lumière blafarde sur les facettes des cristaux de quartz éparpillés dans la masse grisâtre de granite.

Martial Ribaute était songeur.

— Je me demande s'il n'y a pas là-dessous des provocations volontaires.

— Je ne comprends pas.

— Des gens qui déclencheraient les hostilités contre les Italiens pour mieux faire accuser les républicains. Ainsi, la répression serait justifiée ! Tu comprends ?

— En fait, les Italiens ne seraient que de faux boucs émissaires ? Astucieux !

— Ce n'est qu'une hypothèse. Les élections approchent. Tous les coups sont permis. Et les agents du Prince ne se priveront d'aucun moyen pour nous nuire. Tu comprends pourquoi nous avons besoin de tous les gens comme toi ? Il faut diffuser nos idées, répandre la vérité, répondre à la provocation par l'action souterraine. Et le grand jour, quand on dressera les urnes, nos candidats républicains remporteront la victoire.

Ruben semblait prêt à se laisser définitivement convaincre qu'il avait assez tergiversé et que le temps de l'engagement était venu. Une question cependant le taraudait encore.

— Que peuvent faire tes amis pour Aldo ? Il est innocent. Je ne comprends pas pourquoi on l'a arrêté.

— Il faut des coupables. Peu importe qui ! Nous avons des amis avocats à Nîmes. S'il passe en jugement, nous lui offrirons le meilleur d'entre eux.

— Hum ! soupira Ruben d'un air dubitatif. J'espère qu'il s'en sortira !

Le lendemain matin, il se leva comme d'habitude à cinq heures pour prendre son poste une heure plus tard. Tout en s'apprêtant, il songea à Pierre, dont l'absence l'intriguait.

Les Piémontais

L'ingénieur n'avait toujours pas donné signe de vie depuis le début des événements tragiques qui avaient perturbé le chantier. Les bruits couraient qu'il était reparti chez lui, là-haut dans les brumes du Nord, panser une profonde blessure.

Ruben fit quelques pas vers la sortie du cantonnement. Le jour se levait sur les crêtes. Une belle matinée d'été s'annonçait dans les senteurs enivrantes de la sylve et de la lande à genévrier. Les conifères détachaient leur ramure sur l'azur d'un ciel de porcelaine et dessinaient sous l'onde du vent des estampes graciles.

Deux gendarmes étaient en faction à une centaine de mètres devant lui, l'arme au pied. Il ralentit le pas. Réfléchit. Décida de faire comme si de rien n'était. Passa devant eux en les saluant du bout des lèvres.

— Vous êtes Ruben Lapierre ? demanda l'un d'eux.

— Oui, c'est moi.

— Au nom de la loi, je vous arrête. Veuillez nous suivre !

Surpris, Ruben n'opposa aucune résistance et se laissa passer les menottes sans protester.

Les deux gendarmes détachèrent leurs montures, grimpèrent à cheval et, au pas, tirant Ruben derrière eux, s'éloignèrent du camp.

En chemin, ils rencontrèrent Pierre Lambert. Ruben croisa le regard de son ami sans rien dire. Il se retourna longtemps, jusqu'à ce qu'il le perdît de vue.

Pierre venait de sortir de sa retraite et de refaire surface. Il ignorait ce qu'il s'était passé en son absence.

La vue de Ruben, enchaîné comme un forçat, le pétrifia sur place et le confronta brutalement à la réalité.

XXVIII

L'ombre de la prison

Immédiatement après l'arrestation de Ruben, Pierre partit aux renseignements. L'ingénieur en chef, surpris de le voir réapparaître sans crier gare, le reçut avec beaucoup de froideur.

— Nous vous croyions disparu, monsieur Lambert ! Mort ou en train d'agoniser dans quelque ravin. Vous auriez pu avertir de votre départ ! Votre attitude est inadmissible pour un ingénieur de votre rang. Et surtout ne vous excusez pas ! Je ne saurais pardonner une telle légèreté de comportement.

— Je ne demande pas votre indulgence, monsieur l'ingénieur en chef. Je reconnais que le malheur m'a rendu aveugle, et m'a ôté la raison et mon sens de la convenance. Aussi suis-je d'abord venu vous présenter ma démission.

— Votre démission, Lambert ! Qu'est-ce que vous me chantez là ? Il n'en est pas question ! J'ai encore besoin de vous. Vous connaissez aussi bien que moi vos qualités. Je ne puis me passer de vous. Pas en ce moment.

— Permettez-moi d'insister, monsieur.

— C'est inutile, Lambert !

L'ingénieur en chef prit la lettre de démission que Pierre avait déposée sur son bureau et, sans même la lire, la déchira en quatre et la jeta dans la corbeille.

— Voilà ce que j'en fais de votre démission ! Néanmoins, Lambert, je ne passerai pas complètement sous silence votre attitude quelque peu désinvolte et qui ne vous ressemble guère.

— Le malheur, monsieur...

— Oui, je sais Lambert. Le malheur vous accable. Je me suis renseigné. Vous vous êtes amouraché d'une jeune cantinière qui n'a pas eu de chance. Mais son décès, si regrettable soit-il, ne devait pas vous faire oublier votre tâche ni votre devoir.

— Non, monsieur.

— Pour votre peine, votre quinzaine d'absence ne vous sera pas payée. Et je vais vous affecter au tunnel d'Albespeyres. Vous y exercerez vos talents à l'ombre. Ça vous empêchera de penser à vous volatiliser une seconde fois. Enterré à plus de cent soixante mètres sous terre, vous n'en aurez guère l'occasion !

Pierre pensa que la sanction était bien légère. Il s'attendait à une mise à pied ou pire à un renvoi définitif. C'est pourquoi il avait écrit sa lettre de démission pour prendre les devants.

— Puis-je vous demander un renseignement, monsieur ?

— Si ce n'est pas une faveur, je vous répondrai.

— Puis-je savoir pourquoi Ruben Lapierre a été arrêté ?

L'ombre de la prison

— Lapierre, me dites-vous ? N'est-ce pas ce terrassier récemment attaché au tunnel et que vous m'aviez vous-même recommandé ?

— C'est exact, monsieur.

— Il est l'un des instigateurs d'une bagarre qui a mal tourné et qui a mis à sac une cantine du chantier. Avec ses amis italiens, il s'est violemment heurté à un groupe de tunneliers. Sale histoire de rivalité. Mais avec tout ce qui se passe en ce moment, les gendarmes ne montrent aucune indulgence. Les meneurs, des deux côtés, ont été arrêtés. Avec lui, il y avait un jeune Calabrais qui a reçu un coup de couteau. Ils l'ont aussi arrêté. Il faut faire des exemples. Sinon les altercations vont encore se multiplier. Les Piémontais ont le sang chaud. Les Français doivent éviter de les invectiver. Mais j'exige d'eux également un comportement irréprochable. Tous ceux qui seront à l'origine d'une altercation seront déférés en justice, qu'ils soient français ou italiens !

— Êtes-vous certain que Ruben Lapierre était l'un des fauteurs de troubles ? Cela ne lui ressemble pas.

— Lambert, je ne suis pas gendarme ni policier. Mais mon premier devoir est de faire régner l'ordre sur ce chantier. Il n'y a pas de place ici pour les voyous. Mais dites voir, votre Lapierre n'est-il pas le frère de cette malheureuse que vous pleurez ?

— Effectivement, monsieur.

— Je comprends à présent pourquoi vous vous intéressez tant à lui. Son sort vous inquiète-t-il donc à ce point ?

— Nous allions sans doute devenir beaux-frères.

— Vous devriez mieux choisir vos fréquentations, Lambert. Quoi qu'il en soit, je ne puis vous en dire plus. Le sort de votre... ami n'est pas entre mes mains, mais dans celles de la police et de la justice.

Pierre n'insista pas.

Le jour même, il prit son poste dans le tunnel d'Albespeyres, où il eut la charge du tracé des galeries. C'était un poste à haute responsabilité, car, avec ses collègues géologues, de ses études et projections dépendaient la vie des tunneliers et l'avenir de la voie ferrée.

Ruben fut enfermé dans une cellule du Fort Vauban, vieille forteresse datant de Louis XIV, construite les pieds dans le Gardon, à l'entrée nord de la ville d'Alais. Elle faisait face aux Cévennes et commandait davantage la sortie de la vallée vers le haut pays languedocien que son entrée dans le massif montagneux. Les cellules y étaient petites, sombres et humides, à l'image de toutes les citadelles construites par le ministre de la Guerre du Roi-Soleil pour protéger le royaume des invasions espagnoles. Derrière ses remparts, la cité huguenote déployait ses ruelles étroites toujours pleines d'une foule grouillante de commerçants ambulants, d'artisans et de paysans descendus des bourgs et villages avoisinants, les jours de foire et de marché. Les casernes et la gendarmerie en faisaient une ville de garnison où la soldatesque se trouvait toujours à pied d'œuvre. Les autorités se méfiaient encore du tempérament frondeur des habitants de la cité qui avaient toujours montré, dans le passé, un penchant pour la révolte.

L'ombre de la prison

La cellule d'Aldo jouxtait celle de Ruben. Les deux malheureux communiquaient par leur fenêtre grillagée et se renseignaient l'un l'autre des dernières rumeurs qui couraient dans la prison.

Les cellules voisines étaient occupées par d'autres prisonniers arrêtés comme eux lors des algarades de chantier, et par quelques droits communs en attente de leur jugement. En réalité, beaucoup étaient suspectés d'être des républicains révolutionnaires et devaient être transférés à la prison de Nîmes.

— Si on nous envoie à Nîmes, expliqua Ruben à son compagnon, notre compte est bon. Le tribunal nous enverra au bagne pour quelques années.

— Au bagne ? Qu'est-ce que c'est ? demanda Aldo à travers ses barreaux.

— Un camp de travaux forcés. En Algérie ou en Nouvelle-Calédonie, très loin de la France. Les prisonniers travaillent toute la journée à casser des cailloux.

— Ça ne nous changera pas beaucoup ! répliqua Aldo, qui avait encore la force de plaisanter malgré sa blessure.

Ruben n'était pas optimiste. « Pourvu qu'en ce qui me concerne, ils ne remontent pas jusqu'à l'auberge du Bon-Pain ! » songeait-il sans cesse, le soir, avant de s'endormir dans la paille humide de son cachot.

Ce qu'il craignait arriva. Les policiers chargés de dénicher les comploteurs s'intéressèrent à son cas, à la suite d'une lettre de dénonciation, envoyée par un mouchard à leur solde. Du Nord au Midi, le pays était truffé d'espions au service du régime. À moins d'un an des élections législatives, le ministre de l'Intérieur voulait être informé de tout ce qui se tramait sur le territoire et n'avait pas lésiné sur les moyens pour connaître l'opinion des Français et leur appartenance.

Les policiers ne mirent pas longtemps à savoir que Ruben avait rencontré un républicain surveillé de longue date : Martial Ribaute. Dans le groupe qui se réunissait régulièrement au Bon Pain, ils avaient infiltré un mouchard qui les renseignait de tout ce qu'il s'y disait.

Les arrestations s'étaient multipliées à la suite des échauffourées avec les Piémontais. Martial Ribaute ne s'était pas trompé. Des provocateurs incitaient parfois à la violence, ce qui donnait prétexte à la police de sévir dans les milieux suspects. Lui-même ne dut son salut qu'à la bonne fortune. Les gendarmes dépêchés pour l'arrêter se trompèrent de cabane dans son cantonnement. Martial, toujours sur le qui-vive, les entendit aller et venir et n'eut que le temps de leur échapper en sautant par la fenêtre. Depuis, il vivait caché dans une grotte de la montagne qui, jadis, avait servi de refuge à des camisards en cavale.

Aldo et Ruben furent déférés à la prison de Nîmes. Dans la cour de la forteresse, ils se revirent pour la première fois depuis l'altercation qui les avait opposés aux Lorrains. Enchaînés comme des bagnards, ils prirent place côte à côte dans le panier à salade et échangèrent des regards emplis de tristesse et d'inquiétude. D'autres prévenus montèrent avec eux, ainsi que deux gendarmes. Le fourgon prit la route de la cité préfectorale sous bonne escorte. Un escadron d'une demi-douzaine de soldats les accompagna jusqu'à destination.

L'ombre de la prison

— Nous ne risquons pas de nous échapper ! marmonna Ruben en patois, afin que les gendarmes – des hommes au parler pointu, avait-il remarqué – ne le comprennent pas.

Ses codétenus, tous des Cévenols, sourirent malgré la menace qui pesait sur eux.

Trois heures plus tard, ils furent enfermés dans une autre geôle, tout aussi lugubre que la précédente. Ruben et Aldo se retrouvèrent dans la même cellule, en compagnie de deux autres prisonniers qui avaient agressé et blessé un soldat au cours d'un affrontement avec la troupe, venue en renfort aux côtés de la gendarmerie.

Au-dessus de la prison, un ciel de cendre soudain s'était appesanti, s'immisçant à travers les barreaux de leur fenêtre. Une chape de plomb allait les écraser dans une machine judiciaire au service d'un régime tyrannique qui se voulait populaire mais qui restait sourd aux aspirations du peuple.

Ruben ne cessait de regarder à travers les barreaux qu'il tenait souvent à pleines mains, la rage au cœur et le mors aux dents. Sur le flanc des collines qui entouraient la ville, il fixait une tache de verdure, un bois de chênes au milieu de la garrigue, un espace de liberté et d'espoir.

Les gendarmes firent un complément d'enquête en se rendant au Fournel. C'est ainsi que Zacharie et Félicie apprirent l'arrestation de leur fils.

Félicie fut de nouveau atterrée. Zacharie de nouveau révolté.

Quand le brigadier lui déclara que son fils avait trempé dans un complot contre le régime, fou de rage, il ne put se contenir. Il s'empara de sa fourche qu'il avait un moment abandonnée et, menaçant, vociféra :

— Mon fils a bien fait ! Ce régime n'est que le suppôt de Satan et vous, des traîtres à la cause du peuple !

Les deux gendarmes, qui venaient du bourg voisin et qui connaissaient bien la famille Lapierre, se consultèrent du regard, troublés.

— Zacharie, calme-toi ! Nous ne faisons que notre devoir.

— Je ne vous connais plus ! Votre devoir est de protéger les braves gens, pas de les envoyer en prison.

— Si ton fils n'a rien fait, il sera relâché.

— Je voudrais bien voir qu'il soit condamné ! S'ils osent le garder en prison, j'irai foutre le feu à la sous-préfecture.

— Cesse tes menaces, Zacharie. Ne nous oblige pas à te dresser procès-verbal pour outrage aux forces de l'ordre et menace contre l'Empire.

Zacharie pointait sa fourche en avant.

— Viens-y voir si tu oses ! Un Lapierre n'a pas peur de la maréchaussée. Surtout quand il est dans son droit !

— Cesse donc ! intervint Félicie. Ne te mets pas encore dans tous tes états. Ces messieurs ne te veulent aucun mal. Ils sont simplement venus nous donner des nouvelles de Ruben.

— Tu sais, Lapierre, dit le second gendarme, nous avons ordre d'enquêter sur les familles des prévenus. Mais nous te connaissons bien. Nous savons que tu es un homme intègre. Nous n'avons rien à te reprocher. Si ton fils est innocent, tu n'as rien à craindre.

Zacharie apaisa sa colère. Il planta sa fourche dans la paille qu'il était en train d'engranger et dit à Félicie :

— Va chercher la bouteille de cartagène et trois verres.

Puis aux gendarmes :

— Si vous dites vrai, alors, descendez de cheval et venez boire un verre à l'intérieur.

— Pas pendant le service, Zacharie. Tu le sais bien.

— Bougre de gendarme ! Tu vas m'écouter, *noun de Diou !* Ou je vais finir par me fâcher pour de bon !

— Allons, descendons ! fit le représentant de l'ordre à son collègue. Si on le lui refuse, il est bien capable de nous enfourcher !

Ôtant son bicorne, le brigadier s'épongea le front d'un revers de manche.

— L'âge ne le ramollit pas ! murmura-t-il entre ses dents en passant devant Félicie.

Marie sombra dans le plus grand découragement. Depuis le décès de Sarah, la jeune fille était inconsolable. Seul l'espoir que lui avait donné Ruben lui tenait la tête hors de l'eau. Toutes ses visions d'avenir venaient soudain de s'évanouir. Ruben en prison, Ruben condamné, Ruben déporté loin, très loin, à des milliers de kilomètres ! Non, ce n'était pas possible ! Que ferait-elle alors, seule et sans planche de salut ?

De nouveau, elle rencontrait la malchance. Le soleil qui s'était mis à briller après que la Faucheuse eut emporté sa mère – il y avait déjà si longtemps ! – venait de s'éteindre comme un astre mort dans un ciel d'ébène. Une lumière noire inondait son cœur, et ses yeux aveugles ne percevaient plus que des ombres dans une éternité de ténèbres.

Ruben au bagne, c'était la mort. Car elle n'ignorait pas que peu de bagnards en réchappaient. C'était aussi sa propre mort.

Elle perdit brutalement toute envie de vivre, commença à se laisser aller. Elle qui était si coquette, malgré le travail souvent salissant qu'elle faisait au Fournel, ne prit plus soin de sa personne, s'habillant de ses plus vieilles robes, ne se coiffant plus, optant pour un chignon permanent tiré en arrière. Elle perdit son allant et se montra de plus en plus avare de ses paroles.

— Il faut réagir, ma fille ! lui conseilla Félicie. Est-ce que je m'abandonne, moi ? Ruben est mon fils pourtant ! S'il te voyait ainsi, prostrée du matin au soir, il ne te donnerait pas raison.

Mais Marie ne réagissait pas. Étiennette tentait en vain de prendre la place de Sarah auprès d'elle. Samuel l'emmenait chaque fois qu'il se rendait avec sa promise chez des amis ou à une foire dans un bourg voisin. Rien ni personne ne parvenaient à sortir Marie de sa langueur.

L'été touchait à sa fin. Déjà septembre annonçait la chute des feuilles et se laissait chasser par un automne précoce. Le ciel se zébrait d'éclairs métalliques et se déchirait sous les grondements d'un dieu en colère. Les pluies ne tardèrent pas à inonder les terres, ravageuses comme elles peuvent l'être quand le temps est au déluge. Les murs de pierre ventrus menaçaient de céder ; la terre commençait à s'épandre en bas des pentes ; les dernières récoltes étaient saccagées.

Dans sa vallée, le Gardon charriait des flots de boue et submergeait ses berges, s'étalant vigoureusement jusqu'au pied des collines. Les arches des ponts, menacés par les coups de butoir des troncs d'arbres arrachés en amont, résistaient, mais s'obstruaient de monticules de bois flottant et de débris de toutes sortes. Le niveau des eaux, une fois de plus, dépassa la cote d'alerte. À Alais, les bas quartiers furent envahis par les eaux et la ville se retrouva isolée du reste du monde.

Marie se noyait dans son chagrin et se laissait peu à peu sombrer dans les flots de sa désespérance.

Pierre décida d'agir.

D'abord, il se rendit au Fournel, malgré les foudres qu'il pouvait y craindre de la part de Zacharie. Il ne pouvait plus rester dans l'ombre plus longtemps. Sachant son ami en danger et sa famille plongée dans le malheur, il se mit en route pour Falguière par un matin d'orage menaçant.

« Tant pis s'ils me chassent ! se dit-il. Mais je veux leur dire que je suis leur ami et que je vais aider Ruben à sortir de ce guêpier. »

Pierre avait des économies et des relations. Persuadé qu'il valait mieux devancer les amis républicains avec lesquels Ruben s'était affiché, il prit sur lui d'écrire sans plus tarder à deux anciens camarades, alors avocats au barreau de Paris.

L'un d'eux avait répondu favorablement à sa requête :

J'accepte de venir plaider à Nîmes pour défendre ton ami, lui avait-il écrit, *mais à une condition : que je le fasse gratuitement. Je ne veux pas qu'il y ait entre nous des questions d'argent. Cela, en gage de notre ancienne amitié.*

Fort de cette missive encourageante, Pierre avait donc décidé d'avertir la famille de Ruben.

Quand Zacharie le vit arriver de loin sur son cheval, il le reconnut sans hésiter.

— Que vient-il faire ici, celui-là ? bougonna-t-il devant Samuel, qui travaillait à ses côtés. Ne nous a-t-il pas fait assez de mal pour venir encore nous narguer dans notre malheur ?

— Laisse-le s'expliquer, Père. Il ne vient certainement pas pour nous rendre une simple visite.

L'accueil de Zacharie fut glacial.

— Que voulez-vous ? lui demanda-t-il sans même le saluer.

— Je viens à propos de Ruben.

— Ruben n'est pas ici.

— Je sais, monsieur Lapierre. Je suis au courant.

— Alors, je n'ai rien d'autre à vous dire.

— Père, interrompit Samuel, faisons rentrer Pierre. Nous serons mieux à l'intérieur pour discuter.

Zacharie se laissa convaincre et précéda son fils vers l'entrée du mas.

Marie balayait la cour, sans entrain. Quand elle entendit des pas derrière elle, elle ne se retourna pas et poursuivit sa tâche nonchalamment.

— Marie, c'est Pierre ! lui annonça Samuel.

La jeune fille sursauta, laissa choir son balai de bruyère.

L'ombre de la prison

— Bonjour, Marie, fit Pierre. Je suis si heureux de vous revoir.

Marie ne dit mot, interloquée.

— Rentrons ! proposa Samuel.

Selon son habitude, Félicie fit bon accueil au visiteur.

— Que nous vaut votre venue, Pierre ? Il y a bien longtemps qu'on ne vous a vu !

— Certes, madame Lapierre. J'ai appris tous vos malheurs. Croyez-moi, j'en suis moi-même très bouleversé.

— Venons-en au fait ! coupa Zacharie, qui trépignait d'impatience.

Pierre sortit le brouillon de la lettre qu'il avait adressée à son ami l'avocat, ainsi que la réponse de celui-ci.

— Tenez, lisez !

— Je n'ai pas mes besicles, grogna Zacharie. Lis, toi, Félicie !

Félicie lut une première fois à voix basse. Son visage trahit aussitôt une joie qu'elle eut peine à contenir.

— Alors ?

Elle se reprit et relut cette fois à voix haute.

Quand elle eut terminé, elle se tut. Personne ne parla. Dans les yeux de Marie brillait de nouveau une lueur d'espoir.

— Vous avez fait ça pour Ruben ? s'étonna Zacharie.

— Bien sûr ! Ruben est mon ami. Je ne peux pas le laisser tomber. Lui aussi m'a aidé quand...

Il s'interrompit.

— Quand vous vouliez voir Sarah malgré mon interdiction ! grommela Zacharie.

— Pardonnez-moi, pardonnez-nous, monsieur Lapierre. Mais nous nous aimions.

— Pierre souffre autant que nous, Zacharie, ajouta Félicie. Ne le juge pas mal. Il n'est pas responsable de la mort tragique de notre fille.

— Pierre ! dit Marie en s'approchant de lui, vous allez sortir Ruben de prison, n'est-ce pas ?

— En tout cas, mon ami de Paris fera tout pour cela.

Les procès d'Aldo et de Ruben eurent lieu le même jour. Les deux inculpés parurent dans le box des accusés côte à côte, encadrés par deux gendarmes.

Le juge lut l'acte d'accusation qui, aux yeux de l'assistance et des quelques journalistes présents dans la salle d'audience, parut bien mince. L'avocat général tenta toutefois de faire passer Ruben pour un dangereux révolutionnaire, membre d'une société secrète, et Aldo pour un terroriste italien hostile à Sa Majesté l'Empereur. Mais il ne put avancer aucune preuve tangible et irréfutable.

Edmond Lamotte, l'avocat de la défense auprès des inculpés, plaida l'innocence de ses clients et les présenta comme victimes de l'altercation à laquelle ils avaient pris part malgré eux en toute légitime défense.

Les jurés les déclarèrent non coupables et décidèrent d'accorder à Aldo des dommages et intérêts pour les blessures qu'il avait subies.

Le soir même, les deux accusés furent relaxés.

L'ombre de la prison

À la sortie du prétoire, Marie, accrochée au bras de Pierre Lambert, attendait Ruben, le visage tout illuminé de bonheur.

XXIX

Le tunnel

Plus de deux ans s'étaient écoulés depuis le premier coup de pioche qui avait entamé la montagne. Au dire de tous les ingénieurs, le tunnel d'Albespeyres était sans aucun doute le chantier le plus difficile. Certes, moins spectaculaire que ceux des grands viaducs, mais beaucoup plus exigeant. Sa longueur, sa profondeur, la nature du sous-sol en faisaient un ouvrage particulier qui nécessitait des techniques très avancées et beaucoup d'attention de la part de ceux qui y travaillaient, du simple pelleteur à l'ingénieur et au géomètre le plus expert.

Mais il fallait aussi compter sur les caprices du climat cévenol, tant en hiver – et l'hiver 1868 avait apporté son content de neige – qu'en été. À la mi-août de cette même année, de violents orages éclatèrent dans la région de Villefort. La voie ferrée, en pleine construction, fut sérieusement endommagée. Le ballast fut emporté, les rails arrachés. Des ponceaux s'effondrèrent, ainsi que des murs de soutènement. Il fallut recommencer ce qui semblait achevé. En pleine chaleur estivale, les hommes travaillèrent sans relâche afin de consolider la voie partout où elle avait été détériorée.

Étant donné le surcoût des travaux, les entreprises concessionnaires révisèrent leurs devis et posèrent de nombreuses réclamations qui étaient parfaitement fondées. Non loin de Pourcharesses, les eaux de ruissellement avaient ouvert de larges brèches sur la plate-forme et l'avaient mise hors service. La section inaugurée l'année précédente avait été coupée par un éboulement près de Génolhac et le trafic interrompu pendant plusieurs jours. Enfin, la tête sud du tunnel d'Albespeyres avait été obstruée par un important éboulement qui avait empêché momentanément les équipes de reprendre leurs travaux d'excavation.

Pierre Lambert n'ignorait rien des difficiles conditions de travail qui l'attendaient dans le tunnel. Il en connaissait les risques à leur juste mesure et savait que les hommes y étaient très exposés. Aussi tenta-t-il une dernière fois de dissuader Ruben de faire équipe avec les tunneliers.

— Il est trop tard, Pierre, lui répondit Ruben. Je suis repassé au bureau de recrutement dès mon retour de prison. On m'a confirmé mon embauche. J'avais pris ma décision bien avant.

— Tu aurais pu m'en reparler !

— Tu n'étais pas là. Mais, de toute façon, cela n'aurait rien changé. Je ne voulais pas rester poseur de rails. Ce n'était pas assez bien payé. Au tunnel, je vais gagner trente-huit centimes de l'heure au lieu de trente-deux.

— C'est donc l'argent qui te motive à présent !

— Jusqu'à maintenant, j'ai rêvé comme un enfant. Le chemin de fer m'a fait rêver ! Je suis

Le tunnel

revenu de mes rêves. Je veux m'installer avec Marie d'un bon pied. Pour cela, j'ai besoin d'argent.

— Sais-tu que tu risques ta vie ?

— Il ne faut rien exagérer ! Le tunnel, ce n'est pas le bagne ! Il n'y a pas des accidents tous les jours. Tu vas bien y travailler, toi !

— Pour moi, ce n'est pas pareil. C'est une sanction de mes supérieurs. Par ailleurs... je n'ai plus rien à perdre.

Le regard de l'ingénieur s'assombrit brutalement.

— Tu n'as pas le droit de dire ça, Pierre ! Tu es jeune, comme moi. Nous avons la vie devant nous. Sarah n'aurait pas exigé de toi un tel sacrifice. Pour elle, tu dois vivre !

Devant le malheur qui les touchait, les deux amis trouvaient dans le travail une planche de salut commune.

— Je suis heureux de faire partie de ton équipe, confia Ruben. C'est la première fois que nous nous retrouvons sur le même chantier.

— N'oublie pas de m'appeler « Monsieur » devant les autres, plaisanta Pierre. Sinon, on nous reprochera trop de familiarités.

La plus grande difficulté du chantier ne résidait pas dans sa dimension : le tunnel ne dépassait pas 1 500 mètres. Le nombre de puits réduisait la longueur de chaque galerie en multipliant les fronts de taille. La dureté de la roche n'était pas non plus un obstacle insurmontable. Les foreuses et les tirs de mine venaient à bout du granite le plus récalcitrant. Certes, l'avancée journalière demeurait modeste, mais en tenant le rythme calculé par les ingénieurs, les délais devaient être respectés.

En réalité, le problème majeur provenait de la ventilation dans les puits d'accès. L'aération dans les galeries d'extraction était insuffisante et les ouvriers suffoquaient parfois, surtout après les tirs de mine.

Depuis quelques mois, les doléances des mineurs s'étaient multipliées. Un rapport du commissaire spécial de police de Prévenchères avait attiré l'attention de l'Administration, à la suite de plaintes déposées par certains d'entre eux. Craignant un mouvement de grève, la direction avait dépêché sur place, le 22 septembre, un conducteur du contrôle afin de faire toute la lumière sur cette affaire.

L'ingénieur en chef en avait informé Pierre Lambert.

— Surtout ne vous laissez pas influencer par les ouï-dire, lui avait-il conseillé. Le rapport du conducteur du contrôle Étiévant, concernant le puits n° 2, a clarifié les faits.

Il tendit le rapport à son jeune ingénieur.

— Tenez, lisez !

Pierre parcourut le document, soulignant à voix haute certains passages[1].

— « Le tuyau du ventilateur s'arrête à quarante mètres au-dessus du fond ! »

— Sinon les tirs de mine le briseraient dans le puits, coupa aussitôt l'ingénieur en chef sans le laisser poursuivre.

---

1. *Les passages entre guillemets sont extraits du rapport du contrôleur Étiévant.*

Le tunnel

— « Les ventilateurs ne fonctionnent dans les puits que lorsque la machine à vapeur est en marche. » Ce n'est peut-être pas assez ! Quand celle-ci s'arrête, l'aération devient donc insuffisante !

— On ne peut faire autrement : ventilateurs, machine à vapeur et bennes, tous fonctionnent ensemble. Après l'explosion – lisez attentivement – on jette de l'eau dans les puits, ce qui crée un courant d'air permettant d'évacuer les fumées.

— Je comprends très bien, dit Pierre Lambert. Mais cela ne me semble pas idéal !

— Lisez plus loin ! Le rapport est explicite.

Pierre poursuivit sa lecture.

— « La fumée ne rend l'atmosphère très épaisse et très lourde que pendant une demi-heure environ, pendant laquelle les ouvriers demeurent dans la galerie transversale. » Hum, hum ! se contenta-t-il d'ajouter. Pas terribles, ces conditions de travail !

— Monsieur Lambert, je compte sur votre sens du devoir pour ne pas faire, quand vous serez sur place en présence de vos hommes d'équipe, des commentaires qui pourraient nuire à leur enthousiasme et aux intérêts de la Compagnie. N'allez pas donner aux entrepreneurs adjudicataires des raisons supplémentaires d'accroître leurs exigences ! Celles-ci sont déjà très lourdes à supporter.

— Monsieur, je pensais à la sécurité de nos hommes !

L'ingénieur en chef commençait à perdre patience. D'un geste sec et répétitif, il ne cessait de se frapper la paume de la main avec le plat de sa règle qu'il tenait comme une badine.

— Venons-en au fait, Lambert. Lisez la conclusion du rapport ! Que dit monsieur Étiévant ?

Pierre parcourut des yeux le reste du texte et, parvenu à son terme, reprit :

— « Les craintes de monsieur le Commissaire spécial ne sont point fondées et les faits qu'il ne cite que par ouï-dire n'ont pas la gravité qu'il leur attribue. »

— Comme vous pouvez le constater, il n'y avait pas de quoi fouetter un chat ! Vos collègues, qui ont pensé aux problèmes de ventilation, savent ce qu'ils font. Croyez-moi, il n'est pas de l'intérêt de la Compagnie de risquer la vie des tunneliers. Meilleures sont leurs conditions de travail, plus vite les délais seront respectés.

Pierre restait dans l'expectative.

— Autre chose Lambert ?

— Non, monsieur. Je relisais rapidement le rapport.

— Alors, bonne chance, Lambert ! Et bon travail !

Depuis sa libération, Ruben n'avait pas tenté de renouer avec les républicains du Bon Pain. Il ignorait même que Martial Ribaute se cachait dans la montagne voisine. Celui-ci essayait de se faire oublier, attendant que les gendarmes desserrent leur surveillance autour de ses amis pour réapparaître.

Les rixes avec les Piémontais s'apaisant, les forces de l'ordre se montraient moins oppressantes. La vie sur le chantier avait repris un cours presque normal. Toutefois, les policiers et les mouchards ne désarmaient pas, toujours soucieux d'appréhender les éléments jugés dangereux pour le régime. Les candidats officiels battaient déjà la campagne, multipliaient les réunions, allaient au-devant des foules pour convaincre les ouvriers que l'Empire était le seul régime capable de leur donner à chacun et le travail et la sécurité d'un emploi à long terme. Leurs programmes ne cessaient de vanter les bienfaits des grands travaux entrepris à Paris par le baron Haussmann, et annonçaient déjà, pour l'année suivante, le projet de percement du canal de Suez, qui serait l'image de la grandeur de la France dans le monde. Leurs discours enflammés promettaient à tous un avenir assuré, aux audacieux l'aventure par les grands chantiers, et occultaient les fiascos militaires dans lesquels le Prince ne cessait de s'embourber.

Le chantier cévenol ne connaissait pas de trêve. Dans la section Langeac-Langogne, la ligne était presque partout achevée. Seuls trois des soixante-quatre tunnels et les bâtiments des gares étaient encore à réaliser. Le tunnel d'Albespeyres, quant à lui, demeurait, en cette fin d'année, l'objet des plus grands soins. Et Paulin Talabot ne désespérait pas que l'ouverture de la ligne pût avoir lieu, d'un bout à l'autre, au cours des premiers mois de 1870.

Jamais Ruben n'avait connu un rythme de travail aussi soutenu. Si les mineurs accomplissaient un service de huit heures, en trois équipes se relayant sans discontinuité, les terrassiers, dont il faisait partie, étaient astreints à douze heures de travail par jour.

Les premières semaines, s'accommodant mal de l'obscurité, il sortait du tunnel complètement hébété et ne parvenait plus à se situer dans le temps. Quand il était de l'équipe de jour, il avait l'impression de vivre dans une nuit permanente et, le soir venu, il ne trouvait le sommeil qu'après une longue veille qui finissait de l'épuiser. Quand il faisait partie de l'équipe de nuit, il passait toute sa journée à dormir et ne se réveillait que tard en fin d'après-midi, quand le soleil se cachait déjà derrière les crêtes et qu'il lui fallait retourner au travail.

Aldo l'avait rejoint, une fois remis de sa blessure. Tous deux furent affectés à la même brigade de déblaiement sous les ordres d'un contremaître picard originaire de la même région que Pierre Lambert.

Celui-ci faisait de fréquentes visites de chantier dans les galeries, afin d'en surveiller l'avancement et le juste tracé. Il vérifiait sans cesse ses calculs, car, au moindre degré d'écart, les galeries se seraient croisées sans se rejoindre.

Mais ce qui le préoccupait le plus était la sécurité des ouvriers. Ces derniers travaillaient dans une poussière suffocante et un bruit infernal. Les machines à vapeur qui actionnaient les bennes ne s'arrêtaient qu'au moment des tirs de mine. Sur le front de taille, les conditions de travail étaient pires encore. Les excavatrices faisaient trembler les parois rocheuses. Le vacarme des foreuses résonnait tout au long de la voûte qui donnait parfois l'impression de se déchirer et de s'effondrer. Les entrailles de la montagne saignaient constamment de toute son eau. Les infiltrations transformaient les galeries en cloaque, des poches d'eau glaciale se déversant fréquemment sur les hommes.

Le tunnel

Étant donné la chaleur ambiante, ceux-ci travaillaient à moitié nus. Leur corps ruisselait d'eau et de sueur, et se couvrait d'une gangue collante de poussière de granite qui les transformait en statues de pierre.

Parfois, à la pause, Pierre venait discuter avec ses hommes. Lui qui était originaire d'une région minière connaissait bien la mentalité des travailleurs du fond. L'âpreté de leur labeur les rendait encore plus solidaires les uns des autres, et le respect qu'ils témoignaient à leurs supérieurs n'avait d'égale que leur ténacité et leur fierté d'être des travailleurs hors du commun.

Dans le tunnel, Pierre retrouvait chez les hommes du creusement cette même déférence envers lui, qui faisait d'eux les êtres les plus sociaux qu'il eût jamais rencontrés sur le chantier. Aussi aimait-il aller au-devant d'eux pour s'inquiéter de l'avancée des travaux, mais aussi pour leur demander si tout allait comme ils voulaient. Petit à petit, les tunneliers de son équipe le prirent en sympathie et, chaque fois qu'ils étaient à la pause, ils lui offraient une tasse de leur café réchauffé dont ils faisaient grande consommation.

Ruben avait évité de raconter à ses compagnons qu'ils étaient amis, ne voulant pas passer pour un privilégié. Pierre d'ailleurs ne le traitait pas différemment des autres lorsqu'il se retrouvait en sa présence. Il se contentait de quelques regards complices et de quelques mots furtifs pour l'assurer de son amitié.

Un soir, alors que Ruben venait d'attaquer sa sixième nuit de la semaine, Pierre passa devant lui, accompagné de tout un aréopage de géomètres, de géologues et d'ingénieurs. Tous semblaient inquiets et discutaient avec véhémence sans se soucier des hommes qui, autour d'eux, pelletaient et piochaient. Ruben remplissait des bennes de déblais d'extraction et aidait un jeune *mousse* à les pousser vers le monte-charge.

— Lapierre ! l'interpella Pierre Lambert, laissez votre benne de côté, ces messieurs vont remonter maintenant.

— À vos ordres, monsieur l'ingénieur !

Ruben obtempéra. Les collègues de Pierre Lambert prirent place dans le monte-charge qui disparut aussitôt, tiré vers le haut du puits par de longs câbles d'acier.

— Quelque chose de grave ? s'inquiéta Ruben.

— Le géologue est persuadé que la nappe phréatique est juste au-dessus de la galerie. Ce qui expliquerait ces infiltrations d'eau de plus en plus fréquentes.

— Et alors ?

— Je lui ai conseillé d'arrêter de creuser pendant quelque temps afin de consolider la voûte. Il faudrait coffrer et bétonner sans attendre. Étayer n'est plus suffisant. Il ne faudrait pas que le plafond nous tombe dessus !

— Que t'ont répondu les autres ingénieurs ?

— Que ça pouvait attendre. Qu'il fallait continuer de creuser.

Pierre paraissait très inquiet.

— Ne restons pas là ! Les artificiers vont procéder à un tir de mine.

Le tunnel

Il ordonna aux terrassiers d'aller se réfugier dans une galerie transversale. Les artificiers avaient truffé le front de taille de bâtons de dynamite et, après avoir pris les précautions d'usage, s'étaient à leur tour retirés à l'écart de la zone dangereuse.

Tout à coup, un roulement grave, semblable à une canonnade éloignée, retentit dans toute la galerie. Plusieurs déflagrations se succédèrent à un rythme rapproché. La galerie fut très vite envahie par un nuage de poussière et de fumée irrespirable, qui fut aussitôt aspergé par une trombe d'eau glaciale jetée du haut du puits. La fumée cependant restait épaisse et opaque, et aveuglait les ouvriers qui avaient peine à respirer.

Pendant plus d'une demi-heure, ceux-ci, prostrés dans leur abri de fortune, attendirent que, tant bien que mal, l'atmosphère s'assainît.

C'était toujours ainsi que se déroulaient les tirs de mine.

Pierre, Ruben et une dizaine de terrassiers, dont Aldo, se trouvaient bloqués dans une cavité latérale de la galerie. Quelques hommes commençaient à suffoquer. Ruben demanda à Aldo de lui donner sa bouteille d'eau et alla soulager un de ses camarades qui avait peine à respirer.

— Ils ont mis le paquet ! s'insurgea-t-il.

— J'ai l'impression que les charges ont explosé trop tôt, s'époumona Pierre à travers le nuage qui tardait à se dissiper. À moins qu'ils ne se soient trompés sur la quantité de dynamite ! Je vais aller voir vers le front de taille.

— Tu devrais attendre encore. Ça peut être dangereux.

— Il y a des hommes là-bas ; je veux m'assurer qu'ils ne risquent rien.

Pierre était trempé jusqu'aux os, car, au moment de l'explosion, une poche d'eau issue d'une fissure ouverte dans la voûte s'était déversée sur lui. Tenant sa lampe à huile à bout portant, il se fraya péniblement un passage parmi la forêt d'étais qui supportait encore le plafond. Beaucoup jonchaient le sol. Les éboulis formaient des amas inextricables de blocs épars. « Pourvu qu'il n'y ait personne là-dessous ! » songea-t-il en les escaladant pour atteindre le fond du tunnel.

À une trentaine de mètres du front de taille, le chaos rocheux rejoignait presque le sommet de la galerie. Un souffle d'air frais attestait de la présence d'eau au-delà du verrou. Pierre dut s'allonger, ramper, sa lampe-tempête en avant, en prenant garde de ne pas la heurter. Le boyau n'excédait pas cinquante centimètres de hauteur.

De l'autre côté, il ne percevait que le silence. Un silence annonciateur d'une catastrophe. Les artificiers ne donnaient pas signe de vie.

Pierre hésita. Retourner chercher du secours lui ferait perdre encore un temps précieux. Il décida de poursuivre.

L'éboulis une fois passé, il découvrit avec stupeur une étendue d'eau noirâtre qui noyait entièrement la galerie. La voûte avait cédé sous l'effet de la déflagration et la nappe phréatique avait tout inondé.

— Nous étions pourtant prévenus ! fulmina-t-il, la rage au ventre.

Le tunnel

Se méfiant de la profondeur de l'eau, il longea la paroi à pas mesurés. L'eau lui montait jusqu'à la taille. D'une main, il se cramponnait au rocher, de l'autre, il balançait sa lanterne pour projeter plus loin le faisceau de lumière.

— Ce n'est pas Dieu possible ! s'exclama-t-il à voix haute comme pour se donner courage. J'espère qu'ils ne se sont pas noyés !

Il appela une première fois, puis une seconde, et une troisième. Seul l'écho de sa voix lui répondait.

Sachant que les artificiers se mettaient à l'abri dans des cavités latérales, à une distance raisonnable de la zone de tir, il ausculta la paroi pour y dénicher le moindre enfoncement. Quand son regard fut attiré par un amoncellement de pierres au départ d'une voûte en ogive. « C'est leur abri ! » pensa-t-il.

À tâtons, il commença à dégager les premiers blocs. Mais l'eau remplissait les vides au fur et à mesure.

— Je n'y arriverai jamais seul ! Il faut que j'aille chercher de l'aide. Les malheureux sont peut-être encore vivants, emmurés !

Il prit une grosse pierre d'une main et se mit à frapper contre un rocher qui obstruait la cavité, dans l'espoir qu'on l'entendrait.

— Ohé ! Il y a quelqu'un derrière ? Répondez !

Il insista plusieurs fois, puis renonça.

— Je reviendrai avec des hommes, des pelles et des pioches.

Il n'eut pas le temps de parcourir cinq mètres qu'un grondement sourd ébranla de nouveau la galerie. Un souffle violent glissa à la surface de l'eau et éteignit la flamme de sa lampe. Pris de panique, il chercha son briquet dans l'obscurité. Mais l'eau l'avait rendu inefficace. Comme un aveugle, il marcha à grand-peine dans l'eau glaciale, les mains posées sur la paroi rocheuse, craignant à chaque pas de tomber dans un trou profond.

Au bout d'une heure, qui lui parut interminable, il se rendit à l'évidence : il était complètement enfermé. Le reste de la voûte s'était affaissé et avait comblé le seul passage possible vers la sortie. Il décida alors d'attendre les secours sans plus bouger.

Ruben commençait à craindre le pire. Resté maître de lui, il exhortait ses compagnons à ne pas paniquer. Autour d'eux, ce n'était qu'un champ de ruines informes. La galerie s'était effondrée en maints endroits et des blocs de granite obstruaient le chemin du retour.

— Il faut essayer de regagner le puits, proposa Aldo. Les monte-charge ne sont peut-être pas endommagés. Si les machines à vapeur fonctionnent encore, nous serons vite de retour à la surface.

— Ne restons pas là ! s'écria un autre terrassier. Les explosions ont ébranlé toute la galerie. La montagne risque de nous tomber sur la tête et de nous enterrer vivants.

— Nous ne pouvons pas abandonner Pierre dans le tunnel ! s'insurgea Ruben. Il est allé secourir les artificiers. Ceux-ci ont certainement besoin d'aide.

— Allons en chercher à l'extérieur. Dehors, ils ont dû entendre les déflagrations et, à l'heure qu'il est, les secours sont certainement en train de s'organiser. C'est inutile de risquer nos vies en restant plus longtemps ici.

Ruben ne parvint pas à convaincre ses compagnons.

— Faites comme vous voulez ! Moi, je reste pour aller secourir l'ingénieur.

— Je reste avec toi, dit Aldo.

Les autres terrassiers s'en retournèrent vers le puits d'accès.

— Nous reviendrons avec de l'aide et du matériel dès que nous serons dehors.

Ruben et Aldo prirent chacun une pioche et une lampe-tempête, et s'engouffrèrent dans le fond du tunnel.

Parvenus à l'endroit où Pierre avait dû ramper en s'immisçant péniblement entre le sol et le plafond, ils furent bloqués par un autre éboulement.

— Bon sang ! soupira Ruben. Ça s'est effondré une seconde fois après son passage.

— Il faut creuser avec les pioches, proposa Aldo.

Les deux hommes posèrent leurs lampes à l'abri de l'eau et commencèrent à piocher. Il leur fallut dégager des blocs énormes à la main, immergés parfois jusqu'aux épaules dans l'eau glacée.

Après deux heures d'un travail de Sisyphe, exténués, ils firent une pause. Puis ils se remirent à l'ouvrage. Devant eux, la masse rocheuse formait bouchon et obstruait totalement le reste de la galerie qu'ils attaquèrent par le haut, afin d'éviter tout effondrement supplémentaire.

— Un trou d'homme suffira pour qu'on puisse passer, expliqua Ruben. Nous agrandirons plus tard s'il le faut.

Il cessa un instant de parler.

— Écoute ! dit-il en arrêtant Aldo. J'entends quelque chose derrière.

Aldo tendit l'oreille :

— Je n'entends rien.

— Un bruit étouffé, quand on cogne.

Il reprit sa pioche et, doucement, frappa contre l'éboulis.

— C'est creux derrière. On ne doit pas être loin. Peut-être qu'ils nous entendent cogner. Pierre a dû trouver les artificiers.

Ils se remirent à creuser juste au-dessous du plafond, tout en dégageant les gravats au fur et à mesure.

Subitement une trombe d'eau jaillit au dernier coup de pioche de Ruben. Celui-ci fut projeté en arrière, à moitié groggy. Sous la pression, le verrou sauta en l'espace de quelques secondes.

— Vite ! Réfugions-nous plus haut, s'écria-t-il.

Derrière le barrage, un véritable lac avait rempli la galerie.

Quand le niveau de l'eau se fut stabilisé à un mètre environ du niveau précédent, Aldo et Ruben se retrouvèrent complètement isolés, perchés sur une saillie rocheuse.

— Nous sommes faits comme des rats ! fit Aldo.

Ruben ne disait plus rien, prenant soudain conscience de la réalité.

— Derrière le verrou que nous venons de faire sauter, l'eau atteignait le plafond. Les malheureux ont dû périr noyés !

— Ils ont peut-être eu le temps de se réfugier dans des cavités situées plus haut.

— C'est peu probable.

Le tunnel

Les deux hommes devisaient sur ce qu'il convenait de faire, quand un corps flottant à la surface de l'eau passa devant eux, poussé par le courant.

Aldo l'agrippa de la pointe de sa pioche, le retourna.

— C'est Pierre ! dit-il à son ami, avec effroi.

Les secours arrivèrent peu après. Il fallut plusieurs jours avant que l'eau ne fût pompée et évacuée. On retrouva les corps des quatre artificiers coincés dans le creux où ils avaient trouvé refuge avant l'explosion. Eux aussi avaient été surpris par la précocité de celle-ci et par la brusque montée des eaux.

Les accidents de ce type furent assez fréquents pendant la construction du tunnel, avec plus ou moins de gravité : explosions précoces, éboulements survenus à la tête nord de l'ouvrage ou dans les galeries, asphyxie des mineurs due à l'insuffisance de la ventilation. Plus tard ce dernier problème devait se répercuter lors du passage des trains, ce qui contraignit la Compagnie à construire une centrale de ventilation pour assurer la sécurité des machinistes et le confort des passagers.

La direction tenta sur le moment de minimiser la gravité des accidents. Mais, au total, le bilan humain s'alourdit au fil des mois.

Quand Ruben ressortit du puits, il portait dans ses bras le corps inerte de son ami Pierre Lambert. Le regard dans le vague, les yeux humides, il se dirigea vers le bureau de l'ingénieur en chef, entouré de ses compagnons rescapés de la tragédie.

Aldo le soutenait.

L'ingénieur en chef, tenu informé à chaque instant de la tournure des événements, attendait sur les marches de son baraquement, l'air stoïque.

— Monsieur, déclara Ruben d'une voix pleine de rage et de désespoir, voici la dépouille du plus valeureux de tous vos ingénieurs. Il était mon ami.

XXX

Le retour

La CANTINIÈRE était une vraie mère pour ses pensionnaires. Grosse matrone que rien n'effrayait, elle affrontait la rusticité des hommes sans s'en laisser conter. De son franc-parler, à la limite de la convenance, elle leur répondait dans leurs propres termes et n'hésitait pas à attraper les trublions par le col pour les flanquer dehors. Toujours vêtue de ses deux jupons et d'une jupe cloche en grosse toile de lin qu'un caraco empesé d'un blanc douteux venait lécher à la ceinture, elle ne se montrait jamais sans son éternel sarrau bleu foncé qu'elle ne changeait qu'une fois par mois.

Les ouvriers l'aimaient et se confiaient à elle dans leurs moments de solitude. Elle savait les écouter, les réconforter, les secouer afin qu'ils reprennent courage.

Antoinette, que tout le monde appelait *Toinette*, était de ces êtres que chacun croyait avoir toujours connus. Affable, gaie, sans manières, mais toujours correcte, elle tutoyait sans distinction ouvriers et contremaîtres, les considérant tous comme ses enfants. Personne ne lui connaissait de famille. Elle-même aimait plaisanter à ce sujet :

— Bou Diou ! Que ferais-je d'un homme dans mon lit ? J'aurais bien trop peur de l'*escrapouchiner*[1] en me retournant !

Elle était la bonté même, d'une gentillesse rugueuse mais sans détour. Elle disait à chacun le fond de sa pensée et lisait dans les âmes troublées mieux qu'une devineresse.

Depuis le décès de sa sœur et celui de Pierre Lambert, Ruben n'avait plus le goût à la tâche. Ses rêves s'étaient drapés deux fois d'un linceul de cendres et se transformaient en véritables cauchemars. Parfois, au fond de son tunnel, les pensées les plus funestes lui parcouraient l'esprit :

« Je suis en train de creuser ma propre tombe sous cette montagne ! »

« Je ne verrai jamais le bout du tunnel ! »

« Ce tunnel est mon enfer ! »

« Dieu me châtie d'avoir quitté les miens et ôte la vie à tous ceux que je côtoie : Sarah, Pierre. À qui le tour maintenant ? »

Le visage défait, les yeux hagards, la parole triste, Ruben n'inspirait que pitié. Son ami Aldo avait beau le réconforter en lui parlant de son pays, où le soleil était toujours étincelant, les filles belles comme le jour et le vin couleur vermeille, il ne parvenait pas à glisser un peu de rose dans le gris de sa déconvenue.

— Il faut te ressaisir mon p'tit gars ! lui disait Toinette quand, le soir, elle lui apportait sa soupe fumante. Tiens, aujourd'hui je t'ai réservé un

---

1. *Écraser.*

morceau de *manoul*[1] ! Ça te donnera du cœur au ventre. Écoute-moi bien, petit, tu ne vas pas te laisser abattre parce que ton ami est parti voir Dieu le Père avant l'heure ! C'est la vie, ça ! Quant à ta sœur, c'est la faute à pas de chance. Y a pas de mauvais sort là-dessous. C'est la fatalité. On n'y peut rien.

Ruben l'écoutait, mais ne semblait pas l'entendre.

— Je suis sûre qu'une petite amie t'attend dans ton village. Tu dois d'abord penser à elle !

Aldo dodelinait de la tête, comme pour confirmer les dires de Toinette.

— Il faut que tu retournes la voir. De tout l'hiver, tu n'as pas bougé d'ici. Fais comme tes camarades, avec le printemps qui revient, remonte chez toi. Prends prétexte que tes vieux comptent sur toi pour les travaux agricoles.

Depuis la disparition tragique de Pierre, le chantier lui paraissait étranger. Il travaillait sans but précis, comme si la ligne des Cévennes qui avait toujours incarné pour lui la voie de l'espoir était devenue subitement la cause de tous ses malheurs. La pensée même d'épouser Marie l'effrayait, car il craignait quelque autre drame en gestation, un acharnement du sort.

— Tu deviens superstitieux ! lui objectait Aldo, quand il lui faisait part de ses craintes.

À plusieurs reprises, le jeune Calabrais l'avait entraîné dans le quartier italien du cantonnement. Les baraquements occupés par ses compatriotes

---

[1]. *Couenne de cochon roulée et assaisonnée, qu'on fait cuire dans la soupe. Selon la région : tripes de mouton préparées en paquets.*

originaires de tous les États de la péninsule restaient animés très tard le soir. Les chansons du Piémont répondaient aux complaintes napolitaines, les musiques toscanes aux ritournelles vénitiennes. Mais les chants patriotiques entonnés par tous trahissaient dans la nuit leur profond désir d'unité. Les rires, le vin, les filles d'un soir offraient aux exilés une parcelle de bonheur et d'ivresse, un coin de leur pays lointain qu'ils espéraient rejoindre bientôt, fortune faite.

Leur enthousiasme avait fini par ensoleiller de nouveau le cœur de Ruben.

Mais le sort s'était encore acharné sur lui. À trois reprises, il avait été témoin de graves accidents survenus en sa présence sur le chantier. En janvier, un de ses camarades, surpris par une chute de pierres, avait été blessé à la tête. Lui-même ne dut son salut qu'à un mouvement de recul au moment où il entendit la roche se décrocher de la paroi. Un mois plus tard, il avait cru revivre le même drame que celui qui avait emporté Pierre à la fin de l'automne précédent. L'explosion précoce d'une mine avait ébranlé la galerie d'extraction où travaillait son équipe. Trois ouvriers avaient été accidentés. Enfin, le 23 mars, un éboulement à la tête nord du tunnel avait provoqué la mort d'un de ses camarades et en avait blessé grièvement un second.

— Trop c'est trop ! s'était-il alors écrié. Cette fois, j'arrête !

Le 1er avril, au petit matin, il passa au bureau du trésorier-payeur et demanda son compte.

Le retour

— Tu nous quittes alors que le tunnel n'est pas tout à fait terminé ? s'étonna l'homme de la Compagnie.

— Peu s'en faut maintenant. Le plus gros est fait. Les délais seront respectés. Ce n'est plus qu'une question de semaines, de quelques mois tout au plus. Mais à quel prix !

Le caissier semblait chagriné par le départ précipité de Ruben.

— Je t'aimais bien, tu sais, lui avoua-t-il. Avec toi, il n'y avait jamais d'histoire. Je te regretterai.

Il lui tendit l'argent de sa semaine à travers la grille de son guichet.

— Tiens, ça te fait vingt-deux francs et quatre-vingts centimes. Que comptes-tu faire à présent ?

— D'abord, reprendre ma place auprès de mon père. Puis louer une terre et me marier. J'ai amassé un peu d'argent depuis cinq ans, je peux espérer trouver quelque chose qui me conviendra.

— Cela me paraît raisonnable. Alors, bonne chance mon gars !

Ruben ramassa sa paie puis passa faire ses adieux à Aldo. Le jeune Italien, lui, n'avait pas abandonné l'espoir de monter à Paris.

— Dès que la ligne sera finie, je file. Avec l'argent que j'ai économisé, je pourrai voir venir. J'espère trouver un travail chez un entrepreneur en bâtiment. Mais avant de m'en aller, je te promets de venir te voir chez toi.

Les deux amis s'étreignirent longuement, puis Ruben, sans se retourner, quitta le chantier.

Au fur et à mesure qu'il passait de serres en valats, la joie de retrouver Marie l'emporta sur la tristesse d'avoir abandonné ce qui l'avait tant fait rêver des années durant.

Le vent du nord ressuyait le ciel de ses dernières écharpes de brume matinale. Des senteurs de sève et de genêts dérivaient le long des chemins. Dans les hameaux qu'il traversait, les cheminées accrochaient encore quelques rubans grisâtres qui s'étiraient au-dessus des toits de lauze avant de s'évanouir au-delà des crêtes. Un parfum de braises emplissait les venelles aux murs encore tout engourdis par le froid de l'hiver. De grands frissons faisaient frémir la cime des arbres. Il faisait encore frais par ce petit matin de printemps.

Ruben retrouvait peu à peu ce qui faisait de lui un homme de la terre : les odeurs miellées des buissons en début de floraison, les bruissements des ramures chatouillées par la brise, le grésillement des insectes enivrés de pollen ; près des granges, les odeurs de paille séchée ; devant les étables, les effluves d'urine et de suint. Il sentit tout à coup son âme de paysan repousser l'ouvrier qu'il était devenu. Le ciel s'ouvrit devant ses yeux ébahis, comme s'il découvrait le jardin d'Éden pour la première fois, tandis que le tunnel, derrière lui, se refermait sur les ténèbres.

Au détour d'un chemin, il jeta sa casquette dans le fond d'une ravine. Le vent l'emporta comme un fétu de paille. Il s'arrêta au bord d'un torrent aux eaux de cristal, se pencha et observa son image dans l'onde fugitive. Son visage émacié le surprit. Ses traits s'étaient creusés, ses yeux bordés de larges cernes. Ses cheveux lui tombaient dans le cou et

Le retour

lui donnaient l'allure d'un ermite en quête d'absolu. Frappé de se voir dans un si triste état, il eut un mouvement de recul. Puis il s'avança une seconde fois et se regarda attentivement sans détourner le regard. Il se redressa lentement, comme un baptisé sortant de l'eau après la sainte immersion. Il ôta sa chemise, sortit un rasoir de son bissac et, d'un geste lent, presque symbolique, se coupa la barbe qu'il s'était laissé pousser. Il noua sa longue chevelure derrière sa nuque et se lava le visage et le buste.

Quand il reprit son chemin, son pas lui sembla plus léger. Il venait de déposer dans l'eau fraîche du torrent ce qui empoisonnait sa vie depuis la mort de Sarah : les remords.

Le soir, quand le soleil commença à décliner, il préféra rester seul plutôt que de quémander l'hospitalité. En s'écartant du chemin, il trouva ce qu'il cherchait : une grotte dont l'entrée était à moitié dissimulée par le taillis. La cavité était vaste et pouvait servir aisément de refuge. À l'entrée, un tas de cendres encore chaudes le mit sur ses gardes. « Quelqu'un habite ici ! » se dit-il en inspectant les lieux.

Des traces d'occupation confirmaient ses suppositions. Ruben hésita à s'installer. Il s'apprêtait déjà à poursuivre sa route quand, devant lui, surgit un individu à travers les fourrés.

— Ruben ! Mais que fais-tu là ? Me chercherais-tu par hasard ?

Surpris, il s'arrêta net.

— Martial ! Si je m'attendais à te trouver en cet endroit !

Le républicain était toujours en fuite. De son refuge perdu dans la montagne, il avait gardé contact avec ses amis qu'il rencontrait dans des lieux secrets que ni la police ni les mouchards n'étaient parvenus à découvrir.

— Alors, tu as quitté le chantier ! Tu abandonnes tout, le chemin de fer et tes amis républicains !

Ruben ressentit des reproches dans le ton de Martial Ribaute. Tout à coup, ce qu'il venait de laisser derrière lui réapparaissait devant ses yeux et lui rappelait ses convictions étouffées par son chagrin.

— Le chemin de fer, certes. Pour le moment, précisa-t-il. D'autres devoirs m'appellent à Falguière. Quant à mes amis républicains, je ne les abandonne pas. Je peux être aussi utile dans mon village que sur le chantier. N'aie crainte, je n'ai pas changé de camp.

— Tu me rassures, ami ! La bataille que nous livrons n'est pas encore finie. Vois-tu, de ma retraite, je suis encore plus efficace qu'au grand jour. Quand les mouchards me croient quelque part, je suis déjà ailleurs ; quand ils me cherchent ailleurs, je suis déjà parti ! Crois-moi, nos idées se répandent comme un feu de paille. Dans un mois, ce sont les élections. L'usurpateur n'en a plus pour très longtemps. Il faut se tenir prêts pour la relève. Quant à moi, je sortirai de l'ombre dès le lendemain des élections.

— Je te le souhaite, Martial.

— Quand nous aurons gagné, j'espère que tu nous rejoindras sans crainte. Je sais que, depuis les ennuis qui t'ont valu la prison et un procès, tu es surveillé de près.

— Ah oui ! coupa Ruben, étonné.

Le retour

— Tu l'ignorais ?

— Je ne m'en étais pas aperçu.

— Mes hommes étaient prêts à t'avertir au moindre danger. Mais j'avais donné l'ordre de ne plus te contacter jusqu'aux élections, afin de ne pas offrir à la police un prétexte pour t'arrêter de nouveau. Cette fois, ils ne t'auraient pas manqué. Surtout privé de ton protecteur, l'ingénieur.

Ruben semblait sidéré. Depuis sa remise en liberté, il avait donc vécu sous surveillance sans le savoir !

— Et Pierre ? demanda-t-il.

— Pierre Lambert, l'ingénieur ?

— Oui, savait-il que j'étais surveillé ?

Martial Ribaute se tut et évita le regard de Ruben.

— Parlons d'autres choses, veux-tu. Je croyais que tu avais compris.

Ruben soupçonnait son camarade de lui cacher une vérité qu'il ne voulait pas lui dévoiler.

— Pourquoi détournes-tu la conversation ?

— Si tu veux vraiment connaître la vérité, petit, je vais te la dire. J'avais ordonné à mes hommes de ne jamais te parler de Pierre Lambert.

— Pierre était mon ami. Il est mort en héros, en essayant de sauver la vie de ses ouvriers. J'étais avec lui !

— Je suis au courant. Mais il vaut mieux pour nous qu'il ait disparu.

— Comment oses-tu dire cela ?

— Pierre nous avait balancés. C'était un mouchard.

— Ce que tu dis est ignoble !

— C'est pourtant la vérité, Ruben. Je t'avais prévenu qu'elle te ferait mal. Souviens-toi, quand je vous ai apostrophés à la cantine, je ne me suis pas méfié de lui. Je vous ai pris tous les deux pour des adeptes de nos idées. Mais ses convictions étaient pour le moins très tièdes ! Toi, tu es venu nous rencontrer au Bon Pain. Lui, non. Mais il t'a suivi. Nous en avons eu la certitude peu après.

— C'est un tissu de mensonges ! Pierre a été le premier à tout faire pour me défendre quand j'ai été accusé avec Aldo. Il m'a lui-même fourni un avocat. C'est grâce à lui que j'ai été acquitté.

— Tu étais plus utile dehors que dedans ! C'est pour cette raison que nous ne t'avons plus contacté. Nous savions que tu servais d'appât et que tu étais toujours surveillé. Beaucoup de nos camarades du Bon Pain ont été arrêtés. Pourquoi ? Tu peux le deviner maintenant.

Ruben était atterré.

— Que fais-tu de l'amitié que Pierre me témoignait ?

— Elle était sans doute sincère, en raison de la liaison qu'il avait nouée avec ta sœur. Sans cela, qui sait ? Il t'aurait peut-être balancé avec les autres. Pierre Lambert était en fait un bonapartiste de la première heure. Et, surtout, il était très attaché à la Compagnie. Pour lui, la politique de l'Empereur allait dans le sens de son engagement dans les chemins de fer. Tout ce qu'il t'a raconté sur son idéal républicain sonnait creux. Crois-moi, il t'a menti sur bien des points.

— Il est mort en héros !

— Je ne le nie pas. Sa mort rachète son comportement. Mais il s'agit de la mort d'un mouchard. Et ce n'est pas moi qui le plaindrai !

Le retour

Les yeux de Ruben s'étaient remplis de larmes. Sa déconvenue était à l'aune de sa surprise. Il se sentit tout à coup désemparé, trahi, abandonné par celui qui fut pendant trois ans son meilleur ami.

— Qu'il aille au Diable et pourrisse en enfer ! s'écria-t-il, le poing levé vers le ciel. Qu'il aille au Diable ! Mon père avait bien raison de se méfier de lui !

Il s'écroula sur le sol, se ratatina sur lui-même et expurgea sa peine au prix d'une longue plongée dans un abîme de silence. Il fit le vide en lui, se laissa absorber par le néant pour disparaître à jamais.

À ses côtés, Martial commençait à s'inquiéter de son état de prostration, craignant qu'il ne tombât en crise de catalepsie. Il le secoua à plusieurs reprises, mais Ruben ne semblait pas l'entendre.

Quand il revint à lui, la nuit était déjà tombée. Martial avait allumé un feu à l'entrée de la grotte et rôtissait un lapin sauvage sur une broche qu'il avait confectionnée avec trois morceaux de bois.

— Tu m'as fait peur, lui avoua-t-il sans s'arrêter de tourner sa broche. Approche-toi du feu et sers-toi un verre de piquette. Je n'ai que ça à t'offrir, mais ça te réchauffera quand même.

— Que m'est-il arrivé ? demanda Ruben au sortir de son cauchemar.

— Tu t'es écroulé sur place, brutalement, comme si tu avais reçu un coup de gourdin.

— Ah oui ! Je me souviens. Un coup de gourdin, c'est ça ! Ce fut un vrai coup de gourdin.

Aux élections de mai 1869, tous les espoirs de Martial Ribaute ne furent pas comblés. Certes, les partisans du régime autoritaire furent mis en minorité, mais les républicains ne gagnèrent qu'une trentaine de sièges. Grand vainqueur, le tiers parti sortit renforcé de la consultation électorale et contraignit bientôt l'Empereur à accorder de nouvelles concessions libérales. Mais l'élection des ténors républicains, Rochefort et Gambetta, rendait le parti de la République confiant dans l'avenir. L'opposition républicaine avait désormais sa tribune officielle.

Au Fournel, Ruben suivit les derniers travaux du chantier dans son journal, *L'Aigle des Cévennes*. Les accidents y étaient souvent rapportés, mais la virulente campagne électorale du printemps occulta vite les articles des correspondants locaux. Les faits divers passèrent au second plan. Les directeurs de publications, briguant les voix de leurs abonnés, leur préféraient les longues diatribes politiques.

En novembre 1869, le premier train à destination de Langogne partit de Villefort et emprunta le tunnel d'Albespeyres, gravissant dans l'inquiétude générale une rampe infernale de vingt-cinq millimètres par mètre jusqu'à Prévenchères. Après cette station, il s'engouffra dans le tunnel de Gravil, fraîchement achevé et, après trois autres tunnels de plus petite dimension, atteignit la gare de La Bastide.

— Nous sommes arrivés au point le plus élevé de la ligne, expliquait fièrement Ruben. Ensuite, nous redescendrons vers Langogne et la vallée de l'Allier.

Ce premier train était composé de wagons transportant des poteaux télégraphiques et des ouvriers.

Le retour

Exceptionnellement, Ruben avait reçu l'autorisation d'y monter. Marie était à ses côtés.

L'air tout aussi radieux, elle lui tenait tendrement la main, ne lâchant pas des doigts l'alliance qu'il lui avait offerte le jour de la Saint-Jean. Cet anneau nuptial était à ses yeux la certitude que Ruben avait à tout jamais renoncé à quitter ses Cévennes.

Ce pays, elle l'avait adopté, comme il l'avait lui-même accueillie quand elle n'était encore qu'une enfant perdue. Elle y sentait pousser ses nouvelles racines, celles qui lui permettraient de bâtir sa nouvelle famille, sa nouvelle existence, son avenir de femme.

Elle avait accepté sans hésiter la proposition de Ruben de prendre le premier train qui franchirait le tunnel, afin de lui montrer sa confiance et son amour. Avant le départ du convoi, Ruben l'avait entraînée vers la locomotive, rutilante dans sa robe de métal.

— C'est beau, n'est-ce pas ? s'était-il une fois de plus extasié.

Dans ses yeux, Marie perçut une petite flamme, dernière parcelle d'un rêve qui ne s'était jamais tout à fait évanoui.

Épilogue

Marie et Ruben restèrent quelques mois au Fournel après leur mariage. Quand Samuel et Étiennette s'unirent à leur tour à la fin de l'été, juste avant les premières vendanges, ils s'installèrent sur une terre qu'ils prirent en métayage pour leur laisser la place auprès de Zacharie et de Félicie.

Ruben se remit au travail de la terre sans rechigner, retrouvant ses vraies racines. Mais il gardait au fond de lui l'image des trains de son enfance.

Les temps étaient difficiles. La guerre menaçait. Marie, en femme libre et avisée, décida de se faire embaucher à la filature Jalabert de Falguière, la seule qui subsistait depuis les années de crise. Comme jadis sa mère à Lyon, elle partait le matin, dès l'aube, rejoindre l'atmosphère moite et étouffante des ateliers, en compagnie de nombreuses jeunes femmes et jeunes filles du village, tandis que Ruben gagnait ses faïsses, le luchet sur l'épaule.

— C'était bien la peine que j'abandonne mon travail au chantier ! lui disait-il souvent avec une pointe de reproche dans le ton de sa voix.

L'après-midi, Marie l'aidait aux travaux agricoles, suivant ainsi l'exemple que lui avait enseigné Félicie.

— Ce travail nous permettra de mettre un peu d'argent de côté, s'évertuait-elle à lui expliquer. Et il ne m'oblige pas à te quitter, comme le chantier t'éloignait de moi.

Ruben tenait trop à Marie pour la contrarier. Mais la voir se sacrifier et peiner à la tâche pour gagner leur liberté le chagrinait.

— Et quand nous aurons des enfants ? s'était-il inquiété.

— Alors, nous verrons ! s'était-elle contentée de répondre.

Le 4 mai 1870, la jonction ferroviaire fut réalisée entre Paris et Nîmes dans la gare de Langogne, où furent dressées les tables d'un banquet de quatre-vingts couverts en l'honneur de Paulin Talabot, l'initiateur du projet, qui réalisa en personne le premier voyage sur la totalité de la ligne.

Le 16 mai, le premier train de voyageurs relia Alais à Paris *via* Saint-Germain-des-Fossés. Toutes les gares situées entre Alais et Clermont-Ferrand furent desservies. La ligne s'étirait sur trois cent quatre kilomètres et franchissait quatre-vingt-dix-huit tunnels et une vingtaine de viaducs.

Avant de lever définitivement le camp, les ouvriers des différents chantiers organisèrent entre eux un immense repas champêtre le long de la voie, que d'aucuns commençaient à appeler « la voie des cent tunnels ». Ruben s'y rendit seul, Marie ayant préféré rester au Fournel en compagnie de Félicie.

Épilogue

Les deux femmes étaient inquiètes, mais se gardaient bien de le montrer. Elles savaient ce qui taraudait toujours Ruben.

— Je ne parviendrai jamais à l'attacher à sa terre, avoua Marie. Il a le chantier dans les veines.

Félicie ne dit mot. Elle connaissait trop son fils pour contredire sa belle-fille.

— Avec le temps, il oubliera. Fais-lui vite un petit, ça le fera grandir. Ses rêves d'enfant finiront par s'effacer.

Au cours du banquet d'adieu, Ruben retrouva ses anciens amis, les terrassiers, les poseurs de rails, les tunneliers. Il chercha en vain Aldo. Le jeune Italien était déjà parti tenter l'aventure sur les grands chantiers parisiens. Pour quelques heures, il oublia les souffrances qu'il avait endurées, les drames dont il avait été témoin, les hostilités auxquelles il s'était heurté. Devant tant d'hommes rassemblés dans une joie commune, buvant, chantant, ripaillant tous ensemble, unis par un même destin et un noble devoir, il prit vraiment conscience que l'existence n'avait de sens qu'à condition de participer à une grande œuvre.

Cette œuvre, il l'avait à ses pieds. Et il y avait participé.

— Elle n'est pas belle, la fraternité ? lui dit soudain une voix derrière son dos, le sortant de sa rêverie.

Ruben sursauta, reprit ses esprits, se retourna.

Étienne Lecœur le prit par l'épaule :

— Alors, petit, tu rêves encore ? Je croyais que tu avais repris les mancherons de ta charrue et que tu refaisais le paysan dans ta vallée ?

— C'est exact. Je suis rentré chez moi.
— Tu ne regrettes rien ?

Ruben se taisait. Il sentait monter en lui un goût d'amertume, une envie de crier à la face du monde que lui, le petit raïol, n'était pas condamné à mourir sur la terre de ses ancêtres, le nez dans la glaise, le ventre rempli de bajanat, avec trois sous en poche, que la fatalité n'existe pas !

— Alors, que décides-tu ? insista le compagnon. Suis-moi ! Il est encore temps de changer d'avis. D'autres chantiers nous attendent, d'autres horizons s'ouvriront loin d'ici. La grande œuvre des temps modernes ne fait que commencer.

Ruben semblait hésiter. Dans ses yeux se reflétait l'image de l'horizon où se perdait le chemin des larmes. Dans son cœur restait planté l'amour de Marie comme une sanglante déchirure.

Il se fit soudain violence et, d'un ton assuré, déclara :

— Je te suis. Le temps de régler mes affaires chez moi.

Ruben n'eut pas à convaincre Marie. Celle-ci savait qu'il repartirait.

Elle ignorait seulement pour combien de temps.

Glossaire des principaux mots de patois cévenol utilisés dans le texte

Affachées : châtaignes fraîches grillées.
Aïgo boulido : eau bouillie (soupe claire faite avec de l'ail, du thym, du laurier, de l'huile d'olive et du pain trempé.)
Aouro : vent du nord.
Bader : s'extasier la bouche ouverte, regarder béatement.
Bajanat : soupe de châtaignes cuites dans du lait de chèvre.
Bancèl ou *faïsse* : terrasse cultivée soutenue par des murs en pierre sèche.
Bartasses : broussailles.
Be maï : bien mieux.
Béchard : sorte de houe.
Bigot : sorte de houe.
Bolettière : endroit où sortent les ceps ou bolets.
Boudiou : bon Dieu.
Bouscas : châtaigniers sauvages.
Calud : un peu fou.
Cantou : littéralement « le coin », coin situé près de la cheminée où l'on se retrouve pour la veillée.

Caraque : terme péjoratif souvent attribué aux gens du voyage.

Cartagène : vin doux fabriqué avec de l'eau-de-vie et du moût de raisin.

Chourer ou *chorrer* : en parlant des moutons : se reposer à l'ombre, accablé par la chaleur.

Clède : séchoir à châtaignes.

Coussouné : mangé par les vers.

Désert : lieu secret où les protestants tenaient leurs assemblées pendant le règne de Louis XIV.

Destimbourlé : troublé.

Desque : sorte de panier.

Draille : chemin de transhumance.

Escagasser : fatiguer par la parole.

Escrapouchiner : écraser.

Escudelous : petit égouttoir à fromage frais.

Espère : abri d'où l'on chasse en embuscade.

Estranger ou *étranger* : non-Cévenol en général.

Faire la draille : partir en transhumance.

Faïsse ou *bancèl* : terrasse cultivée soutenue par des murs en pierre sèche.

Gavot : sobriquet pour les gens du haut pays lozérien.

Logue : loue, endroit où se louaient les bergers.

Lou raïol : le montagnard.

Lucheter : retourner la terre avec un luchet (bêche à dents).

Manoul : couenne de cochon roulée et assaisonnée qu'on fait cuire dans la soupe. Selon la région : tripes de mouton préparées en paquets.

Maygroustèl : maigrelette.

Mazet : petite maison, cabanon.

Glossaire

Panièraus : corbeille en éclisses de châtaignier servant au transport du fumier ou de la terre végétale.
Parpaillot : nom donné aux protestants.
Patouille : pièce extérieure à l'habitation, où l'on faisait la lessive ou la cuisson des conserves.
Pélardon : petit fromage de chèvre.
Picon : sorte de grattoir pour sarcler.
Pitchoun(ette) : petit(e).
Poudet : sorte de machette à lame recourbée.
Rabiner (se) : brûler.
Rambayer : rabrouer.
Réboussier : têtu, revêche.
Roumie : gitane, bohémienne.
Rouscailler : râler sans arrêt.
Serre : partie haute de la montagne, crête.
Terrairaus : type de panier.
Testard : têtu.
Tète : châtaigne bouillie.
Traspastre : apprenti berger.
Trasse : en piteux état.
Traversier : terrasse cultivée, voir aussi *faïsse* ou *bancèl*.
Valat : petit ruisseau ; par extension : petite vallée transversale.

Table des matières

Prologue 9

Première partie :
Horizons lointains

I	Au-delà des crêtes	17
II	La surprise	27
III	Premier voyage	33
IV	Une visite	51
V	Cadeau de Noël	65
VI	L'adoptée	75
VII	La mystification	85
VIII	Réapparition	99
IX	Tractations	115
X	Confession	127
XI	Pénitence	141
XII	La résolution	151

DEUXIÈME PARTIE :
Un nouveau destin

XIII	La ligne	163
XIV	L'embauche	179
XV	Naissance d'une amitié	193
XVI	Première rencontre	203
XVII	Un accident	217
XVIII	Soupçons	231
XIX	Premières hostilités	245

TROISIÈME PARTIE :
L'accomplissement

XX	Comme une armée en marche	263
XXI	La fugue	279
XXII	Dilemmes	293
XXIII	Hésitations	309
XXIV	Retour au Fournel	325
XXV	Désillusion	341
XXVI	Le jardin des fleurs	355
XXVII	Les Piémontais	369
XXVIII	L'ombre de la prison	385
XXIX	Le tunnel	401
XXX	Le retour	419

Épilogue 433

Glossaire des principaux mots
de patois cévenol utilisés
dans le texte 437

Dans la même collection

Dans la même collection

Dans la même collection

Imprimé en France par CPI
en décembre 2021
N° d'impression : 2062043
Dépôt légal : juin 2021
ISBN : 978-2-8129-3218-2
ISSN : 1627-6779
www.deboree.com
livres@centrefrance.com